The Taste of Conquest

The Rise and Fall of the Three Great Cities of Spice

スパイス三都物語

ヴェネツィア・リスボン・アムステルダムの興亡の歴史

マイケル・クロンドル

Michael Krondl

木村高子　田畑あや子　稲垣みどり［訳］

原書房

スパイス三都物語

序章　味覚との最初の邂逅——セント・オールバンズにて

スルタンと乱痴気騒ぎ

味と香りと記憶は、私の頭の中で互いに密接に結びついている。はるか遠い時代や土地を真に理解するためには、最も望ましいのは当時の食事を試食し、いにしえの空気を嗅ぎ、そのころの古めかしい流行を体験することだ。しかし、封建領主の食卓に並ぶ食事をどこで見つければよいのか？　中世の亡霊に出会うには、いったいどこに行けばよいのだろう？

それにうってつけと思える場所を、イギリスの古い巡礼地セント・オールバンズの石畳の道で見つけた。〝スルタン亭〟は、この町の巨大なノルマン朝時代の大聖堂の脇の、中世の面影を残した細い路地に面して建つ、今にも倒れそうな建物の中にある。私がセント・オールバンズをはるばる訪ねたのは、ある有名な中世のトラベルライター——彼については後述する——の足跡を訪ねるためだったが、亡霊を探す前に、そのときの私はなにより昼食を必要としていた。スルタン亭にたどりつくには、建物の波打つ急な階段を三階まで上がる必要がある。たわんだ木材が渡された屋根裏部屋にテーブルが並び、そのそれぞれが危険なほど低い垂木で分けられている。こんな場所にお似合いなのは金髪の豊満な娘たちで、エールを満たした大瓶や、シナモン、ショウガ、コショウ、クローブがたっぷり振りかけられた野生肉の塊を載せた大皿を運んでいそうだ。実際、厨房からは、香辛料の甘く刺激的な香りが漂ってくる。しかし給仕は痩せた男で、どう見てもノルマン系ではない。そしてスピーカーから流れてくるインド・ヒップホップや壁に飾られたムガール風の絵を見れば、古き良きイングランドに足を踏み入れたという誤解からたちまち覚めるだろう。

スルタン亭ではバルティ料理を提供している。バルティ料理は、数年前にイギリスで大流行した南アジア料理の一種だ。その故郷であるバルティスターンは、かつてはシャングリラと同一視されたこともあるが、現在では部族抗争が新聞の見出しを飾ることのほうが多い。山がちなこの地方は、かつて南インドから中国、ペルシャ、地中海地方に香辛料を運んだシルクロードが貫いている。したがってこのような伝説的な地にふさわしく、バルティ料理には非常にたくさんの香辛料が使われている。それは果たして、中世ヨーロッパ料理と同じぐらいの量なのだろうか。

私はゴシュト・チリ・マサラを注文した。辛いカシミール・チリを使った刺激的な子羊のシチューだ。ステンレス容器に入った肉は見たところ無害そうで、一口目は十分マイルドだ。まずはコリアンダー、カルダモン、シナモンの甘みが感じられる。それから赤トウガラシが殴り込みをかけてきた。生とドライの両方のトウガラシのブレンドが辛味を最大限に引き出し、ときどき口にする黒コショウの粒が穏やかな口直しに感じられるほどだ。ワインをがぶ飲みして、私は平たいパンにさらにシチューを盛った。トウガラシ（香料諸島を目指して出航したコロンブスが勘違いしたまま戻ってきた航海以前には、ヨーロッパで知られていなかった）を別にすれば、この料理は甲冑を身につけたどんな誇り高い騎士にも馴染みだったはずだ。

香辛料をたっぷり使った料理が中世に好まれていたことは、ほとんどの歴史家の認めるところだが、実際に使われた量については意見が分かれている。問題は、当時の料理レシピが腹立たしいほど漠然とした説明に終始していることだ。よく見られる指示は、「よいスパイス」を振りかける、あるいはある初期のフランドル地方の料理本におけるウサギ用ソースの場合のように、「ギニアショウガ、ショウガ［および］シナモンを合わせて挽いたものに砂糖とサフランを混ぜ合わせ……そこに少量のクミンを加える」。料理人はなすべきことを完全に理解していると考えられていたらしい。それでも、より詳細な量を示している資料もあり、断片的な宴会の記述などによると、一度の食事で莫大な量の香辛料が消費されたようだ。フランスの偉大な歴史家フェルナン・ブローデルは、彼のガリア風感受性にとって「常軌を逸した香辛料の濫用」としか言えないものについて書いている。数握り分のクローブ、ナツメグ、コショウを含む中世のレシピにたじろいだ者もいる（現在では、一オンスのクローブから効果的な麻酔薬を作ることが可能だし、多すぎるナツメグは体に毒だとされている［一オンスは約二八グラム］）。また、これほど香辛料をたっぷり使った料理が食べられるとはとても信じられない者もいる。イタリアの食の歴史家マッシモ・モンタナーリは、「このような量を実際に消費していたとは考えがたく、むしろ欲望と創造の世界の産物ではないか」と述べている。

これらの学者先生たちを、一度ぜひスルタン亭に招待したいものだ。そうすれば彼らも、一度のお祝いに二ポンドという、一見すると驚くべき量の香辛料を消費したとする中世の記録が完全に信頼に足るものであることを、ようやく理解するだろう〔一ポンドは約四五〇グラム〕。この数値は一三世紀末に裕福な役人が若い妻のために書いた『メナジエ・ドゥ・パリ』という手稿に含まれていたもので、ここには祝宴を開くために何を買うべきかを含め、あらゆる助言が記されている。たとえば一日じゅう続く結婚式の祝宴で、六人ほどの使用人を使い、それぞれ四〇人のための正餐と二〇人のための夜食を準備する場合について説明されている。確かに買い物リストにはショウガ一ポンド、シナモン半ポンド、そして少量のロングペッパー、ガランガル、メース、クローブ、ギニアショウガ、サフランが列記されている。しかしこれらが使用されるのは、去勢鶏二〇羽、小ガモ二〇羽、ひな鶏五〇羽、ウサギ五〇羽、それに鹿、牛、羊、子牛、豚、山羊、つまり合計六〇〇ポンド以上の肉に対してなのである！　この食事について驚くべきなのは、使われた香辛料の量――肉一ポンドあたり、主に甘い香辛料がせいぜい茶さじ半杯――ではない。この祝宴自体の途方もない贅沢さだ。これを食の乱痴気騒ぎと形容するなら、香辛料などは軽い戯れと言うしかない。

　とはいえ、わずか茶さじ半杯でさえ、現代のフランスやイタリア料理にはめったに使われない。もちろんこの程度の量は、インド料理ではどうということはない。バルティ料理のゴシュトをつくるには、はるかに多量の香辛料が必要で、肉一ポンドあたり半オンス（または茶さじ約二杯）ぐらいいるだろう。したがってこうした味覚に慣れた中世の騎士でも、私のゴシュトには困惑するかもしれない。そして学者たちがなんと言うか、これに至っては想像もつかない。

香辛料の需要

かつてヨーロッパ人が香辛料を熱望したことについて、知識人たちはこれまで大量のばかげた理由を書き散らしてきた。一キンタル（*quintal*／*kintar*）分のコショウやショウガ（どちらも重量の単位）の相対的な価値を苦もなく完全に理解し、またメッカとマラッカでのクローブの価格差を容易に分析できる、香辛料貿易を専門とする経済史家は、しばしばその分厚い著作の初めに、ヨーロッパ人は香辛料を保存料、あるいは腐敗した食事の味を覆い隠すために使用したという、彼らにとってわかりきった事実を、まるで付け足しのように述べている。これが理由で、ヨーロッパ人は世界征服に乗り出していったというのだ。それから専門家はもちろん、著作の大部分を費やして、供給側の状況の複雑な分析をおこなう。しかし裕福なヨーロッパ人が白鳥やクジャクのパイにシナモンやコショウを振りかけたのは、本当に肉の腐敗臭を覆い隠すためだったのだろうか？　この考えは常識に反しており、それどころか過去の料理本に記された事実に完全に矛盾している。

冷蔵庫が発明されるまで、人類の歴史を通じて、人々は次の三つの方法で食物を保存してきた。干す、塩漬けにする、または酢漬けにすることだ。スモモやプロシュートやピクルスを思い出せばわかるだろう。シャルルマーニュ、メディチ家、またはマリー・アントワネットの短い一生の間でさえ、各時代の料理は互いに似ても似つかなかったものの、食物の保存技術にそれほど変化はなかった。粗野なフランク族はコショウ以外、ほとんど何も知らなかった。ルネサンス期のイタリアでは、ショウガ、シナモン、ナツメグ、サフラン、クローブは商人や有力者の食卓に登場しただけでなく、処方薬や錬金術の調合薬にも使用された。香辛料はうがい薬としてさえ使われている。その後、衰退の世紀である一七世紀になると、流行の発信者だったフランス人は、六〇〇年以上にわたる東洋の香辛料との親密な関係に背を向けて、現代に通じるフランス料理を発明したのだった。もし香辛料が保存料として重んじられたのだとすれば、なぜその利用をやめたのだろうか？　フランス人は新しい食の保存技術を発見したわけではなかった。もちろん味覚の変化はあったものの、それはアメリカ人の大好きな調味料としてサルサがケチャップに取って代わったのと同じようなものだった。多くの理由はあったが、技術革新はその一つではなかったのである。

昔の料理書を見れば、香辛料が保存料として使われたのでないことは明らかだ。ほとんどの場合、調理の終わりに香辛料を加えるようにという指示があり、したがってその保存効果はまったく期待できない。たとえば『メナジエ・ドゥ・パリ』で、著者は「香辛料はできるだけ終わりの方で加えるように。早く入れすぎると、風味を失うゆえ」と妻に助言している。一五四九年に出版されてから何度も版を重ねた、少なくとも一冊のイタリアの料理書でも、著者のクリストフォロ・メッシスブーゴは、コショウは腐敗を早めるとさえ書いている。

ヨーロッパでは香辛料は保存料としては使われていなかったものの、興味深いことに、そういう効能は確かに存在する。最近の研究によって、数種類の香辛料が強力な抗菌力を持つことが発見された。特にオールスパイスとオレガノは、サルモネラ菌やリステリア菌などに対して強い効果を発揮する。シナモン、クミン、クローブ、マスタードにも、バクテリアと戦う力があることが認められている。しかしヨーロッパが輸入した香辛料の大半を占めたコショウには、抗菌力はあまりない。とはいえ、このどれと比べても、最も強力な抗菌力を持つのは、なんといっても塩だ。したがって、なぜヨーロッパ人は食物の保存のために、地元で産する塩のほうがずっと効果的なのに、ずっと高価で効力も少ない香辛料を輸入したのかという疑問が残る。

しかし、もし肉が腐りかけていたら？　コショウとクローブを大量に振りかければ、腐った肉でも食べられるようになるのではないか？　確かに、選り好みが許されない飢えた農民の場合はそうかもしれないが、社会的エリートにはこれは当てはまらない。しゃれた珍しい調味料を購入する経済力がある者なら、新鮮な肉も確実に手に入るだろう。そして料理書は、動物の屠殺後すぐに調理を始めるように、繰り返し指示しているのだ。肉を風にさらして熟成させる場合でも、わずか一日か二日のことで、それも季節によって異なった。ルネサンス期イタリアの別の人気料理本作者だったバルトロメオ・スカッピは、秋にはキジ肉は四日間さらしておけるが、冬の寒い時季だったら八日まで大丈夫だと記している（私がプラハで暮らしていた子供時代、父は狩りで仕留めた野鳥をちょうど同じようにアパートのバルコニーに吊り下げていた。我が家にはパプリカ以外の香辛料はなかったはずだ）。さらに中世の規則では、屠殺した牛は同日中に売らなければならないと特に定めていた。

もちろん、だからと言って劣化した肉がまったく出回らなかったわけではない。悪徳商人に対して特に定められた刑罰の記述から、腐肉が金持ちや名士の厨房にも入り込んだことは明らかだ。しかし同じことは、現在も起きている。一四八〇年に料理本を著したバルトロメオ・プラーティナの助言は、現在とまったく変わらない。つまり、捨ててしまえ、だ。金持ちは新鮮な肉と香辛料を購入できたが、貧乏人は、どちらも手に入れられなかった。

こうした状況は、ワインには当てはまらない。中流階級でも、食事の一、二時間前に鶏を屠殺できたのに対して、ワインの場合は国王でさえ、ありふれた品質の樽で何カ月も保存されたワインを飲んでいたからだ。一度樽の栓を抜いたが最後、中のワインはたちまち酸化した。特に北ヨーロッパでは、地元のワインは薄く酸味が強いのに対して輸入品は非常に高価だったので、香辛料や砂糖やハチミツを加えれば、かなり風味を改善する（または隠す）効果があったにちがいない。

香辛料の流行を説明する現実的な理由を見つけようと四苦八苦するよりも、その時代の特徴に注目したほうがよいだろう。シナモンやクローブが手当たり次第に使われた一つの論理的な理由は、その値段そのものにあった。

香辛料は、ときどき書かれているように、同じ重量の金と同等の価値があったわけでは決してないにしても、贅沢品であることに変わりなかった。コショウが史上空前の高値をつけた一五世紀前半のヴェネツィアでさえ、金一ポンドで三〇〇ポンド以上のコショウを購入できた。また中世のセント・オールバンズでは、コショウ一ポンドに対して羊一頭が手に入ったというのは事実だが、これが物語るのは香辛料の価値の高さよりも、羊の安さだ。中世の羊は小柄で痩せこけ、数も多かったため、値段が低かったのだ。コショウは兵士の給料や家賃の支払いにも使用されたという記述も見かける。しかしここでも背景を理解する必要がある。中世ヨーロッパは通貨として利用できる貴金属の慢性的な不足に悩まされていたため、少額の支払いをおこなおうにも、小銭があまり流通していなかった（そして当時の兵士の給金はあまりよくなかった）。したがって小銭の代用品としてコショウが使われる場合もあったのだ。しかし市場などでは塩が通貨の代わりに、さらに頻繁に利用されていた。

要するに、香辛料は当時のトリュフやキャビアとまでは言えなくとも、現在の高級エキストラバージン・オリーブオイルのような位置付けにあったということだ。そして、今でもおしゃれなキッチンの御影石の台の上にはトスカーナ産オリーブオイルの瓶が仰々しく置かれているように、香辛料もまた、裕福な階級のライフスタイルの一部であり、中世の邸宅の壁を飾るマジョリカ皿や、でっぷり太った腹を覆う絹や毛皮やサテンと同等の富の象徴だったのだ。

現在でも法律事務所が潜在的顧客をT・G・I・フライデーズ［古き良きアメリカをコンセプトとする、カジュアルダイニングのレストラン・チェーン］に招待するわけにはいかないように、当時もひとかどの人物なら、客をローストチキンと田舎のワインの夕食で静かにもてなすなど考えられなかった。『メナジエ・ドゥ・パリ』に登場する結婚の祝宴が示すように、中世のもてなしに洗練という概念は存在しなかった。現代社会では、世間の注目を集める派手な消費は異なる形をとることが多い――確かに配管工の年収の数倍の費用をかけることもある上流社会の結婚式に、遠い昔の習慣の名残は認められるが。しかし当時の宴会に供される食事は、現在よりはるかに、客に強い印象を与えるかどうかを基準として選ばれた。珍しい食材を用い、その量が多ければ多いほど、それは社会的な身分の高さを示すとされたのである。一四六八年にブルゴーニュの強大なシャルル豪胆公がマーガレット・オブ・ヨークと結婚したときの祝宴は際限なく続いたが、そのうちの一つでは、主賓テーブルに六隻の船が置かれ、そのそれぞれに載った肉の大皿は、公の数ある領土の一つの名と紋章で飾られていた。これらの船を一回り小型の船が取り囲み、そのそれぞれの周囲には、香辛料や果物の砂糖漬けを満載した四艘の小舟が配されていた。もちろん香辛料はミステリアスな東洋の香りを漂わせており、このように気前よく消費している事実は、公の持つ巨万の富を誇示していた。

後年、豪胆公の曽孫である神聖ローマ帝国皇帝カルロス五世がナポリを訪ねたときも、香辛料を詰めた孔雀とキジが饗宴に出された。肉が切り分けられると、客人たちはエデンの園もかくやという香りに包まれたわけである。この考え方自体は、何も目新しいものではない。シャルルの先任者の一人である皇帝ハインリヒ六世は、一一九一年に戴冠のためにローマに赴いたとき、到着時にナツメグなどの香辛料で燻《いぶ》された道路をパレードしたのだった。

中世後期に、豊かになったブルジョワ階級も自らの富を見せびらかすようになると、貴族階級の宴会はそれに応じてさらに豪華さを増し、香辛料の使用はより洗練され、料理はさらに絶妙で芸術的になっていった。そして支配者の宮廷がどれほどすばらしいか皆が確実に実感できるように、宴会に供される料理を庶民にわざわざ見せることもあった。「客に供される前に、［料理は］城前広場に仰々しく運ばれた……人々がこれを見てその豪華さに感嘆できるように」と、ボローニャの君主が一四八七年に主催した結婚の祝宴を目撃したケルビーノ・ギラルダッチは書き残している。匂いについての記述はないが、大量の高級肉に仕上げに振りかけられた香辛料の香りは、通りの反対側からちらりと見えた大皿以上に、君主の権力を実感させたにちがいない。

中世には、身分階層が異なる人間は異なる食物をとるべきであると考えられ、当人たちもそれを要求した。農民が、自らの身分にふさわしいオートミールとエールの代わりに白パンと香辛料入りワインを摂取すれば、重病になったかもしれない。修道士も、騎士にこそふさわしいコショウを振りかけた狩猟肉を食べたりすれば、消化不良に苦しめられたはずだ。このような食事上の規則は、神の摂理の一部として社会に受け入れられていた。動物のあいだにも自然界の序列が存在し、創造主によってそのそれぞれにふさわしい食物が割り当てられているように、一人一人の人間も、神の計画の中でふさわしい地位を占めていたのだ。これに似た論理は、現在でも敬虔なヒンドゥー教徒のあいだに見られ、各カーストがそれぞれ、口に入れることが許される物と許されない物について独自の規則を定めている。上位カーストであるブラフマン階級が、禁じられた、あるいは不適切に準備された食物を口にすれば、宇宙の秩序を乱しかねないのだ。

同じような食と宗教の関係は、マルティン・ルターが天地をひっくり返す前のキリスト教世界にも存在していた。聖ベネディクトゥスが六世紀初頭に修道院を設立したとき、彼は修道士たちがいつ、何を食べてよいかを厳密に決めた（その量は少なく、食事の間隔も大きくあいていた）。すべてのカトリック信者は宗教カレンダーに従わなければならなかったが、その範囲内では、各社会階層が異なるルールにしたがっていたのだ。イタリアの説教師サヴォナローラは、ルネサンス期フィレンツェ人の退廃的な生活ぶりを厳しく非難したことで最もよく知られているが、彼もさまざまな階層の食習慣に関して意見を持っていた。「ウサギは貴族が食べるべきものではない」と彼は書いている。そして「ソラマメは農民の食べ物である」。牛肉は、丈夫な胃を持つ農民には許されたようだが、貴族の男女が食す場合は、適切な調味料を使用しなければならなかった。

香辛料は、食材の栄養不足を「補う」のに特に効果があると考えられていた。現在、（タンパク質、脂質、炭水化物の）三つのカテゴリにしたがって食品分析をおこなうように、中世の栄養学者は四つの体液（粘液質、胆汁質、多血質、黒胆汁質）を分析基準としていた。現在のサウスビーチ・ダイエットの熱心な信奉者と同じく、当時もとるべき食事を決める場合、食べ物はまずその構成要素に分解された。しかし、食品の栄養バランスはたいていの場合偏っていたため、料理人は料理ごとに微調整をおこなうことが求められた。それは料理だけでなく、錬金術の領域にも及ぶことがらだ。厨房の外では、医者もまた体液説を利用して特定の性質や病気に効く食べ物を患者に勧めた。香辛料は特に体液の不均衡を正すのにふさわしい、高濃度の合成物だと考えられたため、黒死病から不能まで、あらゆる症状に対して処方された。

香辛料は贅沢な生活の一部であり、ある集団が自らを他の集団から切り離すために「欠かせない」とさえ考えられていたことは論をまたない。それが一種の機能性食品として広く利用されていたことも、多くの記述から明らかだ。それでも、もし富裕層が健康的かどうかをそれほど重視して食べる物を選んでいるなら、フォワグラや一ポンド四五ドルもするチョコレートの消費者はほとんど存在しないはずだ。

中世とルネサンス期のエリートが香辛料を効かせた食べ物を好んだのは、現在のアメリカでのタイ料理の、そしてイギリスでのバルティ料理の人気と、多くの点でそう変わらないのかもしれない。物珍しく、おしゃれなだけでなく、人々は間違いなくその味を気に入ったのだ。そして香辛料が高価で、魔法のような治癒力を持っていたことも、その魅力を高めたことだろう。

サー・ジョンと楽園の探求

　厳然たる事実や確固たる現実は、文化現象を説明しようとする場合は部分的にしか役に立たない。そしてそれは、中世キリスト教世界に関しても変わらない。学者諸氏が答えを出せなくても、亡霊なら何かヒントを与えてくれるかもしれない、そう考えて、私はセント・オールバンズまではるばる出向いたわけだ。亡霊とはサー・ジョン・マンデヴィルのことで、この一四世紀の騎士は、この町の大聖堂に葬られているという。当時最も評判の旅行記の作者であるサー・ジョンは、その著作でノルマン朝時代のイングランドからヴェネツィア、コンスタンティノープル、聖地エルサレム、そして楽園にまで至る大旅行について書いている。『東方旅行記』は、当時の国際的な大ベストセラーだった。

　当時のほとんどの旅行記と同じく、サー・ジョンの作品も巡礼記の体裁をとっている。ノルマン系イングランド人騎士である作者は、一三二二年の聖ミカエルの祝日にセント・オールバンズを出発した。そして宝石に満ちた東洋を横断して、奇跡を起こす聖遺物がところ狭しと安置された有名な寺院を訪ねた。遠い昔にイエスが放浪した、太陽に照りつけられた土地を歩いた。エジプトのスルタンとも仲良くなった。

　だが、本当におもしろいのはその先だ。レバント地方の聖地を巡った後、サー・ジョンはさらに東へ向かい、伝説的なキリスト教王国、コショウの木の生えるインド、インドネシアの香料諸島、そしてエデンの園の門まで行くのだ。朝日に向かって進めば進むほど、物語の信ぴょう性は低くなる。しかし中世の読者は、驚くべきこととまったくありえないことの違いにこだわったりしなかった。アジアに現に存在する物事の中には西洋人には信じ難いようなこともあったため、多くの人々はサー・ジョンの作品に登場する伝説上の王や口のない小人のほうが、クビライに関する同じぐらい驚くべき、とはいえはるかに事実に基づいたマルコ・ポーロの記述より、信頼に値すると判断したのだ。

だが、マンデヴィルが書き残した、驚嘆するような東洋の物語のすべてが眉唾なわけではない。そこに登場する宝石の川や一つ目巨人の土地は我々にも信じ難いにしても、ジャワ島やその周囲の島々のショウガ、クローブ、シナモン、ナツメグ、メースに関する記述、あるいはコショウの木が蔦のように絡まり、ブドウに似た実をつけるという記述はほぼ正確だ。読者がマンデヴィルの物語を信じたのか、それとも単にお話として楽しんだのかはわからない。それでも彼の作品は二世紀にわたり、マルコ・ポーロの著作よりも売れゆきがよかった。

とはいえ、マンデヴィルの本が人気を博したのは、聖遺物の奇跡や変態的な両性具有の物語のせいだけではなかった。少なくとも一部の探検家や地図制作者は、彼の情報をまじめに検討したようだ。ドイツ人製図家のマルティン・ベハイムが運命の一四九二年に世界で初めて地球儀を制作したときも、マンデヴィルの記述を参考にした。コロンブスがその奇抜なアイディアを売り込もうと各国宮廷を出入りしていたとき、彼がマンデヴィルの本を持っていたと、数人の同時代人が主張している。この頑固なジェノヴァ人は、サー・ジョンの著作を根拠として、西へ航海すれば伝説的な東インドの香料諸島へ到達できると主張したのだろう。

しかし当時は、個人的な経験と机上の知識、体験と啓示、科学と宗教のあいだには、現在のような厳密な線引きはされていなかった。サー・ジョンのような巡礼行とは、身体的な旅にとどまらず、天国を探し求める精神的な探求でもあった。逆に旅の目的が形而上的なものだったとしても、途中で見られるあらゆる寺院や巡礼地の標識は、現実に存在したのだ。楽園でさえ、誰でも見られるように地図にはっきり記されていた。東に向かって、エルサレムを目指して旅することは、一歩一歩、地上のエデンに近づくことを意味していたのだ。聖地を行き過ぎたら――マンデヴィルが魅力的な筆致で詳しく説明しているように――不信心者の土地を横切れば、プレスター・ジョンの偉大なるキリスト教王国に到達する。そのすぐ先、つまりアジアの東側に、すべての専門家が同意するように、アダムとエバの最初の庭園であるエデンの園が存在する。それは喜びと豊穣の地で、常緑の木々がそよ風に揺れ、緑色の野原は若返りの泉で潤っている（カリブ海諸島のすべての観光局が、同じようなイメージの売り込みに成功している）。

エデンの園には住所と所在地だけでなく、味と香りもあった。楽園には貴重な香辛料植物が生えていたため、当然その香りが漂っていた。ギニアショウガが、アフリカ産であるにもかかわらず「グレインズ・オブ・パラダイス（楽園の粒）」と呼ばれたことからも、両者の関係は明らかだ。一三世紀に旅行記を書いたジャン・ド・ジョアンヴィルは、ナイル川から漁師が引き上げた網は「この［遠い］地が生み出す、ショウガ、ルバーブ、ビャクダン、シナモンなどの産物に満たされていた。これらは地上の楽園から来ると言われている」と記している。噂によれば、エデンの園の木立に生える香辛料植物は、楽園の穏やかなそよ風でナイル川の源流に落ちるのだという。聖人やその遺体も香辛料の香りがすると言われた。なぜなら彼らはすでに天国にかなり近づいているからだ。こうした超自然的な香りという概念は、キリスト教世界限定のものでもなかった。ペルシャやアラブの資料にも、よい香りの植物や食べ物に満たされた快適なあの世の生活についての記述がある。中国人でさえ、シナモンは生命の木の樹皮だと信じていた。したがって、その後ヨーロッパ人探検者が貴重な調味料を求めて地球を半周したとき、彼らが同時に理想郷《シャングリラ》をも探したのも無理はない。クリストファー・コロンブスと同じように、彼らの多くがマンデヴィルの著作をガイドブックとして携えていた。「インド諸島」への三度目の航海で、このジェノヴァ人航海者は支援者に宛てて、「ここが地上の楽園であることははっきりしています。この位置は、賢明かつ聖なる神学者たちの意見と一致しているからです。……彼らは全員、地上の楽園は東方に存在すると述べています」と書いている。彼はまだ、アジアのすぐ東側にいると信じていたことを思い出してほしい。

とはいえ、コロンブスの画期的な航海の主目的がエデンの園の探求だったと言いたいわけではない。香辛料の探求者のほとんどは、死後の救済よりも、現世で手っ取り早く金持ちになることに関心があった。それでもなお、宗教的な動機を完全に無視するのは間違っている。コロンブスを財政的に援助したイザベラ女王は、西ヨーロッパ最後のイスラムの拠点だったグラナダのコンキスタドーレス［征服者］だったことを思い起こそう。この「最も敬虔なキリスト教徒の」君主とその突撃軍団、つまり騎馬コンキスタドーレスは、自らを十字軍兵士の後裔と考え、同じようにエルサレムの解放を最終的な目標としていた（確かに少しは脱線したが）。コロンブスの最大のライバルであるヴァスコ・ダ・ガマの場合はさらに明快だ。彼がインドの香辛料海岸を目指して航海したとき、命令には伝説のキリスト教徒の王プレスター・ジョンの探索もはっきり含まれていた。ここでも結局は形而上的な目標よりも貪欲さが優先されたとはいえ、それでも当時の人々が宗教的な事柄をまじめに考えていなかったことを意味しない。初期のイベリア諸国による拡大政策は、これを武装巡礼ととらえ、香辛料の探索はそのほんの一部にすぎないと考えてこそ、ようやく理解可能なのだ。

東に旅すれば楽園に到達できるという考え方には、その時代背景を考えれば一定のロジックがある。ヨーロッパは世界の先端をいくという考え方に慣れきった我々は、人類の歴史の大半において、ヨーロッパ大陸は東方の奇跡を受け取り続けてきたという事実を忘れがちだ。一〇〇〇年以上のあいだ、メソポタミアの農業、フェニキアのアルファベット、ギリシャの哲学、アラブの簿記はどれも東から西へ伝わった。キリスト教とイスラム教も同じルートをたどっている。小麦、オリーブ、砂糖、香辛料も同じだ。歴史家ノーマン・パウンズは中東からの技術と文化の流入を、歴史のほとんどの期間においてヨーロッパ側のほうが低かった「文化的な傾斜」現象だったと述べている。サー・ジョンがイングランドからイタリア、ビザンティウムそして最終的に中東に旅したときも、進めば進むほど先進的な技術、経済構造、文化、そしてもちろん洗練された料理に出合ったであろうことは疑いない。

この傾斜はしかし、数百年後にマンデヴィルの本が活版印刷されたころ、決定的なヨーロッパ優位にシフトすることになった。興味深いことに、文明度が東高西低の傾斜を示していたころは香辛料の需要が高かったのに対して、需要がピークに達したころに傾斜が反転し、東洋の伝説的な香りは、ヨーロッパでの魅力を失っていった。イタリア・ルネサンス期になると、発明品や文化、征服の勢いは西から東へ向かいはじめた。楽園とコショウを求める初期のためらいがちな航海は、世界じゅうを舞台とするヨーロッパ勢の積極的な拡張政策へと席を譲ったのだ。

マンデヴィルの評判にとっては不運なことに、より多くの人間が伝説的な香料諸島を自らの目で見た結果、彼が事実を脚色していたことが明らかになった。真珠はありふれたものだったし、コショウにいたっては栽培する価値もない、みすぼらしい雑草だった。最近では、彼の実在さえ学界では疑問視されている。私の亡霊は空想の産物でしかないのかもしれない。しかし彼が実在したにしろそうでないにしろ、『東方旅行記』の主人公は、楽園の味を中世ヨーロッパに知らしめたのだ。問題は、楽園《エデン》が略奪され、植民化されるにつれて、そのスパイシーな香りが失われたことだった。変化の一部はマンデヴィルの作品の成功に負うものだったが、それは彼の没落のきっかけにもなったのである。

黒い黄金

伝説的な起源を持つ東洋の香辛料は、ヨーロッパで手に入る調味料に比べて強く購入意欲をかきたてる存在だったが、その一方で、ある場所で購入し、別の場所でこれを売ることによって得る利益は、多くの商人を続々と香辛料ビジネスへ参入させるほど大きかった。インドのマラバール海岸の丘で栽培されたコショウは、マンデヴィルの時代のイングランドでコショウ商人のギルド傘下の店にたどりつくまでに十数人の手を経由した。そしてコショウの所有者が変わったり、税関を通過したり、税金を払う必要が生じるたびに、値段は跳ね上がった。一五世紀の商業活動に関するある研究によると、インドのコショウ栽培農民は、一キログラムのコショウに対して銀一～二グラムを受け取った。これがエジプトの主要な貿易港であるアレクサンドリアに達すると、値段は銀一〇～一四グラムに跳ね上がった。ヴェネツィアのリアルト界隈の香辛料市場での値段は銀一四～一八グラムで、ロンドンの貴顕に売られるころには、値段は銀二〇～三〇グラムになっていた。とはいえ、このサプライチェーンに含まれるどの一人の商人も、別に大儲けをしたわけではない。他の商人と同じようにこの貿易から利益を得たヴェネツィア商人でも、その純利益は法外とは決して言えない四〇パーセントだったと推測されている。それでもこれは当時のフィレンツェの銀行家の投資リターンの倍だった。

現在でも、コショウ貿易の利幅はこれにほとんど負けないほど大きいことは特筆に値する。インドでの最近のコショウの卸売価格は、一キログラムあたり約一・六〇ドルだったのに対して、ニューヨークの高級食材店ではマコーミック「グルメ」黒コショウに一・六二オンスの容器あたり五・四九ドル（つまり一キログラムあたり一二〇ドルだ！）もつけていたのだ［マコーミックとは、アメリカのメリーランド州に本社を構える世界最大のスパイスメーカー］。

しかし現在と違って、当時はこれほど大きな金儲けのチャンスを与えてくれる商品はほかにほとんど存在しなかった。アジア貿易にまずポルトガルが、次いでオランダが参入すると、彼らの儲けはさらに莫大なものとなった。一六世紀には、ポルトガル人が南インドで購入してリスボンで売ったコショウの純利益は一五〇パーセントにもなった。ナツメグの場合はヨーロッパで、マラバール海岸の一〇〇倍の値段がついた。原産地である、今日のインドネシアの香料諸島で購入した場合、利益はさらに大きくなった。

古代貿易

香辛料貿易から上がる大きな利益は数千年にわたって商人をひきつけてきたが、それはヨーロッパに限られたことではなく、それどころか彼らが主役だったわけでさえなかった。ポルトガルとオランダの商人が強引に割り込んでくるずっと以前から、インド、中国と東南アジアの島々のあいだには活発な香辛料貿易が存在した。中国の唐王朝（六一八〜九〇七年）の支配層は、ブルゴーニュ公国の支配者と同じぐらい、インドネシアその他で産する香辛料を好んでいた。マルコ・ポーロは、アレクサンドリアに停泊しているイタリアの香辛料貿易用ガレー船一隻に対して、中国のザイトン（泉州）には一〇〇隻が停泊していると述べている。ある推定によれば、ヨーロッパ市場にもたらされた香辛料の割合が、アジアが生産した総量の四分の一を超えたことはほとんどなかった。

旧約聖書の記述が信頼に値するとすれば、ヨセフは古代エジプトに香辛料を運ぶ隊商に売られた。彼らがどんな種類の香辛料を運んだのかは記されていないが、おそらく少なくとも少量のコショウを含んでいたはずだ。紀元前一二二四年に死去したあるファラオのミイラの鼻の中に、コショウ粒が詰められていたからだ「ヤコブの息子ヨセフが兄弟たちに妬まれ、ユダヤの地からエジプトに売られたという物語は、旧約聖書の「創世記」に記されている。また鼻にコショウ粒を詰めて葬られたのはラムセス二世」。その後、シバの女王がイスラエルのソロモン王を訪問したときも、手土産として香辛料を積んだラクダを連れてきたと言われている。より信頼できるのは、シリアの考古学調査で発見された紀元前一七〇〇年ごろのクローブで、これは一般家庭の台所にあった！　やがて登場したローマ人もアジアから香辛料を輸入したものの、その取引価格は後年のヨーロッパとは似ても似つかなかった。コショウは、シナモンやこれによく似たカシアとともに好まれたが、一部の研究者は、シナモンとカシアは現在その名で知られているものとはまったく別物だったと主張している。やがて西ローマ帝国が崩壊すると、それ以後旧ローマ属州ではコショウはほとんど完全に姿を消した。しかし他の地域では、香辛料商人たちは富裕層や権力者に商品を供給し続けた。中国、インド、ペルシャ、そして中東のアラブ諸国はそれ以前とまったく変わらず、強壮剤および調味料として香辛料を使い続けた。ビザンティウムとして知られるようになった東ローマ帝国でさえ、食習慣は以前とそれほど変わらなかったようだ。

状況はヨーロッパでは異なった。ローマ帝国の崩壊により、アルプス山脈より北の土地では秩序が失われた。小麦畑は蹂躙されて荒れ地となり、ぶどう畑は踏みつけられて埃が舞った。貿易は窒息し、大都市は縮んで小集落に戻った。庶民は植物の根や木の実を探し求め、戦士階級はビールをがぶ飲みしながら、焼いた獣肉にかぶりついた。少なくともこれが、我々の持つ中世・暗黒時代のイメージである。もちろん、この荒々しい景観のそこここには洗練された文明の拠点が残り、特に修道院では、ローマ風の生活様式の断片が維持されていた。そしてイタリアは、ビザンティウムという現在の「ローマ」帝国と、古代の皇帝《シーザー》たちの帝国の記憶の双方と、積極的な絆を維持していた。それでも、この時代にヨーロッパ大陸で暴れまわったゲルマン人やスラブ人の部族の侵入に関してはっきりしているのは、彼らの登場は食文化にまったく貢献しなかったという事実である。

ヨーロッパが戦乱と飢餓と疫病の繰り返しで荒廃しているあいだ、中東はパックス・アラビカの繁栄を謳歌していた。帝国の首都バグダッドでは、ペルシャ人、アラブ人、それにギリシャ人が同じテーブルにつき、医学、科学、芸術、そしてもちろん何を食べるかについても、活発に議論を戦わせた。アラブ商人たちは代理人を中国、インド、インドネシアに派遣して絹や宝石、そしてなによりも、あらゆる洗練された料理に欠かすことのできない香辛料を求めさせた。ついでながら、彼らこそがインドネシアとマレーシアにイスラム教を伝えたのだ。一方西方では、イスラムの軍隊がイベリア半島を征服してフランス奥深くまで攻め入った。彼らはシチリアを占領し、ビザンツ帝国の中東の領土を、わずかな断片を残してほぼ完全に手に入れた。エルサレムではモスクがキリスト教の遺跡を覆い隠した。しばらくのあいだ、信者を祈りにいざなうムエジンが、カスティーリャの埃っぽい平原から蒸し暑いジャワ島の海岸まであまねく響き渡った。

当然ながらヨーロッパのキリスト教徒はイスラムの脅威をひしひしと感じていた。それに対する反応こそ、一〇九六年から一二九一年にかけておこなわれた、我々が十字軍と呼ぶ中東への一連の大攻勢だ。しかし短命に終わった聖地での軍事的成功（十字軍はエルサレムをわずか八八年しか支配できなかった）など、この最初のカトリック聖戦《ジハード》に続く思想的、文化的、経済的な影響と比べれば取り立てて言うほどのこともない。

一般的に文化は、人々を統一するものだけでなく、それ以上に、彼らを隣人や敵から区別するものに基づいて、アイデンティティを確立する。たとえば現在なら、ヨーロッパ人を一つにまとめているのはユーロだけでなく、アメリカ人に対する不満だ。同じように中世初期のキリスト教圏も、――ヨーロッパ内部に存在した巨大な政治的、経済的な隔たりを考えれば――外部の脅威なしにまとまることなどできなかった。より日常的な面では、十字軍をきっかけに味覚やファッションにも変化が表れた。セント・オールバンズのすきま風の入る屋敷に戻ってきたノルマン騎士は、陽光の降り注ぐパレスチナで食べた料理を恋しく思っただろう――肌を焼いてトルコの休暇から戻ってきた現在のマンチェスターっ子のように。暗黒時代には、香辛料は日々の料理からほぼ完全に姿を消していた。しかし十字軍をきっかけに、（一部の階級の）ヨーロッパ人は、続く六〇〇年間、香辛料をたっぷり効かせた料理を楽しむことができるようになったのである。

欲望の港

何世紀にもわたり、世界じゅうで人々はヨーロッパ人のコショウ、シナモン、クローブ渇望を利用して富を形成してきた。マラッカからマルセイユに至る各地の商人たちは、香辛料取引で大儲けした。カイロとカリカットの君主は、コショウ貿易商人から徴収した金で軍隊を増強した。ロンドン、アントワープ、ジェノヴァ、コンスタンティノープル、メッカ、ジャカルタ、そして泉州までが、その富の少なくとも一部を、寄港するスパイスの香り高い貿易船に負っていた。しかしヴェネツィア、リスボン、アムステルダムの大集散地ほど、アジア産の調味料にその繁栄を完全に依存していた場所はほかになかった。この三都市は順番に、香辛料帝国に君臨する世界有数の都市にのし上がった。ヴェネツィアが最も長く繁栄したが、その後ヴァスコ・ダ・ガマのインド到着をきっかけにアジアの香辛料ルートが変化し、リスボンが富と栄光の一〇〇年を享受した。最後にアムステルダムが香り高い商品を掌握して貿易を厳しく管理し、この世紀を歴史家たちは、この都市の黄金時代と呼んでいる。

この三都のあいだには、相違点と同じぐらい多くの類似点が認められる。どれも自由になった（あるいは支配していた）土地は小さくて資源に乏しかったため、彼らには海外に飛び出してチャンスをつかむ以外の選択肢はなかった。反対に税収で潤った豊かな財布を持つ王たちや皇帝たちの場合は、危険に満ちた香辛料貿易に乗り出そうという貪欲さを持たなかったのだ。彼らの大きな港湾は船乗りや造船術で名高かった（そこにいる娼婦もよく知られていたのは、決して偶然ではない）。それでも、彼らは異なる時代に、異なる方法で繁栄をつかんだ。

ヴェネツィアは中世のシンガポールのような存在で、つまり商業こそが国家イデオロギーであるこの商人共和国では、政府の主な仕事は取引活動が遅滞なく潤滑におこなわれるようにお膳立てし、調整することだった。コショウは貿易の潤滑油だった。反対にリスボンでは、すべてが香辛料貿易と宗教的救済という二兎を追う国王の気まぐれ次第だった。一五世紀に、幸運なことに代々開明的で優れた直感力を持つ国王に恵まれたポルトガルは、アフリカ周航によりアラブの仲買人を締め出す方法を編み出すことができた。これが神の御意志に沿っていたかどうかはわからないが、少なくとも財布を膨らませられたことは確かだ。

オランダ人はこれよりはるかに現実的だった。アムステルダムで彼らは香辛料貿易を株式会社に委託したが、その結果リスボンの封建的なアプローチよりはるかに効率的かつ厳正に商業活動を遂行できた。オランダ東インド株式会社の本部で下された決定は、地球の裏側の人々の生活を一変させる。オランダ人が香辛料貿易から退場したころには、世界はマンデヴィルがその著作で説明したのとはまったく異なる姿を見せていた。

そのあいだにもヨーロッパ文化において、香辛料の持つ意味合いは少しずつ変化していった。ヴェネツィアのガレー船で運ばれてきた東洋の神秘の象徴は、十字軍の紋章を掲げた巨大なキャラック船に満載された異国的な財宝となり、最終的にはオランダ東インド会社の所有する船の船倉に石炭のように積み上げられた、儲かりはするが珍しくもない商品となったのだ。この変化が起きたのはヨーロッパが、イスラムとの（間欠的な）戦いや、共通の宗教や各国の知識階級の共有する言語でまとまった大陸から、異なる宗教と言語を持つ国民国家がぶつかりあう戦場へと姿を変えていったのと、ちょうど同じころだった。宗教改革後のヨーロッパでも、人々は相変わらずコショウとショウガをたっぷり使っていたが、その理由は値段が下がったからにすぎなかった。しかし流行の発信者たちは香辛料に飽き飽きし、メディチ家やブルボン、ハプスブルク、テューダーといった王朝の代々の君主の愛好する料理は、根本的な変化を遂げようとしていた。

ヨーロッパ人による世界征服への道を開く商業活動が活発化した、ちょうどそのころ、彼らの味覚は故郷に回帰したのである。十字軍や巡礼の流行は終わりを告げ、乱痴気騒ぎは終息した。もちろんこれらが一夜にして、あらゆる場所で姿を消したわけではないが、マドリッドやヴェルサイユなどの流行の発信地では、香辛料を足がかりに立身出世することはもはやかなわなくなった。かつて流行に乗ったおかげで、ヴェネツィアは海底に打ち込んだ支柱の上に危なっかしく建つ漁村から、ヨーロッパ最大の都市に発展し、また少数の目利きの気まぐれな嗜好は、リスボンをキリスト教世界の端に孤立する岩の塊から世界にまたがる大帝国の輝かしい首都に一変させた。さらに、小さなヨーロッパ大陸の住民のわずかな一部分が好んだ料理法が、アムステルダムを周囲の沼地から切り離して、ちっぽけなオランダを束の間世界最大の勢力の一つとした。しかしこれらすべては過去のものとなった。流行は移ろっていったのだ。

新しい世界

香辛料を求める旅は、ダ・ガマのように成功した場合、あるいはコロンブスのように誤解に基づいた場合を問わず、根本的な、そして日常生活にかかわる多くの影響を後世に及ぼした。ヨーロッパ人の到来に続くネイティブ・アメリカンの過酷な運命や、その後大西洋を舞台に展開された悲惨な奴隷貿易については、誰もが知っている。それよりおそらく知られていないのが、インドネシアのナツメグの島で、オランダ東インド会社が引き起こした大虐殺だ［香料諸島の一部であるバンダ諸島は一九世紀まで、世界で唯一のナツメグとメースの産地だった。一七世紀前半にオランダ人は、日本人傭兵を使って、彼らの要求に従わない原住民の大虐殺をおこなった］。ポルトガルの香辛料貿易に従事する船員やオランダのナツメグ農園の労働者を確保するために、インド洋で盛んにおこなわれた奴隷貿易についても、知る人は少ないだろう。南アフリカに定住したアフリカーナ、ボーア戦争、そしてその後のアパルトヘイト体制でさえ、オランダ人が植民者を送り込んで喜望峰をコショウ船の補給地としなければ、存在しなかったにちがいない。

香辛料貿易の他の影響は、より経済的な面に限られていた。東洋の高級品に対するヨーロッパ人の渇望を反映して、金《かね》は東へ流れ続けた。銀を満載した艦隊がメキシコやペルーからヨーロッパへ向かい、その後決まってコショウの支払いのため、はるばるアジアまで航行を続けた。アジア人は彼らの産する黒い黄金と引き換えに、スペイン銀貨を欲しがったからだ。しかし重い銀を運んでアジアに向かうコショウ船は、もう一つ別の種類の〝積み荷〟を運んでいた。フランシスコ会やイエズス会の宣教師たちも、香辛料貿易とともに旅したのだ。彼らの布教活動はイスラム商人たちにはとうてい太刀打ちできなかったものの、少なくともアジアに存在する多種多彩な宗教にキリスト教も仲間入りしたのだった。

おそらくそれ以上に重大な影響を及ぼした別の積み荷は、修道士や銀貨とともに運ばれた食材だった。トウモロコシ、パパイヤ、豆、カボチャ、トマト、トウガラシなどの新大陸原産の野菜はすべて、ポルトガル船によってアフリカ、インド、そして香料諸島にもたらされた。とはいえ、香辛料貿易の影響のすべてがこのように長期的なものだったわけではない。日常的なファッションもまた、東洋との接触から影響を受けた。たとえばポルトガル人が今も好む青と白のタイルは、コショウとともに持ち帰られた明朝の磁器の紋様を模倣しようとした結果として生まれたものだったし、アムステルダムではこの時期、ムガール帝国風の刺繍を施したインドの布が大流行した。

歴史とは、世界戦争やナポレオン級のエゴ、大衆革命または経済の大混乱や技術革新をきっかけとして、まるで大きな車輪のように前に進んでいくものだと、我々は学んできた。しかし一見すると日常生活の些細な出来事としか思えないものが、世界秩序を激変させることもある。ヨーロッパの拡大の重大なきっかけとなった香辛料に匹敵する、社会に重大な影響を及ぼす物資を現代生活の中で探し求めた多くの歴史家は、中東の石油を例に挙げている。しかしこの比較には大きな問題がある。なぜなら石油は現代生活を円滑に進める上で、ほぼすべての側面において必要欠くべからざるものだからだ。毎日、莫大な量の石油が世界の隅々まで運ばれている。これに対して一五世紀初頭、ヨーロッパで消費されたコショウのほぼ全量が、毎年わずか六隻ばかりのポルトガル船によって運ばれていた。それなしでは経済活動がたちまち滞ってしまう石油を守るために、国家が戦争も辞さないのは理解できても、人口のごく一部にしか手が届かず、栄養にもならない食品添加物のために同じことが起きるだろうか？　香辛料の有用性は、せいぜいエルメスのスカーフ程度だ。

しかしこのように生活必需品でなかったおかげで、香辛料は人間と食の関係を調べるためのレンズの役割を果たすことができる。飢餓の恐怖から解放された人間は、あらゆる理由に基づいて物を食べるようになるが、それはメディチ宮廷であろうとビバリーヒルズのフードコートであろうと変わらない。食べ物は単なるエネルギー源ではなく、意味や象徴性を含んでいる。朝食のオートミールに振りかけられた、挽いた木の皮は、かつて天国の香りを漂わせていたし、エッグノッグの上のすりつぶされた熱帯のナッツの核は、世界の貿易ネットワーク形成の出発点となった。そしてコショウ挽きの中のしなびた小さな粒は、ヨーロッパの世界舞台への登場と、その後の世界征服に道筋をつけたのだ。世界のグローバリゼーションの起源は、まっすぐ香辛料まで遡ることができる。

エデンの園のバージョンアップ

人間の味覚は保守的だと、よく言われる。特定の個人についてなら、これは正しいかもしれない。しかし社会全体で見た場合、それは一、二世代のあいだに定期的に変化している。クリスコ（菓子用ショートニング）とココアパウダーの混合物である「オレオ」という甘い菓子が大好きな多くのアメリカの大人の味覚は、彼らの親世代には共有されていなかったはずだ。すべてのイタリア人があれほどパスタを食べるようになったのも、ようやく第二次世界大戦後のことだった。現在では、各国の食習慣が大きく変動し、そしてまとまりつつある。世界のうち、少なくとも飢餓の危険にさらされていない地域では、中世以来のどの時代よりも、食べるものが互いに似通ってきている。もちろん食はこの一般的な現象のほんの小さな一部にすぎない。これは現代における国際ゴシック様式［一四世紀後半から一五世紀前半にかけて、各国宮廷を中心とするヨーロッパ各地で制作された絵画・彫刻・工芸に共通してみられる様式で、繊細優美を特徴とする］のようなものなのだ。ただし、（美術史家がふつうこの用語を使う場合のように）芸術と建築に限定されず、食、音楽、ファッション、言語の分野にまで広がりを見せているのだが。英語は新時代のラテン語で、ヒップホップはナイロビやムンバイのクラブから発信されている。そしていまやマクドナルド、コカ・コーラ、そしてその模倣品が、地球上のあらゆる場所に存在する。

世界じゅうの大都市のうちロンドンほど、最近になって食の面で最も劇的な変化を遂げた場所はないだろう。今では美味い料理は驚くほど簡単に見つかり、その多くが世界の反対側から輸入されている。

ロンドンの国際的な雰囲気を味わおうと出かけたある晩のこと、どうやらセント・オールバンズの幽霊騎士に完全に別れを告げたわけでなかったらしいことに私は気づいた。そうでもなければ、長さ一〇〇ヤードほどの、マンデヴィル・プレイスという名の小道に偶然ぶつかることはなかったはずだ［一ヤードは約〇・九メートル］。一ブロック先で、通りはメリルボーン・ハイストリートと名を変える。フレンチ・ペストリー・ショップやネイルサロン、スターバックスやその他の多国籍チェーンストアの建ち並ぶこの道は、現代イギリスの典型的なメインストリートだ。高級パブは、イギリスのセレブたちのあいだで魅力的とされている、枠からはずした感じを誇示する、日焼けした客で混み合っている。地元の飲み屋のなかでも流行の最前線に位置するのが「プロヴィドアズ（*Providores*）」という店で、〝ジェット族〟御用達のフュージョン料理にニュージーランド風味を加味し、食通のロンドンっ子たちのあいだで評判になっている。この場所なら、サー・ジョンも気に入ったにちがいない。（「タパ」というポリネシアの布の大きなテーブルクロスが使われている）タパ・ルームは特に。ここはドッと上がる笑い声が響き渡る騒々しい場所で、すぐ傍を運ばれる料理からは、遠い熱帯の庭園の香りが立ちのぼる。

ニュージーランドの料理人ピーター・ゴードンは、マンデヴィルの旅行記に登場する場所を実際に訪ねている。店のホームページには、東南アジア、インド、ネパールを訪問した経験から、彼が料理のインスピレーションを得たと記されている。同世代の多くの料理人と同じようにゴードンもまた、テレビで高い知名度を誇る。彼を呼び物にしたチャリティ・イベントが国じゅうで開催され、また彼は少なくとも三つの大陸でコンサルタントを務めている。ゴードンは、マイアミからバンコクに至る各地の高級料理の標準となった、世界を股にかけた料理スタイルを体現しているのだ。サー・ジョンの時代のヨーロッパで貴族たちが食べていた料理とは異なっていても、これもまた香辛料が効いている。

実際、「プロヴィドアズ」の厨房から漂ってくる異国的な香りは、マンデヴィルがかつて東洋への空想上の旅から持ち帰った物語と同じように、そして同じぐらい、感覚を快く刺激してくれる。ここでもオリエントの異国趣味は、西洋の消費者のために姿を変えている。かつて遍歴の騎士が、中国の皇帝に仕える勤勉な小人族の物語で読者を楽しませたように、現代の旅する料理人は、タイカレーのソースに蟹肉がたっぷり入ったスパイシーな蟹のラクサを用意してくれる。そして住民が妻を交換する風習を持つ名もない島について夢想する代わりに、インドの香辛料で味付けされた野菜のベッドの上に横たわるフランス風に調理された魚を通じて、空想の地の味を楽しむことができるのだ。

しかしここで味わう食べ物もまた、マンデヴィルの物語と同じように、フィクションの産物だ。エキゾチックな熱帯の味覚は、イギリスの終わりなく続く雨から、太陽がいつも輝き、紺青の波が薔薇色の珊瑚海岸に穏やかに打ち寄せる遠くの島へ、我々を連れて行ってくれる。我々もまた、楽園を求めているのだ。たとえ飛行機に乗ってそこまで行けなくても、少なくともカリブ海のカクテルを飲んで、スパイシーなバリ風オードブルを噛みしめることならできる。サー・ジョンもこの探求を大いに推奨することだろう。

第一部　ヴェネツィア

イ・アンティキ

サン・マウリツィオ広場に面した会場での夕食会で、私の記憶にいちばん残っているのは、シャコだ。その不透明な、ピンク色の海の生物は、銀の大皿にくねくねと広がっていた。そして低いキッチンの出入り口に現れた、ルーカの姿だ。革のズボンにロイヤル・ブルーのベルベットのシャツ、鮮やかなオレンジ色のブーツを身につけ、サテュロス［ギリシャ神話の森の神。酒と女を好む］のような顔には、満面の笑みを浮かべていた。そして汁気たっぷりのごちそうを私たちによく見せようと、皿を掲げて立ちどまった。シャコは太った男の人差し指ほどの大きさで、おいしいエビやロブスターと同じ科に属する。ただしほかの甲殻類のように色鮮やかではなく、威勢のいいはさみも持たないため、その外見はかなり昆虫に近い。だがその味わいは群を抜いて繊細で、甘みと塩味が絶妙なバランスで染み込んでいる。シャコがテーブルに置かれると、私はナイフとフォークを使うことは端から諦め、手でこの魅惑的な生き物を整然と引き裂き、甘い身を取り出し、指についた塩気のある汁も残らず吸い取った。そのとき、一四八三年に発行されたエチケットについての小冊子に書かれていた、手でものを食べるときの作法を思い出そうとしてみた。当時は皆が手を使って食事をしていたのだ。いわく「三本の指を使って食べること。一口を大きくしすぎず、両手で口に詰め込むのは避けるように」。正しくできているかどうかの判断は難しいところだ。

現在のほとんどのイタリア料理と同じように、シャコのレシピもシンプルだ。オリーブオイルで和え、塩とコショウで味付けしたものは、最も基本的なヴェネツィア料理といえよう。ラグーンの恵みがもたらす一品で、ヴェネツィアがヨーロッパにおけるコショウの商人となるはるか前から、そしてスパイス貿易とはすっかり縁がなくなってからも、長いあいだ漁師たちの腹を満たしてきた。コショウはいまだ使われているが、他の香辛料——ショウガにシナモン、ナツメグ、クローブ——はすっかり姿を消している。一時はヴェネツィアの厨房にはこうした香辛料があふれ、食事はオリエンタルな香りで満たされていた。今はまるでいにしえの町が、過去のスパイスに満ちた栄華を忘れ、年寄りがよくするように、若いころの思い出に浸っているようだ。成り上がり貴族たちに、外来の安っぽい宝飾品で飾りたてられる前の、古きよき時代の思い出に。ルーカは、この調理法は人気があり、お婆ちゃんたちの味付けだと説明した。彼女たちは唯一、まだヴェネツィア料理をつくることができる人たちなのだ。過ぎ去った日々の宴《うたげ》に思いを馳せたのか、ルーカの笑顔が哀愁を帯びた。

　私はその仮面を剥いでみたくて、ヴェネツィアにやってきた。昔の味がどのようなものだったのかを知りたい、古い時代のコショウの香りを嗅いでみたいと思ったのだ。きっとルーカが案内役を務めてくれるだろう。彼はこれまで四〇年あまりの人生を、ずっとこのラグーン上の貴婦人と過ごしてきている。その間、ルネサンス期の饗宴を再現することもしてきた。訓練された熊の芸や剣術、当時の管楽器を使ったセレナード演奏などが披露され、飾りつけられたキジや、シナモンの香りがするラビオリが、凝った装飾の大皿や黄金の器に盛り付けられて出された。ルーカはどちらかというとなんでも屋で、ルネサンスの男という感じではないが、何度もその役に扮している。ポール・バニヤン〔米国の伝説上の巨人。力持ちのきこり〕が絹のぴったりとしたタイツに淡紅色と金色のダブレット〔一五～一七世紀に流行した、身体に密着した男子用上衣〕を身につけている姿を想像してみてほしい。もし若い時期を他の都市で過ごしていたなら、ルーカ・

コルフェライは、パンク・ロックのミュージシャンにでもなっていたかもしれない。だがここでは、彼の反骨精神はエロティックな詩歌フェスティバルを開き、カサノヴァを現代によみがえらせる形をとった。だから彼から仰々しい夕食の招待状が届いたとき、私には到底断ることなどできなかったのも、ご理解いただけるだろう。

ルーカはさまざまなことをしているが、その一つが「イ・アンティキ（*I Antichi*）」［〝昔の人たち〟の意味］という団体の指導者だ。「ストッキングの会（*Compagnia de calza*）」として知られる、同好の士の団体である。「この会は、カーニバルで楽しみたいという、奇人変人の集まりだ」とルーカは言う。実際、この団体はカーニバルで祭典を催す役割を担っていて、ヴェネツィア市当局に認可されている。土地柄、ことの発端は一六世紀にまで遡り、上流階級の青年たちがカーニバルの最中に宴会を催すのに、こうした団体をつくったという。当時、スパイス貿易を中心とした市の商業は苦しい時期にあった。特権階級に生まれた若者たちにとって、雲行きが怪しくなってきているコショウの仕事に携わって命を危険にさらすよりも、夜明けまで飲んで騒ぐほうが理にかなっていたのだ。

イ・アンティキの原型は一五四一年にヴェネツィアの貴族の一団によって築かれ、そのモットーは〝楽しみながら楽しませる〟だった。そして一九七〇年代後半に、弁護士で好古趣味を持つパウロ・ザンコペがこれを再生し、彼が亡くなるとルーカが引き継いだ。ザンコペの住まいが、シャコの宴が開催された会場で、イ・アンティキのクラブハウスのような感じで使われている。管理をしているのは、明るいブラジル人の未亡人、ジュルベバだ。

シュワシュワとしたプロセッコをもう一本空け、ルーカは壮大なレガッタや仮面舞踏会など、黄金の過去を語りはじめた。イ・アンティキの会員には街路清掃人から億万長者まで、肉屋から詩人まで、さまざまな人がいる。彼らはヴェネツィアの公式なお祭りのスケジュールに合わせて集まる。ヴェネツィアの三分の一を消滅させたペストが一六三一年に終焉したことを記念する〝聖母マリア奉献祭〟、やはりペストの記念の祭りである〝レデントーレの祭り〟、ヴェネツィア総督（ドージェ）が象徴的に海と結婚をしていた時代を思い起こす〝センサの祭り〟、それにもちろん〝カーニバル〟で、これは四旬節前にヴェネツィア中を熱中させる祭りだ。狭い通りに観光客があふれかえり、ペストによる騒動を思い起こさせるようなありさまになる。祭りの献立は、古いしきたりに則っている。聖母マリア奉献祭には塩漬けされたスパイス風味のマトン、センサの祭りにはアーティチョーク、レデントーレの祭りにはビーコリだ。

　ここでジュルベバがルーカの懐古談をさえぎり、私たちのビーコリの調理はどうなっているのか問いただした（シャコはコースのほんの一部だった）。ルーカは話の半ばでただちに席を立ち、この大切な用事に取り掛かった。ビーコリというのは、全粒粉の太めのスパゲッティで、飴色に炒めた玉ねぎとアンチョビのソースをからめて出されるのが一般的だ。アンチョビの塩味と玉ねぎの甘みは、細やかさにはかけるかもしれないものの、粗いパスタには完璧な味付けとなっている。これは典型的な伝統料理で、〝新ゲットー〟［一六世紀にユダヤ人が強制的に居住させられたヴェネツィアの新鋳造所跡。〝ゲットー〟は鋳造所を意味する］のユダヤ人にとっては特にそうだった（ユダヤ人のバリエーションでは、玉ねぎの代わりにニンニクを使う）。だが現在、古来のゲットーのコミュニティの名残を留めているのは、ブルックリン出身のハシド派ユダヤ人ぐらいのようだ。そして彼らは、ビーコリについては、プロシュートについて知っているのと同程度にしか知らないだろう。最近では、ヴェネツィアで伝統料理にお目にかかれることはほとんどない。ルーカをレストランに招待すると、彼は顔をしかめて、〝まっとうな〟店はもう残っていない、観光客相手のところばかりだ、と言う。

それでも、ヴェネツィアの料理は完全に消え去ったわけではない。深く掘り下げれば、一二〇〇年前、五〇〇年前、さらには一〇〇〇年前の料理はどんな味だったのか、手がかりを発見できる。多くのレストランでは、いまだサルデ・イン・サオールを出している。これはイワシのフライの上に玉ねぎとレーズンを盛り、ビネガー、砂糖、それにときにシナモンで味つけした料理だが、この酸味と甘みの組み合わせは典型的な中世の味だ。一四世紀のレシピにも、ほぼ同じ料理を見ることができる。ヴェネツィアでは、どこのケーキ屋にも置いてあるペヴァリーニというお菓子でも、過去を味わえる。糖蜜でほんのり甘みがついているが、それよりもコショウの風味が強く、その刺激は、この街がかつて西洋の世界へスパイスを提供することで名を馳せていた時代を思い起こさせる。

それでも、ヴェネツィア人が自分たちの料理だと言い、おばあちゃんから伝わっている味のほとんどは、比較的新しいものだ。マルコ・ポーロの時代には、シャコには今私たちが振りかけている塩とコショウのほかに、さまざまな中世のスパイスが載っていて、それは一七世紀ごろまで続いていた。カサノヴァは、パスタに砂糖とシナモンを振りかけていたのだ。そもそも、ヴェネツィア料理をイタリアの地方料理の一つとしてとらえるようになったのは一九世紀のことで、イタリアが国として確立したのと同じころだ。ヴェネツィアが他の地域の支配領土を失って初めて、地元〝イタリア〟の原料を使った料理が生まれたのである。ルネサンスのスパイスの利いた料理はいくらか残ったものの、目立たない地元の名物料理としてだけだった。ペッレグリーノ・アルトゥージは一九世紀にイタリア中産階級の料理のバイブルを書いた人物だが、過去にスパイスがどう使われていたかを、当惑と若干の恐怖をもって書き記している。

過去の料理がどういう味だったかを正確に把握する方法はないが（肉やワイン、玉ねぎでさえ、当時のものと今のものは違う）、聖母マリアの奉献祭で出されるスパイスの利いたマトンは、シェイクスピアの戯曲に登場する〝ヴェニスの商人〟が食べていたものにいちばん味が近いだろう。一一月の祝日のための準備は、春に始まる。去勢された雄羊は、塩、コショウ、クローブで保存処理を施したあと燻製にし、そのまま数カ月間、空気乾燥する。肉はいまだにダルマチア（今では、アルバニアとクロアチアといったほうがわかりやすいだろう）から輸入していて、それはいにしえの共和国が、保存加工された肉を船員たちの食料としていたときと変わらない。味わいは強く、複雑で――時代遅れだ。ルーカの四時間の晩餐で出されたビーコリ、シャコ、ヒメジのロースト、エビにチコリ、それに思い出深い食事の最後を締めくくったマスカルポーネとビスコッティのデザートのシンプルな味つけとは似ても似つかない。

現在の食事にスパイスが抜け落ちているのと、ヴェネツィアのスパイス貿易の重要性が一般に忘れ去られていることには、私には通じるところがある気がしてならない。かつては、そうではなかった。ポルトガル人がインド、つまりヴェネツィアの経済を潤しているコショウの産地にたどりついたと知ったとき、ヴェネツィア人の多くはパニックに陥った。スパイス貿易を失うことは、〝乳児がミルクや栄養を失うようなものだ〟と、スパイス貿易をおこなっていたジローラモ・プリウリは一五〇一年の日記に書き記している。そして実際、それは多くの意味で当たっていたが、最終的にオランダに繁栄の乳首を取り上げられたのは、一〇〇年後のことだった。

以来、人々は暇さえあれば好んで街の行末を案じている。だが現在は、いっそう深刻さが増しているようだ。過去二〇年間で、街の人口は三分の一に減っている。外国人がやって来ては住み着くのは以前と変わらないが、出て行く人数に比べれば、それはほんのわずかにすぎない。ジュルベバは、甘美なブラジルのアクセントで、そうね、確かにヴェネツィアは縮んでいるけれど、コミュニティは〝深く〟なっているわ、と言う。沈んでいく街で深くなっていくのがいいことなのか、私は訊くことはしない。ルーカはプロセッコを飲み干して、言った。「人口が減っている影響は大きいよ。食べ物屋さんは軒並み店じまいをして、仮面を売りはじめた。でも、それだけじゃない。どういうわけか、みんな、こぞってランジェリーの店を始めている。下着の急増だ!」と、ルーカは高らかに笑った。嫌がっているわけではなさそうだ。

ドージェと漁師

ランジェリーの店についてルーカが言っていたことは、本当だった。翌朝、若干ふらつきながらコッレール博物館に向かう途中で数えたら、四軒もあった。サン・マルコ広場を囲む新古典主義の宮殿の一角に、このかび臭い歴史博物館は収まっている。ヴェネツィアの街と同じように、コッレールも一種の派手な幻想だ。すべての社会は、程度の差こそあれポチョムキン村で、見せたいようにつくられているといえるが、このラグーンに出現した街ほどそれが顕著なところはないだろう。大理石がレンガの建物の表面を覆い、その建物は泥の中に刺さったグラグラする、木の棒の上に建っている。ヴェネツィアの世界での地位が重要でなくなった一六世紀――そして特に一七世紀――に、住民たちは歴史を書き換え、新しい筋に合わせて背景も一新した。料理法と同じように、ヴェネツィアの神話が現在の形に固定したのは一九世紀だった。そして私が不服なのは、料理にスパイスがないように、神話にもスパイスがないことなのだ。

コッレール博物館は、意図的に過去を忘れようとつとめているようで、常設展示では特に一九世紀の神話が大げさに演出されている。戦いを描いた立派な絵画や銃と鎧兜の展示は、ヨーロッパのどんな皇子にも負けないぐらい華麗なドージェの、力強い皇帝権力の壮大な叙情詩を物語る。コッレールのバージョンの歴史では、最も輝かしい瞬間は一五七一年のレパントの海戦で、ヴェネツィア率いる連合海軍が、異教徒であるオスマン帝国海軍の地中海での前進を防いだときだ。三段オールのガレー船が渦巻く波を進んでいく絵を見てもわからないのは、この有名な小戦が一般にヴェネツィアの内海における権力の最後と見なされていることで、このあとはオスマン帝国がヴェネツィアの海外の領地を体系的に合併していったことだ。部屋から部屋へと歩いていき、立派な金の刺繍を施したローブに身を包んだ威厳のあるドージェの肖像画を見上げていると、レパントの海戦の前はこの人物たちがほぼ皆、穀物、ワイン、チーズ、塩、そしてなによりスパイス貿易を扱う実業家だったことは窺い知れない。ガラス張りの陳列棚を覗くと、輝くダガット金貨、ゼッキーノ金貨、スクード金貨があふれていて、こうした金貨はヨーロッパからインドに流通した、というプレートの説明も目にとまるかもしれないが、当然のことながら、そこにはなぜインドの博物館には古いヴェネツィアのコインがぎっしり詰まっているかは書かれていない。

それでも、コッレールの神話にも一定の筋が通っている。一五七一年までには、ヴェネツィア共和国は商業的な超大国の地位を失いつつあり、自身を生まれ変わらせるのは理にかなっていた。だから商業の中心地から、ヨーロッパの娯楽の中心地へと自身を変えていった。スパイス市場について推測する代わりに、カジノでギャンブルをするようになり、エキゾチックな商品を扱う代わりに地元の安ものを買うようになった。博物館の奥の部屋にはルーレット盤やカードゲーム、絵から転がり出てくる曲芸師や、八人分の高さの人間ピラミッドなどがあふれている。一五二三年には、かつてコショウを運んでいた船隊は、スパイスを積む、わずかなお粗末な船だけになっていたが、新しいドージェ、アンドレア・グリッティは、どちらかというと商人や保険業者で知られていたこの街に、詩人や画家、音楽家たちを呼び込みはじめた。街の壮麗さを表すべく、石橋や記念碑が、白濁した運河の上に絵になるように配置された。これが、観光客を惹きつけ、それを財源としている現在のヴェネツィアだ。グリッティの元、厳密に守られてきた社会の裏で長いあいだ無秩序だったカーニバルが、管理されることになった。現在、観光客が競ってハトにまみれるために集まるサン・マルコ広場では、観覧席にドージェが座り、教会の行列や独立記念日パレード（楽団などすべて）からなる公式なパレードを見守っていた。そのきらびやかさは観光客を呼び寄せ、海外のヴェネツィアの領地が干上がってもそれは続いた。コッレールが見せかけだとすれば、街の本当の歴史はどこに行けば見つけられるのだろうか？　それは博物館ではなく、おそらく魚市場だ。魚市場に向かうには、リアルト橋への標識を辿り、そこから金細工商とスパイス売りの通りに入り、まっすぐ進む。すると大きなネオゴシックの建物が見えてくる。これが古くからの魚市場だ。

ここではヴェネツィアの起源や、本物の富の源を、本能的に感じることができる。きらめく魚介類の山、威勢よく動き回るゴキブリほどの小エビ、名前に似つかわしくない大きさの六インチもある小エビ、半透明のシャコ、真珠色の袋詰めのマテガイ、目玉が朝日で光っている巨大なマグロ、いかめしい顔つきにピンク色の装いが似つかわしくないようなカサゴなどから、それが感じられる。魚市場の魚の恵みと同じように、うねりくるラグーンからアドリア海の女王が誕生したことが理解できる。

最近の考古学の発掘で、薄暗い運河の下を見たところ、地元の豊かな潮の流れで、早くも三世紀からここに人がいたことがわかったという。誇り高いヴェネツィア人たちは、ここは五～六世紀に本土を侵略していた異邦人から逃れるためにやってきたイタリア人によって建設されたという説を好む（ルーカはいまだに本土から来た人のことを、異邦人だと言う）。だがおそらく初期に沼地に居ついた人たちは、単に豊かな漁業ができる場所の近くに腰を落ち着けた、というのが実態だろう。そして最終的に、高潮時にも濡れない土地をいくつか選んで住み着くようになり、その場所を〝高い土手（*Rivo Alto*）〟と呼ぶようになった。それがのちに縮まったのが、リアルト（*Rialto*）だ。

当初、ヴェネツィアの街は、いくつかの島に点在するわずかな湿地にすぎなかった。沼地の合間をいくつもの川が流れ、そのうちの一つが大運河となった。町を築くには、いかにも不向きな場所だった。初期のヴェネツィア人たちは排水をおこない、土手を築き、何マイルも移動して土を運び、ぬかるみに木の杭を打ち込んだ。最初は泥と編み垣、それからレンガ、そして最終的に、安定した印象を与えるために、レンガの表面に貼る大理石の板が持ち込まれた。それでもヴェネツィアの街は沈み続け、それは今でも変わらない。考古学者たちは、トルチェッロ島の聖堂やサン・マルコ寺院のモザイクの床が設置された一一世紀には、この二箇所では、すでに六フィート以上のかさ上げがされていたという。街を水面上に保つためには、住民も政府も、家が浸水しないよう、運河があふれないよう、努力を怠らないようにしなければならない。こうした協力の精神が、ヴェネツィア人が他国と商売を始めたときに、役立つことになった。

ラグーンは漁業の恵みのみならず、初期のヴェネツィア人に、塩という売れる商品をも、もたらした。言うまでもないが、冷蔵技術のない時代には、この自然の物質はあらゆる人にとって必需品だった。食物の保存方法はほかにもあったかもしれないが、肉と魚を季節を越えて保存するには塩が不可欠だった。今では、私たちのテーブルの上のハムやアンチョビ、ケッパーは添え物のように扱われているので、理解するのは難しい。だがほとんどのヨーロッパの人にとって、ごく最近まで、生肉は贅沢品だったのだ。一般に食べられていたのは、祝日用のスパイスの利いたマトンのような、塩漬けの肉だった。[1] 北ヨーロッパでは塩は奥深い鉱山で採れるのに対し、地中海では、海水を乾燥させることで塩が採れた。

場所を選べば誰でも塩をつくることができるので、生産を管理しようとするのは、事実上不可能だった。

それでもヴェネツィアは、管理を試みた。リアルト付近の島に定住した漁師たちは、六世紀ごろから塩田をつくっていた。だが地域の主要な塩の生産地、五〇マイルほど先にある海岸沿いの町、コマッキオには追いつけなかった。これに対してヴェネツィア人が採った策はシンプルかつ残忍だった。九三二年、彼らはガレー船でコマッキオに向かい、要塞を焼き、住民を虐殺し、生存者を連れ去ったのだ。さらにヴェネツィアに戻ると、コマッキオ人を自由にする前に、ドージェに対する忠誠を誓わせた。

細かい違いはあるものの、ヴェネツィアの塩の商いをしていた者たちの粗暴な戦略は、その後のスパイス商人たちに受け継がれた。しかも地中海のイタリア人のみならず、ポルトガル人やオランダ人も、同じやり方でアジアを荒らしていった。

ヴェネツィアは、最終的には塩の生産を管理しようとするのは諦めたが、貿易となると話は別だった。商業的な知恵と外交、そして殺人の組み合わせで、街は地域を通過する塩のすべてを管理するようになった。のちにスパイス貿易を管理するために地方自治体を立ち上げたように、共和国の指導者たちはいつ、どこで、どういう方法で塩が販売されるのかを決める組織をつくった。[2]

こうした方針を考案したのは、著名な家の出身者たちだった。年配の経験豊富な商人たちで、アメリカの企業の取締役会に名門出身者が名を連ねるような感じだ。そして企業が定期的に最高経営者（ＣＥＯ）を選ぶように、ヴェネツィア社でも、日々の運営を担うドージェが選ばれた。このＣＥＯの仕事は、生涯続けるものだった。それでも、ボスが虚栄心から投機的事業に走るなどして利益を危険にさらすようなことがあれば、制御されたり、ときには解雇されたりすることもあった（一三五五年にマリーノ・ファリエロの尊大さが目に余るようになったとき、十人委員会の出したゴールデン・パラシュート［高額な退職金］は、自身の宮殿の階段で斬首処分にすることだった）。サン・マルコの共和国を民主主義と混同することはできないが、それは中世の封建主義国家ともまったく違っていた。ここでは、支配階級は金儲けをする商人たちで、武装した騎士ではなかった。実業家の、実業家のための、実業家による行政だったのだ。自由貿易を謳歌していたわけでもなかったが、平凡な商人にも目をかけ、ふつうの人でも繁栄できるような基本原則を定めた。商売をしやすい環境だったので、野心はあるが、資本は持っていない若者たちは、金融業者や裕福な未亡人と手を組んだ。少しの機転といくらかの運があれば、両者ともに利益を得ることができたのだ。だが、商業的な利益を最大限にするよう組織された行政から恩恵を受けたのは、起業家たちだけではなかった。造船業者や製帆者、船員、船荷積卸し人、聖職者や娼婦、銀行家、保険引受業者、全員が商業の共和国から直接的な利益を得ていた。

他のところでは、皇子やカリフなどが、商人たちからできるだけ多くをかすめとっていたが、ヴェネツィアでは違った。ここでは、お金がお金を生んだ。その結果、比較的小さな共和国が、はるかに大きく人口も多いハンガリー王国のような国と競うことができた。ハンガリーは、度々（成功にはいたらなかったが）ヴェネツィアの商売に割り込もうとしており、さらに重大なことに、ビザンティン帝国もそうだった。大運河をうずまき、流れていく膨大な資金のおかげで、人口が一〇万人以下の街が、何百万もの人口を持つ帝国と渡り合えたのだ。

ビザンティン帝国に関しては、セレニッシマ［ヴェネツィア共和国の異名］はまたしても、都合のいい記憶しか持っていない。ヴェネツィアはかつて、かの東ローマ帝国の一部だった。確かに、西の縁の取るに足らない小さな町ではあったが、九世紀までは正式に帝国領だった。九世紀に、一連の条約を通じて法律尊重主義の過度的状態となり、名目上はビザンティン帝国領であり続けたものの、ドイツ皇帝に税金を納めるようになる。一〇八二年に、皇帝はヴェネツィア人のことを「忠実な誠の下僕」と言っているので、少なくとも理論上は、ビザンティン帝国の法にしたがっていたのだろう。初期のヴェネツィア人たちは、この親密な関係から最大限に恩恵を受けた。だがのちには無慈悲に利用し、最終的にはかつての大君主の喉を切り裂いた。だがこの話を、ヴェネツィアではあまり聞くことはない。ビザンティン帝国に恩義があることを語りたがらないのは、オイディプス・コンプレックスではないかと思うほどだ。それでもヴェネツィアの歴史のほとんどは、特にヨーロッパにおけるスパイス商人としての役割は、かの帝国の領土だった起源を振りかえることで、意味を持つ。

ヴェネツィアとビザンティン帝国

サン・マルコのバシリカと広場のすぐ隣に、モーロと呼ばれる長い埠頭がある。皆が、緑色のラグーンとサン・ジョルジョ・マッジョーレ教会を背景に入れて写真を撮る場所だ。甥っ子にゴンドラの船頭の帽子を、あるいは姪っ子にカーニバルの帽子を買うなら、ちょうどいい売店が一〇軒あまり建ち並んでいる。またリド島のビーチに行く、ムラーノ島のガラス製造を見に行く、あるいは空港に行くなら、ここからフェリーが出ている。ここでは一〇〇〇年ものあいだ、船が人や荷物を降ろしてきた。ドージェたちが金箔で覆ったガレー船に乗り込み、一年に一回、海との結婚の儀式に臨んだのも、この埠頭からだった。ここは常にヴェネツィアの表玄関だった。だがすぐにはわからないものの、やがて気づくのは、この埠頭の向いている方角だ。モーロは南と東に向いている。ヨーロッパ本土、異邦人の土地には背を向け、コンスタンティノープルの華やかな都市の方を向いているのである。

サン・マルコ寺院は、建設当初はドージェが要塞の隣に建てたささやかな私的チャペルにすぎなかった。教会が有名になったのは、九世紀にアレクサンドリアの教会から盗み出した、聖人マルコの遺骸を祀っているからである（伝説によると、商人たちは遺骸を豚肉のあいだに紛れ込ませ、カリフの関税官を寄せ付けないようにした、という）。それから二〇〇年後、都市は成熟し、他の野心的な中世の都市と同じように、その存在感を示すのに雄大な教会を建設することになった。その際、ヴェネツィア人はいつも通り、コンスタンティノープルを参考にした。そして聖使徒聖堂のデザインを写し取ることにしたのは、それが特にコンスタンティヌス一世がつくらせたものだったからだ。伝説のローマ皇帝の建てたものに匹敵する教会で、ビザンティン帝国の教会と同じように遺骸に対する権利があることもドージェは自慢できた。

中世のヴェネツィア文化の大半は、東から輸入したものをつなぎ合わせたもの、と言える。法律も、本土ではなく、東ローマ帝国の伝統に則ったものだった。[3] 戦闘用のガレー船のデザインや国家が管理する兵器庫は、ビザンティン帝国から取り入れたものだ。服装や芸術、食べ物についても、コンスタンティノープルに感化されている。ヴェネツィアでは、豊かな錦織で肩からゆったりと垂れ下がる東洋スタイルの服、そしてギリシャに影響を受けた肖像が好まれた。フィレンツェやマントバで、ボッティチェリやレオナルドの絵に描かれたような身体の線が出る、ぴったりとした服を着るようになってからも、ヴェネツィアは長らく東洋スタイルのままだった。

ヴェネツィア人は、ビザンティン帝国の人たちと同じような服を着ようとしただけではなく、食事の習慣に関しても、真似をした。東洋の新しいものが、すべてすぐに受け入れられたわけではない。たとえば輸入されたフォークは、〝悪魔の道具〟として最初は疎まれた。一〇〇四年ごろ、ドージェの息子のジョヴァンニ・オルセオロがコンスタンティノープルから現地出身の花嫁マリアを伴って帰国すると、彼女はたちまち噂の種になった。嫁入り道具に疑わしい用具が数々あったのみならず、「彼女は手で食べ物を触らない」からだった。そう書いたのは、何年もあとの憤慨した報告者で、こう続けている。「食べ物は彼女の召使が細かく切り、彼女はその小さな破片を金の二股フォークで味わうのだった」そして食事の習慣が変わっているだけではなく、マリアはなんと香水を入れた風呂に入る習慣があったのだ！　当時街に広まっていた疫病は、彼女のせいではないかと言い出す者までいた（実はこれはまったく的外れというわけではない。疫病は、フォークや香水と同じように、ビザンティン帝国から輸出されたものだったからだ）。フォークが受け入れられるまでには、時間がかかったが、一三世紀の後半には、この小さな道具は（現在のオイスター用フォークぐらいの大きさだった）遺言書や目録に登場している。一五世紀のボッティチェリの絵にも、女性二人が小さなフォークを持っている姿が描かれている。そしてのちの、ヴェネツィアの宴の描写には、山のようにフォークが登場する。資料には書かれていないが、おそらくマリアは料理人たちも連れてきていたことだろう。米国西部地方の辺境の地に、修行を積んだパリのシェフの一団が到着したところを想像してみると、当時、ドージェの宮殿の調理場からスパイスの香りが漂ってきたときにどんな騒ぎになったかが窺える。一一世紀当時のヴェネツィアとビザンティン帝国との隔たりは、まだまだ大きいものだった。

西洋が暗黒時代で活気を失っているあいだも、コンスタンティノープルは地中海最大の国際都市であり続けた。ユスティニアヌス一世（五二七～五六五年）が統治していた最盛期には、帝国の人口は五〇万人以上に達していたようだ（一〇〇万人と推測する人もいる）。ヨーロッパの他の都市では、その規模に達するのに一〇〇〇年以上かかっている！　一二〇四年にヴェネツィアの衰えが見えはじめた前の女主人（コンスタンティノープル）を略奪しようとしていたとき、略奪者の一人はそれでもまだ、目にしたものに対して畏敬の念に打たれた。

コンスタンティノープルを一度も見たことがなかった者は、心を奪われた。世の中にこれほどまでに大きな都市が存在し得るとは、信じられない。彼らは要塞で囲まれた高い壁、大きな塔に見入った。立派な家並み、そびえ立つ教会の数はあまりに多く、実際に見た者でなければ信じられないくらいだ。他のすべてを凌駕するこの都市の広さについて、しばし考え込んだ。

ボスポラス海峡の入り口にあるこの都市は、常に東ヨーロッパや西アジアの人々を惹きつけてきた。ある西洋の十字軍兵士は、一〇九六年に、人種のるつぼとしてのコンスタンティノープルをこう描写している――「ギリシャ人、ブルガリア人……イタリア人、ヴェネツィア人、ルーマニア人（当時の言葉でギリシャ本土）、ダキア人（現在のルーマニア出身者）、イギリス人、アマルフィ人、それにトルコ人もいる。異教徒も多い。ユダヤ人や改宗者、クレタ人、アラブ人など、あらゆる国の人が集まっている」。こうしたさまざまな国の影響を地元の文化が受けたのは想像に難くない。料理も、広い帝国のさまざまな風味を取り入れていた。

ビザンティン帝国の厨房は、地元で取れる魚や産物に大いに頼っていた（それは現在のトルコやギリシャ料理と変わらない）。だが同時に、はるかクリミア半島の穀物やエーゲ海の島々のチーズやワイン、アナトリアの油も手に入った。調味料に関しては、ガルム（ギリシャではガロス）という古代ギリシャ人や古代ローマ人の料理には欠かせなかった発酵させた魚醤が、西洋ではとっくに使われなくなってからも、ここには残っていた。古代ローマの影響はハーブ、スパイスなどのエキゾチックな風味を好むところにも表れていた。スパイスを好む傾向は、年月を経てますます強くなっているようだった。古代ローマの料理人は、南インドからイタリアへスパイスを運搬する直接のルートがあったにもかかわらず、アジアの薬味の使用は黒コショウとヒハツに限っていた。他の香料は、薬として使われ、聖職者や死体に防腐処置を施す人たちも活用していた。たとえば歴史家のタキトゥスは、皇帝ネロが、西暦六五年に妻ポッパエアを殺害したあと、ローマの一年分の供給量のシナモンを使って彼女を埋めたということを、私たちに教えてくれている。ビザンティン帝国では、古代ローマとのつながりが薄れるにつれ、スパイスは薬剤師の戸棚からシチュー鍋に移動し始めた。これは西暦四〇〇年ごろ、初期のキリスト教徒、アマスィアのアステリウスによって指摘されている。「日毎により複雑になっていく」と彼は、宗教でよく見られる禁欲的な大げさな表現で書いている。「贅沢さは、我々に食べ物をインドの香辛料で塗り込めるところまで駆り立てている。今ではスパイス商人たちは、医者ではなく料理人のために働いているようだ！」アステリウスは、おそらく説教に説得力を持たせるために、やや大げさな表現を使っているのだろう。スパイスは医者にとっても、医療用品一式の中で大切なものであり続けた。特に人々の四体液説［311頁参照］についての理解が広まるにつれ、その治療の効果はいっそう評価された。そしてアジアの香辛料の治療特性は、ビザンティン料理をいっそう際立たせることになった。

コンスタンティノープルの厨房では、さまざまなスパイスが使われていた。少なくとも皇帝の一人、コンスタンティン八世は自ら料理を嗜んでいたようで「ソースをつくる腕前は相当なもので、あらゆるタイプの人がおいしそうだと思うように、彩りや味付けに気を配っていた」という。この情報を提供してくれた現代の編年史家によると、このグルメ皇帝は料理とセックス中毒で、そういう場合の常として、悲惨な結末を迎えたらしい。皇帝の調理場の味付けは、おそらく私たちにとっては部分的にしか馴染みのないものだっただろう。マスチックは、キオス島に生える木の樹液からつくられ、パンやケーキによく使われただけでなく、チューインガムのように口臭を消す用途でも使われていた（トルコやギリシャでは、同様の効果のために現在でもこれをチューインガムに入れている）。エゴノキとバルサムも中東の南部地域でほぼ同じようにつくられ、スープやワインの香り付けに使われる。スパイクナードは、ヒマラヤ地方に生える植物から抽出したもので、パットチャックはカシミール地方に生える植物だが、この二つは放蕩な皇帝がソースやスープに入れていたインドの香辛料に含まれる。彼はほかにも黒コショウ、ヒハツ、ショウガ、カッシア、シナモン、クローブ、ナツメグ、メース、それに満腹状態でも食欲を起こさせるのに、同じぐらい高価だった砂糖も使えたはずだ。贅沢な暮らしをしていた皇帝が、こうした輸入ものの香辛料をどのくらい料理に使っていたかを正確に推測するのは難しいが、分量が記されたレシピを見ると、さまざまな種類は使われているものの、過剰な量ではなかったようだ。

中世やルネサンス期のヨーロッパと私たちが結びつけて考える良質なスパイスは、ビザンティン帝国の中期に他の調味料よりも特に重宝されたということはなかったらしい。どちらかというと地元の、そして輸入された香辛料の多彩なパレットの一部だったのだろう。スパイスに精通する料理文化を持つペルシャやバグダッドと常に通じていたビザンティンの人たちにとっては、それほどエキゾチックだととらえられなかったとも考えられる。六二六年にビザンティン帝国軍がペルシャのダスタガートの城に入ったとき、略奪品の中に七一五ポンドの沈香（これも樹脂性の成分で、料理に使われる）があった。だが同じく奪ったシルク、リネン、砂糖やショウガに関しては、わざわざ記載するまでもないと思ったのか、分量は書かれていない。コンスタンティノープルでは、確かにスパイスはいい値がついたが、ヴェネツィアでの値段ほどではなく、フランスやイギリスに比べると、はるかに手頃だった。比較的手に入りやすいことで、あまり虚栄心に訴えなかったのだろうか？

いずれにしても、コンスタンティノープルでは、スパイス貿易商たちは、エキゾチックな根っこや実で優に一〇〇〇年以上もいい暮らしをしてきた。西ははるかブルゴーニュから行商にやってくる者もいて、また少なくともビザンティン帝国の商人一人が五五〇年ごろセイロンの法廷で見かけられている。だが典型的には、利益のほとんどは中間商人の手に渡った。彼らは距離にして八〇〇〇マイルの、一定でない国家や気まぐれな宗教のチェスボードの上のネットワークを掌握していた。クローブやナツメグのための長い旅の出発点は、東南アジアの火山のある群島、モルッカ諸島で、そこではインド人や中国人の貿易商が船いっぱいに荷を積み、三〇〇〇マイル先のインドのコショウ海岸を目指した。その旅の終わりには、インド人、中国人、アラブ人、ユダヤ人の居住商人たちは金や銀をコショウやナツメグに変え、ダウ船に積み上げる。いっぱいになった小さな船は、秋の風でインド洋を進み、紅海、アラビア海へと入っていく。もう一度スパイスは積み直され、今度は何千ものラクダに載せられ、まるで終わりのないアリの行列のように、ほこりっぽい平野を進む。香りのいい戦利品をエジプト、アレクサンドリア、黒海に面したビザンティン・トラブゾンのスパイスを求める君主に届けるためだ。そしてようやく、地中海のガレー船とコンスタンティノープルが登場する。七世紀以降は、陸のルートはすべてイスラムのルールに則っていたが、少なくとも最後の行程はビザンティン帝国が請け負っていた。だがそれも長くはなかった。ヴェネツィア人たちが待ち構えていたのだ。

地中海のスパイス貿易に割り込もうとしたのは、ヴェネツィア人だけではなかった。ジェノヴァ人やピサ人でさえ、お金のために参戦した。だが結局、湿地のラグーンの漁師たちが勝った。

商人と海賊

地中海の地図を見てみよう。海は無数の湾、入り江や河口に分かれているのが見えるだろう。ただし全体として見れば、海は均等ではないが割ときれいに二つに分かれるのに気づくはずだ。小さいほうが西地中海で、シチリア島の南と東に位置する。現代のイスタンブールであるコンスタンティノープルは、東半分の北の海岸線のだいたい真ん中に位置しており、エーゲ海の海上交通路網の上にとまっているクモのようだ。そして黒海との交通をすべてコントロールすべく戦略的にそこにいるように見える。湿気のない南の海岸には、偉大な都市アレクサンドリアが肥沃なナイル・デルタの西の端にあり、紅海からコショウや他の贅沢品を運んでくる陸商の出口にあたる。ヴェネツィアはアドリア海の北西の角にあり、東地中海ではいちばん大きな湾だ。またドイツ語圏の土地とは、アルプス山脈を隔ててすぐのところにある。ヴェネツィアからは、東アドリア海岸をまっすぐ南に下りると、ギリシャ本土とクレタ島を通り過ぎ、エジプトにたどりつく。この道は、東洋のスパイスの商業中心地からヨーロッパの中心にある銀山までの最短距離だ。

このルートを管理することが、エーゲ海からガレー船を送り出しはじめた瞬間から、サン・マルコ共和国の指導者の外国政策の最大の関心事となった。ここを保護するため、街は次第に影響のおよぶ範囲を広げていった。最初はルート沿いの港に貿易の共同体をつくり、それからそこを軍事的に強化し、保護領とし、最終的には特に一二〇四年以降は完全に植民地として奪取した。現在このルートを旅すると、ダルマチアの海岸沿いに今でもミニ・ヴェネツィアを見ることができる。そしてエーゲ海にあるギリシャの多くの町にも、ヴェネツィアの要塞の残骸が影を落としている。

ヴェネツィアの国を管理していた商人たちは、塩の貿易で学んだ手法を頻繁に使った。つまり、共和国の商売に干渉した者に対して、聖域はないということだ。ヴェネツィアの海軍は、他の侵入者と同じように、イタリアの都市国家に対しても攻め込んでいった。特にジェノヴァとは中世を通じて東地中海の覇権を巡って潮の満ち引きのように定期的に争っていた。だが、武力に訴えるのは、いつでも最適なやり方とは言えなかった。ドージェが戦闘に三段オールのガレー船を送り出すのは採算が合わないと判断したときには、街の代理人たちが、あらゆる取引や免除などについて取り決めた。そしていかにも敵対的な、イスラム教徒の権力者との交渉などにも臨んだ。

街が帝国支配を拡大した動機は――芳香を放つ積み荷が黒海のレバントやエジプトから来ようが――スパイス・ルートを守ることにあった。それと同時に貿易ネットワークの方針は、船に積み込めるものなら何でも扱う、というものだった。ボヘミアの銀はクリミア半島のスラブ系の奴隷と交換され、彼らはアレクサンドリアのコショウと交換され、コショウはヴェネツィアでフィレンツェのウールと交換され、トレビゾンドに運ばれてショウガと取引され、これはイタリア南部のプッリャの穀物を買うのに使われ、ヴェネツィアに運搬され、そこでボヘミアの銀でいい値がつく、というようなことが起こっていた。結果として、船に何を積もうが、ヴェネツィアの商人たちは利益を得て、さらなるコショウ取引をおこなうことができた。

ヴェネツィアを黒字に保っていたのは、スパイス取引だった。これはしっかりと認識され、事務方はスパイス取引に関しては詳細を完全に把握していた。積み荷の安全を保障するため、スパイスの運搬は〝ムーダ〟と呼ばれる武装した護衛艦にしか許されていなかった。ムーダは一三三〇年代から、スパイスに関して法的な独占権を、約二〇〇年持ち続けた。武装した船はアルセナーレで設計され、製造された。ここは富をもたらす貿易のために、国がつくった広大な造船所で、のちに最高入札者に貸与された。その者は代わりに取るに足らないような商人にも、標準のレートで仕事を請け負うことになっていた。その結果、一四二三年に、ドージェのトマッソ・モチェニーゴは、あらゆる種類のヴェネツィア人がスパイス貿易に投資した金額は一〇〇〇万ダガットで、政府収入が一〇〇万以下だった時代に、毎年、実に約四〇〇万の利益を出していたという！[4]

ビザンティン帝国同様、ヨーロッパでもスパイスと呼ばれるものの定義は、当時は曖昧だった。香水、薬、あるいは染料まで、シナモンやショウガと同じ括りになっていた。一四〇〇年代のダマスカスにいたヴェネツィア人の購入品リストを見ると、当時どんなものが求められていたのか、想像がつく。イタリア人は、私たちが今〝スパイス〟と呼んでいるものをそれぞれさまざまな分量で多く求めている。黒コショウやヒハツ、ショウガ五種類、カヤツリグサ（ショウガに似ている）、ガジュツ（ターメリックに近い）、ナツメグ、メース、クローブ、クローブの茎、シナモン三種、クビベ（コショウの一種）、カルダモン。そして数種類の香料、染料、五、六種類の薬や化学品などもあり、全部で三〇種類ほどのものがある。だがこの長いリストは、若干誤解を生むかもしれない。こうした東洋のエキゾチックな商品のほとんどは、ごく少量ずつ取引されていたのが実情だ。大量（ダマスカスのスパイス購入の、五〇～六〇パーセントを占めていた）に取引されていた商品は二つだけで、それはコショウとショウガだった。そして圧倒的に重要だったのは、コショウだ。一五世紀には、ヴェネツィア人はショウガが二ポンドに対し、コショウは五ポンド輸入していた。さらに黒コショウの取引量は、他のスパイスを全部合わせたよりも多いのがふつうだった。したがってヴェネツィアのドージェが、海上交通路の安全や船に食料を十分に積み込むことに気を配っていたのは、マラバール産の黒いシワのある実の運搬を心配してのことだった。

　ほとんどの商人はもっとありふれた品物を扱うことで暮らしを立てていたのに、ヴェネツィア商人がスパイスに固執した理由はなんだろうか？　答えはお金だ。ヴェネツィアの商人はスパイスを扱うことで、平均して四〇パーセントの純利益を得ていた。当時のフィレンツェの銀行家の投資利益率はその半分だった。他の商人たちも一五～二〇パーセントを稼げれば運のいいほうだった。そしてたとえば飢饉のときの穀物などのように、他の商品でもさらに実入りのいいこともあったが、スパイス市場は豊作の年も凶作の年も常に安定していた。そして市場への参入にも多額な投資は不要だった。資金をあまり持たない若者でも、二十数名が一緒にボートに乗ってエジプトに行けば、数袋のコショウを買い付け、それでしばらくは生活できた。同じような利益を穀物で得ようと思えば、多額の資金を投資し、船を丸々一艘借りて穀物を何トンも持ち帰らなければならなかった。

だが、スパイスにはそれ以外にもあまり指摘されていない価値があった。特にコショウが多くのヴェネツィアのガレー船を無宗教の人々との取引に駆り立て、のちにスペイン人やポルトガル人を遠い国まで航海させたのは、それで説明がつくかもしれない。つまり、スパイスは悪くならないのだ――少なくとも、すぐに腐ることはない。私たちはチリ産のブドウをつまみ、タイ産のエビにかぶりつくことに慣れているので、特別な商品を除けば、どんなものでも長距離を運搬するのは大変だということを忘れがちだ。仮に乾燥した小さなコショウの実が軽くて世界を半周しても悪くならないものでなかったなら、中世のヨーロッパで、インド産のこのスパイスの需要はなかったのではないだろうか。コショウ一梱をクイロン［インド南西部の港町］からケルンまで移動するには、船、ラクダ、ラバで何カ月もかかり、さらに移動中のすべての港で何カ月も停泊する。そのあいだに目立って品質が落ちることはない。なかでもコショウは驚くほど安定していて、比較的乾いた状態であれば、一〇年でも貯蔵できる。マンゴーを積んで地球を半周することを、あるいは陶磁器を箱に詰めてアルプス山脈を越えることを想像してみてほしい。そしてアジアのスパイスは、実際には同量の金の価値とまではいかなかったものの、ラクダで運ぶにはずっと軽かった！　こんなに長距離を運ぶ価値があるとほかに見なされていたものは、宝石とシルクだけだった。たとえば一二〇〇年代末にマルコ・ポーロの一団がアジアを移動していたときには、真珠などを専門に扱っていたようだ。ただし宝石で問題なのは、買い付けの段階ですでにかなり値が張ることで、つまり利益は比較的少ないことが予想される。その点、スパイスは安い農産物で、技術を持たない者でも森の中で簡単に手に入れることができた。そのため、乾燥した香料がアジアを離れてからアドリア海の港につくまでに、皇子や商人たちは値段を一〇〇〇パーセント引き上げることができた。

それでも長距離の取引は、危険と無縁ではなかった。外に出れば異国の指導者たちが、貿易からなるべく利益を絞りとろうとしていた。外国の商人たちはもっと分け前を欲しがり、ジェノヴァやバルセロナ、マルセイユのライバルたちは競って値段をつり上げた。船に荷物を積んだら、遭難や海賊、それにここでも海賊よりもたちの悪い、ヨーロッパの競合たちの心配をしなければならなかった。利益を上げるだけでなく、生き残りたいと思うなら、商人たちは片手を剣の柄《つか》にかけ、もう一方の手で財布を押さえていなければならなかった。地中海のガレー船に乗っていた者たちを〝商人〟と呼ぶのは、厳密には少し違うかもしれない。武装したギャングの一団が海に乗り出し、港に寄っては、もうけ話があればすかさず摑みとっていた、というイメージだろう。歴史を通じてほとんどの場合、商品を手に入れる手段は、相手の力によって略奪か取引かが決まった。ヴェネツィア人は常に値切るか戦うかを計算していて、いずれにしても武装していれば、その威圧感で少しでもいい値を引き出せるかもしれないという思惑があった。一般に同じ共和国の市民は海賊行為の対象から外されたが、他のイタリア人は恰好の的とされ、特にスパイスや真珠を積んでいると思われる船は狙われた。陸でも状況はあまり変わらなかった。スパイス貿易をおこなう港では、さまざまな条約や法的な取り決めがあったにもかかわらず、取引の場でどちらかが条件が気に入らず、短剣を抜くリスクが常にあった。無事に商品の引き渡しが済んでも、安全な場所に保管して護衛をつけなければならなかった。地元の権力者たちが、非常に精巧な防御設備を貿易国につくることを許したり黙認したりしたのは、そういう事情があってのことだった。

ヴェネツィアの半ば軍事的な船は、ビザンティン帝国の軽い武装の船に対して絶対的な優位性を持っていた。東ローマ帝国の指導者たちは、資源を海軍につぎ込んでいたが、船は厳密に軍事用で貿易には使わなかった。それに対してヴェネツィアの船の乗組員たちは、重武装で、攻撃してきた者に反撃できるだけではなく、自ら攻撃をしかけることもでき、そのあいだ貿易も続けられた。その武勇を認めたビザンティン帝国の皇帝たちは、少なくともノルマン人の侵略に対抗するために二回、ヴェネツィア海軍に力を借りている。その報酬として、ヴェネツィア人たちは帝国では免税処遇となった。

ヴェネツィア人が襲っていたのは船だけではなかった。エーゲ海南側の軍備の薄い海岸線は、ヴェネツィア人海賊たちには魅惑的なターゲットになった。通り過ぎるとき、武装したガレー船は気が向くままに警備のない漁港を襲った。食料を要求し（これは運がいいほうだった）、子供たちや若者を奴隷として売るために誘拐した（すでに奴隷でなければだが）。名目上、キリスト教徒が奴隷として売ることができたのは非信者のみだったが、この区別は必ずしも厳密に守られていなかった。ヴェネツィア人が特に強欲だったというわけではなく、サメがはびこっていた海でいちばん有能な略奪者だったということだろう。

ヴェネツィア人はまず、ビザンティン帝国からアドリア海への輸出貿易を手にした。次にピサ人とジェノヴァ人とともに、コンスタンティノープル自体に商品を売るようになった。そして最終的に第一次十字軍の時期には、帝国内の海運はほぼすべてイタリア人が請け負っていた。東の皇帝たちは、苦労していた。中央の権力は分散され、ほとんどの領域はそれぞれに地元の有力者が支配し、彼らは税収を首都に送ることもあまりしなくなった。東では、セルジュクトルコが現在のトルコにあたる領土を徐々に取り込んでいた。一一〇〇年代の終わりごろになると、一時は東地中海全域に広がっていた領地は、バルカン半島とトルコ沿岸のわずかな土地だけになっていた。栄華を誇った帝国が衰弱していくにつれ、ヴェネツィア人はその死肉を食い物にし、新しい共和国の財布を肥やした。一二〇四年には、フランク帝国とヴェネツィアの巡礼者たちが第四次十字軍のために武装し、致命的な打撃を与えた。

料理人と十字軍

現在、ヴェネツィアに到着すると、海に浮かぶ都市には、丸屋根や尖った鐘楼が建ち並ぶスカイラインが見える。すべての広場、すべての界隈は教会に支配されている。その多くはいまだ優美でしなやかだが、中には傷んでいるものもある。それでもドームや尖塔がこれだけ多いと、ヴェネツィアの人たちは信心深いにちがいない、と思うかもしれない。実際は、やや微妙なところだ。他の中世ヨーロッパからすると、ヴェネツィア人は常に棄教しそうに見えていた。特に評判が悪いのは、貿易の特権を守るため、ムーア人と契約をしたことだ。教皇たちは定期的にこの都市国家を破門にした――もっとも、これにはだいたいにおいて政治的な動機があった。サン・マルコの共和国では、地元の聖職者は世俗的な権力に服従していた。ここでは、スローガンは〝ヴェネツィア市民［第一］、次いでキリスト教徒！〟だった。その結果、多くの歴史家は、ヴェネツィアが十字軍に参加したのは純粋に商業的な目的のためだったと見ている。血なまぐさい戦いは、コショウ取引での略奪の延長というわけだ。ただし、これはあまりに短絡的な見方だろう。ヴェネツィアのアラブ世界への戦略から宗教的要素を除くのは、アメリカの中東での一連の出来事からイデオロギー的な要素を除くようなものだ。もちろん、コショウが（現代の石油のように）重要だったのは間違いないが、だからといって、ヴェネツィアが他の中世ヨーロッパ人たちのように敬虔なキリスト教徒でなかったということにはならない。ただ、現在のアメリカの熱心なキリスト教徒同様、ヴェネツィア人も自分たちの商売のやり方を、宗教を理由に変えることはなかったということだろう。

第一千年紀の末期、イタリアの都市国家がコショウ取引にかかわるようになっていたころ、地中海の世界は、北のキリスト教徒と南のイスラム教徒に分断されていた。六三二年のムハンマドの死後、イスラム教徒の軍隊は中東と北アフリカになだれ込んだ。そしてイベリア半島とシチリア島をおさえた。騎兵たちはフランスにも押し寄せ、そこで最終的に、七三二年のポアティエの戦いでキリスト教徒の騎士たちによって阻まれた。そのあとは三〇〇年ほど、両者の関係は比較的安定していた。ところが新しい千年紀に入ると、ヨーロッパが暗黒時代の眠りから目を覚まして繁栄してきた。その表れの一つが新たな信仰熱で、イスラム教徒との境界をもっと押し返したいという欲求だった。一〇九五年に教皇ウルバヌス二世が聖地エルサレムの解放を呼びかけると、何千人ものヨーロッパの男たちが（中には女性たちもいた）支持を表明し、赤い十字を刺繡した白いチュニックを身につけた。

彼らは海軍と呼べるものは持っていなかったため、聖地へ向かうには船を借りなくてはならなかった。そこで船舶に恵まれている、イタリアの都市国家に目を向けた。ジェノヴァが提供したのはわずか一三隻だった。ピサはもう少し気前よく一二〇隻の小艦隊を差し出した。ヴェネツィア政府は、この聖戦に参加するメリットとデメリットを一年近く検討し、最終的にはいちばん多い二〇〇隻を提供した。ヴェネツィア人には宗教熱に浮かされる者も当然多かったが、打算的な見方をしていた者もかなりいた。当時のドージェ、ヴィターレ・ミキエルも、市民たちに聖戦への参加を勧める際、得られる可能性のあるものは精神面にとどまらないことを付け加えるのを忘れなかった。取り決めでは、イタリアの都市は交通手段を提供した見返りに、奪った聖地のどこでも三分の一を獲得できることになっていた。実際には契約で決められていたほどの土地は与えられなかったが、レバントに商業の拠点を築けるぐらいの領土は手に入れた。

ヴェネツィア人にとって十字軍は、戦略的にも経済的にも、間違いなく思わぬ大きな授かりものだった。対してヨーロッパの他の人たちにとっては、経済や政治に直接影響を及ぼすというよりは、結局のところ文化的な側面が大きかった。最初にビザンティン、次に聖地に降り立ったラテンの騎士たちは、カルチャーショックを受けた。東の贅沢な宿泊施設や洗練された料理を目の当たりにし、隙間風の入る自分たちの本丸がいかにじめじめしていて暗いか、自国の料理がいかに単調かを思い知らされたのだ。

コンスタンティノープルでは、ヨーロッパの有力者たちはスパイスの利いた料理を香り高い皇帝の宮殿で堪能したが、そうでない者たちも巨大な都市の宿屋や公衆浴場で、衰えいくビザンティンの文化に触れた。帝国の首都では、復活祭の日に支配者が世界最大の教会、ハギアソフィアに歩いていき、その道すがら「ワインの入った一万もの容器と、ハチミツの入った一〇〇〇もの容器……ラクダに積んであったカンショウやクローブ、シナモンで味付けされたもの」であふれる噴水の横を通る。これは当時より一世紀前にイスラム教徒の人質によって記された描写である。

一方、パレスチナの新興都市では、一般のイタリア人の商人たちは、ブルゴーニュの皇子たちよりもいい暮らしをしていた。客間はモザイクや大理石で飾られ、床はフラシ天のダマスクの絨毯で覆われていた。香りのよい肉が、金や銀の皿で運ばれてきた。今でも残るローマの水路で運ばれていた新鮮な水が、蛇口をひねれば流れ出てきた。東洋のスパイスで香りづけされた冷えたワインが、優美なゴブレットやコップを満たした。[5]

十字軍戦士の多くは、一年ほどコンスタンティノープルのスパイスの利いた料理を味わうことになった。もちろん、何十年もパレスチナ——のちにアルメニアと呼ばれるようになった——で過ごした者たちに比べれば、なんでもないことだ。西ヨーロッパからは、巡礼者が何千人も聖地にやってきた。少しでも天国に近づこうと、そのまま定住する者たちもいた。あるいはもっと世俗的な恵みに、神を見出した者たちもいた。「［フランスで］貧しかった者たちを」と、国王の礼拝堂付き司祭、シャルトルのフーシェは書いている。「この地では神が裕福にした。わずかな小銭しか持っていなかった者たちが、数え切れないほどのビザンティン貨幣［金貨］を手にしている。村さえ知らなかった者が、神の恵みで町を楽しんでいる」。だが侵略や取引で巡礼者たちが豊かになっていく一方で、たどりつくまでにお金を使い果たし、身動きのとれなくなった者たちも出てきた。そうはいっても、土着のシリア人キリスト教徒やイスラム教徒の中では、カトリックの移住者たちはごく少数派だった。さらに、征服者たちはほとんど男性だったため、地元の女性を配偶者、召使い、料理人などに求め、手段を選ばず探しだした。正式には女性を奴隷や性的目的で買うことは違法だったが、他で見つけられなければ、奴隷市場で女性を買うこともできた。フーシェは目撃した突然変異について書いている。「西洋人だった我々は、もはや東洋人になった。ローマ人やフランク人だった者は、ここではガラリア人かパレスチナ人だ。(中略)もう、生まれを忘れた。(中略)洗礼の恩恵を受けている者たちの中には、同国人ではなく、シリア人やアルメニア人を妻にした者も、さらにはサラセン人［つまりはイスラム教徒］と結婚した者もいる」

好むと好まざるにかかわらず、ヨーロッパ人はアラブや中東の食事をとった。現地の食事が口に合わず、現在のローマでホームシックになったアメリカ人がマクドナルトに行くように、濃いビールやふつうの肉、ニンニク、豆といったヨーロッパ式の食事を続けていた者も間違いなくいただろう。だがそれほど保守的でなければ、初めての食材や味の組み合わせに感動したのではないだろうか。ここでの食事は、ビザンティン帝国で味わった料理とつながっていた——結局のところ、この地域は何百年も東ローマ帝国の一部だったのだ。だが同時に、バグダッドやアレクサンドリアでの洗練された料理をも彷彿とさせたはずだ。特にバグダッドは当時の食通の中心地で、(今と同じように)料理本が読まれたり活用されたりするのと同じくらい執筆もされていた。ヨーロッパの公爵や伯爵が、筋の多いシカの脚や腰の肉を焼いたもので満足していたときに、アラブの首都の美食家たちは、牧草地で育てられた羊の肉や、アジア産のスパイスの香りがついた柔らかいチキンを食べていた。焼き立てのさまざまな種類のパンから好きなものを選び、地元のフルーツと輸入した砂糖でつくった菓子も楽しんだ。こうしたごちそうは、遠くの山から運んできた氷で冷やすこともできた。これはローマ時代以降、ヨーロッパでは見られなかったことだ。バグダッドでは、ホストは食事の量ではなく、食材の種類の多さと調理法の多様性で評価された。当時のアラブの料理本には、甘酸っぱい味付けに加えて、スパイスの香りを足したレシピが多く見られる。代表的な例を一つ挙げると、シクバというエジプトの魚のシチューは、味つけにコショウ、香りのついたスパイス各種、玉ネギ、サフラン、ゴマ油に、ハチミツとビネガーも独特の風味をつけるために加える。パレスチナのアラブ人の料理人たちは王宮のカリフの水準には到底及ばなかっただろうが、上流階級のイスラム教徒がどういうものを食べていたかの見当はついていたはずだ。

ところがエルサレムまでたどりついた巡礼者たちが、必ずしも地元のいちばんおいしい料理にありつけるとは限らなかった。西洋人が持ち帰り用の料理を買っていた中央市場につけられた名前からもそれがうかがえる。〝*Malquisinat*〟すなわち〝まずい料理の場所〟だ。おそらく征服者たちの宿舎のほうが、地元の女性を雇って料理をさせていた分、食事はおいしかったものと思われる。アラブ人の料理人は需要が高かったようだ。占領軍人の家によく出入りしていた、武人で廷臣のウサマ・イブン・ムンキズは、少なくともそう書き記している。彼によるとフランク人は――明らかに大多数ではないが――地元の風習に順応していたという。あるとき、元十字軍の兵士の家で昼食を出された。「騎士はすばらしいテーブルに、きれいでおいしい料理を出してくれた。私が食べ物を控えているのを見て、彼は言った。『召し上がってください。楽しんでください！　私はフランクの料理は食べません。エジプトの料理人がいて、彼女たちのつくるものしか食べないのです』」

つまり、信仰上は対立していたにもかかわらず、要塞化されたエルサレムの住宅に身を潜めていた騎乗の、武装した、悪臭を放つ侵入者たちは、少なくとも相手側がどんな生活をしているかは漠然とわかっていた。なぜなら彼ら自身もレバノンから雪を運ばせ——二、三日で運べる——夏のあいだワインを冷やすのに使っていたからだ。そして料理には砂糖を振りかけていた（この贅沢な〝スパイス〟は、何代も前から聖地の井戸水のある領土で育てられ、少量ずつヨーロッパに輸出されていた）。そして征服者たちは、風呂にも入るようになっていたようだ！　現地の習慣を真似て、フランク人の女性は週に三回風呂に入っていたようだから、制約の少ない男性はさらに頻度が高かったかもしれない。

またヨーロッパ人にとって、料理教育はこの聖地に限らなかった。つまるところ、イスラム教徒はイベリア半島のほぼ全域を一二世紀に入ってからも支配し（グラナダはさらに長く一四九二年に征服されるまで）、シチリア島も二〇〇年以上統治していた。当時、ムーア人治下のパレルモとコルドバはヨーロッパで最大の都市で、イスラム文化や料理に関しても最先端だった。[6] ウサマの手記からもわかるように、キリスト教徒とイスラム教徒は、必ずしも好戦的というわけではなかった。特にスペインでは、キリスト教徒とイスラム教徒（それにユダヤ教徒も）は、何百年にもわたって調和してともに暮らしてきた。こうしたカリフの統治区では、自然とアラブ文化が主流となり、音楽や文学、料理もバグダッドから東の影響を受けた。オレンジ、レモン、ナス、その他のフルーツや野菜を西側に紹介したのも、アラブ人だ。現在の形のパスタも、ムーア統治のシチリアで発明されたようだ。アラビアのレシピはイタリアに浸透し、北へと広がっていった。新たな料理の手法は、ゴシック美術や建築と同じようにヨーロッパ大陸に広がっていった。アラビア様式のアーチが西洋の大聖堂に取り入れられ、次第にその土地特有の芸術様式へと変容していったように、中東のスパイスも、ヨーロッパの台所で使われるようになっていった。一二世紀の十字軍戦士であり哲学者、ソールスベリーのヨアンネスは、イタリア東南部の、アプーリアの商人の家で食事をしたときのことを批判的に書き記していて、それを読むと、るつぼと化していた当時の料理の様子が伝わってくる。メニューにあったのは「コンスタンティノープルやバビロン、アレクサンドリア、パレスチナ、トリポリ、シリア、フェニキアからのすばらしい生産物の数々」だったという。だが、堅苦しい巡礼者である彼はこう付け足している。「シチリアやアプーリア、カンパニアの食材では、このような洗練された晩餐には不足だと言わんばかりではないか」

言うまでもないが、アラビアの影響は料理や建築に限らなかった。数学、哲学、天文学、医学についても、西洋は中東から多くを教わった。中世の栄養の理論は、アラビア人の書いた書物をほぼそのまま取り入れたもので、そのうえさらに昔のギリシャの医学の伝統を取り上げていた。バグダッドの学者たちは古い制度を変えて自分たちの好みや文化に合うようにし、食事のアドバイスにははっきりとアラブの影響を取り入れている。ボローニャとパリの中世の栄養士が、イスラム教徒と同じもの（東からの高級な輸入品。スパイス、砂糖、ドライフルーツ、柑橘類、アーモンドミルク、バラ水など）を勧めていたのは偶然ではない。

逆の影響の流れは、まったくと言っていいほどなかった。ウスマの西洋の侵略者に対する評価は、戦闘技術に限定されていた。しかも「勇気と戦闘の美徳はあるが、それ以外は何も持ち合わせていない」と切り捨てている。だが、騎士の武勇も、サラーフ＝アッディーン・ユースフ・イブン・アイユーブ、あるいは西洋ではサラディンとして知られている人物率いる勢力の前では役に立たなかった。八〇年の支配を経て、一一八七年にフランク人はエルサレムから追放された。その際、かろうじて一二九一年まで、現在のレバノン、イスラエル、シリアとトルコの海岸沿いの土地をいくらか保つことができた。

このほぼ二〇〇年にわたる植民地政策と聖戦で、何万人ものイタリア人、ドイツ人、イングランド人、フランス人が地中海を横切り、戻っていった。ジェット族が登場するまで、ヨーロッパの支配階級は、ここまで頻繁に旅をしていない。元入植者たちは、ケルンやボルドー、セント・オールバンズに洗練された料理の概念を持ち帰り、それはどれも似ていた。トスカーナで一週間過ごした旅行者が、オリーブオイルとポルチーニ茸を持ち帰るように、いにしえの旅人たちは、複雑な味わいを懐かしんだにちがいない。その結果、ヨーロッパの上流階級は、ハト肉のパイに輸入ものの調味料で味つけをさせることが増えていった。そしてこの急速に増えた需要で利益を得るいちばんいい位置にいたのが、ヴェネツィアだった。

フランク人がエルサレムを占拠したあとの数年間で、どのくらいの量のスパイスがヨーロッパに輸入されたかについては、確かな数字はほとんどない。暗黒時代にもスパイス貿易は完全にはなくならず、ウルバヌス二世がキリスト教徒に武器を取るよう訴えたときには、上流の料理人たちが肉片にコショウを振りかけていたのは間違いない。さらにはショウガ、クローブ、シナモンにカヤツリグサも使用していたかもしれない。それでも、スパイスがどのくらい西洋の港に運ばれていたのかは、誰にもわからない。ただほとんどの歴史家は、十字軍とともにその量は着実に増えていっただろうと見ている。地中海を越えた行き来が単純に増えた、というのも一因だろう。そしてヨーロッパにおける人口の急増が、需要に拍車をかけた。西洋キリスト教社会においては、コショウにお金を払う人も資金も、増加の一途を辿っていた。

領土拡張をおこなった十字軍の時代が、一九世紀以前のヨーロッパでいちばん栄えた時期と重なっていたのは偶然ではない。一二世紀は、農業から鉱業、運輸から銀行業務まで、あらゆる分野において進歩と発展の時代だった。結果として、領主は増え続ける管理下の粉ひき所や養魚池、醸造所、鉱山からますます多くの利益を吸い上げることができた。この利益を何に使ったのだろうか？　その多くは（ときには騎士には手が届かないような額を）生活のなかの贅沢品に費やしていた。ヨーロッパの支配階級はついに時間とお金を手にし、娯楽を必要とするようになったのだ。ヴァンダル族とフン族の継承者たちが、軟弱になったと思われるかもしれない。血なまぐさい戦いの代わりに、男たちは（比較的）上品な馬上試合を通じて勇気を見せ、詩人を雇ってお涙頂戴のロマンスを書かせ、複雑さを増す料理のメニューに思い悩むようになった。生活が便利になった様子を、ここでもそのことに不平をもらしている者から窺い知ることができる。一三世紀の終わりごろ、ミラノの気難しい男、ガルヴァーノ・フィアンマは簡素な過去と当時の繁栄とを比較している。

ロンバルディアでは［世紀の初めには］生活や習慣は厳しかった。男性は装飾品のない革のマント、あるいは裏地のついていない粗いウールを身につけていた。数ペンスあれば、お金持ちだと感じることができた。人々は武器や馬を所有することに憧れていた。貴族で裕福であれば、高い塔を建てて町や山や川を見下ろすことを目指した。乙女は粗い綿のチュニックと麻のペティコートを身につけ、頭には何の飾りもつけていなかった。通常の持参金は約一〇リラで、女性の衣類があまりにも簡素だったため、最高でも一〇〇リラを超えることはなかった。家に暖炉はなかった。ワインセラーを持つこともなかったので、夏にはワインを飲まず、家計は最低限に切り詰められていた。テーブルではナイフは使われていなかった。夫婦は同じ皿で食事をし、家族全員用にコップは一つか二つというのがふつうだった。ろうそくは使われず、夜にはたいまつの火の明りで食事をしていた。調理したカブを食べ、肉が食卓に上るのは一週間のうち三日だけだった。着るものは質素だった。それがいまではすべてが贅沢だ。衣服には、過剰な装飾がほどこされ、華美になった。男女ともに、金銀や真珠で自らを派手に飾りたてるようになった。外国産のワイン、遠い国のワインが飲まれ、食事は豪華になり、料理人は大層重宝がられるようになった。

北イタリアではようやくまともな食事にありつけるようになったとはいえ、当時のミラノは、現在のようなファッション・センターでは到底なかった。この時点でのイタリアでは——少なくとも前途有望な、商業を営む共和国のフィレンツェとジェノヴァ、ヴェネツィアでは——人々はお金を使うことよりも、稼ぐことのほうに関心を持っていた。中世初期のヨーロッパでは、流行を生み出していたのは裕福で権力のある皇子たちであり、銀行家や商人たちではなかった。封建社会の有力者は、その立場を守るのに財産を使っているところを見せては潜在的な競争相手を威圧し、下役たちに畏怖の念を抱かせるようにしていた。こうした貴族たちのほとんどは、フランス語、あるいはその変形を話せた。一三世紀には、イングランド、フランス、北海沿岸の低地帯、ナポリ、シチリアの支配者、それに聖地の十字軍の指導者たちは、皆フランス語圏の影響下にあった。イタリア北部の都市国家でさえ、一二〇〇年代にはフランス語のプロヴァンス地方の方言が話されていた。『東方見聞録』も（一二九八年）、もともとはフランスで配布された。またダンテも『神曲』（一三〇八～二一年ごろ）を、最終的にトスカーナの方言で書くことを決める前は、プロヴァンス語での執筆を考えていた。最初の〝イタリア〟の料理本『*Liber de coquina*』が、フランスのアンジュー家の者たちが支配していたナポリの宮廷から誕生したのも意外ではない。それどころか、フランス語が話される地域では、どこでも料理の流行は共通していた。アラブの影響を部分的に取り入れた料理で、甘みと酸味に、数種類のスパイスでコクを加えていた。どのスパイスを使うかには流行りがあったが、この味つけの仕方は、料理に技巧が凝らされ、新たな食材が使われるようになっても、一七世紀まで廃れることはなかった。したがって、自尊心のある貴族なら常に安定した量のスパイスを入手しておかなければならなかった。この贅沢な輸入品の需要は（スパイスだけではなく、シルク、真珠、宝石の原石も）、イタリアの都市国家にとっては皇子や野心的な貴族たちが資金源となることを意味していた。

フィレンツェ、ジェノヴァ、ピサの人々は、地理的な理由で必然的にこの増え続ける贅沢品貿易の中間商人となった。ビザンティンとアラブ、それに北のカトリック教徒の国々とのあいだに位置していたからだ。ジェノヴァとピサは主にフランスと北海沿岸の低地帯に、ヴェネツィアは中央ヨーロッパに品物を供給していた。だがスパイス貿易には、ほかにもプレーヤーがいた。マルセイユとバルセロナも西イタリアの町に対抗していたのだ。その点、ヴェネツィアにはアルプス山脈を越えて競争相手はおらず、さらには主要なスパイス貿易の要所である東洋の港や、ドイツとボヘミアの銀山にもいちばん近かった。ドイツ人が銀をブレンナー峠を通って運び、ヴェネツィアの商人はラバの背にコショウを積んでドイツに返した。ヴェネツィアがスパイス貿易を独占するのは一四〇〇年の初めごろになるが、それまでも明らかに優勢を保っており、その地位を譲るつもりもなかった。

アジアの芳香がヴェネツィアの飛躍している経済にとって重要になっていくにつれ、政府はコショウを運搬するガレー船への警備をいっそう強めた。武装した護衛艦のシステム〃ムーダ〃で海賊の問題は解決したが、これが確立される前にも、ヴェネツィアはさらに切実な問題に直面していた。ビザンティン帝国では、このアドリア海の新参者の攻撃的な戦術にうんざりしていたのだ。ヴェネツィア人の住民は攻撃の対象となり、さらに悪いことに、皇帝はジェノヴァの機嫌を取るようになっていた。ドージェの宮殿では、ヴェネツィアの〃国益〃つまり主に帝国の中心を通る東洋のスパイス市場へのルートが危機にさらされている、という判断が下された。そして指導者たちがこの問題の解決策にとったのは、十字軍という名の下の軍事攻撃だった。これはスパイス貿易の歴史上、最もひどい〃付随被害〃をもたらすこととなる。

十字軍戦士のドージェ

サン・マルコ大聖堂を見ると、私はニューヨークとパリを縮小して組み合わせたようなラス・ヴェガスをいつでも思い起こす。大聖堂もパスティーシュだ。もっとも、模倣の元になっているのはコンスタンティノープルだ。ただし、この華美な聖堂と砂漠に建つ派手なカジノ・ホテル群には、少なくとも大きな違いが一つある。ここでは、東ローマ帝国の物は似せてあるのではなく本物だ。きらびやかな聖堂は中も外もすべて本物のビザンティン帝国からの戦利品で覆われている。起伏のある柱が正面に取り付けられ、有名な跳ねるブロンズの競走馬が――馬を持っていない街には不釣り合いに――入り口の上部にあり、そして祭壇そのもの、宝石で豪華に飾られたパラ・ドーロ（金色の背障）、二〇〇〇個以上のエメラルド、ルビー、アメジスト、真珠の多く、そしてビザンティンの教会や修道院から奪われた二五五の聖像も設置されている。はっきりしているものだけでもこれだけある。一時は、キリストの血のついたアンプル、聖ジョージの腕、それにサン・マルコの遺骸のそばについているようにと持ち帰られた洗礼者聖ヨハネの頭もあった。結果としてこの大建造物は、遊び心のある砂漠のカジノとは違うメッセージを伝えることになった。これは大まじめだということだ。ヴェネツィアは世界に対して、東ローマ帝国の遺物を所有し、管理していることを知らしめた。アドリア海の女王は古代ローマの権力のマントを身につけたのだ。

第四次十字軍とその後のフランク人とヴェネツィア人によるコンスタンティノープルの略奪の動機は、不幸な、だがありがちな宗教と欲、現実的政治の結託だった。そしてそれは、のちのアフリカとインド諸国でのポルトガルのコンキスタドーレスのおこないの前兆となった。十字軍戦士たちは、（以前のフランク人やイベリア人のように）イスラム教徒を狙っているのではなかった。同じキリスト教徒の都市を標的としていた。しかも、非常に裕福なキリスト教徒たちだった。当時の第四次十字軍の描写を読むと〝我らは神を信ずる〟というアメリカの紙幣に刻印された言葉を思わずにはいられない。十字軍戦士にとって、信仰と欲望は単に同じコインの表と裏だったということだろう。そこには、いかにヴェネツィア人が聖戦を自らの経済的目的を達成するのに利用することに巧みだったかが指摘されている。だからといって、皆が敬虔なキリスト教徒でなかったということではない。

ヴェネツィア人は長いあいだビザンティン帝国の首都にかなり大きな植民地を持っていて、名目上は帝国の法律に従うことになっていたが、実際にはかなり好き放題に行動していた。その場にいたギリシャ人は（公正な判定者とは、もちろん言いかねるが）、住み着いていた商人たちを「船乗りの人たちの性格はひどく」、自堕落で無教養、かつ信頼できないと書いている。どうやら、彼らの横柄さは限度を知らず、ギリシャの貴族でさえ攻撃の対象となっていたようだ。さらに地元民たちが納税に苦しんでいるところに、彼らは税金の支払いを免除されていたことも反感に追い打ちをかけていた。一一七二年には、アドリア海の都市の影響を懸念した皇帝はヴェネツィアの代わりにジェノヴァと取引をすることを決め、ヴェネツィア共和国が問題を起こさないように一万人を人質とした。最終的に彼らのほとんどはヴェネツィア側に救出されたが、スパイス貿易は混乱に陥った。そしてヴェネツィアは、ビザンティン問題に関してより長期的な解決策が必要だと認識することになった。そこへ都合よく、一一九八年に教皇イノチェンツォ三世がエルサレムを再び取り戻すべく、さらなる十字軍遠征を呼びかけた。

今回もフランス人騎士たちは交通手段を必要とし、軍艦船を大量生産する唯一の都市、ヴェネツィアに依頼をした。「他のどこの港より多くの船がある」と、フランスの貴族で隊を率いた人物の一人、ジョフロワ・ドゥ・ヴィルラルドゥマンは書いている。ヴェネツィアのドージェは十字軍の人員と馬に食料と交通手段を提供し、その見返りとして八万五〇〇〇マルクと、遠征での戦利品の半分を受け取るという契約を結んだ。[7] この一大事業にすっかり魅せられたのだろう、視力が衰えていた九〇歳のドージェ、エンリコ・ダンドロは、彼自身も十字架に誓いを立て、十字軍に参加すると宣言した。これはヴェネツィアの指導者にとっては異例のことだったが、果たして彼がどこまでエルサレムに近づくつもりだったのかは明確ではなかった。ダンドロは先祖代々、ヴェネツィアの商人や政治家の家系出身だった。ヴェネツィアの裕福な上流階級のほとんどがそうだが、一族の事業はアレクサンドリアのスパイス市場からボスポラス海峡にある帝国の首都まで、東地中海一帯に広がっていた。彼については、一一九二年に（八〇歳で！）ドージェに選ばれる前のことはあまり情報がないが、おそらく若いときには商業で各地を旅していたと見て間違いないだろう。主だったヴェネツィアの一族のほぼ全員が同じパターンを辿っていた。また後年、一一七二年に、ヴェネツィア人の人質を救出する作戦に参加していたことはわかっている。ビザンティンの妨害者たちを一掃しようという想いを持っていたのもそのためだろう。

一二〇二年に小艦隊の準備が整ったとき、予想していた数の一部しか十字軍従者は集まらなかった。船は用意できていたが、費用を賄えるだけの人数が揃わなかったのだ。最初、共和国は支払いがすむまで食料も飲み物も渡さないと脅したが、ダンドロが新たな取引を持ち出した。それは、十字軍の戦利品の分け前をヴェネツィアがどこよりも早く受け取る、というものだった。

一方、コンスタンティノープルは諍いの最中で、兄弟を失明させるなどの芳しくない行為が横行していた。皇帝は退位を迫られ、その余波の中、息子のアレクシウスがかしこまってヴェネツィアに現れた。これはダンドロと十字軍にとっては待ち望んでいたことだった――うまみのある迂回路をとる正当な理由だ。

純粋に商業的な観点から見れば、戦争で荒廃したパレスチナの都市よりも、金で満たされたコンスタンティノープルのほうがずっと手に入れる価値のある果実だった。しかも聖地の手強いイスラム教徒の軍隊に比べれば、コンスタンティノープルの擁護者たちは標的としてはずっと簡単だった。ヴェネツィアはビザンティン帝国の首都で再び商業の基盤を築くことができ、スパイス貿易も安泰となる。騎士たちは金持ちになって故郷に戻れる。評価すべきは、巡礼者――特にシトー修道会の修道士たち――はこうした見せかけの十字軍への参加を拒否し、教皇もそれをはっきりと禁じたことだ。だが反対者たちが帰り、教皇の書状が不思議と行方知れずになっても、ラテンの軍隊のほとんどはコンスタンティノープルへと向かった。そして一二〇四年四月一二日に、長い包囲攻撃を経て、ヴェネツィア人とフランク人の兵士たちは城壁を突破した。そしてそのあとに胸を引き裂くような暴動が続いた。

「極悪非道な男たちのしたことを、何から語ればいいのか！」と、生き延びたビザンティン人は書いている。「ああ、これまで崇めてきた肖像画は、足で踏みつけられた！　神聖な殉教者の遺物は、不潔な場所に放り込まれた！」これを書いたニケタス・コニアテスは、ハギアソフィアの祭壇がバラバラにされた様子を描写している。ラバや馬が教会の中に連れてこられ、その背には戦利品が積まれ、修道院のドアは蹴破られ、修道女はレイプされた。「路地や通り、寺院で、男たちの不満の声、泣き声、嘆きの声、悲しみの声、うめき声が聞こえ、女たちの悲鳴が響いた。傷つけられ、レイプされ、捕らえられ、最も親密な人たち同士が引き裂かれた」

コンスタンティノープルの略奪が他の中世の都市の征服と違っていたのは、攻撃した者たちの残虐さや欲望においてではなかった。エルサレム侵略では、キリスト教徒もイスラム教徒も同じように凶暴で、どちらがひどかったとも言いがたく、現代の戦争でも同じように残忍な戦争犯罪はいくらでもある。コンスタンティノープルの略奪で特徴的だったのは、そこに介在した冷酷な計算高さの規模だった。コンスタンティノープルが世界の富の三分の二を保有していたというのは大げさだが、ある軍人の証言によると、教会や宮殿にあった金や宝石はほかのどのキリスト教徒の都市よりも桁違いに多かったという。

ドージェ、エンリコ・ダンドロの商人の共和国にとって、第四次十字軍は史上最高の事業買収の一つになった。交通手段を提供した見返りにかなりの額を受け取ったうえに、金銀、宝石と帝国の八分の三の土地を手にした。それ以降、ドージェは〝東ローマ帝国の四分の一と［四分の一の］半分の主権者〟あるいは、〝東ローマ帝国の八分の三の主権者〟と呼ばれるようになった。スパイス・ルートは安泰だった。[8]

若いアレクシウスが征服者たちへの協力を拒むと、ドージェのエンリコは彼を片付けた。「掃き溜めから引き上げてやったのを、元の掃き溜めに戻す」と次期皇帝に言い放ったのだ。そして彼は正式に牢屋に入れられたあと、絞殺された。その後、フランス人の貴族が皇帝の座についた。ラテンの支配が六〇年続いたあとに、ギリシャ人が再びその座を奪い返すが、宮殿は暗い場所となった。一四五三年に、オスマン帝国のメフメト二世がコンスタンティノープルを征服すると、その明かりは完全に消えた。だが、オスマントルコのビザンティンの征服で損失を被ったのはギリシャ人だけに留まらなかった。ヴェネツィアの東地中海における戦略も崩れはじめたのだ。ヴェネツィアの運命は、総督として、征服者として、いつでもコンスタンティノープルと結びついていた。ハギアソフィアの大聖堂にイスラム教徒の新月旗が掲げられると、ヴェネツィアの星が沈むのは時間の問題だった。それでも、その間の二五〇年、アドリア海の女王はヨーロッパのスパイス貿易で誰もが認める支配者となる。

リアルトのコショウ

エンリコ・ダンドロの統治時代、サン・マルコ大聖堂はヴェネツィアでいちばん立派な建物であった。街は当時、教会やパラッツォ（大邸宅）の数々が建ち並ぶ現在に比べると、ずっとのどかだった。一一五〇年ごろの地図を見ると、かなり控えめな面積の、水の多い村だったことがわかる。大聖堂は運河を隔て、ドージェの頑丈な要塞と向き合っていた。有名なサン・マルコ広場はぬかるんだ牧草地だった。地図上では、街は今とあまり変わらず、大運河の二本の弧の周りにジグソーパズルのように島が組み合わさっている。だが、現在のようにひしめきあう石造りのファサードや舗装された広場はなく、木造の家やブドウ園、野菜畑があったはずだ。サン・マルコからリアルトの商業地域まで歩く道は、最も建物が密集しているところだ。ここでは、歩いている人は窓から投げ捨てられるゴミをすばやくよけ、路地に落ちている豚の糞を避け、雨の日や満潮のときには泥に深く沈まないよう、気をつけなければならなかった（泥はあちこちにあったため、ヴェネツィア人たちは一フィートかそれ以上の厚底の靴を発明して汚れを避けた）。豚は溜まっていくゴミを食べるよう通りに放たれ、大運河沿いの岸では牛が草をはんでいた。そして人々が運河を渡れるように、十字軍のドージェが、年を取ってから架けた木造のリアルト橋に近づくと、いい香りがしてくる。

ここサン・バルトローメオ広場は、ヨーロッパのスパイス貿易の中心地となっていたからだ。第四次十字軍のあと三〇〇年のあいだ、この細長く四角いピアッザ（広場）は、アレクサンドリアやロンドンから戻ったスパイス商人たちがコショウや貴重なクローブの取引をおこない、よもやま話を交わした場所だった。内容は、たとえばダマスカスでのシナモン取引のことや、ブリュージュでのショウガの現行レートなど、噂話から知的な情報交換までさまざまだった。ポルトガルがインドに到着したことが、最初は物笑いの種として、しだいに不安とともに囁かれたのもここだった。ヴァスコ・ダ・ガマがインドに至る航路を発見してから二〇年は、サン・バルトローメオの商人たちにとっては憂鬱な時期だったが、それから取引が活発になった。一五〇〇年代の半ばには、栄光の日々が戻ったかのように思えた。それでもその世紀の終わりには、オランダ東インド会社の目利きの財政家によってスパイスの流れは決定的に打ち切られた。だがそのあいだに、街は現在のような魅惑的な外観へ変化していった。

リアルト橋の先端に立って何百年も眺めれば（長年、船を通すために跳ね橋だった）、コンスタンティノープルのラテンによる征服、香料群島［モルッカ諸島の旧称］のオランダによる征服などを経て、街が形づくられていった様子がわかるだろう。大きな倉庫が建ち並び、ヴェネツィア人、外国人の両方が利用していた。ドイツ人は、自分たちの商館フォンダコ・デイ・テデスキを設立し、ヴェネツィア史上最高の画家のうち二人、ティツィアーノとジョルジョーネを外壁の装飾担当に雇った。のちにトルコ人たちが、典型的なヴェネツィアのゴシック・ビザンティン様式で建てられた自分たちのビジネス・センター、フォンダコ・デイ・トゥルキに移ってきた。水際を見下ろせば、木造の埠頭は取り払われ、広い石造りのものに変わった。運河周辺の家畜の糞のあった牧草は、広場になった。帆柱の列が並んでいたスカイラインに、壮麗な教会の鐘塔がそびえ立つようになった。だが、常に一定していたのは手から手へと渡っていた金と商品で、それは今でも変わらない。

　アカデミア美術館には、まさにこの場所の一五〇〇年の様子を描いた絵がある。ヴィットーレ・カルパッチョによるもので、二〇世紀の、生の牛肉に削ったチーズをかけた料理は、この画家の名前にちなんでいる（どうも、彼が赤と白にこだわっていたかららしい）。作品名は『リアルト橋における聖十字架の遺物の奇跡』だが、実際の主役は大運河の堤防の上にいる、ベルベットを身につけた若い貴族や商人たちといった、ヴェネツィアの美しい人々だ。もし一五世紀のヴェネツィア人（商人でも奴隷でも）の身繕いや紳士用服飾品の細かい点を知りたいのなら、彼ほど役に立つ画家はいない。ゆったりした外套とぴったりとしたズボンはシルクで輝き、毛皮や金のフチ取りなども仔細に描かれている。またキャンバスの端にいるギリシャの衣装を着た二人の男性や、後ろのほうで同国の人と何か相談しているターバンを巻いたトルコ人男性、そして木製の橋の下の青々とした水の上でゴンドラを漕いでいる、派手な制服姿のアフリカの黒人男性などから、街の国際色豊かな様子が見てとれる。カルパッチョの日常を描くことへのこだわりは、ノーマン・ロックウェルを思わせる。かのアメリカ人のイラストレーターと同じように、彼もまた、自分の友人たちをよく絵の中に書き入れた。ルーカ・コルフェライは、カルパッチョを熱心に研究している。というのも、彼の絵の中では洋服が細かく描かれているので、そのまま仕立屋に持っていって衣装をつくってもらえるのだ。さらにルーカにとって都合のいいことに、キャンバスの中の多くの人はストッキングの会（*compagnie de calza*）のメンバーであることが、記章からわかる。

それでも、『リアルト橋の奇跡』の絵の中にいるめかしこんだ商人たちについて、私たちはいったいどのくらい知っているのだろうか。契約書や遺言書、会計簿などはいくらか目にすることができるが、港から港への危険な航海や、スパイスにいい値をつけるための巧みな交渉などについては、そこからはあまり窺い知ることができない。ヴェネツィアの商人たちは、自分の職業上の秘密を書き記すことにあまり熱心ではなかったようだ。また船が来るのを待つあいだ、思ったことを書き連ねるような時間や技術を持っていた者もあまりいなかった。だが、少なくとも若いヴェネツィア人貴族の日誌が見つかっている。彼は一五〇〇年代半ばの穏やかな時期に、ヴェネツィアのスパイス貿易で稼いでいる。

アレッサンドロ・マーニョは一五四一年四月四日、アレクサンドリアに向けて二〇〇〇ダガット金貨と、取引するためのシルクの布を積んで出発した。最後の十字軍が聖地からガレー船を引き上げたあと、スパイス貿易は変わってはいたものの、一般に想像されているほどではなかった。商人たちの数は減った。ヴェネツィアでは、金を手にする人の数がどんどん絞られていった。一昔前のスパイス商人ならクローブを何梱か持ち帰れば満足したかもしれないが、ルネサンスのヴェネツィアの起業家には自由になる資金がもっとふんだんにあった。さらに航海の状況もよくなっていた。以前であれば、若い商人はアレクサンドリアへの航海を細長いガレー船でおこなっていたため、雨避けには天蓋しかなかった。それがアレッサンドロのエジプト行きの丸い大型帆船には小さなキャビンがついていた。

だが、昔と変わらず、アレッサンドロは独立した業者で、彼の目的も過去にいた無数のヴェネツィア人たちと変わらなかった。つまりスパイスを買うこと、特にコショウを買うことだ。一五〇〇マイルの旅にはおよそ一カ月かかった。エジプトの港に着くと、壁で囲われたヴェネツィア人の居住区に部屋を割り当てられた。二十数名がいたと思われるこの場所は、おそらく大学寮のような雰囲気だったのではないだろうか。スパイスを積んだ陸商が到着するまでは、待つ以外に特にすることはなかった。アルコールと退屈の不調和が生じるのは避けがたく、アレクサンドリアやコンスタンティノープルのイタリア人居住区の騒々しさに対してはしばしば苦情が出たのは想像に難くない。夜は、若い男たちはイスラム教の権力者たちに閉じ込められたが、日中は自由に動き回っていた。とはいえ、することはあまりなかった。

ヴェネツィアでは国際人で通っていたアレッサンドロは、居住区の無気力な雰囲気やアレクサンドリアの田舎の景色に飽きてきた。かつてはシーザーのローマに次いで二番目に大きな港だったが、今では月並みな港町で、人々は通り過ぎる取引でなんとか生活していた。アレッサンドロは大都市の生活を懐かしく求め、コショウ用の現金の一部とシルクを手放し、ナイル川でカイロに向かう最初の平底船に飛び乗った。このエジプトの首都は、ヴェネツィアと通じるところがあった。「カイロほど人が多く、大きく、豊かで力強い都市はほかにないと思う」と、あるヨーロッパ人の訪問者はその何年か前に描写している。そこで過ごした数週間で、アレッサンドロはエジプトで時間がある人なら誰でもするであろうことをした。つまり観光だ。灼熱のエジプトの夏を、ピラミッドや他のカイロ周辺の観光地を見てまわって楽しんだ。そしてカイロを出発しようとする直前に、肥沃なナイルに感謝する一週間続くパーティーを目撃する。絨毯を敷いたボートに乗り込み、貯金をごちそうや芳香、ミュージシャンたちに費やしている。ワインを飲み、それが決まりのようで男女も入り乱れ、それを見たアレッサンドロが地元のカーニバルを思い出してどのくらいホームシックになったか想像できるだろう。

インド洋のモンスーンにより、スパイスは紅海の港に秋に到着するのが常で、そこから陸商でカイロやアレクサンドリアに数カ月後に着くことになっていた。ラクダが積んでいた豊富な荷をおろすと、自然と値は下がった。だがアレッサンドロにとって運の悪いことに、陸商は予定通りに到着せず、帆船の船長は出発を待ってくれないという。彼が夏の観光旅行から戻ってくると、もう船は出立の準備をしているところだった。そのとき、彼は必死で取引をしなくてはならなかった様子を語っている。「誰もが、必死にものを買い始めた。コショウは以前には一カンタール［約九〇ポンド］二〇ダガットだったのが、二二ダガットして、それでもなかなか手に入らず、他のものも同じ状況だった」アレッサンドロは損失を減らすため、クローブとショウガに投資することにした。陸商の到着前の一〇月に出たにもかかわらず、結局帆船には五〇万ポンド以上のスパイスが積み込まれた。ヴェネツィアの領事の記録によれば、共和国にとってスパイス貿易は非常に大切なものだったので、コショウが積み荷の八〇パーセントを占め、残りはさまざまな種類のショウガだったという。

船は帰路も行きと同じ道を通り、クレタ島で食料を積み、アルプスを越えた宮殿で好んで飲まれる現地のマルムジーという甘口のワインや、輸出用のクレタ島のハード・チーズも積み荷に加えた。船員は一日の配給に一・五オンスを受け取ったが、一日一ポンドの乾燥ビスケットの風味付けにはあまり足しにはならなかったようだ。もし追加を希望する場合は、買うこともできたらしい。現在の格安エアラインのスナック販売と同じやり方だ。

こうして通常、秋の終わりには武装した船は、元の港に帰り着いた。アレッサンドロがどんな景色を見ていたのか、渡し船に乗ってリド島からラグーンに出れば、多少なりとも感覚をつかむことができる。船に充満するディーゼルの悪臭を、五〇万ポンドのスパイスの香りだと想像してみてほしい。プラスチックの椅子や蛍光色の救命胴衣も目に入れないようにしよう。船は波立つ深い青のアドリア海から、静かな入り江へと進んでいく。はるか北の、かすかに雪で覆われた山脈のきらめきはほとんど見えないぐらいだ。ラグーンは行き交う船であふれている。フステというオールと帆で進む戦闘用の船や、ガレオッテが青緑色の海を進んでいる。商船、ガリオン船が、帆を半分巻き上げて動き回っている。視線を上げるとヴェネツィアが水平線に浮いているのが見え、その白い建物が冬の日暮れで紅色に染まっている。

街には鐘の音が響き、あなたと芳香を放つ積み荷を歓迎している。アレッサンドロは一一月一八日にヴェネツィアに戻り、買い付けたスパイスを、その約倍の値段で売ることができた。この旅で約二六六ダガットの利益を出すことができたと彼は計算している。もちろん悪くはないが、とてつもない儲けでもない。それでも、パーティーを開くには十分だ。アレッサンドロは友だちを集め、宴会を開いただろう。あるいは、それがイ・アンティキの原型だったのかもしれない。自らの帰還を祝い、協会のミッションである〝楽しみながら楽しませる〟ために。

毎年、スパイスを積んだ船の帰還は、寒々とした通りや広場に活気や豊かな現金をもたらした。アジアの芳香の貿易はヴェネツィアの唯一の財源ではなかったにせよ、外交政策のみならず、街のリズムを形づくるものだった。コショウの船が戻ると、お金と楽しみが相まって、街では延々とお祭り騒ぎが続き、カーニバルで終わるのが決まりだった。何世紀も変わらない習慣で、リアルトに到着するコショウがオランダやイギリスの船に積まれてくるようになってからも続いた。

マラバール海岸

カルパッチョの絵の中には、トルコ人たちの後ろに、木製の橋の階段を上っている肌の黒い男がいる。腰巻きしか身につけておらず、大きな白い荷物の重みで身をかがめている。リアルトから直線距離で四五〇〇マイルほど離れているジュウ・タウン・ストリートに立ったとき、私は彼を思い出した。裸足のインド人の男たちが同じような恰好で、大きなスパイスの荷降ろしをしているのを見たからだ。ヴェネツィアでは、ときどきスパイス貿易というのはもはや一族の秘密のようにしか思えないことがあるが、ここコーチン［インド南西部の港町］では、スパイスはいまだ繁栄を生み出す乳だ。さらにいうと、インドではコショウ貿易はここ数千年、意外にもほとんど変わっていない。

　コーチン（コーチ）は、活気に満ちた商業の中心で、インド南西の州、ケララの中心的な港だ。この地域はアラブ人やヨーロッパ人には、長年マラバールとして知られてきた。私が到着したのは、コショウの収穫をおこなう一月だった。例の黒い小さな実を摘み、乾燥させるところを見て、中世のヨーロッパ人を聖戦に駆り立てた積み荷の芳香を近くで嗅いでみたかったのだ。古い街の〝ユダヤ人町〟にある忙しそうなスパイス市場にいると、五〇〇年前のリアルトの波止場に漂っていたであろう、刺激的な香りを感じ取ることができる気がする。冬のあいだ、倉庫は膨大な量のショウガで埋まり、卸売業者がドアを開けるところに通りかかると、複雑な香りがそれぞれのドアから漂い、昼間の暑さに、ねっとりとした甘い香りが加わる。ドアの中に入れば刺すような芳香が鼻腔に侵入し、すぐに強い刺激が喉を覆う。

　中世の文献によると、ショウガは六種類ほどの種類別、等級別に分けられていて、なかでもケララのスパイスは最高級とされていた。ヨーロッパではミッキーノ・ショウガ（取引されていたメッカにちなんでつけられた）は一般的にコショウよりも安価で、一方、コランビーノ（マラバールのクイロン市）は五〇パーセント、あるいはそれ以上の値がつくことがある。[9] 今味わってみると、地元のショウガは濃く、土っぽい特徴がある。ハワイやアメリカから輸入したものは、それに比べると軽く、ほとんどレモンの根（専門的には根茎）のような感じだ。ケララのショウガは、インド料理の複雑に入り交じった味には、東アジアのものよりもずっと合っていた。同様に、中世ヨーロッパのスパイスをたっぷり使っていたレシピとも相性がよかったのだろう。

現在のケララのスパイス商人はさまざまな宗教を持つ人、民族が入り交じっていて、まるでインド人の好物のマサラ・パウダーのようだ。長年、コーチンの港はキリスト教徒、イスラム教徒、ヒンドゥー教徒を引き寄せてきたが、なかでもユダヤ教徒は、このスパイス市場の名称になっている。季節によってショウガやカルダモン、シナモン、輸入品のクローブが取引されるが、それでもコショウがいまだに〝黒い金〟であり、主な資金源だ。つい最近まで、冬のコショウの収穫時には、コショウ取引がおこなわれる建物のある、色あせたピンク色の一角に集まり、中央の台の上でファンたちを前に大声で競りをおこなっていた。これは変わった。二〇〇四年以降、コショウ取引は古びた小さな部屋の一角で、コンピューター画面を通じておこなわれている。張りのある声やどよめきは、マウスのクリック音に取って代わられた。

だが、だいたいにおいて、コショウ取引は昔のままだ。取引のおこなわれている場所から古びた路地を少し歩くと、すぐにキショール・スパイシス・カンパニーがある。建物の中に入ると、地下には何百ポンドものコショウのピラミッドが青い防水布で保護され、太い柵の奥に収まっている。隣の部屋の小室では、裸足の簿記係たちが脚を組んで書類をめくっている。一方、上の階に行くと、オーナーのクーラーの効いたオフィスは、アトランタのオフィスパークにでもありそうな雰囲気だ。それでも、そのビジネスモデルはエンリコ・ダンドロの生きていた時代と変わらない。クルワのようなトレーダー、会社オーナーは、コショウのほとんどを、一〇ポンドほどの量を売る小規模な農家から買う。こうした小さなロットが国のディーラーを通じて集められ、会社の倉庫に運ばれ、洗浄されて世界じゅうに出荷される。かつて仲介人は、コショウと交換するための米や塩を何梱も運んで、山道を越えていた。今ではルピーやＳＵＶがその部分を格段に楽にしてくれている。同族会社の三代目のクルワは、地元の他の人たちはこうした輸入や輸出にかかわるビジネスを起業しようという進取的な行動には出ないという。彼の一族は、インドの北方のグジャラート州出身のイスラム教徒だ。グジャラートが何百年もこの貿易を独占していたこと、ポルトガルがインド洋に乗り出すはるか前からここにいたことを彼は私に説明してくれた。

コショウの栽培方法も、当時からほぼ変わらない。一四世紀のイタリアの修道士、ポルデノーネのオドリコの描写は、今でもそのまま当てはまる。

［コショウが育つのは］私がやってきた土地で、ミニバール［マラバール］と呼ばれている。世界じゅうどこを探しても、ここほどコショウが豊富なところはほかにない。森の中の栽培されている場所は歩いて一八日かかるほど広い。森の中でコショウは次のように育つ。まず、香草のように葉が成長する。これは私たちのブドウの木と同じように、大きな木の近くに植えられている。そしてブドウが房で実るように、コショウも房ででき、熟すと緑色になる。ブドウと同じように収穫されたあとは、太陽にさらして乾燥させる。乾燥したら陶製の容器に詰められる。これでコショウは完成し、そのまま保管される。

ローマ教皇の要請で、この三〇歳の修道士は一三一八年にヴェネツィアからアジアを巡る旅に出た。

彼が一三三〇年に帰国すると、その旅の様子が書き留められ、ヨーロッパじゅうで広く読まれた。『東方旅行記』の著者、マンデヴィルもこれを読んでいる（マンデヴィルが書いたコショウの森の記述の一部は、オドリコの記述がほぼそのまま使われている）。インド東南のコショウ農園は、その場所を訪れた世界じゅうの人から認識されていた。マルコ・ポーロは、コイラムの国（クイロン）を、コショウが「豊富に生産されている」と書いている。アラブの旅行家で作家のイブン・バットゥータは、ここをマラバールで最もすばらしい街で「見事な市場があり、裕福な商人たちがいる」と書いている。

クイロンへは、コーチンから南に鉄道でゆっくりと三時間。現在は、ほどほどの大きさの質素な田舎町といった風情で、コショウよりもゴムを収入源としている。スパイス貿易の船は、ヴァスコ・ダ・ガマたちがマラバールに入り込むより前に、北のコーチンとカリカットに移動していた。

クイロンの鉄道駅で、私を出迎えてくれたのは、地元の農園主でトーマス・タムパースリーだ。彼にはオドリコ修道士のコショウの森の一つを案内してもらうことになっていた。トーマスは携帯電話を手にプラットフォームに立ち、色とりどりのサリーや食べ物売り、インド人のビジネスマンの中から私の姿を認め、手を振ってきた。そしてすぐにピカピカのSUVに乗り込み、私たちは町を出た。クイロンからのドライブは、マゼンタ、ライム、オレンジ色の混ざったような感じだった。道路の脇には眠そうな牛が列をなし、ところどころに巨大な看板があり、サリーに身を包んだ美しいモデルが見え、あるいはテニスコートより少し大きいぐらいの水田のまわりに、バナナの木が植わっていた。約一時間後、海岸沿いの開けた風景が低い山間へと変わった。

ほどなくわかったのだが、トーマスは詩人であり、策士であり、芸術愛好家でもあった。「ぼくは怠け者なんだ」と、彼はグラスでチャイを飲みながら、何度か繰り返した。私たちはヒンドゥー教寺院の儀式をおこなう施設前の小型のショッピング・モールにいた。彼が最近思いついたのは、ハンバーガー・バー兼ビリヤード・ルームで、ハンバーガーやピザのつくり方の細かい点を私にあれこれと質問してきた。痩せていて、三五歳という年齢より若くみえる。突飛なアイディアを思いついては楽しんでいるのは明らかで、その性質は農園とともに父親から引き継いだようだ。彼の土地に植わっているのはほとんどがゴムの木だが、なかにはショウガやナツメグ、バナナ、ココヤシの木が植わっている区画もある。それとは別に、年間約八〇〇ポンドのコショウを育てていて、これは一種のサイドビジネスで、万一に備える保険の意味合いもある。このように主な収益を上げる作物とは別にコショウを植えるのは、インドでは一般的だ。

ケララの山のうち一つは、上から下まで丸ごとタムパースリー農園で、ゴムの木が茂っている。サトウカエデの木からメープルシロップを採る要領で、それぞれの木から樹液を回収するようになっていて、それを乾かすと原料ゴムになる。だが、森にはコショウも植わっている。SUVが山の上に広がっているランチハウスに近づくと、トーマスが急に車の向きを変えたので、作業員が踏み台から落ちそうになる。私道の真ん中に、コショウを乾燥させるためのマットが敷かれていて、それを避けたのだ。私道はコショウを乾燥させるには最適で、平らで日当たりがよければさらに理想的だ。舗装された私道がない農園主には、インドの香辛料局が所有地の一部をコンクリートで舗装するための補助金を出している。

最初、コショウを見分けるのは難しかったが、よく見ると至るところにある。華奢なアレカヤシやひょろ長いマンゴーの木、ほかにも辺りに生えているもの、何にでも絡みついていた。ヨーロッパの農業やワイン畑で見られるような整然とした列はない。目の前にあるのはジャングルで、コショウの蔓は遠い帝国における、富の泉というよりは、がつがつした雑草のように見える。手のひらの大きさの葉が、蔓を支える木を一〇フィートの高さでフラダンスのスカートのように覆い、〝花穂《スパイク》〟と呼ばれる深緑のコショウの房がハート型の群葉に隠れている。

トーマスは、私をコショウの森の奥深くへと連れていった。空気は澄んでいて、よい香りがする。コッコという鳥の鳴き声が、遠くからかすかに聞こえてくるヒンドゥー教の祈りを打ち消している。トーマスは、クロテッド・クリーム色のコショウの花は雌雄同体で、早朝の霞で授粉するのだと説明した。朝露が花の上に集まり、小さな花から花へとしたたり落ちるのだという。山には一〇〇種類以上もの野生の品種が自生していること、さらに品種改良されたものが何百種類もあることも、教えてくれた。そして目立たないところにあるヒハツ（*long pepper*）の蔓を私に見せてくれた。

修道士オドリコが描写した黒コショウの収穫は実に正確で、実が濃い緑色になるとおこなわれる。ケララでは、それはだいたい一月だ。摘み取られた実は、竹のマットの上で数日間乾燥させると深い黒色に変わる。コショウの辛味成分のピペリンは、コショウの実自体にも含まれるが、その風味のほとんどは皮にある。白コショウをつくるには、緑色の実を熱湯で湯通しし、乾燥させる前に外皮を取り除く。だがインド人は、白コショウをまったくといっていいほど使わない。黒コショウと辛さは変わらないが、複雑さがないのだ。白コショウについて尋ねると、トーマスの母親は笑った。ウェスタン・スタイルのホテルに全部売っていて、外国人の料理の味つけに使われているのだという。だが緑のコショウについて訊くと、彼女はそういうものは聞いたことがない、と不思議そうな顔をした。トーマスは、インターネット上では見たことがあると言い、おしゃれなフランス料理に使われているのだと、母親に説明した。彼女は首を振りながら、夕食が炭火で準備されているキッチンへと戻っていった。

皮肉なことに、ケララの人たちは料理にコショウをほとんど使わない。彼らにとってコショウは木になる金であり、自ら使うよりは売るほうを選ぶ。さらには、困ったときのために蓄えておく。業界の人たちは、インドにどのくらいのコショウが備蓄されているのか、さまざまな予測を立てている。先ほどの、ヘマン・K・クルワは二万トンと予測しているが、正確な答えは誰にもわからない。トーマスだけでも、約二トンをビニール製のメッシュの袋に入れて物置の奥に、いぶしたゴムのシートと一緒に置いている。農園主によっては、コショウを一〇年保管する人もいる。値が上がるのを待ったり、娘の持参金用にとっておいたりしているのだ。トーマスにも、幼い娘が三人いる。だが彼の場合、持参金に使う前に、コショウは何か突拍子もない思いつきを実現する資金になるのかもしれない。

コショウは、インドの西海岸沿いにある西ガーツ山脈を起源としているが、おそらくスマトラ（および、現在のインドネシアで他の地域にあたる場所）から移植されたものと考えられている。それは二〇〇〇年も前のことで、マルコ・ポーロが一二〇〇年代の終わりに帰路の途中に立ち寄ったときには、すでに地域に広まっていた。現在、コショウはブラジルと中国でも栽培されていて、さらにベトナムがインドを抜いて世界最大の輸出国になっている。だがヨーロッパでは、今でもインド産のコショウがいちばん好まれる。

ヨーロッパ人は、古くはローマ時代からインドのこの地域からコショウを輸入してきた。紀元一世紀から二世紀のローマのアンフォラ〔古代ギリシャ・ローマの両取手付きのつぼ〕が南インドのポンディシェリで大量に発掘されている。それ以降一五〇〇年間、ルートはほぼ変わらず、ポルトガル人がアフリカ経由のルートを切り開いてからも、古い陸商のルートもコショウの運搬にいくらかは使われ続けた。

　そうはいっても、長年のあいだに、気まぐれな地政学によってルートの変化はあった。マルコ・ポーロの時代のシルクロードは、中国と中東を結び、スパイスや宝石、シルクを運んでいたが、チンギス・カンとその後継者たちが中央アジアを支配していたあいだしかもたなかった。一四世紀の初めにモンゴル帝国が崩壊すると、東洋の贅沢品は別の流れで運ばなければならなかった。マラバールの贅沢品はアラブのダウ船（中国の平底帆船のジャンクにも）に積み込まれ、紅海、アラビア海を通り、アデン〔イエメン南西部のアデン湾に臨む都市〕とジッダ〔サウジアラビア西部、紅海の沿岸にある外港〕でラクダに積まれ、陸商が隊を組んだ。ムハンマドは若いころ、メッカとシリア間の運搬を監督する仕事をしていた。のちのアラブの商人たちにとって、ジッダの魅力は、この預言者の故郷が近いことだった。イスラム教徒も、ヴェネツィア人と同じようにビジネスと宗教を混合することに長けていたといえよう。ラクダはそれぞれに四分の一トンの荷を背中に乗せ、列をなしてメッカを通過したが、あまりに大規模だったために、ダマスカスやアレクサンドリアの門を全体が通り抜けるのに二日二晩かかったという。

　地中海に到着すると、スパイスはキリスト教徒の手にわたった。最初、地中海における西洋の市場はジェノヴァ人、プロヴァンス人、カタルーニャ人で分割されていた。彼らはスパイスを西ヨーロッパに広めたのみならず、アラブの町や北アフリカの西にも広めた。一方、ヴェネツィア人はコショウのほとんどをアルプス山脈の向こう側へと運んだ。だが一四〇〇年の初めには、ヴェネツィアが大西洋までのスパイス・ルートを独占するようになり、香料を積んだガレー船をイングランドや北海沿岸の低地帯にまで向かわせるようになった。キリスト教国一帯では、十字軍によって刺激され、スパイスの需要がますます高まり、少なくともそれが五〇〇年続いた。何世代もの（裕福な）ヨーロッパ人はマラバールの味で育ったのだ。

スパイスに対する好み

中世とルネサンス期の料理が実際にどんな味だったのか、それは誰にもわからない。古い料理本はあまりに不正確であてにならず、当時のやり方を再現するのは難しく、材料もまったく違う。動物も果物も野菜も、すべてもっと小さかった。スパイスでさえ違っていた。私たちが今使っているスパイスは、何百年もの品種改良を経て、味と香りが標準化されている。一方、一四〇〇年の香料は、まだ野性味のある植物や木から採取されていた。さらに鮮度を保つ保存の問題もある。クローブやナツメグ、メースは最低でも一年以上も移動に時間がかかり、スパイスは何年も怪しげな状態で保管されていたのが一般的だったことを考えると、香りの効力がどのくらいあったのか、疑問に思わざるを得ない[10]。理想的な保存状態であればコショウは非常に長持ちするが、他のスパイスはそれほどもたない。おそらく、イングランドやスカンディナヴィアまでたどりついたスパイスの多くは、私の家の棚に六年は置きっぱなしになっているオールスパイスと同じぐらいの鮮度だったことだろう。

だが料理の再現が不可能だとしても、やってみようとする人は常にいる。私が特に興味をそそられるのは、ヴェネツィアでレストランを経営し、この美食の時間旅行をビジネスモデルにしようとしているセルジョ・フランジャコモの試みだ。彼の店はサン・マルコ広場から歩いて五分ほどのところにあり、不釣り合いのような気もするが店名は、フランス語で〝ビストロ・ドゥ・ヴニーズ〟という。セルジョはレストラン経営者というよりは穏やかな教授といった風情で、多くのヴェネツィア人同様、ヴェネツィアの話題に関しては、(言葉の古い意味で)アマチュアだ。この街に対して、彼は長年の恋人のような愛情を持ち、魅力だけでなく、その欠点にも魅了されている。「彼女の過去と対話をしてみたいんだ」と、ヴェネツィアの街について彼は私に語った。昔の味を再現することに情熱を傾け、観光客にモルタルや大理石だけではなく、昔の共和国を味わってもらいたいと考えている。だが生計も立てていかなければならないので、二つのメニューを提供している。一つはヴェネツィアの伝統料理で、魚のグリル、ポレンタ、リゾットなど。そしてもう一つは昔のヴェネツィアの資料から着想を得てつくっている料理だ。「他のレストラン経営者からは、変人扱いされているよ」と、彼は明らかに二一世紀のものであるプロセッコとザクロジュースを混ぜたカクテルを飲みながら、私に言う。「現在のヴェネツィアには、我々の料理文化の歴史がまったく感じられない。おかしいだろう!」

ほとんどがフランス人とイギリス人の観光客は(「イタリア人は胃袋で考える」と彼はぶつぶつ言う)、歴史的メニューから注文すれば一四世紀、一五世紀、一六世紀に遡る料理を味わうことができる。もちろん、本当に当時の味を再現するのは無理なのは、言わずもがなだ。せいぜい、料理の観光事業といったところか。だがセルジョの再現料理はある意味、一度解体され、屋内配管設備や光ファイバーケーブルを取り付けて元に戻した中世の邸館と同じように、過去を代表して見せてくれる。現代風になった大邸宅を見て、私たちが輝かしい過去に思いを馳せるのと同じように、魅力的な盛り付けの料理はショウガやターメリック、コショウの香りがして、スパイスを積んでいたガレー船を思い起こすのに十分だ。私もスパイスがもっと利いていた時代に憧れはするものの、中世の悪臭を放っていた運河や、隙き間風の入る部屋、あらゆるところにいたノミなどは遠慮したい。

ディナーは少量ずつの繊細なコースになっている。最初はかすかにシナモンで香りづけがしてあるウイキョウのスープだ。次はラビオリだが、どちらかというととても風味のよいニョッキという感じで、甘いスパイスとハーブを混ぜ合わせたものが、米粉とターメリックでとろみをつけたソースの上にのっている。これらはすべて、作者不詳の一四世紀のレシピ集で『アノニモ・ヴェネツィアーノ（*Anonimo Veneziano*）』として知られているものから着想を得ている。続いてスズキ料理が運ばれてくる。甘い魚には香ばしいアーモンドがのっていて、下にはショウガを使ったソースが敷かれ、そのかすかに苦味のある粉っぽい感じは、ショウガが土から掘り起こされるものであることを再認識させる。食材はルネサンスのシェフ、マエストロ・マルティーノに元をたどることができるものの、レシピ自体は現代風にアレンジされていることが、メニューに明記されていて客を安心させている。セルジョは食事を、〝*fritelle da imperador magnifici*〟で締めくくることを勧めてきた。これはリコッタチーズと松の実の小さなフリッターで、外はパリッと、中はとろりとしている。フリッターはヴィンコット［ブドウの天然甘味料］、ハチミツ、シナモンにクローブでつくられたソースの上に二枚の掛け布団のように並んでいる。このデザートも（ソースは違うが）アノニモ・ヴェネツィアーノから取り入れたものだ。元の一四世紀のレシピでは、卵白、フレッシュチーズ（つまりリコッタ）、小麦粉、松の実を材料としている。揚げたあとは砂糖をまぶす。皇帝、つまり〝*imperador*〟というこの菓子の名前にふさわしく、砂糖はたっぷりと使う。元のレシピにないソースについては、セルジョを大目に見ようと思う。とてもおいしかったし、セルジョの密かな意欲には抗いがたい。そう、きっと彼の言い分は正しいのだ。本物の再現には、限界がある。

セルジョは、香辛料の控えめな加減は、現在のヨーロッパ人の味覚に合うと同時に、過去を的確に再現しているものだという。ルーカも同じことを言っていたが、学者たちが当時の人々は「スパイスに溺れていた」というのはでたらめだというのだ。中世の料理本が、もう少し明確に書かれているとよかったのだが！ 料理の手順が比較的一貫している、数少ない中世の文献の一つが、アノニモ・ヴェネツィアーノだ。おそらく対象としていた読者がほぼ中産階級のヴェネツィア人だったので、貴族に仕えていた熟練のプロたちが用いていたレシピよりも、正確さが要求されたのだろう。奇妙なことに、このヴェネツィアの料理本が中世の料理には大量にスパイスが使われていたあかしとして、挙げられることが多い。ルーカは、誤解が生じているのは、推定している食事の量がそもそも間違っているからだと考えている。歴史家たちは、単に集団のための料理に慣れていないということかもしれない。たとえば、〝アンブロシーノ〟という、ドライフルーツとチキンのシチューのレシピをぱっと見ると、一二人の客が二分の一ポンドものスパイス（ほぼショウガとシナモンで、あとは香草とわずかなナツメグ、サフランにクローブ）を、サフランとナツメグに追加していた料理を食べていた印象を受ける。この分析で問題なのは、料理の量が一二人では到底食べきれないものだったという点だ。[11] ビストロ・ドゥ・ヴニーズで出てくるような慎ましやかな量ではなく、中世の金持ちのテーブルは、膨大なスモーガスボード（セルフサービス形式）で、ゲストが食べたのはそのごく一部だった。こうした宴では料理はすべて食べられるとは意図されていなかったことが、イベリア半島、アラゴン王国のペドロ三世によって一三四四年に公布された条例〝*Ordinaciones*〟に書かれている。王は食卓の準備に、会計士の正確さを持ち込んだ。「人は地位に応じて敬うべきなので、優に八人前ぐらいの料理を用意してほしい」。皇子、大司教、それに国王と食事をともにする司教は、それぞれ六人前、他の高位聖職者や通常の騎士は四人前が割り当てられた。

それでも、アノニモ・ヴェネツィアーノのレシピに出てくるより控えめな量のスパイスでさえ、セルジョの客が他で食べる一般的なイタリア料理に使われる量よりはるかに多い（ヨーロッパではスパイスはあまり使われないが、中でもイタリアは統計的にほぼ最下位だ。現在のイタリア人の消費量は、年間四分の一ポンドに満たない）。だが、この比較はあまり意味がないだろう。現代イタリア料理の味の組み合わせは、中世の好みとはあまり関係がない。北アメリカのほうが、例としてはよさそうだ。アンブロシーノは、アーモンド、デーツ、レーズン、プルーン、ショウガ、シナモンにサフランと、チキンを一緒に煮込む料理だ。現在のモロッコのレシピに近く、強いて言えば香辛料がそれよりは少し多い。実際、中世の料理に対するアラブの影響は、はっきりわからなくても、どこかには含まれている。少し前のナポリの料理本で、前述した『*Liber de coquina*』にも、サラセン風スープなど、いくつか典型的なアラブ料理のレシピがある。これはもともとラテン語で書かれていたが、ヨーロッパで最初に広く読まれた料理本の一つだ。レシピの多くにスパイスが登場するが、ヴェネツィアの文献に出てくる量にははるかに及ばない。おそらくヴェネツィアでは香辛料が他の地域よりも安く手に入り、東洋の文化的な影響も強かったので、スパイスの利用が広まったのだろう。

アノニモ・ヴェネツィアーノとほぼ同時期の一四世紀終わりに書かれた『メナジエ・ドゥ・パリ』も、少なくともスパイスに関しては同じぐらい気前がいい。ただしこれに関しては、実際の分量が書かれている数少ないレシピから類推するほかない。アスピック［肉汁などでつくるゼリー］用の肉には、豚一頭、子牛の足四つ、鶏二羽、兎二羽に、一〇～一二クローシュ（塊）のショウガと五～六クローシュのカヤツリグサ（ショウガに似ているスパイス）、さらにそれよりかなり控えめな量のギニアショウガ、メース、ガジュツ、クベバ、カンショウ、ビリーフ、ナツメグが使われる。これらのスパイスはすべて細かくして大きなティーバッグのようにまとめて肉と一緒に煮込んだ。ショウガの塊（クローシュ）がどのくらいの大きさだったのかを想像するのは難しいが、おそらくショウガが約一ポンドに、他のスパイスを合わせたものが一～二オンスと考えてそう外れてはいないだろう。だが、肉の量は、なんと一〇〇ポンドを超えている！　さらにいうと、ここでいう一ポンドのショウガは長いあいだ世界を旅してきて、今ほどぴりっとした風味はなかったはずだ。イポクラスという、中世のフランク人がビザンティン人と同じぐらい好んだスパイスの利いたワインについては、砂糖少々にシナモン、ショウガ、ギニアショウガ、ナツメグ、カヤツリグサを二分の一オンス、二リットル強のワインに足すと書かれている。つまり、ワイングラス一杯につき、ティースプーン四分の一杯ほどのスパイスという計算になる。それも食事が終わったあとの食後酒のように飲まれていたため、少量だけ出されるのが一般的だった。まだ当時の人たちは料理の上に山のようにスパイスを盛っていたと考えている人がいるかもしれないので、『メナジエ・ドゥ・パリ』のウェディング・パーティーの買い物についての箇所を記載しておく。よく引き合いに出される、祝宴（および晩餐）で使われる二ポンドのスパイスだが、これはゲスト四〇名分で、使われる肉の量はなんと六五〇ポンド！　言い換えると、一ポンドの肉に対してスパイスはわずか数グラム、ティースプーン二分の一杯にも満たない量になる。[12]もちろん、平均を見ても、それぞれの料理に実際にどのくらいスパイスが入っていたのかはわからない。スパイスの利いていた料理と、そうでもないものは当然あっただろう。ただ、全体としてどのくらいスパイスが使われていたのかの目安にはなる。

当時のヴェネツィア、フランス、カタルーニャ、イングランドおよびドイツの料理本ではある程度東洋の香辛料をふんだんに使っているようでも、西ヨーロッパにおいてスパイスの流行は一律ではなかった。『メナジエ・ドゥ・パリ』のレシピで明らかなように、フランス人はイタリア人に比べると、幅広い種類のスパイスを使っていた。それより少し前の『ル・ヴィアンディエ』（一三七五年）は、フランスの王室料理人であったタイユバンが書いたもので、一七種類もの〝スパイス〟が出てくる。ビザンティン人も好きだったガジュツやスパイクナードや、もっと一般的だったメースやシナモンなどだ。比較すると、アノニモ・ヴェネツィアーノに出てくるスパイスは一ダースぐらいに抑えられている。ドイツでは、さらに種類が絞られている。そして地域による好みの差はあるにせよ（フランスではギニアショウガがよく登場するが、イタリアではほとんど使われず、コショウはフランスよりドイツでのほうがよく使われる）、料理本の共通点のほうが違いよりも明らかだ。一四世紀に流行していたスパイスはどこでも同じだった。圧倒的に人気があったのはショウガで、僅差でサフランだった。

興味深いことに、コショウについてはあまり言及されておらず、特にフランスの本には出てこない。

もしかしたら、料理の味付けにコショウを使うのは当たり前で（レシピには塩も出てこない）、わざわざ書いていないのだろうか？　あるいはこちらのほうがありえそうだが、コショウはあまりにありふれているので、高貴な生まれの人の料理には登場していなかったのかもしれない。当時の会計帳簿を見ると、後者の予測が裏付けられる。社会階級が上にいくほど買い物リストのスパイスの量は増えていく一方で、一般の人はコショウ以外を買うことはあまりできなかったようだ。したがってフランス王、ジャン二世とその側近たちが、一三五〇年代にイングランドで囚われの身となったとき（かなり快適な環境下だったらしい）、十数種類のスパイスを味わっていたが、そこには黒コショウは含まれていなかった。ほぼ同時代のフランスの子爵は、四種類のスパイスしか使っていなかった。コショウにショウガ、シナモンにサフランだ。一方でコショウは、一二五八年にフランスの救貧院に引き渡されたものの一部として記録されていた。また「畑仕事をする者たちが、ソラマメやエンドウマメと混ぜてソースにする」と、少なくとも一冊の中世の食事手引書には書かれている。

言うまでもないが、上流階級の料理本を参考にしてヨーロッパ人が一四世紀に何を食べていたか探ろうとするのは、アメリカの一般市民が何を食べているかを、マーサ・スチュワートのおもてなし料理の本から推測しようとするようなものだ。ここでいくつかの数字が補正の役割を果たしてくれる。もっとも、中世の統計数字の扱いもかなり難しいが、経済歴史家はヨーロッパがどのくらいの量のスパイスを輸入していたか、少なくともヴェネツィアがスパイス貿易を支配していた一四世紀以降についてはおおよその数字を把握している。[13]一四〇〇年にキリスト教世界では、約二〇〇〇万ポンドのコショウを、さらにもう一〇〇〇万ポンドの他のアジアのスパイスを消費していたと推測されている。その中では圧倒的にショウガが人気で、かなり差が開いてシナモン、クローブ、ナツメグ、メース他が続いた。高級な香辛料を使うことができる人数は、三〇〇〜四〇〇万人（おおよそ人口の五パーセント）ぐらいだったであろうことを考えると、一人当たりの消費は、それほど多くなかったと推測できる。比較する意味で挙げると、現代のアメリカ人は毎年、一人当たり一・五ポンドのスパイスを消費している。現在のヨーロッパ人はその半分、モロッコ人はだいたいその倍だ。つまり中世の上流階級は、全体としては現在のアメリカ人と同じぐらいスパイスの利いた料理を食べていたのだろうか？　おそらく王や女王は日常的に食べていただろうが、他の人たちにとってはスパイスの利いた食事は特別な日のごちそうだったと思われる。皆が日々スパイスの利いた食事をするほどには、香辛料が出回っていなかったからだ。さらに、高価な、そしてあまり知られていないスパイスの多くは薬として使われ、シナモンやショウガ、ギニアショウガのようなスパイスも、食べ物以外にビールやワインの香り付けに使われていた。遺体の防腐措置にも、どのくらいかは不明だが輸入スパイスの一定の割合が使われていたと考えられる。つまり、一四〇〇年には人口の五パーセントが年間二〜三オンスのスパイス（コショウ以外）を食していて、一〇〇年後にはそれが倍に増えたというのが妥当なところだろう。

　平均すればということなので、料理によってはスパイスが多く使われたであろうし、人によっては香辛料をあまり好まなかったかもしれない。それは中世のフランスでも現代でも同じことだ。ただし、貴族たちはスパイスを多く消費していたのは間違いない。スパイスの利いた肥育鶏やイポクラス「中世ヨーロッパの香料入りワイン」は、彼らにとって特別な日のごちそうではなく、日常的なものだった。現在のエグゼクティブが、レストランの食事に数百ドルを何のためらいもなく払うのに対し、そうした贅沢は年に一、二回しかしない人もいることを考えるとわかりやすいかもしれない。それでもジャン二世が一三六〇年にイギリスから帰還したときでさえ、現在のアメリカ人が消費している毎月数オンス以上のスパイスを消費していたとは考えにくい。そして一般市民がショウガやシナモン風味の鶏や卵を味わったのは、結婚式や祝日といった特別な日だけだったのだろう。

本当にそうだろうか？　私たちがクランベリーソースを年に一回ぐらいしか食べないほど、スパイス（コショウ以外）を使う頻度は低かったのだろうか。価格だけでは、これは判断しづらい。等級によっては、コショウよりも安いショウガもあり、クローブの茎も同じぐらいの値段で買うことができた。スパイスがほとんど使われていなかったとしたら、料理本の何十種類ものレシピにコショウやショウガ、ナツメグが登場するのはどういうわけだろう？　おそらく、特別な日にはふんだんにスパイスを使ったものの、日常の食事にもまったくスパイスを使っていなかったということは、なかったのではないだろうか。

当時の食事が現在のヨーロッパと違っていたのは、スパイスの使い方だけではない。ハチミツと、のちに砂糖やドライフルーツがビネガーやベルジュース（未熟のブドウやリンゴなどの酸味のある果汁）とを組み合わせて甘酸っぱい味をつくっていた。この手法は、現代でもスパイスがふんだんに使われている料理でよく見られる。たとえばインド料理では、未熟のマンゴーの酸味に砂糖の甘みを足し、スパイスで味を調える。

イタリアの食物史研究家、マッシモ・モンタナーリは現代のイタリアとヨーロッパの料理は〝分解的〟な特徴があると言っている。私たちは、味を区別したがるという意味だ。スパイスも甘いものと辛いものを区別する。「キャベツのスープはキャベツの味がすべきで、セイヨウネギならセイヨウネギ、カブならカブ」という考え方は、一七世紀のあるフランス人によると十字軍から宗教改革までの期間には見られなかったものだという。モンタナーリによると、その時代の料理は〝総合的〟だったらしい。それぞれの味を分けようとするのではなく、いかに総合的に調理するか、どの料理を食べても主な風味すべてを感じられるようにするかが重視されていたのだ。さらにその時期には、多くの材料について、〝自然〟な味を調える、という考え方にも重きが置かれていた。そしてその点、スパイスは便利なものとして重宝されていたのだ。だがこうした理屈を抜きにしても、薬味がふんだんに使われた味になれていたら、キャベツがキャベツの素材そのままの味というのは、物足りなく感じられたことだろう。

スパイスの価格

ヴェネツィアの公文書に埋もれていたある法廷記録が、一三四〇年代の上位中流階級の市民が使っていたスパイス（そして偶然にもキャベツについても）の値段について、私たちに手がかりをくれる。ベルナルド・モロジーニという人物は、父親の死後、弟たちの面倒を見ることになる。青年の弟三人のほかに使用人三人と、父の遺言により自由になったかつての奴隷を食べさせなくてはならなくなった。さらにベルナルドの病気が長引いたときに雇っていた看護婦や、ワインや木材、穀物などを運んでくる運搬人など、食事をする人数が増えることもあった。

ベルナルドは、買い物の記録を細かくつけていたため、黒死病が蔓延する直前のヴェネツィアの上位中流階級の食事について意外な事実がわかった（この時期、飢饉と人口圧力で過去何百年よりも、あるいはペストから一〇〇年後よりも食品の値が高かったことも忘れてはならない）。記録があるのは冬と春だけで、したがってその時期に手に入るもの、あるいはレント［復活祭の前の日曜日を除く四〇日間。断食や贖罪をおこなう］の期間に許されていたものに限られている。寒い時期なので、肉が手に入りやすかったのもうなずける（腐らず、比較的安かった）。それでも、まさかモロジーニ家がレントの前の三カ月に、平均して一日七ポンドの牛肉を、ガチョウやチキン、魚のほかに消費していたとは誰が想像しただろうか。しかも人数はわずか八人か、せいぜい一〇人だったのに！　レントの期間中は肉の消費量は極端に減ったが、魚やチーズ、卵の購入量は、その分を補うのに十分だった。ワインの消費も同じように潤沢で、一日に一六リットルを飲んでいたことになる！　ただし、それ以外の食事は単調だったものと推測される。数カ月間で、記録されている野菜はキャベツだけだ（はっきりとした数字の記載はないものの、安かったのだろう）。ほかにあるのはハーブだけで、おそらくサラダ用の葉ものやチコリのたぐいだったのではないか。興味深いことに、コショウとサフランも記録に出てくる。だが純粋に薬品として使われていたのか、あるいはときどき牛肉でペッパーステーキ（もしくは中世のヴェネツィアの同じようなもの）をつくっていたのかは不明だ。いずれにしても、モロジーニ家にとって、コショウは特別な贅沢品ではなかったのは間違いない。もちろん、だからといってコショウが高価ではなかったということではないが、それは卵も同じだった。

ヨーロッパの食品の値段を見ると印象的なのは——産業革命まで多かれ少なかれそうなのだが——

私たちが当たり前のように思っている食品が人口のわずかな層しか買えないものだったことだ。いい年には、労働者階級のヨーロッパ人は収入の約八〇パーセントをパンか同じようなものに使っていた。凶作の年には、その数字は一五〇パーセントを超えていた。

つまり飢餓状態だ。当然、輸入スパイスを買う余裕はなかったが、卵、家禽の肉、油、ワインも手が届かないものだった。

意外なことに、現在のスパイスの値段とありふれた食品の値段を比較すると、その関係はベルナルド・モロジーニの時代とほぼ変わらない。ペッパー一オンス、あるいはグレードの低いショウガは、一ダース半の卵と同じぐらいだった（シナモンといちばんグレードの高いショウガは、その約二倍だった）。他の例を見ても同じような感じだ。一二二五年のヴェネツィアでは、一オンスのコショウは卵一〇個と同じ、一四五〇年のロンドンでは一ダース、一五〇六年のブロツラフ（ポーランド）でも同じぐらいだった。七〇年後のウィーンでは、卵はやや高価なものになった。一オンスで卵九個分にしかならない。現代と比較してみよう。うちの近所のスーパーマーケットのコショウ一オンスの値段は一ドル五〇セントから三ドルといったところで、ちょうど卵一ダースと同じぐらいだ。同様に『メナジエ・ドゥ・パリ』のウェディング・パーティーの買い物リストを見ると、チキンは一ポンド約八ペニーで、ショウガは一オンスで六ペニーだ。現在の放し飼いのチキンとショウガの値段を比べてみると、比率はほぼ同じだ。

一五世紀のレシピ本を見ると、裕福な者の料理には、ショウガやサフランのみならず、家禽類、砂糖、卵もふんだんに使われている。スパイスは私たちが使い慣れていないものなので目につくが、他の食材との比較で、飛び抜けて高いものだったということではなさそうだ。[14]

一方、当時から変わっているのは、個人の収入だ。一五世紀終盤には、ヴェネツィアのアルセナーレで造船に携わっていた熟練の技術者は、一オンスのコショウ分を稼ぐには一時間半かかった（北ヨーロッパでは二時間半といったところだ）が、現在ゼネラル・モーターズの従業員は同じ量をわずか数分で稼いでいる。

つまり一五世紀には、そこまで高価でなかったスパイスは手が出る贅沢品になっていたということだ。感覚的にはドン・ペリニヨン（一リットル約二〇〇ドル）よりは、スターバックス・ラテ（一リットル八ドル）に近かっただろう。だからといってアルセナーレで働く平均的な男女（女性も造船担当に雇われていた）がふつうに買っていたとは考えにくいが、たまに卵一ダースや肥大鶏のローストを買えるような人にとっては、コショウやショウガはそこまで思い切った買い物ではなかっただろう（当時の料理本では、ときどきより安価な素材の代替品の提案があり、家計に優しい配慮が感じられる）。ベルナルド・モロジーニが亡くなったころには、コショウは他の輸入香料よりもずっと広く、一般のキッチンに普及していた。上流階級のスパイスの利いた料理の流行が去ってからも、ヨーロッパ人は全体として黒コショウは使い続けていたのも、そのためかもしれない。

その前に、ヨーロッパではより高価な香辛料を味わう人が増えていた。特に一五世紀はショウガの消費が劇的に増え（二〇〇〜三〇〇パーセントの増加）、次の世紀にはクローブとナツメグとメースがはやった（約五〇〇パーセントの増加）。その間、黒死病で失われた人口は徐々に回復し、二世紀で六〇パーセント増えた。それに対し、コショウの一人当たりの輸入量は一四世紀にはわずかに上昇しただけで、そのあとの一〇〇年はほとんど動きがなかった。そして一七世紀に入り、オランダと英国の価格戦争が起こると、コショウの値はかつてない水準に下がり、人口は変わらないものの消費は倍増した。基本的な食材の値が急騰したので（一五世紀は激しいインフレーションの時代だった）、一六世紀にはコショウのような贅沢品は控えられただろうと思うが――貧しい者は、栄養失調で亡くなっていた――コショウは比較的安かったので使われ続けた。

皮肉なことに、食品の値段が上がっていくにつれ、裕福な人たちの生活費は下がっていったようだ。一五〇〇年代には、金持ちは食費に収入の四分の一以上を使うことはなかった。残りは贅沢品にまわっていた（彼らが購入していた食品の多くもここに分類されるのでは、という議論の余地はあるが）。そして一六世紀当時、値段が下がったのはここの部分だった。本や衣類、使用人は、かつてないほどお手頃になっていた。特にルネサンス期のイタリア都市国家では、他のヨーロッパ地域ほどインフレーションの悪循環がひどくなかったのでそれが顕著だった。一六世紀のフィレンツェでは、全体の四分の一の家庭で、二人ないしは三人の使用人を雇うことができていたので、新たに人気の出たスパイスの買い手が誰だったのかも予測がつくだろう。ヴェネツィアでは生活水準はさらに高かった。賃金は高く、ここでは本土より小麦が安かった。棟梁の一日の稼ぎは、パン三〇ポンド、あるいは一〇ポンド以上の牛肉を買えるぐらいだった。この給与水準なら、半ポンドの牛肉と同じ位の値段のコショウやショウガを、ときどき一オンス買うぐらいは何でもなかったはずだ。建築家や銀行の管理職者は、その二〜三倍は稼いでいただろうから、ときにはコショウの二倍の値のナツメグやシナモンを楽しむこともあったにちがいない。だが、これはヴェネツィアの話だ。遠く離れたイングランドでは、スパイスと賃金の比は二～四倍高く、小貴族でも中々手が出なかった。

コショウやショウガ、シナモン、ナツメグがイタリアのルネサンス料理で特に多く使われていたのも、それが一因かもしれない。ただし、経済的な説明は一部にすぎない。ルーカは、イ・アンティキや他の〝ストッキングの会〟の栄光の日々にスパイスが人気だった理由をこう言う。「スパイスは〝クール〟だったのさ」。当時、スパイスの使用がはやっていたのだ。買える人は皆、ショウガやシナモンを料理に入れたがった。流行にはさまざまな背景もあるだろうが、それ自体の勢いもあるだろう。

有名シェフ、新しいメディア、そしてパーティーの町の台頭

ルネサンスにはあらゆる文化が発展したが、この時期に誕生していて、あまり知られていないのは有名シェフの存在だ。「なんという料理人を授けたのだ、永遠の神よ、私のコモの友人、マルティーノの中に」と文学的なバルトロメオ・サッキ（ペンネームのプラーティナのほうがよく知られている）は、友人のレシピを元にしてベストセラーになった料理本に書いている。ルネサンス期に起こった変化の一つは、長年蔭で働いてきた職人にスポットライトがあたったことだ。そのよい例が画家で、それまでは宮殿や教会をきれいに飾っていた無名の労働者たちの中から、レオナルドやラファエルのような有名人が出てきた。同じようなことが（確かにスケールはずっと小さいが）料理の世界でも起こっていた。「私たちの時代を代表する料理長」（これもプラーティナによる）マルティーノについては、おそらく生まれはアルプス山脈の麓のコモであったこと以外には、あまり知られていない。マルティー

ノ・デ・ロッシとも言われていたことから、あるいは赤毛だったのかもしれない。

　プラーティナの称賛を抜きにしても、このシェフの経歴を見れば、イタリアの最も華々しい宮廷で高い需要があったことがわかる。ミラノやナポリの貴族の元でも仕事をしていたようだ。だが、一五世紀半ばにローマに到着し、枢機卿ルドヴィコ・トレヴィザンのキッチンを任され、この仕事で名を上げた。枢機卿はカトリック教会の中でも特に裕福な一人で、賭け事、馬、女性、芸術、犬、そしておいしい料理に目がないことで有名だった。食費だけで、一日に二〇ダガット使っていたと噂されていた（アルセナーレの作業員の年間の給与だ！）。当然のごとく街でいちばんの料理人を雇った。もしかしたら一四六三年ごろに、マルティーノが博識なプラーティナと出会ったのも彼の家でのことだったのかもしれない。それからほどなくして、二人はレシピ本をつくった。協力の結果が『*De honesta voluptate et valetudine*（真摯な喜びと健康について）』で、当時最も読まれた料理本だった。マルティーノは明らかに熟練の料理人だった。一方プラーティナは、ヴァティカンの図書館員として雇われていた学者でローマの人文主義者の一員でもあり、時間の半分はウェルギリウスの詩の引用に、もう半分はディナーの計画に費やしていたようだ。同じように、料理本も亡くなって久しいローマ人たちへの言及と、子豚のローストやシシリア風マカロニのレシピが半々だった。

　もちろんインテリの広報係なしでは、マルティーノは何者でもなかっただろう。プラーティナのような人が洗練されたラテン語で書いたのではなかったら、この本が半島の外で読まれることもなかったと思われる。だが本書は広く読まれた。一五一七年までには、ラテン語版が八種類あり、さらにそれぞれの土地の言葉に翻訳されることでいっそう人気が出た。結局、フランス語一五、ドイツ語七、イタリア語五、それにオランダ語の翻訳も一五〇〇年代の終わりごろには出ている。さらにマルティーノのレシピは発行から二〇〇年間、さまざまに形を変え盗用され、何十もの複製品が出た。その結果、エリザベス王朝のイングランドでは（ほかの場所でも）まるでシェイクスピアが戯曲をイタリア人の登場人物で満たしていたように、パイの中身をイタリア風の味つけのフィリングで満たしていた。

では、コロンブスやダ・ガマがスパイスを探す航海に出る前、グルメたちは何を食べていたのだろうか？ マルティーノの本は、予算を気にする人向けでないことは明らかだ。高価な家禽類や猟鳥獣がふんだんに出てくる。卵、肉、あらゆる種類の魚もふつうに使われ、ほとんどのレシピにはスパイスも登場する。圧倒的に多いのはサフランで、シナモン、ショウガ、コショウと続く。クローブやナツメグ、ギニアショウガはたまに出てくる程度だ。あまり知られていないスパイスは、すっかり姿を消している。ヒハツやカヤツリグサを探してもどこにも出てこないし、クベバやガジュツについては言うまでもない。そういう意味では、これは皇子や枢機卿向けだけではなく、銀行家や建築家にも手に入れやすい薬味を使った中産階級の料理だった。マルティーノのエニシダの花のソース（セルジョがビストロ・ドゥ・ヴニーズでスズキ料理に使っているもの）のオリジナル・レシピは実にシンプルだ。マエストロの指示はアーモンドミルクをベースにしたソースで、ベルジュースで〝和らげ〟、卵の黄身でコクを出し、サフランで色をつけ、ショウガで香りつけをする。おそらく塩も加えられていただろう。つまり、少なくともここでは香辛料は節度ある量で使われている。だがより典型的なレシピは鰻のタルトで、味つけにはショウガ、コショウ、シナモン、サフラン、砂糖少々にバラ水が使われる。中世の他の料理本と同じように、マルティーノもプラーティナも分量を書くことはしていないので、どのくらい使われたかはよくわからない。もう少しあとのイタリアの料理本を見ると、たとえば一五四九年のクリストフォロ・ディ・メッシスブーゴの『*Banchetti*（宴席）』では、スパイスの量はアノニモ・ヴェネツィアーノに出てくる分量とほぼ同じだ。つまり肉一ポンドに対し、スパイスはティースプーンに一〜二杯となっている。

だが全体的に、プラーティナの人気本（またマルティーノ自身の文献）に出てくるのは絶頂期の料理人で、あらゆる調理法や味つけを用いて複雑かつ洗練された料理を生み出している。そして料理は、初期のイタリアやフランスの指南書にあるものよりも改善されているが、味つけにはビザンティンとアラビアの影響が色濃く残っている。砂糖がハチミツにほぼ取って代わっても甘みは酸味と組み合わされ、スパイスでバランスが取られていた。中世のショウガに対する強い好みは、シナモンに移っていき、コショウの使い方が以前の資料よりもはっきりと出ている。ただ国際的なところは以前と変わらず、カタルーニャとフランスのレシピがイタリア料理と並んでいた。つまり、これは料理の革命ではなかった。ローマの美食家のあいだでは、マルティーノはミケランジェロより有名だったかもしれないが、彼はヴァティカンの天井画家のように因習打破主義ではなかった。ただルネサンス期のイタリア料理にそこまでの変化をもたらさなかったとしても、北ヨーロッパのキッチンへの影響は、過激なイタリア絵画がフランドルやドイツの画家のアトリエにもたらした影響と変わらなかった。

最後の十字軍から、一四〇〇年代末のあまりに世俗的な教皇の登場までのあいだの約二〇〇年で、流行の中心はフランス語圏から移っていた。単にフランスの支配領域が縮小した、というのもある。フランク人は海外領域から追放され、アンジュー家の一族は南イタリアを失い、イングランドの支配階級はフランス語を話すのをやめ、教皇たちも長いアヴィニヨンの捕囚を終えてローマに戻った。黒死病による大変動があり、ヨーロッパの人口の四分の一から三分の一が失われた。ペストを運んできたノミは、一三四八年に西ヨーロッパにフォークと同じルートで、コンスタンティノープルからヴェネツィアの船に乗ってきたようだ。パリにコショウを、ケルンにクローブを運んでいたルートが、病気をも効率よく広めてしまったのだ。そうはいっても、黒死病はスパイス貿易の結果だということではない。だが、上流階級に国際的な料理を広めていたものが、バクテリアを人々に広めることになった。ペストの影響で、貿易は大打撃を受けた。都市部では顧客の半分が死亡したのみならず、その後の移動に煩わしい制約が設けられたからだ。[15] 取引の締め付けは、その後の数年間、パリを含めてすべての街を少し田舎っぽくした。加えてフランスではさらなる悲劇、いわゆる百年戦争があった。おおよそ一〇〇年殺戮が続き、ようやく収まったのは一四〇〇年代半ばだった。その隙にイタリアが大陸の誰もが認めるスタイルの中心となった。

黒死病からの回復は一様ではなく、時間もかかった。ヨーロッパ全土では、ペスト前の人口まで回復するのに一五〇〇年までかかっている。ヴェネツィアは特にペストで打撃を受けたが、住民の回復には時間がかかったにしても、資金調達の手段は比較的早くに取り戻した。だがのちに一九世紀のドイツの歴史家がルネサンスという言葉を生み出した現象の中心となったのは、他の北イタリアの都市とともに、フィレンツェとローマだった。このとき、フィレンツェはペストの前に誇っていた製造と金融の中心としての地位が陰りはじめていた。ローマは薄汚れてはいたが、名を上げようとする意欲のある人であふれていた。当時、他の人と差をつけるために、人々はいちばん人気のある装飾家にチャペルの仕上げを任せ、宴席には腕のいいシェフを雇っていた。イタリアの他の都市では、取るに足らない皇子たちがなんとかついていこうとしていた。結果、有名シェフの需要はとても高かった。

それでもマルティーノをシェフと呼ぶのは、正しくないかもしれない。確かに料理人たちが酔っ払って仕事に来ないように目を配り、朝食がきちんと時間通りに出されるよう見届けてはいたが、同時にエクストラバガンザ［狂想的音楽劇］の監督もしていて、これにはサーカスの興行主のようなスキルが必要だった。中世の宴席は、あらゆる感覚を刺激するものだった。ヴォードヴィルのショーや、ダンスなどの娯楽が食事とともに提供された。イタリアのルネサンスの宴席の説明から受ける印象は、オフ・ブロードウェーのバラエティショーからバークリー［米国の振付師、ミュージカル映画監督］のエクストラバガンザに移動するようなものだ。

ボローニャで一四八七年におこなわれた、ジョヴァンニ二世ベンティヴォーリョの息子、アンニバーレとルクレツィア・デステの結婚式の宴はこの種の派手な催しの典型だった。このイベントの様子を私たちに伝えてくれるのは、ケルビーノ・ギラルダッチで、夜の八時に始まり、翌朝三時まで続いたという。ディナーの最初は種々の甘い菓子、スパイスの利いたワイン、さまざまな小鳥の前菜だ。ヤマウズラの〝砂糖で甘くしたオリーブとブドウ添え〟もあったという。次に使用人たちが運んできたのは、砂糖でできた城で「銃眼付き胸壁や塔が見事につくられていた」。その中には生きた鳥が詰まっていて、皆の前で解き放たれてダイニングルームを自由に飛び回り、「一同は大いに喜び、その様子を楽しんだ」。そのあとは、いつ終わるともわからない肉料理が続いた。鹿やダチョウのパイ添え、子牛、肥育鶏、ヤギ、ソーセージ、ヤマウズラがそれぞれに調理法やソースに変化がつけられていた。

おそらく、マルティーノの指示に従い、シナモン、コショウ、ショウガで味つけがされていたことだろう。クジャクは「羽を広げているように飾られて」、招待客一人につき一羽ずつ出された。さらにモルタデラ［コショウやにんにくで味をつけ、燻製にしたボローニャソーセージの一種］、野ウサギ、煮込んでから元の皮に戻し「まるで生きているように見せている」鹿。ハトやキジは「くちばしから火を噴き」、柑橘系とスパイスの味つけのソースが添えられていた。そして砂糖とアーモンドのケーキ、チーズケーキ、ビスコッティが出された。そのあとはさらに猟鳥の肉など、肉料理が続いた。「ウサギの詰まった城」からはウサギが出て、食事をする人々の足元を走り回った。続いてウサギのパイに飾り付けられた肥育鶏が供され、「巧みにできた城」の中からは大きな豚がブーブーと鳴いた。そこにウェイターたちが黄金色に焼けた子豚の丸焼きを持って入ってきて、野生のカモや「その他の」肉のローストが続いた。ここでようやくデザートになった。ミルク菓子、ゼリー、梨、ペーストリー、キャンディー、マジパンや「同じような味つけの他のもの」が並んだ。そして終宴前にスパイスの利いた砂糖菓子と寝る前の「貴重なワイン」が客に渡された。

ずいぶんと疲れそうだと思われるかもしれないが、こうした演出のほとんどはパフォーマンスとして、客を喜ばせるためにおこなわれていたものだ。冷静に考えても、客が手をつけられた食事の量は限られていただろう。もし全部味わえたとしても、すべては好みに合わなかったのではないだろうか。そういう意味では、ルネサンス期の宴は、クルーズ船の嫌味なほど豪華なブッフェに似ていなくもない。客の数に対して不釣り合いに過剰な量の料理が並び、だが同時に種類が豊富なので全員が何かしら好みのものを選ぶことができる。ゲストはステータスに応じて出された料理が違っていたところも、クイーン・メリー号と同じだ。中世のメートル・ドテル［給仕長］にとって、最高のごちそうをＶＩＰテーブルに運ばせるのは、大事な仕事の一部だった。そしてそうは言っても、ショー自体は全員が楽しむことができた。

このあと数年間で、読み書きができる人たちは誰でもこうした宴の様子をプラーティナの本などで読むことができるようになったが、なかでも一五四九年に発行されたメッシスブーゴの『*Banchetti*』は、ルネサンスの宴の開き方のハウツー本と言えるものだった。一五三三年にフランス王と結婚したカトリーヌ・ドゥ・メディシスが、フランスの宮廷にあらゆるイタリア的なものを持ち込んだというのはつくり話ではあるものの、多少の真実も含んでいる。彼女が王室に入ったことで、すでに広がっていた流行がさらに加速したのは想像に難くない。キリスト教世界の上流階級では、長年スパイスを使っていたが、新しいイタリア料理本が出てきたことでこれが流行した。印刷された本という新しい媒体を通じて、はやりのイタリアの味つけはルネサンス期のヨーロッパの隅々にまで広まった。

グーテンベルグが活版印刷術を開発し、大陸にコミュニケーション革命が起こったとき、ヴェネツィアは立地のよさで特にその恩恵を受けた。ヴェネツィアの商人たちはポルトガル人に締め出されるようになり、最終的にはオランダ人の活躍で出番を失うが、街自体は情報の中心地として開花した。ヴェネツィアは、これまでもコミュニケーションの中枢だった。世界じゅうを旅するコショウやシルクを商う人たちは、中国の米の値段からイスタンブールのハーレムでの取引など、あらゆる情報を持っていて、それはリアルトに集まる商人たちにとって、とても価値あるものだった。一度、四人のヴェネツィア人貴族が、イスタンブールからの機密情報を聞くために公爵邸の屋根の一部を外したというのも不思議ではない。一五〇一年に、インドのスパイスがリスボンに到着したという噂がヴェネツィアに流れると、政府はポルトガルに職員を送りこんで情報を集めさせた。その人物の報告書はいまだに残っている。ヴィチェンツァ出身のアントニオ・ピガフェッタは、同行したマゼランの世界周航から戻るとヴェネツィアを訪問したが、スパイス取引にかかわっていた官僚たちは、彼のインドの話を「大変な関心を持って聞いた」という。だが受け入れるだけではなく、ヴェネツィアは情報の発信源としても、ヨーロッパの中で非常に優れていた。印刷技術の導入により、その側面はさらに発展した。

ヴェネツィアはコショウのルートにより中央ヨーロッパと古くからつながっていたので、新しい技術が入ってくるのも早かった。ドイツ人の兄弟、ヨハンおよびヴェンデリン・フォン・シュパイヤーが、一四六九年よりすこし前に最初の印刷機を持ってきて、街に店を開いた。二人は、グーテンベルグが一五年ほど前に印刷業を始めていたマインツで、新しい技術を学んだようだ。一五〇〇年には、ヴェネツィアには約二二五の印刷会社ができていた。印刷業が栄えたのには、はっきりした理由が二つあった。一つは紙の供給がふんだんにあったことで、もう一つは教会が検閲をおこなわなかったことだ。ヨーロッパでは一九世紀まで、紙を綿、または麻布でつくっていたが、ヴェネツィアにはその両方が豊富にあった。またローマとはもっぱら反目しあっていたことから、基本的に印刷物に対する宗教的な干渉は一切なかった。このことは、一五世紀にヴェネツィアで、ヨーロッパの他のどの都市よりも多く本が出版された理由の少なくとも一部にはなっているだろう（およそ四五〇〇タイトル、二五〇〇万部）。そして次世紀にはパリなど他の都市に首位を奪われるが、それでもその後一〇〇年間で一万五〇〇〇〜一万五七〇〇のタイトルを発行している。これらの本はさまざまなイタリア語の方言のほか、ラテン語、ギリシャ語、ヘブライ語、アラビア語、スラブ語、ドイツ語、スペイン語でも書かれた。題材は神学、地理学、軍事論文、テーブルマナーのハンドブックなど、幅広いジャンルにわたっていた。料理本や食事についての手引き書も多かった。初めて刊行された料理本、プラーティナとマルティーノによる『*De honesta voluptate et valetudine*』が一四七五年にヴェネツィアで活字になったのも、自然な流れだった。その後三〇年間で少なくとも五版がヴェネツィアで印刷されている。

ヴェネツィアでは、実に多くの料理本が刊行され、その中には古代ローマ帝国のレシピ集で唯一現存している『*Apicius*（アピキウス）』の初版も含まれる。だが、ほとんどは当時のイタリア料理本で、クリストフォロ・ディ・メッシスブーゴやヴェネツィア生まれのバルトロメオ・スカッピなどのレシピがヨーロッパ中で取り上げられた。翻訳が多く出ていたことから、料理本の需要が高かったのはわかっているが、さらに人気があったのは医療や食事療法の手引き書だった。ヴェネツィアのパドヴァにある大学から多く出ていて、そこは一五世紀には現在のハーバード・メディカル・スクールのようによく知られていた。食事療法の本は、特に医療の専門家が推奨していると出版社にとっては現在よりも利益を生むものだった。こうしたヴェネツィアの本が、どのくらいのスピードでヨーロッパに広まったかは、驚くほどだ。たとえばジローラモ・ルシェッリのレシピや療法の本『*Secreti*』は、ヴェネツィアで最初に発行されたが（一五五五年）、次にフランス語の翻訳で（アントワープ、一五五七年）、英語で（ロンドン、一五五八年）、ラテン語で（バーゼル、一五五九年）、オランダ語で（アントワープ、一五六一年）そしてドイツ語で（バーゼル、一五七五年）も出ている。しかもこれはアメリカのコレクションに残っているものだけだ！

この情報革命は文化の普及に多大な影響を及ぼした。本が何百、何千冊と発行されるにつれ、人々は宮廷の壁の奥に隠されていた絢爛豪華な食事の様子をうかがい知ることができるようになった。[16] ボルドーの商人やアウクスブルクの投資銀行員の妻たちは、皇子や教皇の饗宴で出される料理を再現してみることができた。おそらくその出来は、私が『グルメ』誌の記事を見て、有名シェフの料理を何度かつくってみたときの結果と似たりよったりだっただろう。だが、仮に思い通りの仕上がりにならなかったとしても、中産階級はメディチ家についていこうとすれば、多少高価でもスパイスが必要だということはわかったはずだ。人気のあった食事の手引き書にも、似たような効果があった。読み書きのできる人々は、粘液質なチョウザメを調和するにはシナモンを少し足すといい、というようなことをパドヴァの権威ある医者たちが言っていることとして話すようになった。

イタリア人の食に対する興味は、いつでも評価されたわけではなかった。フランス人の作家、ミシェル・ドゥ・モンテーニュは、一五八〇年にイタリアを訪れてあるコック長について執筆していたとき、あまりに食に関する講釈を多く聞かされるので辟易したようだ。

仕事について聞くと、彼は暴食鯨飲の科学について語ったが、そのさまはまるで神学の重要な点について語るような重々しさだった。そして食欲の違いについて説明してくれた。食べる前の食欲、コースの二皿目、三皿目のあとに感じる食欲だ。それを単純に満たす手段、かきたて刺激する手段についても話した。そして彼のつくるソースについて、一般的なもの、次に材料の質や効果によって特別なものを説明してくれた。季節ごとのサラダについて、温かくして出すもの、冷やして出すもの、見た目にも美しく飾り付けるにはどうすればよいのか。そのあとは食事を出す順番の話になり、そこにも配慮すべき点がたくさんあるのだった。

洗練されたヴェネツィア人、ローマ人、フィレンツェ人のファッションを真似たいという願望とともにやってきたのは、イタリアの退廃的な雰囲気に対する反動だった。カトリーヌ・ドゥ・メディシスにおもねる宮廷に仕える人たちは、自身の料理人にメッシスブーゴの『*Banchetti*』に出ている料理をつくらせていた一方、シンプルなフランス料理に戻りたいと考える者もいた。ヴェネツィアは特に、称賛され、そしてあしざまに言われた。ニューヨークと同じように、この街は洗練されたものと罪の権化とのパラダイムだった。そしてこれもニューヨークと少し似ているが、ファッションの中心としての役割は遅れてやってきた。

一四〇〇年代のカルパッチョの絵を見ると、人々は正装していてすぐにでもパーティーが開けそうだ。ヴェネツィアは一五世紀のヨーロッパで最も文化的な都市というわけではなかったかもしれないが、最も裕福ではあった。国際的な倉庫という位置付けだったため、ヨーロッパでいちばん買い物をするのにいい場所だったのだ。人々はスパイスだけではなく、富に花を添えるあらゆるものを買い求めた。ミラノ出身の司祭、ピエトロ・カゾーラは一四九四年の街の豊かな様子を書き記している。

この街の品物の量に関して言われていることはあるかもしれないが、完全に合っているとは思えない。というのも、その量は計り知れないからだ。実に世界じゅうのものが集まっているようで、人々の取引も集中しているようだ。私は倉庫を見せてもらった。まずはドイツのものだったが、それだけでイタリア全土を賄えるように思えた。そしてほかにも数え切れないほど多くの倉庫を見た。さらに品物がきれいにたくさん並んでいて、それも倉庫ではないかと思えるような店が無数に並んでいる。布は豊富で、タペストリー、綾織り、それにあらゆる種類の掛け物、カーペット、さまざまな色や手触りのキャムレット、種々のシルクがある。スパイスや食品に薬、それに美しい白い蝋の詰まった倉庫もたくさんある！　ただただ呆然としてしまい、見たことがない人には言葉でうまく様子を伝えきれない。

ヴェネツィアが想像を絶するほど裕福な街だったことは疑いの余地がない。ただし金持ちが売買から手を引くにつれ、富は一部の人の手に集中するようになっていった。スパイス貿易の絶頂期には、ガレー船の漕ぎ手からダガット金貨をコショウに投資していた金持ちの未亡人まで、かかわっていた全員が何かしらの利益を得た。だが投資の対象が不動産や製造業に移っていき、利益を手にする人が限られるようになっていった。こうした風潮を、昔ながらの権力を持つ、だが必ずしもいつも景気がいいわけではない一族はおもしろく思わなかった。成金や中産階級さえも、豊かさを見せびらかすように大きな邸宅を建て、運河の辺りの邸館で賑やかなパーティーを開くようになったのだ。そこで派手な消費を制限しようとする法律が度々制定されたが、効果はなかった。ストッキングの会が企画する過剰に豪華な結婚式や饗宴は、一四六〇年と、一四六六年にも再度、特に法的に制限を受けた。政府はゲスト一人当たりにつき〇・五ダガットという上限を設け、規則に違反した者には二〇〇ダガット、あるいはそれ以上の罰金を科すとした。[17]

通報者は罰金の半分をもらえることになっていて、もしそれが雇われていた使用人や奴隷の場合、自由の身も保障された。さらに金額の上限に効き目がないと見ると、官僚たちは料理してよいものに関する規則を設けはじめた。ハト、クジャク、ヤマウズラ、キジ、その他の猟鳥が禁じられた食物のリストに書き入れられた。砂糖菓子は別扱いで料理は三皿が上限となった。また料理を金箔で飾ることも禁止された（禁じられた食材のリストにスパイスが出てこないのは、特に贅沢品ではなかったというルーカの主張を裏付けているようだ）。公の場での食事、たとえば現在イ・アンティキが定期的に開催しているジュルベバの家の外、サン・マウリツィオ広場での食事会などは、もはや許されないものとなった。〝昔の人がしていたように、部屋の中でのプライベートな食事のみで、デザートは小さいものだけを［出す］〟

一四八九年に、〝意欲的なすばらしい三名の高潔な紳士〟から成る特別委員会が（のちに行政官の地位に引き上げられた）、特にリアルトのオフィスから浪費家の悪人を追求する役目を担うことになった。法律はおそらく現在のスピード違反程度には守られていたものと考えられる。一五二六年の法律文書から、その様子がうかがえる「［委員会の］従業員にパンやオレンジを投げつけたり、押したり、蹴ったりして追い出そうとする者は、五〇デュカットの罰金に科す」

ヴェネツィアが、ドージェ・ダンドロの時代の貪欲で不屈な商人の共和国から、一六世紀初期には軟弱で悦に入ったパーティーの街に変わったというのは、大げさだろう。結局のところ、この街にはいつでも長いカーニバルの期間があり、収支の計算よりも、道楽に興じてきた。そして一六世紀になっても、ヴェネツィアはまだ富を生み出し続けていた。だが街の内外の変化は黄金時代のかげりの予兆だった。

苦い終わり

ヴェネツィアは仮面をつくるのは得意だが、それでも携帯電話のアンテナが立つ大理石のファサードの後ろをのぞきこみ、かつてのヴェネツィアの手がかりを見つけることはできる。ヨーロッパで並ぶもののない、スパイス貿易の中心地だった姿だ。栄光の過去を思い出せる、味わえるヒントがある。それは茶色いクッキーで、サン・マルコの都市とマラバールのコショウの森を細く長くつないでいる。このルネサンス期のスパイスの利いた料理の復活のような菓子は、ホッケーのパックぐらいの大きさで、アーモンドとレーズンが入っていて、糖蜜の風味がして、かすかに苦い。黒コショウをどのくらい追加するかは、焼く人によって違う。中にはコショウの刺激で舌がピリピリするものもあれば、ほとんど刺激を感じないものもある。

こうした菓子に、フランコ・コルッシほどとりつかれている者はいない。彼のベーカリーはサン・バルナバ広場からそれた長い路地におさまっている。コルッシの店のドアを開けると、すぐにバターとスパイスの香りに包まれる。空間と商品はシンプルを極めているにもかかわらず、だ。小ぶりのビスケットにはバイコリというカリッとした小さなビスコッティが入っている。これは、船の乗組員用のビスケットを焼く産業が繁盛していた時代からあるものだ。棚にはさまざまな大きさのパネットーネが、マトリョーシカ人形のように並んでいる。ペヴァリーニはピラミッドのように、きれいに積み上げられている。そして狭い店内でなにより存在感があるのは、大きなオーブンと活気あふれるフランコだ。私がコショウ菓子に興味があると言うと、彼は大理石の台の奥からすっと前に出てきた。頭にはコック帽をかぶり、顔は血色がよく、この話題に対する熱意がみなぎっている。この店のペヴァリーニはコショウのほかにナツメグとクミンで香り付けをしている、と彼は教えてくれた。だがかつてほど頻繁にはつくっていないという。ヴェネツィアの伝統的な焼き菓子に対する需要は、以前に比べると減っているようだ。忘れられていた文明について語る考古学者のような熱心さで、フランコは私にブッソラ・ディ・ムラーノという、ペヴァリーニの巨大版のようなものについて語ってくれた。リングの直径は一フィートほどもあり、二ポンド以上の重さがあるという。これにはコショウと、それにシナモンが入る。「最高なんだ」と、彼はささやいて首を振った。「でも、ヴェネツィア人でさえ気がつかない。[ムラーノ島は]ここからほんの五分なのに。わずか五分で、もう何だかわからなくなってしまう！」それでも彼は、昔ながらのやり方で焼き菓子をつくり続ける。だってほかにつくる人がいるかわからないだろう？　まったくそうは見えないが、フランコはおじいさんで、手を尽くしたにもかかわらず、店を受け継ぐ者を見つけることはできなかった。若い者はヴェネツィアから出ていきたがる、と彼は私に言った。お決まりの、街の将来に対する悲観論だ。ついに私は、白髪の職人に礼を述べて店をあとにした。パネットーネとペヴァリーニ、バイコリを抱えて歩きながら、本当に店は彼の代で終わってしまうのだろうか、次に来るときには、あの小さな店はまだあるだろうか、と考えた。

ヴェネツィアでは誰もが消え行く店について嘆く。明らかに人口が減っている結果だ。だがそういう意味では、ヴェネツィアが特別というわけではない。イタリアの出生率は世界で最も低く、国の人口は減少している。ルーカが何度も言うように、ヴェネツィアの人口はこれまでも増えたり減ったりと変動はあった。中世とルネサンス期を通じてペストの打撃が膨大な数の人を奪い、一方で街が提供するチャンスを摑むために多くの人がやってきた。だが一五七五年のペストが虚栄の街を荒廃させると、そこからは完全に復活することはできなかった。ヴェネツィアはその年、一八万人のピークに達し（一五八一年の国勢調査では、わずか一三万四〇〇〇人だった）、一九五〇年代まで再びその数に達することはなかった。一九八〇年以来、出国する者の細い流れは大洪水になった。人口の三分の一以上が流出し、現在の街の人口は第四次十字軍の時代より少ない。

衰退への道は、一四五三年にコンスタンティノープルがトルコ人の手に落ちたときに、避けられないものとなった。ヴェネツィアはビザンティン帝国の海上貿易で大いに発展したが、その過程で寄生者として成功するには避けるべき致命的なミスを犯した。寄生している本体を、死に至るほど弱らせたのだ。ヴェネツィアはビザンティンを衰弱させ、オスマントルコがやって来たとき、王国は息を引き取った。その時点から、ヴェネツィアがエーゲ海の帝国を失うまでは時間の問題だった。

一五〇〇年、共和国を幸運に導いてきた地政学上の星座は、明るくない未来を告げるようになってきた。コンスタンティノープルが落ちたことで、一二〇四年から有効だった戦略――ヴェネツィアの東洋へのルートを守る――が実行できなくなったのだ。ヴァスコ・ダ・ガマが一四九四年にカリカットに到着したことは、スパイス貿易を喉元から締められるような出来事だった。盗賊団や海賊が貿易船を待ち伏せするようになり、ヴェネツィアはアドリア海の治安を維持するための人員を集めることができなくなった。商業の帝国が衰退しはじめたとき、街は初期のヴェネツィア人がガレー船に塩を積んで以来見つめてきた東地中海から視線を外し、西ヨーロッパと本土に目を向けた。

風向きが変わったとき、裕福な若いヴェネツィア人はどうするべきだったのだろうか？　貿易は、特に、まだ儲かるが以前ほど明るい未来が見えないスパイス貿易は、危険すぎるように思われた。ヴェネツィアの資金は、不動産や贅沢品の産業に流れていくようになった。有り金を貿易につぎ込んだり、アレクサンドリアに向かおうとするリスクを冒すよりは、ブドウを育てたり、ガラスをつくったり、出版業を立ち上げたりするのにお金を使うほうがいい、という判断だった。ヴェネツィアは、バーバリの海賊船に市民がさらわれた、奴隷として売られた、邪悪な捕獲者の元でひどい扱いを受けて働かされている、というような話でもちきりだった（全員ではないが、ほとんどは北アフリカのアラビア人の海賊だった）。

それでも、ヴェネツィアの商人たちは皆がいっせいにスパイス貿易から手を引いて家で禁制のハトを食べるようになったかというと、そうではなかった。一六世紀初めに地中海貿易が一時的に傾いてから――ポルトガル人の流入よりは、トルコ人との戦いの結果だった――ヴェネツィアは続く一〇〇年で、スパイス貿易の大きな割合を取り戻した（トルコ人もヴェネツィア人も、命を奪う戦いを繰り返すよりも、利益を生む商品をやりとりしたほうがいいと気づいた）。ヴェネツィアが発行した料理本の効果もあって新たなスパイスの流行がやってきて、ヨーロッパのスパイス需要は拡大し続けていた。リスボンはインドから直接年間二五〇万ポンドのコショウを運んでいたが、ヴェネツィア人も、リスクを取りたがる商人は減ってはいたものの、馴染み深い近東から入手したコショウをその半分の量売ることができていた。

ヨーロッパのスパイス商人としてのヴェネツィアの役割を奪ったのは、ポルトガル人ではなくオランダ人だった。供給を断ったからというよりは、価格を下げたからで、中東から仕入れたスパイスは競争力を失ったのだ。オスマントルコ人でさえ、ペルシャやアラビアからスパイスを買うよりも、オランダ人やイギリス人から買うほうが安いと考えるようになった（それでも一八世紀に入っても、昔ながらの陸商のルートで運ばれるスパイスもあった）。その結果、一七世紀の最初の数十年間で、ヴェネツィアを通じたスパイスの流れは大幅に縮小し、ほんのわずかとなった。だが、もし三十年戦争（一六一八〜四八年）がなければ、リアルトの商人たちにはまだ回復のチャンスがあったかもしれない。この戦争はヴェネツィアに最大の利益をもたらしていた中央ヨーロッパの顧客を巻き込み、アルプスから北の市場を消失させてしまった。長く続く戦いの火蓋が切られると、もはや商人の共和国がスパイス貿易から永久に姿を消すことになるのは、明らかになった。

一四九八年にスパイス取引の最初の崩壊があってから、アレッサンドロ・マーニョのような若い貴族で、昔ながらのヴェネツィア人のパターンである、数年の貿易業務を経て政治家となるという道を選ぶ者が減っていった。イ・アンティキのようなグループに多くの人が集まったのは、そのせいもあるだろう。ヴェネツィアはずっと長老政治だったため、若者が政界で上にあがっていくシステムはなかった。そして見習い商人という伝統的な職業もなくなりつつあった。彼らはどうすればよかったのだろう？　その選択肢の一つが、公のパーティーを開いて仲間に見せびらかし、友人を増やして影響力を持つことだったのだ。現在とは違い、イ・アンティキはもともと独身男性の団体だった。ヴェネツィアの商業文化には、遺贈に関する変わった風習があり、財産を分散させないために息子には一人以外、結婚しないことを奨励していた。このことと、当時街がそれで有名になっていた売春とのあいだに密接な関係があったのは明らかだろう。性病が人口の活力を奪っていた影響は、どうだったのだろうか。当時は梅毒がヨーロッパで最初に広まった時代で、ヴェネツィアはＳＴＤ（性病）にとって完璧な細菌培養のペトリ皿だったはずだ。[18] 理由はともあれ、ヴェネツィアの若い貴族たちには時間がたっぷりあり、ワイン、女性、歌を好む傾向にあった。

一五〇〇年代終わりごろのヴェネツィアは、芸術、文学、食、音楽の街だった。そして街がコショウ貿易での地位を失った一六〇〇年には、ヴェネツィアに来る人たちは、取引でリスクを取るのと同じぐらい、カード・テーブルでのギャンブルでリスクを取っていた。一七〇〇年には、ヴェネツィアはヨーロッパのラス・ヴェガスと化した。売春宿とカジノの街に観光客は豪華な休暇を過ごすためにやってきて、高価な装飾品を買い、グアルディやカナレットのような画家が手際よく描いていたセレニッシマ［ヴェネツィアの異名］の絵葉書の風景を手に帰路に就いた。ヴェネツィアの貴族たちはフランス人シェフを見習うようになり、共和国の特徴であったスパイスの利いた料理はいくつかの伝統料理に残るのみとなった。ペヴェラーダという、主に本土で使われるコショウ風味のソース、アルプスの麓の人里離れた村で食べられる、チーズとシナモンをかけたニョッキ、まだ至るところで見られる、イワシの上に酢味をつけたレーズンと玉ネギをたっぷり載せたサルデ・イン・サオールなどだ。これは古い料理本が提案しているように、シナモンで仕上げることは少なくなってきているが。

マーク・トウェインが一九世紀の終わりにヴェネツィアを訪問したときには、有名なコショウ艦隊を思い起こさせるようなものはほとんど残っていなかった。

今、埠頭にはひとけがなく、倉庫は空っぽだ。商業用の艦隊の姿はなく、陸軍も海軍も記憶の彼方にとどまるだけとなった。栄光は去り、崩れゆく壮大な波止場や宮殿がよどんだラグーンの合間に佇み、荒涼として世界から忘れられている。輝かしい時代には半球の商業を司り、指の合図で国の明暗を分けていたのが、今では地球上で最もつつましやかなところに変わった。女性はガラスビーズの販売をし、子供たちは、わずかな玩具や小銭で遊んでいる。

それでも観光客は、このラグーン上の貴婦人の魅力に惹きつけられてやってきた。ルールとして、ヴェネツィア人は観光客に対する不平は言わない。街の経済にとって、外国人がどれほど重要だったかをずっとわかっているからだ。不平を言うとすれば、ショッピングについてだ。「この変革は、ぼくたちの生活を駄目にしている」とルーカは言う。私がフランコ・コルッシのベーカリーのような店は後継者を見つけられないでいる、という話をしたときのことだ。ヴェネツィアでは、買い物は歩いていく以外の方法はあまりない。だが、店が消えていくにつれ、歩かなければならない距離がどんどん長くなっていく。他の交通手段としては、ボート以外はあまり意味がない。カルパッチョのリアルトの絵を見ると、橋は貨物船が通れるように可動式になっているのがわかる。それが一五八八年から一五九一年のあいだに、動かない石橋に変わっている。初期の街の絵を見ると、浮き橋や仮橋、旋回橋、それに船を通過させるための一般的な跳ね橋などが描かれている。これらはすべて、徐々に動かない人道橋に架け替えられた。船乗りの街は、船のない歩行者の街になり、人々はラグーンの真ん中の沈みゆく島に取り残されている。ヴェネツィアの海上貿易の歴史的遺産は、他の神話と同じぐらい現実味がなくなった。

少なくとも、何千というヴェネツィア人が船で海に出る祝日が一日ある。レデントーレの祭（*Festa di Redentore*）で、一五七五年のペストの追悼儀式だ。ペストは、トルコと戦ったレパントの海戦のわずか四年後の、不安定な時期に発生した。ヴェネツィアの艦隊は戦いには勝ったかもしれないがトルコとの戦争には敗北し、東洋の富への道は閉ざされたことが明らかになってきたのだ。オスマントルコはすぐに砂糖や綿花プランテーションを持つキプロスの植民地を奪った。そして残りのエーゲ海の島でもサン・マルコの旗は、まるでドミノのように次々と倒れていった。ヴェネツィアでは、ペストはこれまで神をおろそかにしてきた罰だと考える者が多く、新たな敬虔の念が生まれた。その結果、これまでローマに抵抗してきた政府は、宗教裁判所を受け入れざるを得なくなった。ガリレオなどの独立した考え方を持つ者を出してきたパドヴァの大学はイエズス会に屈し、アドリア海の女王は、反宗教改革の歩兵となった。

今では、祝日の社会政治的な側面はほとんど忘れられている。ヴェネツィアの人口の半分がボートに乗ってラグーンに出て船上でピクニックをしながら夜中の花火を待つ。その日は、イ・アンティキのメンバーは輝く白い服を着て、バナーで飾り付けた船〝マニッサ〟にカモメのように座っている。そしてラグーンに漕ぎ出すと、デッキの上にきれいなダマスクを敷き、食事を始める。メニューは〝ビーコリ・イン・サルサ〟、甘酸っぱい〝サルディ・イン・サオール〟、カモのロースト、焼いたモモのアーモンド詰め、バターにアマレッティ〔アーモンド風味のビスケット〕。ルーカはカモをシナモン、クローブ、コショウ、ローズマリーで味つけしている。「すばらしい！」と彼は昨年のメニューの説明をしながら声を上げた。「ヴェネツィア人は、今年の祝日がどんなにきれいだったかいつでも話している」彼は笑った。「でもその後、言わずにはいられないんだな。必ず同じせりふだ。『きれいだった。確かにきれいだった。でも去年のほうがもっとよかった』ってね」

ルーカがこの話をしてくれたのは、サン・マウリツィオ広場のザンコペの家でシャコとビーコリで始まった食事を、私たちが終えようとしているときだった。デザートには、マスカルポーネとモスタルダ・ヴェネタ〔果物をマスタード風味のシロップにつけたもの〕をフランコ・コルッシの店の小さなビスコッティ、バイコリに銘々が載せている。甘くてスパイスが利いているモスタルダはマルティーノのレシピを偲ばせる（「マスタード、レーズン、デーツ、浸したパンにシナモン少々を一緒に潰す」）が、ここではドライフルーツとパンの代わりに、梨とマルメロがマスタードに合わせられている。薬味は街にある最後の香辛料の店で求めたものだ。店名は〝ドロゲリア・マスカリ〟で、リアルト橋からすぐ、かつてはスパイスの中心地だったサン・バルトロメーオ広場にある。こうした店では東洋の香辛料や〝薬〟を専門に扱っていたが、スパイスの使用が減るにつれてほかの食品を置くようになってきた。それでも、おばあちゃんたちがモスタルダのスパイスを買うのはここに決まっている。ジュルベバは、新しいスパイス店を開く予定だと私に教えてくれた――「昔ながらのヴェネツィア風の店よ」。場所はサン・マウリツィオ広場で、長年この街に住んでいるアメリカ人の友だちと一緒に計画しているのだという。だが店に置く商品は、本土の卸売業者から仕入れなければならず、彼らは間違いなく、スパイスをロッテルダムから買っている。イ・アンティキのメンバーたちは、本物らしさを追求するのに苦労しているのだ。

　ジュルベバのダイニング・ルームで食事が進んでいくにつれ、人数は少しずつ増えていき、新たにミズエが加わった。彼女はルーカの日本語の家庭教師で、一時恋人でもあった女性だ。さらにジュルベバのブラジルとヴェネツィアのルーツを持つ息子もやってきた。私は一七世紀にここを訪れたフランス人の感想、〝よそ者たちのすばらしい合流〟という言葉を思い出した。ジュルベバはヴェネツィアに移り住んで来る人もいる、と主張した。ブラジル人や日本人、アメリカ人だ。リアルトでトルコ人とドイツ人、ユダヤ人がコショウの値段を交渉していた時代から変わらず、ここは人を惹きつけていると彼女は言う。だがルーカに未来について訊いてみると、ここでは唯一生粋のヴェネツィア人である彼は、大きな肩を落とした。「*Son vecio*……」四三歳の強健な彼は、ヴェネツィアの方言で、半分冗談めかして言った。「もう歳だ……」

「その一方で」遠くでサン・マルコの鐘の音が真夜中を告げ、ルーカはプロセッコを飲み干した。「反骨の気持ちはあるんだ。ヴェネツィア人は生き続けよう、という思いを強くしている。苦い終わりではね」

第二部　リスボン

キャラベル船

桟橋越しに見える「ベラクルス号」は、一見すると、まるでおもちゃにしか見えない。帆柱は二本の箸のように天に向かってつき出ていて、隣接する桟橋に錨泊しているずんぐりした貨物船と比べると、華奢な小舟のようだ。近づいてみると、長距離大型バスほどの大きさを持つこの船のごくふつうの木製の帆柱や帆桁に、係索や支索がまるで蜘蛛の巣のように張り巡らされているのが見てとれる。リスボン港の名もない波止場に係留されたこの船は、今は帆が巻き上げられ、黒い船体を陰気にさらしている。しかし大洋の風をはらんで三角帆が膨らんでいるときでさえ、旧式の帆船であるこのキャラベル船は、どこか不器用で親しみやすい風情を醸し出す。これほど小さな国の船乗りたちが、ベラクルス号のような小型船に乗り、香辛料を産するマラバール海岸に至る海路を探し求めて大西洋を横断したというのは、奇跡としか思えない。彼ら短軀のたくましい船員たちが、ヨーロッパによる世界征服の尖兵だったとは。

ヴェネツィア人、ジェノヴァ人、そして独立カタルーニャ人までが中東の香辛料を求めて外洋に漕ぎ出したとき、彼らは過去数千年にわたって知られてきたルートをたどったにすぎなかった。彼らが利用した風や通過した浅瀬、岩礁などは、オデュッセウスが故郷に向けて長い旅路をたどったときから何も変わっていなかった。しかしポルトガル人が船首を南東に向け、大西洋の強風に乗り出していったとき、状況はまったく異なっていた。それが果たして可能なのかでさえ、専門家たちは半信半疑だった。巨大な怪獣が船を丸呑みするとか、南方の炎暑の地で船員たちは焼かれてしまうとか、あるいは海の彼方で船はそのまま奈落へ落下すると恐れられたのだ。もちろん、彼らが現実に遭遇した困難のほうがはるかに大きかった。それでも何千人もの男たちが、壊血病や渇きによる死、見知らぬ地での死、異民族の攻撃による死をものともせずに漕ぎ出して行った。絶えず貧しさに苦しめられてきた取るに足らない民族が、想像もつかない偉業を成し遂げた理由を説明しようと、歴史学者たちは多くの注釈のついた書物を何冊も著してきた。彼らの仮説に大きな説得力があることは間違いない。それでも私は、すべてを理解したければ、船乗りに尋ねるのがいちばんだと考えた。

ベラクルス号の係留地にたどりつくため、私は（ポルトガル船による喜望峰到達を可能にしたと広く伝えられているエンリケ「航海」王子にちなんでいみじくも名付けられた）アベニーダ・インファンテ・ドン・エンリケ（エンリケ王子通り）の朝の激しい渋滞を縫って進まなければならなかった。アスファルト道路の向こう側、金網のフェンスの背後に見える埃っぽいトレーラーが、アポルヴェラの司令部だ。タイムトラベラーのためのセーリングクラブとでもいうべきアポルヴェラは、過去五〇〇年間、洋上から姿を消していた船を再び航行させている。へこんだトレーラー内の、海図や本がぎっしり詰まり、あるいははみ出た背の高い棚に囲まれたオフィスで、私はエルナニ・シャビエルと会った。古い事務用椅子から立ち上がった彼は、現在の仕事である船乗りよりも、かつて勤めていたフォード・ポルトガル社の幹部らしく見えた。「もともとタラ漁船隊に参加したかったんだが、妻と出会って……」と、彼はその後、窮屈な会社生活の記憶を振り払うように肩をすくめながら話してくれた。自動車会社に勤務していたころから、古い船の模型をつくっていたそうだ。最初はプラスチックで、それから木、最後はこれだと、彼は窓の外の黒い船体を指さした。中肉中背のがっしりした体格を持ち、生まじめなエルナニはキャラベル船によく似ている。小型船について知らないことはなく、また海運史全般についても幅広い知識を誇っている。「歴史と帆走術と航海に関する本は一万四〇〇〇冊持っている」と、はみ出た本を本来の場所にしまいながら彼はつけ加えた。

エルナニの頑固なまでのまじめさは、私の無知さ加減が明らかになるときだけ和らぐのだった。彼は丸型船（四角い帆）とキャラベル船（三角帆）の違いを簡単に説明するために絵を描き、それから簡単な図を使って、キャラベル船は風上に向かってまっすぐ進めるのに対して、四角い帆を張った横帆式の船は十数回も進路を変更しながら進むしかないことを説明してくれた。これが、キャラベル船がアフリカ沿岸に沿って喜望峰まで南下できた秘密だ。それから再び鉛筆で図を描いて、なぜずっと大きな横帆式のコショウ貿易用の船が、同じ目的地に向かうのにまずブラジルまで行かなければならなかったのか、説明してくれた。

「しかしキャラベル船を理解するには、まずは見てもらわなければ」と、彼は私を促して、さびれ果てた波止場に向かった。「キャラベル船がどう機能し、どんな風に海に浮かび、そしてどうやってこれを動かせばよいのか——わからないことだらけだったから、三〇年前にアポルヴェラをつくったんだ」と、係留された黒い船体をそっけない手振りで示した。近くに寄ると、木の甲板が丁寧に磨かれているのが見て取れたが、船に上がったときでさえ狭苦しく感じる。もともと乗組員は十数人を数えたが、その大きな理由は、それ以上の人数のための食料を積めなかったことにちがいない。エルナニは奥行きのない船倉を指し示した。「ベラクルス号の吃水線はわずか三三〇センチメートルだから、アフリカの川を遡ることもできた」しかしスペースの関係で、この奥行きのない船倉にはアフリカ産の最も高価な貴重品だけが積み込まれた。一五世紀に関して言えば、金、ギニアショウガ、奴隷だ。「我々は、奴隷は捕らえなかった」とエルナニは私を安心させるように言った。「地元民と交換して手に入れただけだ」――一五世紀の船の装備に関する彼の説明にも増して、恐ろしく形式的な区別だ。

バルトロメウ・ディアスによる名高い喜望峰発見を記念してアポルヴェラが建造した最初のキャラベル船「バルトロメウ・ディアス号」には、南アフリカのポルトガル人コミュニティが出資した。したがってアポルヴェラのボランティア船乗りたちは、船をそこまで届ける必要があった。「それまではすべて机上の理論だった。でも実際に船を建造し、動かして、帆の扱い方を学んだんだ」。その後さらに二隻の船が建造された。技術的な細部までおろそかにしないエルナニの態度は、経験豊かな船乗りたちの腕を信じて目的地到達に成功した、初期のポルトガル人探検家たちを想起させる。それに対して他国の探検家たち（たとえばかの有名なジェノヴァ出身の探検家など）は、プトレマイオスやマンデヴィル［ジョン・マンデヴィルは一四世紀のイングランドの騎士で『東方旅行記』を書いたとされるが、現在ではその実在性が疑問視されている］の世界観を鵜呑みにして自らは出かけなかった地理学者たちを信じたのだった。

アポルヴェラの週末船乗りたちは、彼らの軽快な船でバルト海からブラジル、南アフリカ、そしてアゾレス諸島まで行った。「合計七万マイル［一マイルは約一・六キロメートル］以上航海したんだ！」と、エルナニ・シャビエルはかすかに笑みを浮かべてみせた。

最初の船乗りたちのうちの何人が、彼らと同じように好奇心や執念を満足させるため、命や手足を失う危険も厭わずに船出したのだろうか？　おそらく歴史家たちが主張するよりも、その数は多かったのだろう。人はしばしば、より合理的な思考の持ち主なら眉をひそめるような行動を取るものだ。

しかし理性的な人間でさえ、リスボンの船着場に陸揚げされた財宝の数々には心を奪われたにちがいない。それはまず一四〇〇年代にはアフリカの貴重な黄金のしたたりであり、その次の世紀には、インドの香辛料の目もくらむような奔流であった。したがって好奇心や退屈、貧困や貪欲に駆り立てられた者をすべて数え上げれば、小さなキャラベル船に乗って危険極まりない海に命をかけてみようという男たちがたくさんいたのも不思議ではない。

現在と同じように、当時のポルトガルも、ヨーロッパの西の端に位置する貧しい小国にすぎなかった。大陸の西端の半島のわずか一五パーセントを占めるこの国で生計を立てるのは、決して容易なことではなかった。狭い谷間から鋭く屹立する崖は観光客が撮る写真の背景としてはすばらしいが、この土地を耕すとなると、話は別だ。国内移動は、かつては非常に困難だった。まともな高速道路が建設されて各地域が接続されたのは、つい最近のことだ。歴史上のほとんどの時代、人々は海に大きく依存して産業や商業に携わってきた。

ポルトガル王ジョアン一世は、こうしたことはすべて先刻承知だった。彼の軍は行き場も使命も失い、腹をすかせた騎士たちで構成されていた。中世初期には、ポルトガル北部出身のコンキスタドーレス（征服者）たちは、隣国カスティーリャにおけるキリスト教徒の再征服運動と同じように、イスラム教徒から徐々に国土を回復していた。そしてポルトガルは一三八五年までに、カスティーリャ軍の貪欲な侵攻を押し戻し、ジョアン一世のもとで国家の基礎固めをおこなっていた。しかし殺戮すべきムーア人も撃退すべきカスティーリャ人もいなくなった今、何をすべきか？　思慮深いジョアン王は、ポルトガルの国民的詩人であるルイス・ヴァス・デ・カモンイスの言葉を借りるなら、「陸上に相手がないところから」「大洋の波濤を攻略しにゆく」〔ルイス・デ・カモンイス『ウズ・ルジアダス』第四歌四八節、小林英夫・池上岑夫・岡村多希子訳、岩波書店、一九七八年。以下、引用はすべて同書より〕。

　もっと散文的に言うなら、一四一五年にジョアン王は、血気にはやるコンキスタドーレスの一軍を狭いジブラルタル海峡の対岸へ派遣し、イスラムの豊かな港セウタを攻略させた。それはヨーロッパにおけるキリスト教徒の再征服活動の延長線上にある合理的な行動といえた。エルナニはこれを、「ポルトガルの王たちは、『正義の戦争』にとても熱心だった」と説明している。つまりキリスト教徒の法学者は、イスラム教徒との戦い（そして彼らの奴隷化）をいつでも正当化できたということだ。異教徒たちの町が穀物や黄金であふれているなら、なおさら結構。セウタは、サハラ南部から黄金やギニアショウガ、奴隷を地中海に運んできた隊商たちの集結地として豊かになった。ここでこれらの産物は、アラブやジェノヴァやカタルーニャの商人たちに、穀物や、レバント地方から運ばれてきたアジアの香辛料と引き換えに売られた。ジョアン王の貪欲な軍は、破城槌がセウタの門を打ち砕く前にすでに、町の財宝についてある程度知っていただろうが、それがどこから運ばれてきたのかについては、ぼんやりしたイメージしか持っていなかった。住民たちを手荒く尋問した結果、彼らはその情報を得た。注目すべきなのは、砂漠の粉塵にまみれてセウタに入城した騎士たちの中には、王の息子たちも含まれていたことだ。その中には、後年「航海王子」と呼ばれるようになる若いエンリケ王子もいた。その後セウタの総督に任命されたエンリケ王子は、隊商ルートに深い関心を持ったようだ。

　エルナニによるとキャラベル船は、この最初のアフリカ大陸侵攻にこそ使われなかったが、その活躍はすぐに始まった。セウタ攻略から間もなく、おそらくコンキスタドーレスが発見した財宝に刺激を受けて、キャラベル船がアフリカ沿岸の南下を始めた。そうした航海のいくつかは、エンリケ王子の保護下でおこなわれたが、それはポルトガル船が何世代も前からおこなってきた航海の延長にすぎなかった。遠い昔から、北に向けてはリスボン商人が、大西洋の荒波を越えてフランドル地方やバルト海の港にオリーブオイル、塩、オレンジを運んでいた。また南に向かっては、ポルトガルの漁師がアフリカ沿岸を何百マイルも航行していた。ヴェネツィア人やジェノヴァ人だって北ヨーロッパの港に香辛料を運んだじゃないか、と私が言うと、エルナニは「奴らは岸に沿って進んだだけだ」と嘲笑った。「ポルトガル人は、外洋をまっすぐ横切ったんだ」。

しかし、このアポルヴェラの駐在歴史家の言葉はともかく、ポルトガル人は決して自分たちだけですべてを発見したわけではない。ジェノヴァ人、カタルーニャ人、そしてカスティーリャ人でさえ、広大な大西洋に漕ぎ出して、少なくともカナリア諸島とマデイラ諸島を発見したことは確かだ。アフリカを一周して香辛料を求めに行くという考え自体、ヴェネツィア商人に対抗しようとしたジェノヴァ人の発想だったと思われる。とはいえ、こうした初期の航海は極めて勇気に富んだものではあったが、大した結果は生まなかった。ポルトガル人が大西洋の真ん中で、いまだ無人のマデイラ諸島やアゾレス諸島を再発見したとき、ようやくこれらの島は植民化され、開発されたのだ。一四〇〇年代の初めには、マデイラのゴツゴツした斜面に挟まれた谷間に広大なサトウキビ農園が設けられた。その一〇〇年後にはアゾレス諸島が、ヨーロッパとアメリカの間を往復する船団にとっての重要な中継基地となった。そしてそのあいだも、水辺まで砂漠の迫る海岸を通り過ぎて（当時サハラ南部の呼称であった）ギニアのジャングルの海岸まで南下したキャラベル船は、砂漠越えをする隊商によってほのめかされただけだった財宝を発見していた。

キャラベル船の最大の目的が西アフリカの川で採れる黄金だったことは間違いない。しかしこの貴重品とともに他の「産物」も船に積み込まれた。それは特にアフリカ人奴隷、象牙、そして森林で採集された「ペッパー」だった。「グレインズ・オブ・パラダイス」あるいは「ギニア・ペッパー」としても知られるギニアショウガは、すでに何世紀にもわたり、主にセウタなどの北アフリカの港を経由してヨーロッパに輸入されてきた［ギニアショウガはコショウによく似た外見の黒い種子で、独特の香りとピリッとした辛味を持つ］。特にフランス人がこれを好んだことは、『メナジエ・ドゥ・パリ（*Ménagier de Paris*）』をはじめとする一四世紀の料理書からも明らかだが、アフリカ産の香辛料は北ヨーロッパの他の地域でも、特にビールやワインの風味づけに利用された。中世の医師によれば香辛料は「熱く湿った」特性を持つとされており、寒冷地で特に好まれたのはそのためかもしれない。ギニアショウガの小さな粒は、一時期アジア産の黒コショウよりも高価だった。セウタでは（ヨーロッパにおけるコショウの実と同じく）地元の流通貨幣として使用され、現在のドルとセントと同じように、物価は黄金とギニアショウガで示されたのだ。キャラベル船がラクダに取って代わると、ギニアショウガ交易の利益がポルトガルの国庫に流れ込みはじめた。後年の黒コショウ交易の莫大な利益とは比べ物にならないとはいえ、西アフリカ産香辛料の売り上げは一六世紀まで堅調に続いた。[19] それでも、エンリケ王子の時代のポルトガル人は、まだ香辛料貿易にどっぷりつかっていたわけではなかった。

高い利益を生み出すこのようなアフリカ沿岸行を喜望峰越えという統一プロジェクトに転換するアイディアがいつ生まれたのか、はっきりしない。エルナニは、エンリケ航海王子こそがその発案者だったと主張する。しかし、海路でのアジア到達を国家的優先事項としたのは航海王子の兄の孫であるジョアン二世だったことに、エルナニも他の多くの歴史家とともに同意するだろう。同王の保護およびしばしば直接的な監督のもと、イスラム世界を迂回してインドのコショウ海岸に通じる直接航路の探求が開始されたのだ。

二〇二〇年の時点から振り返ってみれば、ジョアン二世の計画の大胆さには賞賛を禁じ得ない。莫大な資産を投じてアフリカ沿岸をひたすら南下し続け、ようやく次の世代に実現可能かもしれない目標を追い求めたのだ。当時のヴェネツィア人なら、このような無謀な計画には目もくれなかっただろう。しかしこの偉大な共和国の商人たちは、そもそもこれほどリスクの高い冒険に出資しようという投資家を見つけられなかっただろうし、もっと言えばこの雲をつかむような話のために、配下の数千人の船員の命を犠牲にはできなかったにちがいない。しかしポルトガル人は香辛料貿易に、セウタ攻略と同じような態度で臨んだ。つまり戦闘用の槍を振り回し、「サンティアゴ・イ・ア・エレシュ」と鬨の声をあげて向かっていったのだ。彼らはすべての略奪行は異教徒ムーア人に対する攻撃で、アフリカの川のすべての遡行は、キリスト教徒の味方の探索行だと主張して正当化した。こうした理屈は、ヴェネツィアのリアルト界隈では誰も納得させなかっただろうが、騎士道や聖なる探求のイデオロギーで凝り固まっているリスボンの王宮では、異教徒討伐とエルサレム解放を目標に掲げる国王に逆らえる者などいなかった。この目標に少しでも近づくため、すべてのキャラベル船は、イスラム教徒の背後に存在するという伝説のキリスト教王国の王、プレスター・ジョンを探索する命令を受けていた。もちろん、黄金やギニアショウガ、そして次第に砂糖という形で財宝が国庫に流れ込むことに、誰も異存はなかった。それでもジョアン二世とその臣下たちは、目標達成までの困難な道のりを考えた場合、最後まで諦めるということを知らない向こう見ずなコンキスタドーレスたちを必要としていたのだ。

とはいえ、なぜインドを目指し、そしてなぜコショウを求めたのかという疑問は残る。ジョアン二世の王国はすでにギニアショウガ貿易から大きな利益をあげていた。したがって黒コショウは、この利潤の多い事業に加えるべき一品目にすぎなかったとも考えられる。歴史家たちは何年ものあいだ、ポルトガルの拡張政策は一五世紀末のコショウの価格上昇で説明できると主張してきた。しかしこの時期、実際には価格は下落している。それに、ヨーロッパ西端の小さな海洋国家が、それまでの活動域である大西洋中部から逆方向に（キャラベル船の航路の距離でなく直線距離にして）五〇〇〇マイル以上離れたインドを交易のターゲットに定めるなど、ふつうでは考えられないことだ。

王がより多くの金を必要としていたことは疑いない。リスボン宮廷はアフリカの黄金を大量に吸い上げていたが、その目的はといえば、ひとえに体面を取りつくろうことにほかならなかった。つまりフィレンツェ産の毛織物や東洋の絹布、ヴェネツィアの香辛料の購入に充てていたのだ。親戚筋のカスティーリャやブルゴーニュやイングランドの君主たちは広大な領土からあがる収入や、一部は租税で出費を賄うことができたのに対して、その貧しい従兄弟たるポルトガル王は海外貿易をあてにするよりほかなかった。実際彼らは身の丈以上に派手な宮廷生活を送っており、支払いに充てるために絶えずイタリアの銀行家から借金を繰り返していたのだ。

リスボンはイタリア商人が地中海からフランドル地方に向かう航行ルート上に位置していたとい

う事実は、特筆に値する。香辛料を満載したヴェネツィア船は、沿岸にあるジョアン王の宮殿からわずか数百フィートしか離れていない港に寄港して、北に向かう前にさまざまな物資を積み込んだ。宮殿の窓を開けさえすれば、王は通り過ぎるガレー船に積まれた貴重なコショウの香りを胸いっぱい吸い込むことができたのだ。しかしイタリア商人はポルトガルが豊富に産する塩やオリーブオイルには無関心だったと、エルナニ・シャビエルは指摘する。そのため、宮廷がコショウやシナモンを手に入れたければ、貴重なアフリカ産の黄金で支払いするしかなかったのだ。

ヨーロッパのほかの地域と同様、ポルトガルでもエリート層はサフラン、ショウガ、クローブ、コショウ、そして特にシナモンで味付けされた料理を好んだ。現代に伝わるポルトガル最古の料理書は、ジョアン二世の遠縁のマリア王女がイタリアの貴族に嫁いだときに携行されたものだ。この『ドナ・マリア内親王の料理書（*O livro de cozinha*）』には、中世料理の定番といえる混合スパイスを利用したレシピがいくつか含まれている。たとえばヤツメウナギをソテーしてから「ごく少量の水と酢を加え、クローブ、コショウ、サフランを振りかけて少量のショウガを添える」という具合である。しかしルネサンス期に書かれたこの料理書には、イタリアやフランスの類書に比べて、香辛料を多量に使用した料理はそれほど多く載っていない。多くの料理では香辛料はまったく使用されず、そうでなくてもせいぜい砂糖とシナモンを仕上げに振りかける程度である。「ムーア風チキン」に見られるように、この仕上げはムーア料理の影響だろう。[20] ポルトガル人が好物のシナモンを現金で購入しなければならなかったという事実は、当時の料理に香辛料がごく控えめにしか使用されなかったことを説明するかもしれない。そして香辛料ビジネスがどれほど儲かるか、料理を口に運ぶたびに宮廷の人々は痛感したことだろう。

当時すでにコショウより価格が下落していたギニアショウガからも商人たちが利益を上げていたことを考えれば、金儲け至上主義のヴェネツィア人、あの異教徒ムーア人の協力者たちからコショウ交易を奪い取ることができれば、その利益はどれほど莫大なものになるだろう、とジョアン王が考えたとしてもおかしくない。またリスボンの宮廷に集まったジェノヴァ人も、王の耳に次々にささやきかけたことだろう。ヴェネツィア商人の最大のライバルである彼らジェノヴァ人は、すでに久しくイベリア半島全域で銀行家、商人、船乗りとして活躍していた。もともと西ヨーロッパにおける香辛料需要のかなりの部分を賄っていた彼らは、一五世紀が進むにつれ、ヴェネツィア商人によってその貿易からほぼ駆逐されたことを苦々しく思っていた。アドリア海のこの強敵による香辛料貿易の独占体制をポルトガルが打ち破れば、復讐の味はどんなに甘美なことだろう！　リスボン宮廷に大きな利益の可能性を見出したイタリア人はジェノヴァ人だけではなかった。あわよくばこの儲かる商売に参入しようと、フィレンツェ人も虎視眈々と機会を狙っていたのだ。しかしジョアン王の臣下に、それがたとえより日用的な産物だったとしても犠牲を払う用意があったかは、はっきりしない。たとえば当時ジェノヴァに大きな富をもたらしていた、毛織物の媒染剤として使用されたミョウバンや、初期のオランダ共和国の交易品であるニシンの樽だったら？　長いあいだ楽園と結び付けられた香辛料の香りこそが、コンキスタドーレスの探求にふさわしいとされたのではなかったか？

ポルトガルのキャラベル船がギニア沿岸を着実に南下していくにつれ、アフリカ周航という考えは王の脳裏にゆっくりと形成されていったにちがいない。そしてある時点で、黄金を探し、プレスター・

ジョンを見つけるという当初の目的は、インドのコショウ海岸に到達するという戦略にまとめられたのだ。その実現を目指して、ジョアン王はサハラ砂漠を横断してアレクサンドリアや、マラバール海岸に至る各地にスパイを送り込んだ。なにより重要なのは、さらに南方に敏捷な船を派遣して、見知らぬ星空や海岸を越えて東洋に到達する南方航路を探させたことだ。そしてとうとう一四八八年一月初旬、バルトロメウ・ディアスを船長とする二隻のキャラベル船が、多くの希望をこめてジョアン王が「喜望峰」と名付けることになる岬を越えたのだった。

数十年続いた大航海時代に、リスボンの最新の造船所では、改良され、大型化された船が次々に建造された。一四七八年の文書には、新航路発見のために特別に建造されたキャラベル船についての記載がある。またキャラベル・レドンダと呼ばれる、よりずんぐりした船は、大量の積み荷輸送が可能なために多く建造された（コロンブスの航海に参加したニーニャ号とピンタ号も、どちらもキャラベル・レドンダだった）。やがて、ずっと大きな船であるナウ――またの名をキャラック船――も造られるようになった。ナウの船倉はさらに大容量だったため、インドへの遠洋航海は一段と実り多いものとなった。

造船工たちの優れた技術は完全に失われてしまったわけではない、少なくとも今のところは。アポルヴェラが現代のキャラベル船を建造できたのも、五〇〇年間ほとんど変わっていない漁船を造り続けた造船所がたった一カ所残っていたからだ。船乗りたちは、エンリケ航海王子やバルトロメウ・ディアスら英雄の時代と同じように今も航海を続けている、とベラクルス号を下りながらエルナニは言い、私たちは別れを告げた。

都市の興隆

アポルヴェラのトレーラー事務所から道路を隔てた丘陵のアルファマ地区。焼き魚の匂いがあちこちの通りや傾斜した広場に漂い、特に昼食時ともなると、レストランが歩道にグリルを出し、労働者階級の住民たちが車道まで広がった小さなテーブルで押し合いへし合いしている。「黒い黄金」と呼ばれたインド産コショウの利益が町の姿を一変させる前の地味な中世都市リスボンは、おそらくこのような場所だったのだろう。つまり、神につき動かされた探検家よりも、漁師のおかみさんたちの町だったのだ。しかし現在、地元のレストランに入っても、香辛料帝国の首都としてのリスボンの歴史をうかがわせるものは、何一つない。魚はこの上なく新鮮で、分量もたっぷりしているが、料理用の塩の入ったバケツがそこはかとなく中世的な雰囲気を醸し出しているとはいえ、香辛料はほぼ完全に姿を消している。しかし脂ののったおいしいイワシ料理の中に世界帝国の痕跡を見つけようとしている私のほうが、間違っているのだろう。むしろ周囲を見回したほうがよさそうだ。リスボンのコショウ船の実り、それは隣のテーブルに着いているピンク色や茶色や黒い肌を持つ男たちであり、隣に座る恋人たちの絡み合った薄い色と濃い色の指であり、縮れ毛や灰色の目なのだ。ここにはキリスト教徒のポルトガル人征服者、イザベラ女王のスペインから逃げてきたユダヤ人、北アフリカのムーア人、サハラ南部の奴隷の末裔がいる。船乗りたちと漁師のおかみさんたちは、かつて船がコーチンやマラッカから戻ってきたときと同じように、今でもここで肩を（おそらく肩だけではないはずだ）擦り合わせているのだ。

一五世紀のリスボンはヨーロッパ最大の都市の一つで、造船工や銀行家、商人、そして船乗りや売春婦までを、まるで磁石のように引き寄せていた。壮麗な教会や豪華な宮殿を擁する大都市リスボンは、貧しい人々がひしめくほかの都市とは一線を画していた。しかし現在では、そうしたきらびやかな修道院やタイルで覆われた邸宅、両側に色とりどりの家が建ち並ぶ曲がりくねった道路は、かつてリスボンっ子の魚料理に風味を添えていたアジアの香辛料同様、ほとんど完全に姿を消してしまった。ヴェネツィアが遠い過去の蜃気楼のように今も海上に浮かび、またアムステルダムでは香辛料貿易の利益で建設された堅固な邸宅が過去の栄光を今に伝えているのと違い、現在見られるリスボンはずっと後の、この国の栄光がすでに終わりを告げた時代に建てられた。コショウと黄金の上に建てられた輝かしい都市は、一七五五年一一月一日の万聖節の日に起きた大地震で壊滅した。地震を生き延びたのは、皮肉なことに最も貧しい地区の一つだった。かつての栄光に満ちた歴史の痕跡を見つけることができるのは、最初にローマ人が砦を、次いでムーア人が城塞を築き、そしてキリスト教徒の王が都市計画を策定した、アルファマ地区の丘陵の急な坂の上部のみだ。

ベラクルス号からは、坂を転がり落ちそうなアルファマ地区の中世の家々が見えるが、それは決して美しい眺めではない。ふもと近くの古い家々は、暗い日陰にうずくまっている猫と同じぐらい汚らしく粗野に見える。セロリ・グリーンの下着やカスタード・イエローのタンクトップが干された狭い路地を上っていくと、かつて「気をつけな、水！」という女たちの叫びと同時に上から降ってきた室内用便器の中身をとっさにかわすさまが容易に想像できる。[21] アルファマ地区の下のほうの曲がりくねった通路沿いには、昔から貧民が住んでいた。ポルトガルの香辛料貿易の最盛期でさえ、地元の労働者に職を与えていたアジア産香辛料がこの地区で食べられる焼き魚に振りかけられることは、ほとんどなかったにちがいない。だが、コショウがその例外だった可能性はある。エルナニ・シャビエルは、(航海中に劣化した）質の悪いコショウならリスボンの労働者でも安く購入できたのではないかという、興味深い推論を述べていた。したがって、コショウは現在よりもよく使用されていたのかもしれない。とはいえ、丘の上方では、魚を焼く匂いにクローブやシナモンの香りが混じっていたことは確かだ。

傾いた集合住宅を後にして、次第に幅が広がる階段を上って城に向かおう。道路もまた、上に行くほど清潔さを増し、幅広くなる。古い壁の背後に隠されているのは、コショウ、ショウガ、シナモン、クローブを満載してインド航路から毎年帰港した船団とともに流れ込んできた富の片鱗だ。サンティアゴ教会の開いた扉の向こうには、地震の被害を免れたたった一つの金色の祭壇が鈍く輝き、触れる物をすべて黄金に変えたという伝説のミダス王を彷彿とさせる、栄光の時代の記憶をとどめている。半分開いた門ごしには、ヤシの木陰が涼しげな中庭や、青、白、金色の複雑で華やかな模様の古いタイル貼りの壁が見える。通りに戻ると、邸宅や、古い陶器を売るブティックの前を通って階段はさらに上へと続いている。

「七つの丘の街」と呼ばれるリスボンで、最も高い丘の頂上に立つサン・ジョルジェ城は、空に向かって屹立している。この城自体は一九四〇年代に当時の親ファシスト政権によって、プリンス・チャーミングでも満足するような、絵葉書に登場するような中世の城郭スタイルで建てられたフェイクだ。現在の建物は、この丘の上に古代ローマ人、イスラム教徒、そしてポルトガル人征服者によって次々に建てられた古い城塞を完全に隠してしまっている。塔の上から銃眼ごしに、見事な景色に見とれている他の観光客たちとともに周りを眺めれば、ここが城塞建設に理想的な場所だったことが理解できる。眼下で大西洋に流れ込むテージョ川の巨大な河口は、港の建設にうってつけだ。河口はボトルの形で、その首の部分は大西洋に面し、片側の肩の上に都市が広がっている。この地に定住したフェニキア人は、ここを「ウビス・ウボ（安全な港）」と名付けた。ローマ時代の名は「オリシッポ」または「オリシップム」（そこからリスボン）となった。地元の種族はルシタニア人と呼ばれ、この名はやがてルネサンス期の詩人たちによって再びうたわれるようになった。

最後にこの丘を占領したのは、ポルトガル北部出身のコンキスタドーレスで、一一四七年にアフォンソ・エンリケス王の指揮下で攻城戦を戦った彼らには、援軍としてエルサレムに向かうフランク王国出身の十字軍兵士たちがついていた（彼らについて、あるキリスト教徒は、「略奪者、飲んだくれ、強姦魔の群れで、いささかも信仰心を持ち合わせない」と書いている）。その理想的な立地から、リスボンはやがて王国最大の市場となり、一二六〇年には首都に定められた。丘の上の高台から代々の王たちは、大きな緑色のテージョ川を行き交う船が次第に増え、また眼下の船着場で荷揚げや荷降ろしされる物資の量が増大するさまを観察できただろう。

キリスト教徒の君主のもと、城塞の丘の周囲の丘や谷にも道路や広場が次々と造られ、町は無秩序に広がっていった。一四〇〇年から一六〇〇年の間に町の人口は二倍以上に増えている。とはいえ、リスボンの船着場で荷降ろしされた途端にロンドンやアントワープ行きの船に積み込まれる黄金や「黒い黄金」の利益のおこぼれに、首都以外の地域もあずかれた訳ではない。貧民街に囲まれて次第に輝きを増す丘陵都市、それがリスボンだった。そしてより多くの農民や職人が、この輝きに魅せられて集まってきたのだ。

もちろん都市の富に引き寄せられたのは、貧しい農業労働者や熟練職人だけではなかった。聖職者や地方名士、おべっか使いたちも、立身出世の機会を求めて、王宮のタイル貼りの中庭にたむろしていたのだ。実入りのいい役職を狙って貴族《フィダルゴ》たちは媚びへつらい、めかし込んだ。[22]富につながる道は、この国ではヴェネツィアやその他のイタリアの商人共和国の場合とはまったく異なっていた。ここではすべてが王の思し召し次第だったのだ。軍人、商人、あるいは聖職者として立身出世したければ、王の認可が必要だった。一方王にとってこれは金のかかる状況だった。一五〇〇年までに、マヌエル一世は宮廷だけで四〇〇〇人もの家臣を召し抱えていた。これでは、ポルトガル王が常に新しい収入源を探し求めていたのも無理はない。

アフリカの黄金とインド産コショウが生み出す利益がテージョ川河口でどんどん吸い上げられていたことを考えると、マヌエル王が居城を高台のサン・ジョルジェ城から、港の中心に位置する川岸のリベイラ宮殿に移したことは、単なる象徴的行為にとどまらない。宮殿のすぐ東隣の広い海岸では、奴隷、砂糖、香辛料、黄金を荷降ろしし、同時に地元産の油、干し魚、塩で船を満載するために数多くの荷揚げ人足が忙しく働いていた。一方西に数百ヤード離れた場所で日夜材木をギシギシと曲げ、金づちをカンカンと打つ音で、王宮の窓は明け方から夕暮れまで振動していた［一ヤードは約九〇センチメートル］。十字軍の熱情を誇らしげに掲げていた王たちは、いまや店の二階に居を構えて商品に目を光らせる小売店主のような生活を送っていた。フランス王フランソワ一世がポルトガルの同業者について、「香辛料の王（*le roi épicier*）（フランス語では *épicier* は雑貨屋と香辛料商人の二つの意味を持つ）」と呼んだのは、あながち的外れではない。しかしこの侮蔑的な名はポルトガル王にはこたえたにちがいない。そしてこのことは、王が常に商業活動に伝道活動を組み合わせ、香辛料に加えてキリスト教徒を見つけるように命じていたことの、一つの理由といえるのである。

喜望峰を越えて

サン・ジョルジェ城から見下ろすと、かつて海沿いの王宮が立っていたコメルシオ広場には簡単にたどりつけそうだ。しかし実際に両者を結んでいるのは、曲がりくねった路地や急な階段のある、長く骨の折れる下り道だ。現在では、このだだっ広く魅力のない広場には、カメラを持った観光客や、偽アルマーニのサングラスを押し付けようとする行商人以外にほとんど人はいない。かつての雑貨屋の王とその直系の後継者の時代には、賑やかな王宮前広場だったこの場所は「宮殿広場《テレイロ・ド・パソ》」と呼ばれていた。古い絵には、来訪中の有力者のために催されたパレードが広場を埋め尽くしている様子が描かれている。またここでしばしばおこなわれた火刑の際には、生きながら焼かれる異端者の様子がよく見えるように、臨時の桟敷席が建てられた。コメルシオ広場とヴェネツィアのサン・マルコ広場の類似を指摘する観光客は少なくないようだ。確かにどちらも直接海に面し、どちらも新古典様式の単調な三階建ての建物に三方を囲まれている。しかし、ここには有名な喫茶店もなければ、鳩もいない。とはいえヴェネツィアと同様、リスボンもまた、陸に背を向け海に向かってひらけた町であるのは事実だ。そしてヴェネツィア元首《ドージェ》の宮殿がアドリア海の港を見守っているのと同じように、ここでも王宮は、王国の前門で歩哨に立っているのだ。

しかしポルトガルの君主は「ヴェネツィア株式会社の社長」とはまったく異質な人々だった。この点では、まるで地形までが、それぞれの町における意思決定システムに関与していたかのように思える。ポルトガルでは、高台から下に倒れこんでいるような家々と同じように、すべての権力と栄光が王から発して下に流れ落ちている。これに対してヴェネツィア（そしてある程度アムステルダムも）では、潟に広がった水の都さながらに、富と影響力は水平に広がっていた。しかしこの事実こそ、ポルトガル人がインドへの直接航路の発見に成功した理由を説明しているのかもしれない。絶対君主でもない限り、このような大事業に必要な資金をかき集めるのは至難の業だったにちがいないからだ。

リスボンの国立古美術館には、家族の肖像画というべき一五世紀の一連の板絵が展示されている。ここには青白くふさぎこんだエンリケ航海王子の絵がある。その近くには、紫と緑のベルベットの華麗な衣装に身を包んだ甥のアフォンソ五世が、同じく豪華な真紅のドレスを纏った王妃イザベルとともにいる（これらの豪華な衣装の対価として、何隻分のギニアショウガが必要だったか、考えずにはいられない）。王のすぐ後ろにいる、髪がボサボサで小太りの思春期前の少年は、二人の息子である将来のジョアン二世だ。切れ長の目からは、長じて明らかになるマキャベリスト的な傾向をうかがうことはできない。しかし、この冷酷で果断な若者がいなければ、ポルトガル人がどれほどの偉業を達成できたか、わかったものではない。当時、大西洋航路の探索にポルトガル人の誰もが同意したわけではなかった。アフォンソ王自身、インド計画にはたいして関心を示さなかった。しかしジョアン王は反対派を説得するために方法を選んだりなどしなかった。一四八一年に即位した彼は、主な敵対者の首を次々とはねた。非協力的なある司教は貯水槽で命を失った。またある批判者は王自らの手により刺し殺された。そして彼は明らかに王位につく以前から、インド航路の発見に照準を合わせていた。この執念はおそらく王太子だった数年前、父王からアフリカの香辛料と黄金貿易の独占権を譲り受けたときに芽生えたのだろう。その後権力の基盤を固めたジョアン二世は、持てるあらゆる資源を動員して、インドに到達する南方航路を探し求めたのだ。そしてとうとうバルトロメウ・ディアスが喜望峰を周航したとき、インドの香り高い富は手の届くところまで近づいた。

ジョアン二世時代にリベイラ宮殿に集っていた陳情者の中に、クリストファー・コロンブスという名のジェノヴァ出身の船乗りがいた。ポルトガル人の妻を持つ[23]コロンブスは、香料諸島への到達方法について独自の考えを持っていた。我々が小学校で習うこととは反対に、ルネサンス時代の教養人は、世界が平らだとは決して考えていなかった。しかし地球の大きさについては、意見はまちまちだったようだ。当時のある著名なフィレンツェの地理学者によると、地球の円周は赤道付近で約一万マイルだった（実際は二万五〇〇〇マイルに近い）。これをもとにコロンブスは、ヨーロッパから南や東に向かうよりも、西に向かったほうがずっと早くインドに到達するのではないかという、ごく妥当な結論を下した。ジョアン二世はこのイタリアの探検家に対して、どうやら個人的に好感を持たなかったようだが、最終的にポルトガル宮廷が彼の申し出を拒否したのは、その数字の非常識さに原因があった。何度もアフリカ沿岸を南下していたおかげで、ポルトガルの船乗りたちは、地球の北極から南極までの距離について、比較的正確に理解していたのだ。もしコロンブスの挙げた数値を信じるとすれば、地球は立てたラグビーボールのような奇妙な形をしていることになる。それでも王は委員会に命じて彼の提案を真剣に検討させたらしい。委員会が出した結論は「否」だった。

西方への航海にジョアン二世があまり熱心でなかった理由はほかにもあったかもしれない。そこに何が存在するか、王はすでに知っていた可能性があるのだ。たとえばエルナニ・シャビエルは、一四三〇年代に作成された二枚のポルトガルの地図にはブラジルがすでに記載されていたと確信している。しかし、たとえこれらの地図がなくても、コロンブスの航海以前にすでにポルトガル人が新大陸の存在を、少なくとも推測していたとする状況証拠は存在するのだ。バルトロメウ・ディアスによる喜望峰ルートの発見とヴァスコ・ダ・ガマの画期的な探検の間の時期にも、ポルトガル船は間違いなく南大西洋を探検していたはずで、風や海流に流されて、少なくとも南アメリカ大陸だけでも目撃したことがないとは到底考えられない。だからこそ、世界をポルトガルとスペインの間で分割する一四九四年のトルデシリャス条約の締結に向けて、ジョアン二世は少しでも境界線を西に移動させようとあれほど懸命に働きかけたのだ。その結果ブラジルはポルトガルの勢力圏に含まれることになったが、それはブラジルが正式に発見される六年も前のことだった！　しかし王はこの時点では、新大陸の探検と、東方のコショウ・プロジェクトの両者を同時に追求するだけの資金を持っていないことを理解していた。

リスボンでつれなくされたコロンブスは、隣国カスティーリャのイザベラ女王に望みをつなぎ、その援助を引き出すことに成功した。その後の歴史はよく知られている。今から振り返れば、コロンブスとイザベラが組み、その結果スペインが新世界を征服したことは歴史の必然のように思われるが、当時それはありえないシナリオと考えられていた。カスティーリャ人はイスラム教徒から本土を取り戻すのに忙しく、これまで大西洋にあまり関心を持たなかったからだ。しかしバルトロメウ・ディアスによる喜望峰ルートの開拓の後は、カスティーリャ王夫妻は、香辛料貿易によるぼろ儲けのチャンスを前に隣国に遅れをとるわけにはいかないと焦ったことだろう。この焦燥や、ポルトガル王家に負けられないという対抗心に駆り立てられて、イザベラ女王はジェノヴァ人航海者の計画に賭ける気になったのだ。

一方自らの計算の正しさに一片の疑いも抱いていなかったコロンブスは、西インド諸島への数回の航海の後も、自分が伝説的な東洋に達したのではないことを認めようとはしなかった。原住民を「インディアン」、彼らの住む島を「インド諸島」と呼んだだけでなく、彼は持ち帰ったトウガラシとオールスパイスをコショウ（*pimienta*）と呼んでいる（スペイン人は今でも後者を〝*pimienta dulce* ＝甘いコショウ〟、または〝*pimienta de Jamaica* ＝ジャマイカコショウ〟と呼んでいる）。しかしイザベラは満足しなかった。ヴァスコ・ダ・ガマが本物のコショウとともにカリカットから帰還したと聞いた女王は、当時三度目の航海でアンティル諸島に向かっていたコロンブスを召還した。彼は鎖に繋がれて本国に連れ戻され、称号や収入を剝奪された。カスティーリャ女王の考えではコロンブスの航海は失敗であり、インド航路やその香り高い産品はいまやポルトガルの手にしっかり握られていた。リスボンでは、提督とインド副王という、コロンブスが失ったのとまったく同じ称号を、（カスティーリャの例を見習って）ヴァスコ・ダ・ガマが授与された。

ヴァスコ・ダ・ガマは一四九七年七月八日に、リスボン郊外のレステロから、サン・ガブリエル号とサン・ラファエル号という二隻のナウ船、それからベリオ号というキャラベル船で構成された小さな船団で、無名の航海記録者の言葉を借りれば「発見をおこない、香辛料を見つけるために」王に送り出されて出航した。しかし十字軍の旗印である十字が染め抜かれたこれらの船の帆が大西洋の風を受けてふくらむのを、国王ジョアン二世が目にすることはなかった。王はその二年前、四〇歳で死去していたからだ。彼が生涯をかけて準備してきた晴れがましい一日に臨んだのは、従兄弟で義理の弟でもあるマヌエル一世だった。この妻の弟のことをジョアン王はあまり買っていなかったようで（庶出の息子を後継者にしようとする彼の試みは失敗した）、マヌエル王が前任者をしのぐ業績をあげようとあれほど努力したのも、この辺りに理由がありそうだ。ジョアン王が「完全無欠の王」と呼ばれたのに対して、マヌエル王は「幸運王」とあだ名されたことも、彼には腹立たしかったにちがいない。

ヴァスコ・ダ・ガマの幸運なパトロンについては多くのことが知られているが、この若い航海者自身は謎に包まれている。記録によれば、インドへの最初の航海を指揮したとき、彼はわずか二八歳だったという。南部の港町シーネス出身の中級貴族の真ん中の息子として生まれ、プロの船乗りでなかったことは確かだが、ジョアン王の時代に沿岸警備の任務について航海の経験を積んだらしい。後年の彼は怒りっぽく気まぐれだとの評判を得た。しかしこの一回目の航海では、この若い総司令官は、ほとんど被害妄想に近いほどの用心深さを見せている——少なくともインド洋の原住民との交渉においては。

ヴァスコ・ダ・ガマの船には三年分の食料と大砲が積まれ、乗組員の中には砲手、通訳、音楽家、聖職者、そしてより危険な任務を果たす数人の囚人（刑の執行と引き換えに乗船を命じられた死刑囚）

が含まれていた。また船長はプレスター・ジョン宛の国王親書を携えていた。奇妙なことに、航海の名目上の目的に比して、船に積み込まれた貿易品の量は驚くほど少なかった。船団はまっすぐ大西洋を横断してから喜望峰を周航し、再び北上してマリンディに寄港した。これはアフリカ東海岸の真ん中あたりに位置する、今日のケニアの町だ。

一四九八年の復活祭前日に一行がマリンディに到着したころには、出航からすでに九カ月以上経過しており、船員たちは何週間も渇きに苦しめられ、壊血病でバタバタと死んでいた。東アフリカ沿岸地域では非友好的な原住民と何度か遭遇し、危機一髪のところを逃れた経験からひどく用心深くなった彼らは、温かい歓迎を受けたマリンディでさえ気を許さなかった。ここで彼らは新鮮な食料と水を積み込み、同じぐらい重要なグジャラート人の水先案内人を雇った。インド洋を横断してカリカットまで案内したこのイスラム教徒の案内人は、イタリア語も少し話したという！　残りの航海は幸い平穏無事に過ぎ、船団はわずか二六日後の一四九八年五月一八日にカリカットに到着し、早速南インドのモンスーンの洗礼を受けた。

次に起きたことは、劇的な展開というよりも茶番というほうがふさわしい。アフリカ沿岸での経験ののち、ダ・ガマはこれ以上危険に身をさらす気はなかった。こうした場合のためにこそ、囚人たちを連れてきているのだ。伝説的なインド人たちと最初に接触したポルトガルのコンキスタドーレスは、そんなわけで実は数人の犯罪者だった。彼らがようやく見つけた意思疎通の可能な相手もまた、外国人だった。つまりカスティーリャ語とジェノヴァ方言が話せる二人のチュニジア人だ。なじみ深い異教徒に出会ったアラブ人があまり喜ばなかったのも、無理はない。「悪魔にさらわれてしまえ！

なんのためにこの地までやって来たのだ？」というのが、彼らの不愛想な挨拶だった。これに対する囚人たちの返答は、しばしば引用される「我らはキリスト教徒と香辛料を求めてやってきた」というものだった。この最初のカリカット訪問は、どちらの点でもあまり成功したとは言えない。それ以降の航海のほうがずっと大きな見返りを得ることができた——少なくとも香辛料に限って言えば。

続く数週間、港と王宮の間の雨でぬかるんだ道を行ったり来たりするポルトガル人の姿が見られた。最初に宮殿を訪問したときは、この新種の外国人を見物しに集まった群衆のせいで、彼らはほとんど身動きも取れなかった。当初、地元の領主ザモリン［ザモリンはヒンドゥー教徒のカリカット領主の称号］はこの新しい訪問者にかなり好意的だった。ダ・ガマに長時間の謁見さえ許し、会話の合間には巨大サイズの金の痰壷に、噛んでいたキンマの葉を唾とともに何度もペッと吐き出してみせた。しかしその後、気が変わった領主は、ヨーロッパ人たちを捕らえさせた。次いで彼らを再び解放し、その後再び牢に投げ込んだ。幽閉されたダ・ガマは、何が起きているのかわからないまま、怒り狂って数週間を過ごした。到着時に領主がキリスト教徒だと信じ込んだ彼は、いまさら不都合な事実を認めるつもりなどなかった。長いあいだ探し求めてきたキリスト教徒をようやく見つけたと歓喜したポルトガル人たちは、ヒンドゥー教寺院のことをキリスト教の教会だと思い込んだほどだ。年代記作者によれば、これらの「教会」は冠をかぶった「聖人」たちで飾られており、これらの聖人たちは、「いろいろな姿で描かれ、口から歯が一インチほど突き出ていたり、四、五本の腕を持っている」。もちろん、領主の無体な振る舞いの理由として唯一考えられるのは、不実な側近、邪悪なイスラム教徒の存在しかない。

カリカット在住のイスラム商人がヨーロッパ人を追い払いたがった理由は、信仰心に凝り固まった狂信者でなくてもすぐわかるだろう。しかしコンキスタドーレス側も、事態を改善するにはほど遠い状態だった。野心的な貴族《フィダルゴ》の必修科目に比較宗教学が含まれていないのは当然としても、どうやら商売上のエチケットの基本も含まれていなかったようだ。領主の通商担当者は、ヨーロッパ人が彼らの主人に持参した贈り物を見た途端に笑いだしたと伝えられている。「メッカやインドの他の地方から来た最も貧しい商人だって、これよりましな贈り物を持ってくる」と彼らは嘲った（ポルトガル側の航海記録には、木綿の布一二枚、真紅の頭巾四枚、帽子六個、珊瑚四連、洗面器六個、砂糖一箱、油二樽、ハチミツ二樽が、痰壺でさえ黄金製のものを使っている領主への贈り物として列挙されている）。ヒンドゥー教徒の領主は気を悪くした。

それでも最終的には両者は妥協点を見出した。ポルトガル側も数人の人質を捕らえたことも、その一助となったにちがいない。おかげで滞在最後の数週間、ダ・ガマは自船の船室という安全な場所から貿易交渉を仕切ることができた。この期間を利用して彼の部下たちは、カリカットの香辛料市場で買い物するため、私物のうち売れそうなものを片っ端から売りまくった。彼らはコショウとクローブを購入するために、文字通り着ていたシャツまで売ったのだ。汗臭い麻製のシャツには故郷よりずっと低い値段しかつかなかったが、香辛料はさらに安かった。総司令官もまた、着衣こそ売らなかったものの、私用の銀製コップやその他の食器を売って、高価な香辛料と宝石を手に入れた。

全体として、ヨーロッパ人による最初のアジア来訪は、地元民に大した印象を与えなかったようだ。今後来訪する外国人が勘違いを繰り返さないように、領主は次回彼が望むものを明記した手紙を彼らに持たせた。「我が国はシナモン、クローブ、ショウガ、コショウ、宝石を豊富に産する。これと引き換えに余が求めるものは金、銀、珊瑚、真紅の布である」。ダ・ガマ自身を含めて、以後の来訪者はこのメッセージを正確に理解した。しかしその前に、ポルトガル人は生きて故国に帰還する必要があったが、これに成功した者は、決して多くなかった。

一四九九年の夏にダ・ガマの満身創痍の船団が穏やかなテージョ川にほうほうの体で帰還したとき、当初の乗組員約一七〇名は、わずか五五名に減っていた。彼らがどれくらいの量の香辛料を持ち帰ったのかは、その大半が上級・下級船員の所有物だったため、はっきりしない。しかし少なくとも数千ポンド分のコショウ、ショウガ、シナモン、クローブ、ナツメグが積まれていたことは確かだ――王がダ・ガマに一トン以上、生き残った船員たちにも一人数百ポンドの香辛料を褒美として与える程度には「ここに記されているトンは、おそらく米国のヤード・ポンド法の質量単位であるショートトンで、一トンは約九〇七キログラム」。それでも、この第一回目の航海から国庫が利益をあげたとはあまり考えられない。とはいえ、いまやマヌエル王は一次情報を手にしていた。ヴェネツィアでは一六デュカットで売られている一〇〇ポンド入りコショウ一袋は、カリカットでは二デュカットで入手できること、また十字軍の王の後継者にとっておそらくさらに重要だったのは、インドには多数のキリスト教徒が暮らしているという（勘違いに基づくとはいえ）目撃情報だった。

帰還した船乗りたちを、王は英雄として歓迎した。彼らを称えるパレードが町で挙行され、誰もがヴァスコ・ダ・ガマの健康を祝して乾杯した。「幸運王」マヌエルはすぐにこのニュースをヨーロッパ中の宮廷に伝えた。船団の帰還からわずか四八時間後に送られた上機嫌の手紙で、ポルトガル王はカスティーリャとアラゴンを共同統治するイザベラとフェルディナンドの両王に、ポルトガル船団が（本物の）インドを発見したこと、そこで彼の臣下が莫大な量のクローブ、シナモンその他の香辛料、そしてもちろん「ルビーやあらゆる種類の宝石」を発見したことを伝えた（この一報を受けたイザベラ女王がコロンブスに対してあれほど苛立ちを募らせたのも、無理はない）。そしてインド洋から不信心者を一掃し、インドのキリスト教徒の助けを得て、香辛料貿易に乗りだすつもりだと自慢した。そのうえ厚かましくも、「ギニア（つまりアフリカ）の君主、エチオピア、アラビア、ペルシャおよびインドへの航海と交易を実現した王」という新しい称号を冠することにしたのだ。ジョアン二世の後継者としてマヌエル王はふさわしくないと考えていた者も、これで考えを改めるにちがいない！

その後の約一〇年、マヌエル一世はこの大げさな称号にふさわしいことをほぼ立証した。ダ・ガマの帰還後、すぐに次の航海の準備が始まったが、新しい船団はずっと大規模でより優れた軍備を整え、なにより重要なことに、インド人が彼らの「黒い黄金」と引き換えに欲しがっている銀を大量に積み込んでいた。こうして一五〇〇年にペドロ・アルバレス・カブラルを指揮官として出航した船団は、インドへ向かう途中に偶然ブラジルを発見した。しかしカブラルは、ダ・ガマ以上に外交的手腕を持たなかった。ようやくカリカットに到着した彼は、たちまち地元のイスラム商人たちと争いはじめたのだ。その結果、地元領主の首都を砲撃する事態となり、これ以降当然、カリカットはポルトガルとの交易を望まなくなった。しかしこの攻撃の結果、カブラルは少なくとも領主の敵の好意を得ることができた。

コーチンではヨーロッパ人は歓迎され、大量の香辛料の購入に成功した。そのほとんどが地元産のコショウだったが、近隣のセイロンからもたらされたシナモンや、遠方のインドネシアの香料諸島で産するクローブやナツメグも含まれていた。この二度目の航海ははじめ、一度目よりさらに大きな可能性を開いたように見えた。五〇万ポンドの（おそらくほとんどがコショウである）香辛料を持ち帰り、そのうえブラジルを発見したのだから。しかしその代償は？　ブラジルのイパネマ海岸のことなど、王にはどうでもよかったにちがいない。彼が大いなる関心を持っていた、かの祝福すべきキリスト教徒について、この航海でカブラルは真相を持ち帰っていた。いまや王は、あれほどまでに探し求めてきた、ムーア人の背後の第五列の存在は幻想にすぎないことを知ったのだ。そのうえカブラルはこの航海で船団の半分を失っていた。何百人もの男たちが命を落としただけでなく、国庫がこの航海から利益を得たかどうかさえはっきりしなかったのだ。マヌエル王はヴェネツィア大使に、この事業で八万デュカットを失ったとこぼした。しかし、愚痴の相手を考えれば、おそらく大げさに言ったのだろう。それでも、出発時点で一五隻だった船団の残りが持ち帰った香辛料五〇万ポンドは、当時ヴェネツィアのガレー船一隻がアレクサンドリアから持ち帰る平均的な積載量とほぼ等しいという事情を考慮すべきだ。実際の数値が何であれ、マヌエルは満足しておらず、以後カブラルに船団の指揮が委ねられることはなかった。事業全体を放棄すべきだと考える者は、宮廷に数多くいた。しかし今更手を引くには、マヌエルはすでに深入りしすぎていたのだ。

これに続く二つの航海――特にダ・ガマに指揮された大船団――は莫大な利益を上げたため、それ以降、マラバール海岸行きの船団が毎年リスボンを出港するようになった。ポルトガル人は多くの面で、ヴェネツィア人の香辛料貿易のやり方を踏襲した。つまり同じように威嚇的で、同じように暴力に訴えて香辛料貿易の独占を目指したのだ。しかし目的は似ていても、マヌエル王とその臣下たちは、ヴェネツィアよりさらに大きな舞台で勝負していた。ポルトガル人は西アフリカからモルッカにかけての戦略地点に交易拠点を設立した。そしてインド洋全域におけるコショウ貿易の独占を一方的に宣言し、これに協力的でない船はすべて没収または撃沈する政策をとった。その一環として、海に慣れたコンキスタドーレスは、ペルシャ湾の出入り口を支配する重要な島であるホルムズを奪取し、インド西海岸の真ん中あたりに位置するゴアを陥落させ、そして東インドと大西洋を結ぶ航路をコントロールする(現在のシンガポールにほど近い)モルッカ諸島を手に入れた。

わずかな物資だけを積み、少なくとも六カ月、故国からおそらく一万七〇〇〇マイルも航海しなければならなかったことを考えれば、ポルトガル船団がある程度の成功を収めたことは奇跡以外の何物でもないように思われる。マヌエル王の臣下は当然そう考え、神を賛美した。より客観的な観察者なら、ヨーロッパ人は他の点でもついていたことに気づくだろう。ポルトガル人がインド洋に到着したころ、香辛料貿易の大半はイスラム商人、つまり北インドのグジャラート出身者のゆるいネットワークに握られていた。そしてインド北部と中部は中央アジアから押し寄せてきたムガールに席巻され、一方エジプトはオスマン・トルコの力に屈しつつあった。勢いを増していたこの二つの勢力はどちらもヨーロッパ西端に位置する資源の乏しい王国よりずっと強力だった。しかしどちらも陸軍こそ無敵だったものの、海軍の名に値するものは持たなかった。[24] リスボンの熟練の造船工は外洋に競争相手を持たず、ポルトガルの砲術は当時の最先端にあった。これに対してイスラム商人の船は重火器を装備していなかった。そのうえ操作がより難しく、すべて木でできていたため、ポルトガル勢の砲撃を受ければ、軽いバルサ材のようにたちまち粉々になった。一五一三年にポルトガルの抜け目ない提督アルブケルクは王に対して、「我らの来訪の噂を聞いて、地元の船はすべて姿を消しました。鳥たちでさえ、水面すれすれに飛ぶことをやめたといいます」と自慢してみせた。実際には、特に後年になると密貿易が横行したが、それにはしばしばポルトガルも一枚嚙んでいた。

ポルトガルのキャラベル船やガレオン船やナウ船は海上でこそ無敵だったが、陸上では事情は異なった。スペインがアメリカ両大陸で現出させたような陸上帝国は、ポルトガルには到底無理だった。アジアでこちらの数平方マイル、あちらの数エーカーのわずかな土地をかろうじて奪い取り、香辛料の貿易船団の補給地を設けるのがやっとだった。

それでもナウ船の到来は、インド洋でのイスラム商人の活動を干上がらせただけではなかった。アラブ商人の地中海における主な貿易相手であるヴェネツィアにも、深刻な影響を及ぼしたのだ。当初困惑していたリアルト界隈の貿易商人たちは、「カリカット行き」と呼ばれた事業が財政的に惨憺たる結果に終わったことに胸をなでおろした。カブラルの航海の顚末もまた、ポルトガル王がこの金食い虫のインド事業を放棄するのは時間の問題だという彼らの意見を裏付けるようだった。しかし誰もがこの楽観的な意見に同意していたわけではない。自身も名高い香辛料商人であるジローラモ・プリウリは、カブラルの帰還のわずか数週間後に次のように日記に記している。「ヴェネツィアの町の衰退する様子がまざまざと目に浮かぶ。なぜなら（香辛料）貿易がなければ、この町は、その栄光と名声の源である金《かね》を失うにちがいないから」

ヴェネツィアにとっては、リスボンから届く便りにも増して深刻で差し迫った懸念が近くに抱えていた。ダ・ガマのリスボン帰還のニュースが切れ切れにイタリアに伝わってくるあいだに、ヴェネツィア共和国とオスマン帝国の間で戦争が勃発したのである。エジプトのアレクサンドリアとシリアのアレッポという、すでに（あるいは近い将来）まさしくイスタンブールの支配下にある港に依存していたヴェネツィアの香辛料貿易にとって、これは破滅的な事態だった。[25] 開戦前にはヴェネツィアの船団は、平均して年に一五〇万ポンドのコショウ（香辛料の総量の半分強）を輸送していた。しかしダ・ガマの最初の航海の一〇年後、ヴェネツィアが輸入する香辛料の総量は、かつてのわずか三分の一まで激減していた。その差分は、サン・マルコの共和国の五倍もの香辛料を輸入していたリスボンが担っていた。一五一五年にヴェネツィアは、顧客用の香辛料を買い付けるため、屈辱をしのんでわざわざテージョ川まで出向いている。一五二七年になると、悪化する一方の状況を打開するため、ヴェネツィアの元老院はポルトガル王室の香辛料貿易の独占権を買い取ることを提案した。この提案はリベイラ宮殿である程度真剣に検討されたようだが、両者は条件面で合意に達することはできなかった。

イタリア各地のヴェネツィアのライバルたちは、この強力なアドリア海の女王の屈服する姿を見てほくそ笑んだ。当時リスボンに住んでいたあるフィレンツェ人は、ヴェネツィア人たちは魚を獲る生活に戻るよりほかあるまいと嘲っている。歴史家たちは長年、ポルトガルによるインド洋航路の封鎖と中東の戦争のどちらのほうがヴェネツィア貿易により深刻な打撃を与えたか、議論を重ねてきたが、原因が何であれ（両者の混合だったことを誰もが認めている）、結果は、サン・マルコの共和国は香辛料貿易から締め出されたということだった。少なくとも一六世紀の最初の数十年間、物事はそう運ぶように見えた。

しかしすでに一五三〇年代にはイスタンブール、アレクサンドリア、レバントはヨーロッパ人に対して再び門戸を開き、リアルトの商人たちも活動を再開していた。実際には、ポルトガルがインド洋のすべての船舶活動をコントロールできたことなど、一度もなかったのだ。また紅海ルートを封鎖することもできなかった。なによりマラバール海岸をある程度おさえていたとはいえ、ジャワやスマトラ、香料諸島での出来事に口出しする力など持たなかったのだ。その結果、莫大な量のコショウが（しばしば賄賂という名の潤滑油で滑りよくした）指の隙間から東地中海へ流れ込んだ。一六世紀末には、リスボンで荷揚げされるのとほぼ同量のコショウがリドを通ってヴェネツィアに流れ込んでいた。

それでもポルトガル王は、少なくともしばらくの間は大きな利益を上げていた。（コーチンまでの）インド航路から帰着した、五、六隻の船からなる船団は、毎年莫大な量の香辛料を荷揚げし、その量は初期の約二〇〇〜三〇〇万ポンドから、その後少なくともその倍に上った。そのうち八〇パーセント以上がコショウで、残りの大半をシナモン、ショウガ、クローブ、ナツメグ、メースが占めていたと思われる。[26]

あれほど小さなポルトガルが、あれほど偉大な成果を上げたことの意外さに、多くの人が注目してきた。しかし重要なのはまさにこの点だ。その小ささ（および貧困）に思いを馳せたとき、ポルトガルがなぜすべてを賭けて冒険に乗り出したのか、ようやく理解できるからだ。つまり、彼らにはほかに何もなかった。ポルトガルの一〇倍の人口（そして課税基準）を持つフランス王にとって、コショウ貿易の利益など、収入のわずかな部分でしかなかっただろう。一億人以上のインド人を支配するムガール帝国の皇帝に至っては、それはした金にすぎなかったにちがいない。しかしポルトガルという貧困国にとって、香辛料はアフリカの黄金以上の価値を持っていた。マヌエル一世は、貴金属貿易の二倍の利益を、香辛料貿易で得ていた。一五二一年に娘のイザベラ王女がハプスブルク家の皇帝カルロス五世に嫁いだとき、王女の持参金の大部分はコショウの詰まった袋で支払われた。マヌエル王の息子のジョアン三世の場合、収入の少なくとも半分は、父王の部下たちが懸命に戦って奪い取ることに成功したアフリカとアジア産香辛料の再輸出で稼いだものだった。ヨーロッパ人がそのために喜んで大金を払う、しなびた黒い粒を持ち帰るために小さな王国のすべての資源を注ぎ込むことは、ポルトガル王にとって取り組む価値のある事業だったのだ。その結果、コショウはポルトガル帝国を支える通貨となった。しかしコショウを取引の手段としたのは、決して王侯だけではなかった。船長や士官、そして見習船員でさえ、給料の一部を香辛料で受け取ったのである。

箱《カイシャ》

リスボンに船乗りは多い。とはいえ海洋博物館の入り口で、私の案内役が純白のポルトガル海軍の制服姿で待っているとは、予想していなかった。しかし海軍がブルーノ・ゴンサルベス・ネヴェス大尉を雇用しているのは、その服装とは裏腹に荒波を越えるためではなく、埃っぽい古文書を掘り起こすためだ。この若い士官の愛想のいい軍隊風の物腰が、あらゆる歴史家の十八番である奇妙な細部へのこだわりに何の影響もおよぼさなかったことに、私はじきに気づいた。「発見の世紀」に関するギャラリーに向かう途中も、彼は細部まで精巧に復元された船の模型の倉庫や厨房の位置を指し示すことを忘れなかった。どうやらその目的は主に、船上生活が数カ月におよんだ一般船員たちの重要なタンパク源となった、ネズミやビスケットにわいた虫について、(熱心な茶色い目にほとんどユーモアの色を浮かべずに）詳しく説明するためだった。ネヴェス大尉の専門はインド航路で、気分が悪くなるような細部について説明するのが嬉しくてならないらしい。

大尉は小さなナウ船やキャラベル船がいくつも並ぶ展示ケースの横を通り過ぎ、旧式の電話ボックスを横向きにしたような形と大きさの、装飾が施された大きな木箱へ私を案内した。このカイシャ・ド・リベルダデ――いわゆる「自由の箱」です、と彼は陽気に言った――こそ、東インド艦隊の継続を可能にした秘訣だった。「つまり、ポルトガル王は船乗りたちにまともな給料を払えませんでした」と彼は説明した。「だから船員たちは、給料の代わりに、こうした箱に香辛料を満たすことが許されたんです」。彼は正しい言葉を探した。「チップかボーナスみたいなものですね」。王室に雇われた船員は、ちょうど現在の海外旅行客がタックスフリーで買い物できるように、税金や輸送料を払わずに好きなものをこの箱に入れて運ぶことができたのだ。この箱の大きさは決まっており、船員の地位に応じて一つかそれ以上の箱を与えられた。箱に詰められたのがコショウなら、魅力的なボーナスと言えたが、それがシナモンならば、非常に気前のよい祝儀となった。博物館に展示されていた、巧みな浮き彫りが施された木箱はおそらく士官のもので、約一トンのコショウが入っただろう。これはリスボン市場では六〇〇デュカットで売れたが、中に入っていたのがシナモンなら、その二倍以上の値段をつけたにちがいない[27]。船長は香辛料を一〇トン近く持ち帰ることができ、一般船員は約三〇〇ポンド持ち帰ることができた。もしその箱を満たしているのが比較的高価な香辛料なら、数年分の給金に相当する額になっただろう。クローブで満たされた大きな木箱を想像すれば、なぜ彼らが大きな苦難をものともせず、インドに向かうのをためらわなかったのか、ある程度理解できるかもしれない。

一五七四年にこの困難な旅をしたあるイタリア人のイエズス会士の言葉によれば、インド航路は「間違いなく、世界で知られている中で最大の、最も大変な〝旅〟である」。それは地中海で香辛料貿易をおこなうイタリア商人たちが遭遇するよりも何倍もの辛酸に満ちていた。ある初期のポルトガル人歴史家は、先人たちによる航海など、ポルトガル人の達成した偉業と比べれば児戯に等しいとまで断言した。彼によれば、かの伝説のアルゴー船の乗組員たちでさえ、週末だけの船乗りに毛が生えたようなもので、わずか三〇〇～五〇〇リーグ［一リーグは約五キロメートル］しか旅しておらず、「こちらの港で昼食を、別の港で夕食をとり、たっぷり休息し、水補給のために各地に寄港した彼らの旅は、苦難というより気晴らしと言ったほうがふさわしい」。この比較は少し度が過ぎているとしか言いようがないが、ネヴェス大尉は、インド航路の危険については、言い過ぎるということはないと請け合った。[28]

インド航路の艱難辛苦に関する直接証言はいくらでも残っている。しかし、もし東回りの香辛料ルートに関する優れた一次資料についてポルトガル人の海洋歴史家に尋ねれば、誰もがあるオランダ人の手になる一冊の本を薦めるだろう。イベリア半島のこの小さな王国は、自国船のすべての斜桁帆や縄ばしごに割り当てられるだけの船員を生み出すことはできなかったため、他国人で補充することが長年の習慣になっていた。しかしこの場合、もし上層部がその結果を知っていれば、彼らは決してこの外国人を彼らの船に乗せなかっただろう。

この本を書いたのはヤン・ホイエン・ファン・リンスホーテンというオランダ人だ。オランダ北部の小さな港町エンクホイゼンで育った彼は一六歳のとき、先に移住した兄弟の住むスペインのセビーリャに移った。彼が到着した一五八〇年は、ちょうどスペインがポルトガルを併合した年だった。その数年後、兄弟のつてで新任のゴア大司教の側近に任命され、インドに航海した。九年間海外で過ごした彼は故郷に戻ると、それまでの経験を書き留めた。こうして出版されたポルトガル領インドに関する記述は、オランダだけでなくイングランドやフランスでもベストセラーとなった。本にはリスボンが国家機密とみなしていた情報が満載されていたのだ。リンスホーテンの本と同じ内容をポルトガル人が発表していたら、たちまち首を切られていたにちがいない。それも当然だ。オランダはその後、この本のおかげで、ポルトガルの得意分野で取って代わることに成功したのだった。

しかしこの本に記されているのは、秘密に包まれた香辛料貿易に関する無味乾燥なデータだけではない。二八歳のオランダ人は、まるで商店主のような細部への鋭い関心と、社会学者の飽くなき好奇心を併せ持っていたため、ビジネスに必要な詳細情報を冷静に列挙するだけでなく、異国の土地や文化に関するほとんど人類学的な観察までおこなっている。そこにはセックスの味付けさえ加えられている。彼はコショウの購入に必要なもの（黄金）や、香辛料の購入に最適な場所（コーチンとマラッカ）について説明する一方で、ゴアの混血女性の好色な火遊びについても、詳しく記しているのだ。[29]

インドへの往路の航海についての彼の記述は、非常に情報豊かで生き生きとしている。五〇〇人の乗組員ほぼ全員の給料の内訳を記しているだけでなく、彼らが飲み食いしたものについても知ることができる（一五九八年版からの翻訳）。

かれらはなおその日その日の分け前として、地位の高い低いにかかわりなく全員一律に、乾パン一ポンド四分の三、葡萄酒半カン［一カンはオランダでは一リットル、ポルトガルでは一・七リットルに当たる］、飲料水一カンと、それから塩漬肉を月に一アローバすなわち三十二ポンドの配給を受ける。また、［航海の］初めに、若干の乾魚、玉葱、にんにくが配給されるが、みなつまらぬものだ。若干の糖類、ハチミツ、乾葡萄、乾すもも、穀粉、その他この種の甘味品が病人用に保管されているが、さて入用があっても、これをもらうことはほとんどない。高級船員が自分らの手もとにおいて、人があまり気づかないうちに食べてしまうからだ。なお炊事については、各人めいめいに薪、油、鍋、壺を心配しなければならぬ。
（リンスホーテン『東方案内記』（岩生成一、渋沢元則、中村孝志訳、岩波書店、一九七八年）

インド航路用の船は、アフリカの入り江を出入りしていた小さなキャラベル船とは似ても似つかなかった。それは五〇〇トン、六〇〇トン、または一〇〇〇トンにもおよぶ船で、てっぺんに小さな船楼を頂いた巨大な木造倉庫のようなつくりを持っていた。往路では、アメリカ郊外の広い家ぐらいのスペースに、五〇〇人から一〇〇〇人が詰め込まれたのだ。一等船客、上級船員、聖職者は比較的大きめのスペースを与えられたが、その結果、残りの人間のためのスペースがさらに狭くなった。しかし六〇〇人がひしめき合っている船でも、船の操作に携わっていたのはそのわずか四分の一にすぎなかった。残りの人間の前に広がっていたのは、何もすることのない半年かそれ以上の時間だった。それは退屈、船酔い、栄養不良、そして悪臭（リンスホーテンの言葉によれば「臭い息と汚物」）に満ちた数カ月だった。

船にはふつう、不信心者の魂の救済に向かう多くの神父や修道士が乗っており、そのうち少なくとも何人かは、インドへの長い航海中に悪魔の誘惑に屈する人間の数をできるだけ抑えようと努力した。ネヴェス大尉の説明によれば、神父たちは、今で言うクルーズ船のエンターテインメント担当者のような役割を果たしたようだ。彼らは劇やパレードを準備し、それからもちろん頻繁にミサをおこなって船客を忙しくした。それでも、祈りの合間の多くの時間に、——神父たちの努力にもかかわらず——賭け事が盛んにおこなわれた。女性の数は非常に少なく——通常一〇人前後——妻や娘を隔離しようとするポルトガル人の性癖を考えれば、彼女たちはいつも以上に船室に閉じ込められていたにちがいない。船上の性的な雰囲気は、二一世紀アメリカの刑務所のそれによく似ていたと思われる。見習船員の少年たちは、男色行為の犠牲になって熱帯の朝に目覚めたくなければ、丈夫なロープでズボンをしっかり縛っていたという。

出港から数週間、次いでひと月を超えると、状況は悪化した。最初の数週間は、食料は豊富にあり、上流階級には手の込んだ料理も出されたにちがいない。イエズス会士の持ち込んだ食料について、いくつかの記録が残っている。ある聖職者は、ワイン七五リットル、燻製豚丸ごと一頭、（生きた）ニワトリ五〇羽、豚のバラ肉五〇枚、牛肉七〇ポンド、メルルーサ七〇匹、ツノザメ一〇〇匹（おそらくすべて塩漬け）、菓子、ドライフルーツ、オリーブオイル、バター、そして「各種香辛料一ポンド」を持ち込んだが、これは一覧表のほんの一部にすぎない。やかましく鳴く数百羽の鳥やむっつりしたウサギの入った檻は、最初の大風で吹き飛ばされないように、メインマストに結びつけられていた。早朝には見習いの少年たちが巨大なストーブに火をおこし、これで彼らは貴顕の従者や奴隷たちとともに、一日に少なくとも二度食事を準備した。もちろん船には大量の薪も積み込まれていた。最初の数週間はごちそう続きだったにちがいない。香辛料をたっぷり効かせたフリカッセ料理や、仕上げにシナモンと砂糖を振りかけた魚パイを食べていたことだろう。

船が大西洋を横断したころには、新鮮な肉や生きたニワトリはすべて姿を消していただろう。樽入りの水は臭気を発しはじめていたはずだ。このころになると、上級船客も船員も、持ち込んだ肉や魚の保存食を食べはじめたにちがいない。ポルトガル人は、まだ彼らの愛するバカリャウ、つまり干しダラ(現在では三六五通り以上の調理法があるそうだ)に出合っていなかったが、メルルーサも同じように処理されていた。つまり魚を開き、大量の塩をふり、風にさらして干す。イワシは樽の中に塩と交互に何層も並べられた。エルナニ・シャビエルは、北方に行ったときに「樽詰めのイワシ」を食べてみたことがあると言っていた。「まずい!」と、どんな味か尋ねた私に彼は答えた。「臭くてたまらん」。塩漬けの魚は、(塩分を減らすために!)調理前に海水に浸されたが、高波でストーブが使えない場合や、燃料用の薪がなくなった後は、魚はしばしば生のまま食された。

当時の調理法で現在も広まっているのは、コンセルヴァをつくるために、イワシの代わりに豚肉を使う方法だ。これはフランス南西部のカモのコンフィに少し似ている。少量の豚肉を炒めてからラードまたは油に浸す。現在のレシピはおそらく、一六世紀のイエズス会宣教師が満足するほど香辛料を使っていないが、それでも黒コショウ、クローブ、トウガラシがたっぷり振りかけられている。特に長期保存する場合はなおさらだ。現在、この料理はサンドイッチにして食べられることが多く、グリルされる場合もある。リンスホーテンの時代の船乗りたちは、サンドイッチをつくるには堅い航海用ビスケットを使うよりほかなかっただろう——それもダメになるまで。

船が喜望峰に達したころには、堅いビスケットには虫がのたくり、樽の中の水は強い悪臭を放っていただろう。少なくとも一隻の船では、一部の船員は虫だらけのビスケットよりもむしろ船に乗っていた犬や猫を食べることにしたようだ。乗組員の中には、ビタミンCの欠乏が原因の壊血病を発症する者も現れはじめた。発症者はまずぼんやりし、血色が悪くなる。それから手足が膨れ上がり、歯茎から出血を始める。そして身体中に潰瘍が現れる。高熱が続き、痙攣を起こして死に至る。その対処法は当時すでに知られていたものの、病の芽を摘み取る新鮮な果物は、熱帯の暑さでは保存できなかった。アフリカの東海岸を北上して補給のためにモザンビーク港に寄港する船の上では、五〇〇人の不潔な男が少なくとも四カ月間、狭いスペースにすし詰めになって食べ、眠り、あらゆる体液を排出（船酔いは日常茶飯事だった）していたのだ。船が発する悪臭は想像を絶するほど凄まじかっただろう。運が良ければ、往路で命を落とす乗組員の割合は一〇パーセント以下にとどまった。そこからインド洋を横断する残りの旅は、嵐や遭難などを別にすれば、通常は平穏に過ぎた。

ふつう、船はまずコーチンに寄り、それから首都のゴアを目指した。帰路はマラバール海岸の各地の港でコショウを荷揚げして、リスボン出航の約一年後に帰還した。

インドに向かう船は、バラストや乗組員のための食料が積まれた以外は比較的空っぽだったのに対して、帰路にはあまりに大量の荷が積み込まれたため、航行が危険なほどだった。各ナウ船には、コショウを積み込む区画を備えた二層のデッキが特別に設けられた。積み荷が封印されると蓋の継ぎ目が塞がれ、国王の役人の注意深い監視下で一つ一つ番号がつけられた。一般船員や上級船員の箱《カイシャ》、セイロンから輸入されたシナモンの束、東インド諸島のクローブ、ナツメグとメースの入った梱、帰路に必要な糧食、その上珍しいサイやゾウに至るまで、残りのあらゆる積み荷は、空きスペースと見ればは押し込まれた。[30] 一五五四年に遭難したあるナウ船の生存者は、「約七二箱、それから同じくらいの数の梱や箱が、城のような高さまで積み上げられていた」と回想している。また、積み荷があまりに多かったため、船体からはみ出してロープで支えられていたという報告もある。帰路の遭難があれほど頻繁だったのも無理はない！　行きと帰りのあいだに、約二五パーセントの船が失われたのである。

ごくふつうの人間がこれほど苦労し、命を危険にさらしてまで、箱《カイシャ》をコショウで満たそうとしたのはまったく不合理だと思うなら、リスボンの貧民街の生活を思い起こしてほしい。その狭い路地はむき出しの下水道で、長く乾いた夏には何カ月も汚物がこびりついたままになっていた。しばしば赤痢が発生し、マラリアは風土病、寝場所は船とどっちもどっちの広さ、そして社会的栄達の道はほぼ皆無だった。田舎はというと、農民は飢えていた。たった一回、箱《カイシャ》を持ち帰るだけで、将来への希望が芽生えたのだ（とはいえ、当時の平均寿命を考えれば、それほど長い年月が残されていたわけではないが）。

世界じゅうのあらゆる裕福な人間と同じく、上層階級が危険な疫病にかかる確率はアルファマ地区の住民よりも低かったが、彼らにも、インドへの危険な往復の旅を試みる理由があった。貴族の次男以下――騎士、郷士、そして受け継ぐ財産がほとんど、あるいはまったくない貴族《フィダルゴ》――の人生の展望は、貧しい労働者のそれとほとんど変わらなかった。そんな彼らもインドから財産を持ち帰れば、明朝の磁器で食事し、ヴェネツィアン・グラスの酒器から香料入りワインを飲む身分に近づくことができたのだ。

しかし彼らを駆り立てたものは、経済的な苦境だけではなかった。少なくとも、単なる欲は理由の一部でしかない。まるで中世騎士道精神がにじみ出ているような当時の劇や詩や歌の内容を信じるとすれば、一五〇〇年代には、十字軍精神はまだまだ健在だった。「わずかだが勇敢で……おおくの同朋をぎせいにしながらとわのいのちの教えをひろめているきみ方、ポルトガル人よ、天はかく定められているのだ、たとえ少数なりともキリスト教につくすようにと」［第七歌三節］と、一六世紀中ごろにカモンイスは書いている。確かにそのころには、騎士道の理想はすでに変質していたが、一五〇〇年代の初めにはまだ、最高の栄誉は戦場で剣を振り回すことによってのみ得られると考えられており、そして当時最大の栄光の地は（広義の）インドだった。それに伴う危険を考えても、状況はウィン・ウィンと言ってよかった。今日のジハード主義者や、エルサレムの町を攻略した十字軍兵士と同じように、一六世紀初頭のポルトガル人コンキスタドーレスも、聖戦（インド征服ははじめそう考えられていた）の途上で死ねば、天国であらゆる報酬を受け取ることができると信じ切っていたことは間違いない。そしてもし死ななければ、彼らは信じられないほどの富を手に帰還できるのだ。香辛料貿易は不信心者に対する偉大なる十字軍の単なる一側面にすぎないという確信は、呆れるほどの危険をポルトガル人が冒した理由の一つだった。

もちろん、毎年インドに派遣された数多くの聖職者は（少なくとも理論上は）世俗的な報酬の約束もなく、命を危険にさらしていた。彼ら全員が聖人ではなかったにしろ、その大部分が、異教徒を救済し、異端者を根絶するという神に命じられた務めを果たすのだと信じて、リスボンを出発したはずだ。あるイエズス会宣教師は一六世紀後半に次のように書いている。「地上の財宝を求めてインドおよび西インド諸島に向かう商人がいなければ、誰が天国の財宝を携えた伝道師をそこまで運ぶのか？伝道師は福音を運び、商人は伝道師を運ぶのである」

修道院

一五番トラムは、いにしえのポルトガル王たちの前庭というべき宮殿広場付近を出発して、郊外のベレン地区に向かう［正確には一五番トラムの起点はフィゲイラ広場］。ウォーターフロントで鋭く曲がった後、トラムは一路西に進む。途中、対岸との間を行き来する通勤客で混み合うカイス・ド・ソドレのフェリー・ターミナルや、その後テージョ川に沿って走るときは、満杯のタンカーや大きすぎる定期客船が並んで停泊しているリスボン港の賑やかなドックや、静かな緑色の海を軽快に進むヨットの群れが見えるだろう。ベレン地区に入ったら、ジェロニモス修道院を見落とすことはありえない。サッカー場三つ分の全長を持ち、たとえ一つの停留所でトラムを降り損ねても、次で降りれば、修道院はまだ目の前にあるのだ。

確かに巨大だが、正式名称が「王立ベツレヘムの聖マリア修道院」であるこの修道院の外見は、がっかりするほど平凡だ。しかし一歩中に入ると、別世界が広がっている。クロイスターは、まるですべての住民が石に変えられてしまった空想の世界の庭園のようだ。陰鬱な表情の聖人や歯をむき出したグリフィンの群れが、一〇〇種類もの多様なねじれ柱で高く持ち上げられている。柱の表面をまるで織物のように覆う、花を咲かせた蔦は中に魚やドラゴンを隠し、この石灰岩の木立の上を鳥が元気に飛び回っている。教会内では、林立する柱が七階の高さまでそびえ、ゴシック様式の優雅なヴォールトを支えている。建築史家はこの装飾過剰な様式を、後期ゴシック様式の豊潤さが流行した幸運王の治世から、マヌエル様式と名付けた。

一見するとルネサンスの合理思考はここでは完全に姿を消しており、この石化したエデンの園は異教徒に対抗するポルトガル人と同じくらい古臭い印象を与える。しかしよく見ると、ヴォールトは縄に姿を変え、また珍しい動物の数々に交じって、航海に使う道具がひそんでいるのに気づく。たとえば、当時のGPS機器にあたる、鉄製のリボンでできているような天球儀などだ。見上げたときに目に映るのは、世界の反対側に金ピカの教会を建立できるように、ポルトガル王に香辛料の輸入事業に乗りださせるきっかけとなった、古代と近代、宗教と科学、神と富の間のあいも変わらぬ緊張関係だ。ジェロニモス修道院自体、ピリッと刺激的な東洋の財宝を手に入れるうえでの神の助力に感謝して建てられた。ヴァスコ・ダ・ガマの画期的な航海の成功を感謝したマヌエル王は、香辛料貿易からあがる利益で修道院を建立する誓いを立て、王室が民間貿易会社に投資した二万クルザードから得た収益金をすべて、この建築プロジェクトにつぎ込んだのである。

教会に入ってすぐ右側にはヴァスコ・ダ・ガマの、そして左側にはポルトガル最大の叙事詩人にしてダ・ガマの自称広報担当であるルイス・ヴァス・デ・カモンイスの墓がある。ベレンは昔から、インドに向けて出航する船が最後に立ち寄る陸地であり、ここに隠棲する修道士たちの務めの一つは、危険に満ちた長い航海に乗り出す船乗りたちの心のケアだった。ヴァスコ・ダ・ガマと彼の部下たちは、（当時はまだごく小さな礼拝堂しかなかった）この地でミサに参列してから、大天使の名を取ってサン・

ガブリエルとサン・ラファエルと名付けられた二隻の船で出航した。

最近の一〇〇年ほどの歴史学教授なら、人は宗教のためにどんなことでもすると聞いた途端、堅苦しく学者然とした態度を取るにちがいない。そして宗教は他の、より「合理的な」動機の隠れ蓑にすぎないと主張するだろう。彼らはむしろ、経済的な私利私欲や階級闘争、王家の事情などから世界の出来事を説明するのを好む。しかしこの二一世紀初頭に起きている数々の事件は、いったいどれくらいの数の（追い詰められた者だけでない）人間が、宗教の名のもとでやすやすと一線を越えるのか、悲劇的なほどはっきり示しているではないか？ 大航海時代にも、それは変わらなかった。私欲も確かに一定の役割を果たしたとはいえ、キリスト教徒と香辛料を求めてやってきたとダ・ガマが述べたとき、彼が誠実でなかったと考える理由はない。「香辛料の王」たちは世界にキリスト教を広めるため、確かに莫大な金を費やしていた――それも、しばしば自分のものでもない金を。ポルトガルのインド副王たちは、金箔張りの祭壇のためにカネが費やされる一方、大砲は錆びるままになっていると、定期的に苦情を申し立てている。リベイラ宮殿から海外領土に送られる書簡は「ポルトガル王として第一の最も重要な責務は、持てるあらゆる手段を用いてキリスト教を布教することである」といった、信心深くも堅苦しい文言で始まるのを常としていた。こうした考えを持っているのは王だけではなかった。あらゆる階級のポルトガル人が自らのことを、キリスト教信仰を広めるためにすべての西洋国家の中から選ばれた「信仰の旗手」であると見なしていたのだ。

当時のヨーロッパ人の考えでは、キリスト教の発展を妨げていたのはイスラムだった。香辛料貿易は単なるボーナス、つまり十字軍の場合と同じように、不信心者の征服に伴うご祝儀のようなものにすぎなかった。記録を見ても、ポルトガル王たちが、香辛料に注目しはじめるよりずっと以前からキリスト教徒を探し求めていたことははっきりしている。そして彼らの探索リストのトップにあったキリスト教徒の名はもちろん、プレスター・ジョンだった。誰もが知っていたように、プレスター・ジョンは「インド」のどこかにあるキリスト教王国の強力な君主で、この場合のインドとは、通常の中世的な世界観によれば、ヨーロッパの南あるいは東のどこでもあり得た。ジョン・マンデヴィルが書いたような大衆向けの著作には、この伝説的な王のすばらしい財宝が細かく説明され、人々の好奇心をかき立てた。かの地では非常に大きな貴石がとれるため、「大小の皿や盃も貴石で作られている」。そしてポルトガル王にとってさらに魅力的だったのは、この君主は一〇万人以上の軍隊を持っていたということだ――少なくともマンデヴィルによれば。プレスター・ジョンの王国が完全な空想の産物でなかったことだけは、認めなければなるまい。アビシニア（現在のエチオピア）高原には、実際にムハンマドの軍勢に抗してキリスト教徒の住む土地が存続していたのだから。とはいえ、それはこのイングランドの騎士の空想とは似ても似つかない小さな山岳王国だった。

不信心者の背後の盟友の探索にヨーロッパ人が血眼になったのには、理由がある。キリスト教世界にとって、一五世紀の世界状況は決して明るいものではなかった。確かにカトリック王国のポルトガルとスペインはイベリア半島でそれぞれの領土支配を確実にして、そのうえ北アフリカへの数度にわたる略奪行を成功させていた。しかしそれ以外の地域では、見通しは暗かったのだ。南部と東部では、拡大主義的なトルコ軍の猛攻を前に、キリスト教徒の軍隊は後退を重ねていた。一五七一年にレパントの海戦で敗北するまで、オスマン・トルコ軍の前進をくい止められる者は誰もいないように見えた。

彼らは東方正教のバルカン半島を貪り、カトリック都市ウィーンを飲み込もうとする勢いだったのだ。

イスラムの支配地域への殴り込みがあれほどうまくいった——確かに北アフリカの海岸地方にいたのは、体重九〇ポンド程度のひょろりとした相手だけだったが——ため、カスティーリャとポルトガルの王たちは、さらなる遠方に打って出て、キリスト教世界を救うことこそ自らの使命だと考えた。この方針のもと、プレスター・ジョンの探索は戦略的重要性を持ち、喜望峰の周航は敵の背後に回るための軍事作戦となった。エンリケ航海王子は、ヨーロッパ各国の君主に公開書簡を送り、キリスト教徒軍を組織してともにエルサレムに進軍するために、プレスター・ジョンの探索行への参加要請までしている（全員、断った）。アフリカ計画に対するジョアン二世の熱情も、その大きな部分を探索が占めていた。セネガルやニジェールやコンゴの川を遡るように命じられたキャラベル船は、ひょっとしたらその川がナイル川に通じていて、そこからプレスター・ジョンの王国に到達するのではないかという期待のもとに送り出されたのだ。これが失敗に終わったとき、別ルートを発見するためにバルトロメウ・ディアスが派遣された。同時に陸上部隊も同じ目的で送り出された。その途上で財をなすことができたという事実は、こうした計画の魅力をさらに高めたのだった。

ビジネスは立派な活動だと考えていたヴェネツィア人とは反対に、リスボン宮廷を含むヨーロッパの貴族層は、貿易で金を稼ぐという考えに怖気をふるっていた。たとえばダ・ガマも属していたサンティアゴ騎士団の規則では、ユダヤ人、ムーア人、異教徒だけでなく、両替商、商人、その雇い主、また過去に「我らが高貴なる騎士団にふさわしからざる技能や手工業、職業に手を染めた経験を持ち、さらには自らの手で生計を立てたことのある者」は入団できないと特に定めていた。

とはいえ、例外もあった。騎士でふつうの商人になった者は体面を失ったが、戦争とのかかわりで（あるいは土地所有に関して）売買をおこなうことは許容された。不信心者の勢力を弱体化させる可能性のある聖戦では、貿易や略奪はキリスト教徒の義務でさえあったのだ。同じ理由から、貿易を基盤とした帝国の建設も、それが十字軍の一環と見なされる限り、問題なかった。アフォンソ五世がアフリカの金を鋳造してつくった金貨を「クルザード（十字軍）」と名付けた理由もここにある。しかし誰もが同じように考えたわけではない。フランス王がマヌエルを「香辛料の王」と呼んだのは、侮辱以外の何ものでもなかった[31]。

ルネサンス期の教皇たちは――（少なくともプロテスタント側によれば）敵を毒殺したり子供をつくったり礼拝堂を飾りたてたりするのに忙しかったので――ポルトガル人とカスティーリャ人が敵地で戦いを繰り広げることにまったく異存はなかった。両者の支配地を明確にするため、スペイン出身の教皇アレクサンデル六世は「インテル・ケテラ」で始まる大教書を発布して、教皇子午線を設定した。これはその後、一四九四年に発布された有名なトルデシリャス条約に結実した。それによると新世界ではブラジルを除く全土がカスティーリャに与えられ、一方アジアの大半はポルトガルに与えられた。その後ローマで結ばれたさまざまな条約によって、両国の王はそれぞれの征服地でほぼ無制限の宗教的支配権を得た。こうして、ベレンを出航する船に多くの聖職者が乗っている限り、同じ船が船倉にコショウを満載して帰ってくることについて、王は後ろめたい思いをせずに済んだのである。

ポルトガル勢によるキリスト教の布教に関しては、大きく意見が分かれている（結局ことは宗教に関するのだから無理もない）。たとえばエルナニ・シャビエルは、アジアで布教活動をおこなうためにリスボンから派遣された宣教師たちは、新世界におけるカスティーリャ人のやり方と比べれば、はるかに暴力的でなかったと主張している。確かに暴力を使った改宗は公式には禁じられていたようで、ポルトガルのやり方は、当時の基準に照らして比較的穏健――より強制的でなかったと言えないにしても――ではあった。

しかしそれよりおそらく重要なのは、東洋にキリスト教徒はほとんどおらず、プレスター・ジョンには異教徒征服の手助けをする手段も望みもないことに気づいたのちは、ポルトガル人にとっての布教活動は、インドの「黒い黄金」の輝きにかき消されて後回しになったということである。キリスト教は、香辛料の重要性に伍すことはできなかったのだ。一五一四年にマラッカに新たに到着した数人の聖職者たちは、「東洋まではるばるやってきた主な理由はクルザード金貨で財宝をかき集めるためである」、また彼らの一人は、「三年のうちに少なくとも五〇〇〇クルザードと多くの真珠とルビーを獲得しない限り満足しない」と公言して、当地の司教代理を憤慨させた。たとえ誰もがこれほど貪欲でなかったとしても、一五四二年にイエズス会宣教師が到着するまでの聖職者の平均的な質は、あまり高いとは言えなかった。

異教徒の殺戮は神殿の略奪を容易にするという以外に影響はなかったアメリカでのスペイン人と異なり、ポルトガル人はインドでそこまで傲慢に振る舞うわけにはいかなかった（すべてのポルトガル人と同じく、あらゆる機会をとらえてスペイン人をこき下ろすのが大好きなネヴェス大尉は、カスティーリャ人は略奪品を「財宝」と呼んだのに対し、リスボン行きのコショウはいつも「商品」と呼ばれた、という示唆に富む話をしてくれた）。イベリア半島の隣人と異なり、ポルトガル人は商品の調達に五体満足なヒンドゥー教徒やイスラム教徒の香辛料商人を必要としていた。したがってポルトガル領の非キリスト教徒は、ダ・ガマ到着後の最初の三〇年間、ほとんど妨害を受けずに信仰を実践できたのだ。しかし反宗教改革によって新たな活力を得たローマが、その先兵を東方の帝国に派遣しはじめると、状況は一変した。

ヨーロッパのカトリック教会がプロテスタント側の批判に対抗できるようになるまでに数十年はかかったが、一六世紀中ごろには、全面的な反宗教改革の嵐が吹き荒れていた。この世紀の中ごろに断続的に開催された、いわゆるトリエント公会議は、カトリックの教義から逸脱したすべての者を容赦しないことを基本方針としていた。この非寛容な態度もまた、ヨーロッパが一世紀にわたる宗教戦争の混乱に陥った一つの原因である。このヴァティカンの命令に服するということは、インドでは以前よりはるかに非寛容で攻撃的な政策が採用されることを意味した。ゴアでは、これまで存続を許されていたヒンドゥー教寺院が焼かれた。非常に差別的な新しい法律が施行され、宗教の実践や日々の生活は、非キリスト教徒にとって非常に困難なものになった。親を失った子は親戚の手から取り上げられ、カトリック信者として育てられた。隔週の日曜日に、キリスト教徒の役人によって近隣の教会へひとまとめに連行されたヒンドゥー教徒の家族は、そこで終わるともしれない訓話を聞かされた。宗教上の規則を破ったかどで捕らえられた非キリスト教徒は、しばしば洗礼を受けることを申し出て、罰を免れようとした。すると、彼らが異教に立ち戻ることを防止するために、イエズス会宣教師は躊躇っているヒンドゥー教徒を昼食に「招待した」のだった。バラモン階級の者にとって、不可触民に等しい異教徒の用意した食事を口にすることは、その宗教から破門されることに等しかったからだ。

この習慣については、女王宛ての一五五二年の書簡に記されている。それによると、イエズス会士は哀れなヒンドゥー教徒のヒゲを強制的に剃り、牛肉を食べさせているという。とはいえ、報告者はこの行為自体を特に糾弾していたわけではない。問題は、このあまりに熱心な改宗努力に直面して多くの地元民が逃亡したため、畑の労働に従事する者がいなくなったことだった！　もちろんすべてのイエズス会士が、異教徒に強制的に食事させることを自らの聖なる務めの一環と考えていたわけではなく、少なくとも階級の低いインド人の多くは、自発的にキリスト教に改宗した。差別的なヒンドゥー教を放棄したところで、彼らに失うものは何もなかったからだ。それに、最初の改宗者は不本意だったとしても、その次、あるいはさらに次の世代は敬虔なカトリックになっていることが多かった。

本国ポルトガルでも、多くのユダヤ人が改宗を強要され、ここでもその多くが本心からキリスト教を信仰するようになった。それでも、異端審問官の目をくぐりぬけてユダヤ教にしがみつこうとする者も少なくなかった。聖なる牛を食べることを強要されたバラモン階級と同じように、いわゆる新しいキリスト教徒もまた、本心から改宗したことの証として、ブタ肉のソーセージを食べるように命じられた。[32]拒否すれば異端審問官に目をつけられ、良くても不名誉な生活を送ることになり、悪ければ火刑台での死が待っていた。

言うまでもないことだが、食事は同じ宗教を信仰する者の一体感を強めると同時に、制約を課す役割も持つ。ほとんどの宗教は、信者の日々の食習慣に介入している。この点でキリスト教は、食事規定（カシェル）の周囲に複雑な枝を張り巡らせたユダヤ教のタルムードにも、カーストごとに異なる食事の規則が課せられているヒンドゥー教にも遠く及ばない。それでも、よきキリスト教徒として実践することが求められる規則はあれこれ存在した。そのなかでも最大の制限は、恒温動物を食べることに関するものだった。鳥や哺乳類やその副産物である卵、乳、バターなどを食べてもよい期間は、四旬節、待降節、毎週金曜日、その他諸々の宗教上の断食日を合計すれば、一年の三分の一に限られた。その一方で、教会法の流行りすたりや、ヴァティカンによる現実的な考慮の結果、特定の個人（病人や兵士がすぐに思い浮かぶ）や、それどころかキリスト教世界における特定の地域全体が断食を免除されることさえ、よくあった。一三六五年以降、北ヨーロッパの一部では、肉断ちの日でもバターを食べてもよいことになった。（しかし四旬節の期間中はバターを食べることは禁じられた）。そしてヨーロッパでさえ、階級による差異は存在したのだ。たとえば多くの修道会には、俗人よりも厳しい戒律が存在した。インドのいくつかの宗教と同じように、キリスト教でも肉体の苦行は重視され、断食は精神の鍛錬にとりわけ効果的だと考えられた。これに対して農民は好むと好まざるとにかかわらず、一年中質素な食生活を送ることを余儀なくされた。

こうした宗教上の規則や制限が、国家経済や国際貿易に巨大なインパクトを与えたという事実さえなければ、前記のことは中世ヨーロッパ史マニアが好みそうな、取るに足らない情報としか思えないかもしれない。しかしそれはまた、実際に食卓にのぼる食べ物の選択にも重大な影響を及ぼしたのだった。

キリスト教そのものと同じく、教会の食事規定もまた、温暖な気候やオリーブの木立、豊かな海岸線に恵まれた地中海沿岸地域で誕生した。イタリア人なら、三日に一日はオリーブオイルで調理して魚を食べなければならなくても、特に不満はなかっただろう。しかし北ヨーロッパでは、状況はまったく異なった。ここでは調理には動物性油脂しか使えず、漁師は（特に待降節と四旬節のある冬には）何カ月も続く悪天候のせいでほとんど漁に出られなかった。肉断ちの規則が定められた結果、可能な場合は漁業が、そうでないところでは魚の養殖が盛んになった。オランダ人が香辛料貿易に投資できるほどの資本を持ち得たのは、一つにはニシン漁で大儲けをしたからだった。傷みやすい魚を保存するために大量の塩が海や川を通って水上輸送され、その帰路には塩漬けの魚が運ばれた。ポルトガル人は熟練漁師として知られていたものの、北ドイツから干し魚を輸入していた。塩とともに何千樽ものオリーブオイルが、より少量の（アーモンドミルクをつくるための）アーモンドとともに北方に運ばれ、こちらはラードやバターやミルクの代替品となった。南ヨーロッパからの輸出品は、必ずしも最上級品とは限らなかった。一五世紀には早くも登場する「油のように茶色い（*as brown as oil*）」というイギリスの表現から、北部に運ばれた大半の油脂の質が推測できる。さらに悪いことに、輸入された油脂は、（それ自体高価な）地元産のバターの少なくとも二倍、ときには一〇倍もの値段をつけることさえあったのだ。ポルトガルは、この宗教上の要請に基づいた貿易から特に利益を得られる場所に位置していた。なぜなら海上ルートではこれらの物資を必要とする北部諸国に最も近かったからだ。リスボンが東インド航路向けのナウ船を用意するずっと以前から、同国の商人たちはロンドンやブリュージュやハンブルクに塩やオリーブオイルやアーモンドを輸送して大儲けしていた。

こうした宗教的要請に、香辛料はどちらかというと間接的にかかわることになる。コショウ、ショウガ、シナモンやその他の香辛料は中世の四性質説によると「熱・乾」の性質を持つと考えられていたため、これらは特に断食日に、魚の持つ「冷・湿」の性質を抑えたり調えたりするために必要とされた［火・水・土・空気の四元素によって万物が成るというエンペドクレスの四元素論を受け継いだアリストテレスは、これに加えて万物は熱・冷・乾・湿の四つの性質を付与されているとする四性質説を唱えた。アリストテレス哲学が大きな影響力を持った中世には、身体と精神の健康を保つには、これらの性質のうち過剰な力を除き、不足する力を加えてバランスを保つことが大事だと考えられた］。（中世の料理書を見れば、肉断ちと禁欲は必ずしも結びつかないことがすぐにわかるだろう。一部の魚料理は、肉料理よりもさらに手の込んだ調理法が採用された）。教会はふつう、香辛料を効かせた料理に対してあまりよい顔をせず、シナモンとショウガが、風味をよくするためだけに加えられる場合はなおさらだった。中世初期の聖人である聖ベルナルドが言うように、「神を讃えるためでなく、不謹慎な感覚的な快楽を得るために、よい香りの香辛料や花やハーブや食物の匂いを嗅げば、得られるものは肉体的な快楽であり、したがってそれは罪である」。一四世紀後半に著された『反キリスト』で、宗教改革の最初の担い手の一人である説教師ジョン・ウィクリフは、悪魔ベルゼブブの手先が「辛い香辛料で味付けし、非常に辛いソースやシロップをかけた」食物をガツガツと貪り食う様子を描写している。しかし、「医療用」ならば、香辛料の摂取は黙認された。またアジアからの輸入品に対する神学的な敵意は、時とともに大きな変化を見せた。中世初期には、シナモンやその他の香辛料は、教会の秘跡で使用される香油をつくるのに使われていたが、ウィクリフの時代になると、香辛料は司教の祭壇よりも晩餐テーブルに姿を見せることのほうが多くなっていた。肉体に我慢を強いる苦行は、中世初期には奨励されていたが、この時代にはかなり魅力を失っていたようだ。もちろんルネサンス時代の教皇のほとんどは、肉体の快楽――食やその他の――を追求することについて、何らやましさを感じてはいなかった。

しかしプロテスタント運動が発生したのはこうした風潮がきっかけだったことも事実だ。マルティン・ルターと彼の信奉者たちにとって、ローマ教会は腐敗と精神的堕落の中心であり、キリスト教を再び浄化するには、その純粋な起源に立ち戻る以外の方法はないと考えていた。香辛料をたっぷり使った異国趣味の料理であれ、男女混浴の公衆風呂であれ、快楽の追放こそ、プロテスタントがすぐにでも取り組むべきだと主張した、厳格な方針だった。残念ながらこれに対してカトリック側も、輪をかけてさらなる厳格化を追求するようになり、こうしてセックスと料理は生贄の子羊として反宗教改革の祭壇に捧げられた。もちろん、だからといってあらゆる快楽が社会から一掃されたわけではない。人々は肉料理を楽しむことはやめなかったが、今ではそのせいで地獄に落ちることを以前より恐れるようになったのだ。

香辛料の人気は、さらに間接的にも、ヨーロッパを大混乱に陥れた宗教改革・反宗教改革の戦乱の打撃を受けた。キリスト教世界の分裂による生活の激変は、日曜日の午前中の過ごし方の変化にとどまらなかったのである。外国の思想の流入を防ぐため、国境の管理が厳しくなった。特にポルトガルとスペインでは、カトリック教会による検閲は地元の出版業を窒息させた。検閲官は公式教義から逸脱した宗教文書だけでなく、少しでも科学的な臭いのする書物を目の敵にし、その中には食事に関する本も含まれていた。教義の分裂によって国教会が興隆しただけでなく、英語、ドイツ語、フランス語などの現地語の使用が、教会の説教壇や詩人の作品だけでなく、料理書でも盛んになった。そのうえ分裂の結果、プロテスタントとカトリックは、食生活でも異なるルールに従うようになったのである。北方のプロテスタントは、天使祝詞を終わりまで唱えるよりも速くカトリックの肉断ちの規則を放棄した。バターを食べる北ヨーロッパの住民がローマ教皇庁に反抗したのは、法外な値段の変質オリーブオイルと何カ月も続く塩漬け魚の食事にうんざりしたからだというのは言いすぎとしても、肉断ちの規則を放棄したせいでプロテスタントへの支持が減るようなことは決してなかった。中世ヨーロッパはカトリック、ラテン語、そして（少なくともエリート層は）香辛料をふんだんに用いた料理という、共通の宗教・言語・料理を持っていたが、国境線に沿ってキリスト教世界が分断した結果、各国は以前ほど容易に同じテーブルにつけなくなった。数年かかったにせよ、ヨーロッパ全土における香辛料の愛好は、ラテン語と同様、マルティン・ルターとローマ司教の喧嘩の深刻な影響を被ったのである。

イベリア半島の航海者が世界を互いに近づけている一方でヨーロッパがばらばらに分裂していることの皮肉に、当時の人々も気づいていたようだ。カモンイスは、ドイツ人は「新しい牧者と宗派をつくった……至高のくびきから逃れようとて戦いをいどむ」［第七歌四節］イタリア人は「無数の悪徳に沈湎している」［第七歌八節］と述べ、共同でトルコ人と戦うよりもむしろ互いを滅ぼそうとしているとして、他国のキリスト教徒を激しく非難している。したがって世界じゅうにカトリックの種子をもたらす責務は、ひとえに「このちさきルシタニア家」［第七歌一四節］の肩にかかっているのだ。

地球の裏側に向けて出航する前にジェロニモス修道院で祈りを捧げた初期の船乗りの多くは、固くそう信じていたことだろう。とはいえ、ポルトガルによるアジア各地のキリスト教化の努力の成果は、微々たるものだったとしか言いようがない。ゴアやマラッカに立つカトリックの大聖堂は、現在では熱帯の太陽に照りつけられ、さびれている。しかしリスボンのコンキスタドーレスによる他の事績は、未来につながった。アジアやアフリカに根を下ろしたポルトガルの種子は、宗教とはほとんど何の関係もなかった。一見どうと言うことのない、しかし実は非常に重要な、香辛料貿易の一つの副産物は、アメリカ大陸からアフリカおよびアジア大陸への食物の伝播だ。新大陸から旧大陸へコショウを運んだ船は、修道士や貴族《フィダルゴ》とともに、積み荷としてカシューナッツ、キャッサバ、トウガラシ、トマト、トウモロコシ、サツマイモその他の、それまで知られていなかったさまざまな食材を運んだのである。

黄金のゴア

リスボンの丘の上に立つサン・ジョルジェ城のメインゲートから出ると、反対側の広場に面した小さなレストランが目に飛び込んでくる。木製の天井や埃をかぶったワインラックのあるこの「アルコ・ド・カステロ」のひなびた田舎風のたたずまいからは、ポルトガルの定番料理であるカルド・ヴェルデ（ジャガイモとケールのスープ）やバカリャウを連想するだろう。しかし入口の上部には、意外なことに「ゴア料理」と表示され、メニューにエビカレーやブタ肉のヴィンダルーが並ぶのを見れば、料理人は故郷を遠く離れてきたことがわかる。

この異国的なレストランへは、ルイ・リスに連れられて来た。幼馴染の彼のことを紹介してくれたポルトガル人海洋考古学者によれば、リスはファシストで完全にイカれているが、とてもよい人物だという。これは的を射た説明だったようだ。ルイは地元のならず者たちの指導者の弁護と、人権派弁護士としての活動に大半の時間を割いている。（ナウ船によるコショウ輸送が確立した結果設置された）アフリカの旧ポルトガル植民地でしばしば過ごし、政治犯のために危険に身をさらしている。ポルトガル人の宣教師は今でもアフリカではある程度尊敬されている。そこでアンゴラのゲリラ軍を欺くためにしばしば神父に変装したと、彼はまったく表情を変えずに教えてくれた。私にも想像できる。確かに彼は不信心者を改宗させるために派遣された、丸々太ったイエズス会士に見えるが、しかし強情なヒンドゥー教徒の口にハンバーガーを押し込む姿は想像できない。牛ステーキならいいかもしれないが。リスボンでは、この型破りな弁護士の繰り出す言葉の機関銃を上回るものは、美食にかける彼の情熱だけだ。

その歴史の割に、驚くほど辛い料理を見かけないこの町で、ルイは香辛料を使った料理を食べさせてくれると約束していた。テーブルに届いたゴア風ソルポテルを指さして、彼は目を輝かせた。ナンを勢いよく（マイルドな）辛味ソースに浸し、フォークで肉を突き刺す前に、彼はこれが故郷である南ポルトガルのアレンテージョ州の料理のバリエーションにすぎないと説明した。一方私は、ゴアの人々はナンのようなインドの平らなパンではなく、ポルトガルのふわふわのパンであるパウンジーニョをカレーとともに食べるし、インド人はテーブルいっぱいに並べられている食器類は使わず、ゴアの人々は中世ヨーロッパ人のように手づかみで食べていた、と彼に告げる勇気はなかった。それでもソルポテルに関しては、ルイの言う通りだ。実際ポルトガルには、この料理のバリエーションがいくつか存在する。アレンテージョ州では、ブタ肉か羊肉とその内臓が、少量のニンニク、ベイリーフ、パプリカ、コショウ、クローブ、クミン、酢で味付けされたシチューで煮込まれる。コショウを別にすれば、この混合物は中世の『ドナ・マリア内親王の料理書』に登場しても何らおかしくない。さらに多くの香辛料を使うゴア料理は、失われたポルトガルのオリジナル・レシピにより近いかもしれない。一九六一年にようやくインドに併合されたゴア州は今日でさえ、インド亜大陸の多彩な文化に囲まれつつポルトガル文化の香りを残している。ゴアで香辛料の使用が控え目なのは、観光客だけだ。

　アルコ・ド・カステロでは、ルイが毛沢東主義者の民兵団やポルトガル人の暴徒について意見を開陳する横で、香辛料の使用が控えめすぎるシャクティというチキン・シチューを食べながら、私は同じ年の春にゴアで食べた最後の料理について思い返さずにいられなかった。そのテーブルの上に置かれた、バスケットには、ふわふわのパウンジーニョが高く盛られていた。私はウェイターの懐疑的な表情を物ともせず、料理人が自分で食べるときと同じぐらいの、できるだけ大量のトウガラシで大エビを味付けするように頼んだ。その日は謝肉祭最終日の告解火曜日で、ホテル・マンドヴィの大食堂の背の高い窓は、カーニバルの終わりを祝って州都パナジで開かれている多くのパーティーの一つから響いてくるテクノビートでガラスが振動していた。日中にはすぐ外に設えられた観客席の前を、むき出しの腹を震わせながらパレードが進んだが、それは私に言わせれば、植民地時代の最良の遺産の一つだ。青と金色の石膏装飾でまるでケーキのアイシングのように華麗に飾り立てたホテル内の大食堂には、ほとんど誰もいなかった。隅のほうに陣取った上品な年配のカップルがポルトガル語で会話する声がようやく聞き取れただけだった。待つほどもなく、にこやかなウェイターが注文した料理を持ってきた。エビはものすごく辛く、すこぶる美味だった。

　パナジはポルトガル沿海部の地方都市を思い出させる。建物は南アジア風というより地中海風で、窓の面格子は渦巻き模様を描き、華麗な金属製欄干の背後には日陰のバルコニーが隠れている。しかし家々の壁は、インドらしく濃い色に塗られている。スイカの濃いピンク、ホットシナモンの茶褐色、そしてさらにホットな、マンゴ・イエローとパパイヤ・オレンジといった具合に。砂糖菓子のようなこれらの建物に乗る赤いタイル屋根には、錆びついた波型の金属板がついていることが多い。一七六〇年にポルトガルのインド副王は、マンドヴィ川を数マイル遡った、疫病の発生しがちな不健康な土地をようやく諦めて、植民地の首都をここに移転した［一七五九年に副王はゴアからパナジに移り住んだが、首都機能が正式に移転したのは一八四三年］。

　ボートツアーに参加すれば、かつて河口に停泊したナウ船から積み荷を陸揚げした地元のダウ船のように、穏やかに流れる川を五マイルほど遡って旧首都に到達できる。黄土色の低い丘陵に抱かれ、幅広い川岸に位置するオールド・ゴアのたたずまいは、不思議とどこかリスボンを想起させる。ポルトガル副王が熱帯ジャングルのコーチンから南ポルトガルを思い出させるこの半乾燥地に首都を移したとき、移転の理由の一つはここが故郷に似ていることだったのかもしれない。

　ゴア州の名のもととなったこの都市に現在も残っているもの、それは整備された観光地、野良犬が周囲をうろついている少数の教会、日帰り旅行者、そしておなじみの飲み物やまがい物の銀製十字架やミニチュアのチェスセットなどを売る土産物屋だけだ。もしかしたら私は最初、ジャングルの中で朽ち果てた植民地帝国の遺跡に行き当たることを予想していたのかもしれないが、実際に目にしたのは、時のカプセルに閉じ込められたように白く輝く建物の一群だった。その周囲の芝生もきちんと手入れされ、ただし乾季の太陽に照りつけられて茶色く変色していた。それでも教会を見たときには息を呑んだ。この地が「東方のローマ」との異名をとっているのも無理はない。セ・カテドラルはリスボンの大聖堂よりはるかに大きく、派手な金色の祭壇、仰天するようなシャンデリア、そして華麗な天井装飾が施された礼拝堂を持っている。かつて天井に貼られていた金はもうないが、赤褐色の糊を見れば、もともと内部がどれほどけばけばしかったか、想像がつく。ボム・ジェズ聖堂では、祭壇にはまるで巨大な金の卵のような聖イグナティウス・ロヨラの巨大なレリーフがあり、いまだに金ピカで華やかだ。聖人は、神を表しているらしい、別の一回り小さな卵のような球に向けて両腕をさし上げている。他の数多くの教会——聖カエタノ、聖フランシスコ、聖アウグスティヌス、聖モニカ、聖アントニオ、聖カタリナ、ノサ・セニョーラ・ダ・グラサ、ノサ・セニョーラ・ド・ロザリオ、ノサ・セニョーラ・ド・モンテなど——はそれほど保存状態が良好ではなく、かつてポルトガル人が「黄金のゴア」と呼んだ都市の建設に費やされた莫大な富を今に伝えるものは、わずかな金箔片だけだ。どれほどのアフリカ産の、そして後にはアメリカ産の黄金が、コショウとシナモンを買うという本来の目的の代わりに、これらの祭壇や天井や壁を覆う何エーカーもの非常に薄い金箔に延ばされたのだろうか?

リンスホーテンの時代には、ゴアは聖職者のためのテーマパークというよりはるかに豊穣な地だった。ペルシャ人、アラブ人、ユダヤ人、アルメニア人、グジャラート人、ジャイナ教徒、バラモン教徒、そして「あらゆるインド民族」を含む、さまざまな集団が賑やかに取引の交渉をおこない、言葉を交わしている、活気あふれる都市の様子を、彼は描きだしている。通りには絹やサテン、ダマスク織から「一〇〇〇種類もの衣服」まで、あらゆる物を売る店が軒を連ねていた。「中国の奇妙な「磁器」作品」を買うことも可能だった。北インドの港町カンベイ出身の宝石商は「あらゆる種類の宝石」に習熟していた。一本の通りには金・銀・銅細工師の、別の通りには大工の、さらに別の通りには小麦や米の卸売商の店だけが並んでいた。野菜や香辛料を売っている者もいた。そしてちょうど現在のインドの市場と同じように、このすべてが埃やゴミと混ざり合っていた。

一五三四年にポルトガルはゴアを、アフリカのモザンビークの町から東インドネシアのアンボイナ島まで広がる、砦と交易所のネットワークであるインド植民地の首都と定めた。しかしこの「東方の女王」が支配していた土地を帝国と呼ぶのは、少なくとも後にオランダやイギリスがまったく同じ地域で征服する広大な土地と比べた場合、かなり語弊がある。ポルトガルのナウ船やキャラベル船は誰の妨害も受けずに自由にこの海域を航行できたとはいえ、王が実際に所有していたのはアジア大陸のわずかな部分にすぎず、砦や、コショウが大半を占める貴重な船荷を守る倉庫の建設にかろうじて足りる程度の土地だった。

海上においてさえ、ポルトガル人は過去数百年ものあいだ多くの船が行き交っていた海域に強引に割り込んだという、ただそれだけのことだった。ヨーロッパ人が南アジアの熱帯林で産する刺激的な果実や種子の主要な顧客だったことなど、歴史上一度もなかった。ペルシャ、中東、北インド、そして中国のほうがずっと人口も多く、香辛料の巨大な消費市場だったのだ。ヨーロッパ人は生産された香辛料の四分の一しか利用しなかったと推測されているが、私はそれよりさらに少なかったと考えている。

ヴァスコ・ダ・ガマがインドに姿を現したころにアジア域内の香辛料貿易を担っていたのは、主に北インドのグジャラート地方出身のイスラム商人たちだった。同時代のあるフィレンツェ人は、三カ月におよぶダ・ガマの最初の滞在期間中に、カリカットに一五〇〇隻もの「ムーア」船が入港したとみている。彼らは中国でも商売をおこなっていた。一三世紀末にマルコ・ポーロは、アレクサンドリアに停泊しているイタリアの香辛料貿易用ガレー船一隻に対して、中国のザイトン（泉州）には一〇〇隻が停泊していると述べた。

その次の世紀になると、中国における香辛料の需要は急増した。一六世紀のある消息通によれば、中国だけでヨーロッパの三倍ものコショウを輸入していたという。明朝のエリート階級にとっても、香辛料はバグダッドやバルセロナにおけるのと同じぐらい、豊かな生活の一部だったのだ。北インド自体が南インド産コショウの一大消費地で、クローブやナツメグも輸入していた。スパイスの効いた料理はまたしても宮廷と緊密に結びついていた——この場合は、洗練されたペルシャ料理を食べて育ったイスラム教徒のムガール宮廷に。ここでも香辛料は異国趣味あふれる輸入品だったことを覚えておこう。ラバやウシを連ねた大キャラバン隊は、西ガーツ山脈の高峰を越えて北インドの大都市まで、はるばる熱帯産の香辛料を運んだのだ。コーチンからデリーまでの距離は、アレクサンドリア・ヴェネツィア間の距離にほぼ等しい。

北インドの商人たちがジャンク船やダウ船にコショウやクローブを積み込んだ場所ではどこでも、彼らは交易物資だけでなく、必ず宗教も残している。東南アジア全域にイスラムが広がったのは、香辛料貿易に負うところが大きい（同じことが、より早い時期におけるヒンドゥー教の伝播についても言える）。交易所を設立したイスラム商人は、やがてそこに根を下ろしてモスクを建立し、現地の女性と結婚した。イスラムの伝播についてなにより驚くべきなのは、それがいかに平和的におこなわれたかということだ。特に中東でのムハンマドの直接の後継者による暴力的な改宗や、ポルトガルのコンキスタドーレスのやり方と比べた場合、その違いは注目に値する。

これら「ムーア人」からインド洋の香辛料貿易を奪い取る、というマヌエル王の宣言にもかかわらず、ポルトガル人は望みどおりの独占体制を築くことはできなかった。確かに当初、アルブルケルケ提督がペルシャの陸路とインド亜大陸を結ぶ重要な拠点であるホルムズ島を占領して、古いルートを遮断するというささやかな勝利を収めた。しかし一六世紀中ごろになると、トルコに敵対するポルトガルへの支援を確保するために、ペルシャ皇帝をなだめる必要が出てきたのだ。その結果、まずペルシャ商人、そしてほどなくアラブやヴェネツィアの商人も、再びホルムズまで出向いて好きなだけ香辛料を買い付けられるようになった。さらにポルトガルの支配地以外からもたらされるコショウは増える一方だった。ヨーロッパ人の到来という当初のショックを乗り越えたグジャラート商人たちは、インドにおけるポルトガル人の拠点を迂回してスマトラからエジプトまでコショウを直接輸送する方法を編み出したのだ。一方ポルトガル人の側でも、初期の航海の推進力となった十字軍精神はあっという間に薄れていったようだ。ダ・ガマの世代を特徴づけていた、イスラム教徒とみればすぐに攻撃を仕掛ける好戦性は、やがて嫌々ながらの共存状態へと道を譲った。世紀の半ばごろまでに、アジア域内の貿易は、ヨーロッパ人の到来以前の状態に戻っていた。ポルトガル人は、彼らの大砲の射程距離内を通るすべての交易船に支払いを強要するという、恐喝まがいの行為で満足していた。貴族《フィダルゴ》たちは、国王の船を香辛料で満たすよりも、これを地元の商人に売ったほうが儲かることに気づいた。その結果、香り高い積み荷を運ぶ大規模なキャラバン隊が再び砂嵐の舞うアラビア砂漠を横断し、ヴェネツィアのサン・バルトローメオ広場の倉庫は再びアジア産コショウのピリッとした香りで満たされるようになった。

しかし、ポルトガル人はコショウを独占するまでには遠く及ばなかったものの、シナモンに関しては話が異なった。一六世紀には「本物の」シナモン（セイロンニッケイ）はセイロン島（スリランカ）でしか産せず、少なくとも過去一〇〇〇年にわたって取引されてきたにもかかわらず、島から輸出された量は比較的少なかった。シナモンとして世界に知られているのは、実際はカシアという近縁種で、これは南アジアの各地で収穫される。現在でも、アメリカで「シナモン」として売られているものの大半は、実はカシアだ。本物のシナモンは、より明るい色と柔らかい皮で見分けがつく。そしてお香や樹脂を連想させる、よりフローラルな香りがする。両方ともはっきりとした甘い香りを持つが、カシアの後味にはよりピリッとした辛味がある。どちらも若枝の内側の皮を削り取って生産され、これが乾くと、あの特徴的な形のスティックになるのだ。長いあいだ、セイロン島に生えている品種が最も優れていると考えられてきた。ポルトガルの植物学者ガルシア・ダ・オルタは、ゴア滞在中の一五六三年、その非常に該博な著作『インド薬草・薬物対話集（*Colóquios dos simples e drogas a cousas medicinais da Índia*）』に、次のように書いている。「同じ果物でも、ある国よりも別の国のもののほうがおいしいように、セイロンのシナモンも他のどこの国のものよりも優れている。……ポルトガルへは、セイロン産のシナモン以外は送られない」。当時、この芳香を持つ樹皮は野生の木から採集されていたが、その販売ネットワークはセイロン島の君主にコントロールされていた。ポルトガル人はいつもの交渉術を発揮して王から独占権を授かり、その結果毎年一隻の船が、インド航路に合流するためにセイロン島から送り出された。

リスボンが香辛料貿易に参入したのは、ちょうどキリスト教世界の味覚が大きく変化する時期にあたっていた。特に南ヨーロッパでは、中世に人気の、コショウやショウガを主に使い、酢やベル果汁

［未熟なブドウやヤマリンゴなどから採った、酸味の強い果汁］の酸味を加えたはっきりした味覚は、一五世紀中ごろには、明らかにより甘い味の組み合わせに取って代わられていた。一六世紀にカリブ海地域でショウガの栽培が始まり、その結果ショウガは安く簡単に手に入るようになった。記録によると、一五四七年にはジャマイカだけでスペインに二〇〇万ポンド以上のショウガを輸出していたという！　ターメリックやカルダモンをはじめとする他の香辛料は、ヨーロッパ料理からほとんど完全に姿を消した。少なくともコショウは以前の人気を保っていたようだが、それも北ヨーロッパを主としていた。サン・マルコ広場かリスボンの宮殿広場かを問わず、新たに流行したのは、砂糖をシナモンの甘い風味と組み合わせることだった。ダ・オルタは同国人のお気に入りの香辛料について、次のように述べている。「シナモン以外に、喜びをもって食べられている香辛料はない。確かにドイツ人とフランドル人はコショウを食べ、ここでは我々の黒人女はクローブを食べている。しかしスペイン人［つまりイベリア人のことだ］は、シナモン以外のスパイスは食さない」

この記述は明らかに大げさだ。それに彼が「新キリスト教徒」、つまり多くの見せかけの改宗ユダヤ人の一人で、異端審問官の監視の目を避けるために海外に逃れていることからも、彼がポルトガル人主流派の食習慣について述べるのに最適な立場になかったことは明らかである。[33] それでも彼の言っていることは正しい。『ドナ・マリア内親王の料理書』では、料理の仕上げにシナモンを一振りするようにという指示が繰り返されているし、同時代のカタルーニャの料理書も同じだ。そしてイタリアの資料さえ、当時人気のあったスカッピやメッシスブーゴの料理書も含め、シナモンこそ、一六世紀における香辛料の代名詞的存在だったことを明らかにしている［バルトロメオ・スカッピは、イタリア各地の宮廷で働いた後、ローマで高位聖職者の料理人となった。クリストフォロ・メッシスブーゴはフェラーラのエステ家の宮廷料理長を務めた〕。もちろん、それ以前にシナモンが使われていなかったわけではない。一五世紀後半に大きな人気を誇ったマルティーノとプラーティナの料理書でも大量のシナモンが使用されているが、ここではしばしばショウガとともに利用され、仕上げの一振りはあまりない〔バルトロメオ・プラーティナの料理書には、以前にマエストロ・マルティーノが著したレシピ集の多くが含まれている〕。インドからリスボンまでの直接航路が開かれ、より上等なセイロン産シナモンの入手が比較的容易になったことが、南ヨーロッパの流行の発信地における味覚の変化に直接の影響を及ぼしたことを証明するのは難しい。しかし一六世紀中に、ナウ船の大きな積み荷スペースが次第にシナモンにあてられるようになったことは事実だ。

砂糖は、シナモン人気の高まりとともに好まれるようになった。中世料理に使用される香辛料の量にげんなりした食文化史研究者は、ルネサンス期の肉や魚料理にどれだけ砂糖が使われたかを知ったら卒倒するだろう。一六世紀に人気があったクリストフォロ・メッシスブーゴの料理書に登場する典型的な魚パイのレシピでは、約三ポンドの魚に対して一カップ以上の砂糖、それにシナモンとローズウォーターが使われている。少し前の時代の『ドナ・マリア内親王の料理書』には、分量は記されていないものの、「塩味の」料理の半分以上に砂糖が使われている。ポルトガル人がヨーロッパ人の甘い物好きを始めたわけではないにしろ、彼らの農園――最初にポルトガル南部のアルガルベ地方に、次いで大西洋の島、最後にブラジルに設けられた――の存在が、ヨーロッパ料理におけるデザートの概念の形成に大きな役割を果たしたことは間違いない。現在でも、ポルトガル人はシナモンが振りかけられた甘いお菓子が大好きだ。

それに、甘くない料理を含め、仕上げにシナモンを使うという考え方は、ポルトガル料理から完全に姿を消したわけではない。一六八〇年ごろに宮廷料理人ドミングス・ホドリゲスが著した料理書『料理術（*Arte de cozinha*）』では、シナモンはお菓子だけでなく、何十種類もの肉、鶏、野菜料理にも使われており、そのほとんどが仕上げの一振りだ。例外は魚料理で、こちらはコショウのほうが多く使われている。ホドリゲスの料理書が一八三六年まで版を重ねたところを見ると、彼の料理は非常に人気があったのだろう。二〇世紀の初めにも、シナモンはシチューにふつうに使われていた。現在でさえ、アルガルベ地方の山間の孤立した集落で出される田舎風の主菜やアゾレス諸島のスープには、シナモンが使われている。確かに現在では塩味の料理よりも、ポルトガル菓子にずっとよく使われているが、それでも、ある人気の料理サイトでは、いまだに「鶏や羊、そして野菜の詰め物」の味付けにシナモン・スティックの使用を勧めている。

インド航路の開拓によって、ヨーロッパでは香辛料を比較的手に入れやすくなった（とはいえ、価格は高いままだった）ものの、ピレネー山脈以北のヨーロッパの味覚に対するポルトガルの影響は、限定的なものにとどまった。しかしそれ以外の地域では、この小さな国が人々の食生活に及ぼした影響は革命的だったと言える。現在パナジの中央市場を少し歩いてみれば、スモモ大の黄色い果実の先端についたままのカシューナッツの山盛り、スイカほどの大きさのパパイヤ、丸々と太った冬カボチャ、トマトの山盛り、パイナップルが詰め込まれた編み籠、トタンのたらいに入った白や紫色のサツマイモ、編み皿に乗ったずんぐりしたパッションフルーツなどを目にすることができる。どれもポルトガル人がアメリカ大陸からもたらしたものだ。新世界と旧世界の間の食の伝播は「コロンブス交換」として知られるようになったが、少なくとも熱帯では、ブラジルの発見者にちなんで「カブラル交換」と呼んだほうがふさわしいかもしれない。スペイン人のコンキスタドーレスではなく、コショウを積んだナウ船を操るポルトガル人船乗りたちが、アフリカにピーナッツを、そしてインドにカシューナッツをもたらしたのだから。

それでもインド料理と聞いて、我々はふつう、カシューナッツやサツマイモのことはあまり考えない。最初に思い浮かべるのは、赤トウガラシのピリッとした辛味だ。パナジ市場の農産物セクションでは、さまざまなサイズのトウガラシが大量に売られているが、このだだっ広い市場の薄暗い裏道に入り、乾燥スパイスを売る台が果てしなく並んでいる様子を見て、ようやくカブラルがブラジルを発見したことの意義が腑に落ちる。このカレーをこよなく愛する民族の市場では当然ながら、丸々太った黄色い指のようなターメリックやゆるく丸まった茶色いカシアからアサフェティダの塊やしなびたコショウの実まで、あらゆる地元産の香辛料が、明るい色のプラスチック容器に入れて売られている。

しかしここで深呼吸しても（用心深くゆっくり吸うことをお勧めする。地元の人間でさえ、クシャミの発作に襲われるのだから）、漂ってくるのはヨーロッパ人がそのために命をかけた香辛料ではない。あなたが感じ、鼻腔や肺を刺激し、涙を浮かばせるもの、それはトウガラシの強烈な刺激臭だ。他の香辛料はごく控えめに、洗面だらい大の容器に納まっているのに対して、トウガラシは胸までの高さの巨大な麻袋を満たし、高さ一フィートのピラミッドに成形された赤みがかったマサラに色を与え、そして容器に入ったピリッとした薬味や漬物を風味付けしている。黒コショウを故郷に持ち帰るためにインドまではるばるやって来たポルトガル人が、世界各地にトウガラシを伝えたというのは、香辛料貿易の大いなる皮肉というべきだろう。新世界のトウガラシ《ペッパー》――これはもちろん、コショウ《ペッパー》

(*Piper nigrum*) とはなんの関係もない――がポルトガル船でアフリカ、インド、東南アジアに運ばれたことは、広く認められている［トウガラシもコショウも、英語ではペッパーと呼ばれるが、これはもともとインドに到達したと信じたコロンブスが、新世界で発見したトウガラシをコショウの一種だと勘違いしたことが元になっていると言われている］。しかしこれがいつ、どのように起きたかはよくわかっておらず、トウガラシがポルトガル本土にどうやって到達したのかは、さらにわかっていない。

ペッパーのミステリー

ポルトガル人は最近まで、パナジに今もあるのとよく似ただだっ広い市場で、魚や果物や香辛料を買っていた。しかし今では、リスボンの海岸沿いの中央市場まではるばる買い物に出かける人は少なく、高齢化している。他の多くの先進国と同じように、ここでもいまやほとんど誰もがスーパーマーケットで買い物をする。リスボンっ子が日々何を食べているかを本当に知りたければ、ピンゴドーセを訪ねてみよう。ポルトガル人は自分たちのショッピングセンターが大好きで、ほとんど誰もが、国内最大のスーパーマーケット・チェーンであるピンゴドーセの近くに住んでいる。これらの店の大半は高級志向で清潔で、そしてありきたりの物しか置いていない。ケース入りコカ・コーラがあり、寿司バーに立ち寄ったり、真空パックのトルテリーニを買うこともできる。ポルトガルの店にふさわしく、当然新鮮なイワシや、強烈な匂いを放つバカリャウを売るカウンターもある。では国民料理とトウガラシの関係について、ピンゴドーセから何がわかるだろう?

農産物セクションでは大量のピーマンが売られている。ポルトガルではこれはピメンタオと呼ばれ、グリルにしたりオリーブオイルでゆっくり焼いたり、あるいはマリネ用にペースト状にされる。香辛料の棚にも、同じく辛くないピーマンを乾燥させ、挽いてパプリカ状の粉にしたものが、ピメンタオ・ドーセとして容器に入れて売られている。地元の人々が少し辛味を足したいと思った場合は、ピリピリという小さな乾燥トウガラシの入ったセロファン袋に手を伸ばす。しかしさらに混乱することに、ピンゴドーセでは新鮮な辛いトウガラシをマラグタ、つまりかつてポルトガル人がギニアショウガに与えたのと同じ名で売っているのだ。その結果、トウガラシはアフリカからブラジルに伝わったのであり、その逆ではないという、私が一度ならず耳にした誤解が生まれることになった。しかしこの混乱が示していること、それはトウガラシがアメリカからポルトガルに伝わるまでのルートは決して直接的なものでなかったという事実だ。

ジョアン二世がキリスト教徒と香辛料にすばやく到達するルートを探してバルトロメウ・ディアスを喜望峰へ派遣したとき、彼らの求める香辛料の種類ははっきりしていた。それは黒コショウ、つまりインドの西ガーツ山脈の緑豊かなジャングルの木々に今も巻きついて生えている、葉の茂ったツタ科植物の果実だった。キャラベル・レドンダを西に向けて出航した時のコロンブスも、同じだった。しかし現在では、世界で最も広く取引されている香辛料はコショウ科コショウ属ではなく、ナス科トウガラシ属の乾燥果実、つまり利用者によってホットペッパー、レッドペッパー、チリ、トウガラシなどさまざまな名で呼ばれるものだ。そしてこの刺激的な味を持つ調味料の世界的な需要は、うなぎ登りに増えている。[34]

話を一四九二年に戻すと、香辛料に慣れ親しんでいた料理人は当時、西半球にしかいなかった。カシミール人が彼らのローガンジョシュに辛味を加えたければ、黒コショウとショウガで間に合わせるしかなかったし、汗が吹き出すようなタイカレーなど存在せず、韓国のキムチはザワークラウトよりそれほど辛くもなかったはずだ。しかしそのわずか五〇年後、トウガラシはすでに世界を一周していた。どうしてこれほどすばやく伝わったのだろうか？　そしてこれを「新世界」から旧世界に運んだのは誰で、そもそもいったい何のために？　さらに、スペインから四川までの各地で、なぜこれほど早く受け入れられたのかという問題もある。

この問題に対する回答は、大枠では議論の余地はない。しかし細部ははっきりせず、熱心な大学院生たちがすべての未公開文書を渉猟し、ルネサンス期の五大陸の便所を丹念に調査して未消化の種子を発見し、決定的な回答を得るまでは、状況は変わらないだろう。現在のところ、我々の手元にあるのは植物学的な痕跡、断片的な言語学的な証拠、そして数少ない目撃証言だけだ。残念ながら、これだけでは状況証拠にしかならない。

今のところ明らかになっているのは次の事実だ。メキシコでは、すでに紀元前七〇〇〇～五〇〇〇年ごろにはトウガラシが栽培されていた。コロンブスの上陸時には、現在の南アメリカ大陸の大半で、各種の栽培品種が自生していた。それだけでなく、この小さな熱帯種の果実を好む鳥もいるため、彼らに運ばれて多くの変種が野生化した（どうやら鳥にはトウガラシの辛味成分であるカプサイシンに対する感受性がないようだ）。トウガラシは驚くほど無節操で、近くを飛ぶ昆虫の足がちょっと触れただけで交雑する。そのため、品種の分類が非常に困難だ。それでも植物学者が確信を持って同定できる栽培種は四、五種類（および数百の変種）存在する。

コロンブスと彼の船乗りたち、初期のカスティーリャ人がカリブ海地域を調査した際には、何度かトウガラシに言及している。「地元のインディアンが香辛料として使っているペッパーは、黒コショウやギニアショウガよりも量が多く、価値が高い」とコロンブスは書いている。別の箇所では、「たくさんの……アヒ、つまり彼らのペッパーがあり、これは我々の知っているペッパーよりも価値がある。健康によいため、これなしで食事をとる者はいない。このイスパニョーラ島［現在ハイチとドミニカ共和国に分かれている］から、毎年トウガラシを積んだキャラベル船を五〇隻送り出すことができる」。誤解を重ねていたこのジェノヴァ人は、発見した島をインド諸島、土着民をインディアンと呼んだように、もちろんこの新しく出合った香辛料のことも、スペイン語で黒コショウを指す言葉からピミエンタと呼んだ。そしてそれ以来、混乱が続いている。南アメリカでは、アヒ（アラワク語の〝*axi*〟に由来）はトウガラシを指す普通名詞となった。メキシコではチリ（ナワトル語の〝*chilli*〟に由来）という言葉のほうが好まれた。一方スペインでは、「インドのペッパー」はやがてピメントンに取って代わられた。ほとんどすべてのヨーロッパ言語では、ペッパーのさまざまなバリエーションが使用されている。

周知のようにカスティーリャでは、コロンブスの発見の詳細について知らされたイザベラ女王は、決して喜びのあまり王座から飛び上がったりはしなかった。しかし他の人々はより興味をかきたてられたようだ。ニーニャ号の帰還の数カ月後には、持ち帰られた香辛料は、当時の培養器というべき複数の修道院の庭園に植えられた。一五六四年までに、訪問中のフランドル人植物学者シャルル・ド・レクルーズ（カルロス・クルシウス）はスペイン全土に生えているペッパーについて報告している。そして「その果実はさまざまな形をもち、新鮮なまま、あるいは乾燥させて調味料として使用されている」と述べている。五〇〇年経った現在、これがトウガラシだったのか、それとも辛くないピーマンだったのかはっきりしないが、おそらく両方だっただろう。この報告の後の方で、彼はあるリスボンの修道院で、より辛くて黄色っぽい品種に出合ったと述べている。こちらは非常に辛く、数日間口の中がヒリヒリするほどだった。今日のスペインでは、辛い品種とそうでない品種が共存しているが、後者のほうがずっと広まっている。最初にもたらされてから数百年間、スペインの料理書にピーマンは登場しないことから考えると、これは下層階級のための調味料で、おそらく農民たちが料理に味と色をつけるために利用したのだろう。現在のスペインとポルトガルでも、料理をオレンジ色に色付けするためにしばしば赤ピーマンが使われていることを考えれば、食の生態系において、輸入品である黒コショウではなく、むしろ地元産のサフランの代用品となったのかもしれない。ヨーロッパの他地域では、トウガラシはなかなか普及しなかったものの、各地の植物学者はこの新しい植物に多大な関心を抱いた。

トウガラシに関する最も初期の説明と図版は、ドイツの博物学者レオンハルト・フックスの手になる一五四二年の本草書に登場する。そこに（少なくとも手彩色がおこなわれた版では）、赤や緑がかったペッパーの姿を見ることができる。また小さなシャンペン・コルクの形状のトウガラシや、トカゲの舌のようなロング・ペッパーも登場する。これらはカリブ海地域からスペイン経由でドイツに伝わったと思われるかもしれない。しかしフックス自身がその産地についてどう考えていたか、知るのは難しい。彼が「スペインのペッパー」と呼んでいるものについては、疑問の余地はない。しかし「インド・ペッパー」については、彼はこれがインドから来ていると考えたのか、それともこれは当時のスペイン語名の翻訳にすぎなかったのだろうか？　さらに謎めいているのが、「カリカット・ペッパー」だ。コロンブスによる偶然の発見からわずか五〇年のあいだに、トウガラシはアメリカ大陸からマラバール海岸を経てドイツまで、地球を一周したのだろうか？　その可能性はある。フックスは成人後の人生の大半を、アントワープより上流のライン川沿岸のドイツ諸都市で過ごした。そしてアントワープは当時の香辛料の一大集散地だった。当時、文字通り何トンものポルトガルの黒コショウが、ライン川を遡って運ばれていたことを考えれば、数粒のトウガラシの種子が同じ旅をたどらなかったと言えようか？

しかしそもそもトウガラシはどうやってインドに到達したのだろうか？　少なくとも一人のカスティーリャ人コンキスタドール、ゴンサロ・フェルナンデス・デ・オビエド・イ・バルデスによると、西インド諸島では一五二〇年代までには、ヨーロッパ人植民者たちは地元民と同じぐらいよくトウガラシを食べていた。この貴族《ヒダルゴ》は、トウガラシの効能にとりわけ感銘を受けたようだ。体を温める性質を持っているため、特に冬に摂取することが好ましく、「よき黒コショウ」よりもさらに肉や魚に合う、と彼は書いている。また、トウガラシはスペインやイタリアやその他の多くの場所にもたらされた、とさらりと触れているが、残念ながらその行程は説明していない。

トウガラシが世界に伝わった経緯については、二つの可能性が考えられる。一つは生活に変化をつけるため、もう一つは好奇心だ。ポルトガルのナウ船に乗船する上級船員や客は、塩分の強い食事に風味づけするための上等の香辛料を船にたっぷり持ち込んだのに対して、一般船員にはあまり選択肢はなかった。そこで彼らはインドに向かう途中の補給地で乾燥トウガラシを手に入れ、ひどい食事を少しでも改善しようとした可能性はある。そして彼らは各地の寄港地にこの新しい調味料を紹介したのだ。普及は意図的なものだったのかもしれないし、モザンビークからマラッカにかけての各地の堆肥にトウガラシの種が含まれていたことを見ても、あるいは偶然だったのかもしれない。別の可能性は、修道士たちが、香辛料ルート沿いの各地に建設されたポルトガルの砦の付属庭園に種子を持参したというものだ。

船乗りたち（または修道士たち？）が最初にどこでトウガラシを手に入れたのかは、はっきりしない。インド航路では、喜望峰に到達するまでに一度、場合によっては二度、中継地に寄港した。まずカーボヴェルデ諸島で新鮮な水や食料を積み込み、それからときに（リスボンは反対したが）、貿易風を利用して大西洋を横断してブラジルに立ち寄ったのだ。アフリカ大陸の沖合という絶好の立地にある半乾燥気候のカーボヴェルデで、おそらくトウガラシの世界制覇の最初の一歩が記されたと思われる。しかしトウガラシがカリブ海とブラジルのどちらから来たのか知ることは不可能だ。ヌエバ・エスパーニャで何年も過ごした一六世紀のイエズス会士ホセ・デ・アコスタは、当時トウガラシはインドでアヒと呼ばれていたと述べている。またブラジルのほうが距離が近いし、インドやアフリカ東部で早い時期から栽培されていた、いわゆる「鳥の目トウガラシ」は、南米の品種に極めて近い。しかしアフリカの島々と新大陸の間の往来は頻繁だったため、どちらの可能性もある。一五一二年にはすでに、カーボヴェルデ諸島からの書簡には、ポルトガルやブラジル、そして近くのギニア海岸からも到来する「大船団」のことが記されている。

インドに向かう船団が大西洋の島々の次に寄港したのは、東アフリカのモザンビーク港だった。ここは現在のタンザニアとケニアの、スワヒリ語を話す諸都市からほど近い。その結果、アフリカ南東部全域で、トウガラシはスワヒリ語の名であるピリピリとして知られるようになった。ゴアの人々も、トウガラシを加えて特に辛くした混合物をペリペリ・マサラと呼んでいる。ただし、このアフリカの言葉がいつ伝わってきたのかは、明らかでない。

インド亜大陸で最初にトウガラシに言及しているのは、一六世紀中ごろの南部の音楽家プランダラダサである。「緑色の汝、熟れるにつれ赤みを増すのを我は見た」と彼は歌っている。「目に快く味もよい、しかし過度に使えば辛すぎる。貧しき者の救い主にして、よき食事をさらによくする者、噛めば口の中は炎と化し、[神]について考えることさえ難しい」。同時期のサンスクリット語文献にも、トウガラシへの言及が見られる。それでも、普段あれほど鋭い観察力を発揮したガルシア・ダ・オルタが、まさしくゴアに住んでいたにもかかわらず、一五六三年の著作でトウガラシにまったく触れていないのは驚くべきことだ。トウガラシはゴアに到達する以前に、南部に伝えられたのだろうか？(フックスが「ゴア・ペッパー」ではなく「カリカット・ペッパー」と呼んでいることを思い出そう)。ポルトガル船は通常、まず南部の都市コーチンに寄港してから副王の首都に進むのを常としていた。コショウ海岸の住人たちが、北部のインド人よりも早くトウガラシを使う習慣を身につけたというのは、至極当然ではないか？

南インドのケララ州にある彼のコショウ農園で昼食をとりながら、私はトーマス・タムパースリーにこの問題をぶつけてみた。トーマスの母親は、外人のデリケートな口の中を麻痺させないように、料理の選択に気を遣っていた。その結果供されたのは、繊細な味付けの野菜料理とマイルドな肉料理、そしてふつう子供に出されるような甘いマンゴーのチャツネだった。燻製の香りとココナッツに加えて、トウガラシ、ターメリック、クミン、ショウガ、カレーリーフなどの風味が感じられる香辛料がブレンドされた料理は美味だった。だが、目の前の道のすぐ向こう側で収穫される黒コショウは？「我々は食べないんだ」とトーマスは私に答えた。黒コショウ貿易の皮肉の一つ、それはこの香辛料が地元の料理にはほとんど使われないことだ。唯一の例外は、ケララ州のキリスト教徒がつくるいわゆる大陸風料理、つまりヨーロッパ料理の地元版だ。しかし郷土料理に黒コショウはほとんど登場しない。インドの他の地方では状況は異なり、ケララ州のコショウは、生産地でよりもずっと広く使われている。ケララ州から西ガーツ山脈を越えてタミル・ナードゥ州に入っただけで、黒コショウの使用量は激増する。「この味が嫌いなんだ」と、この点を強調するように、トーマスは軽口を叩いた。

　産地のマラバール海岸を除けば、インドでも黒コショウは珍しい輸入品で——おそらくアントワープにおけるほどではないにしろ——富裕層にしか手の届かない高級品だ、と彼は私に説明した。庶民が黒コショウを調味料として使えるのは、インドでも、森に出かけて自由に拾い集めることのできるここケララ州だけなのだ。

　ちょうどトウガラシがインドにもたらされた一五〇〇年ごろ、（中国、北インド、ヨーロッパなど）世界じゅうで黒コショウの需要が急増した。[35] その結果、黒コショウは初めて、森で拾い集めるよりもむしろ積極的に栽培されるようになった。換金作物になったのである。ケララ州の農民の身になって考えてほしい。収穫したコショウを売って換金するのと、自分のカレーに入れるのとどちらがいいだろうか？　地元で生産されるものの、いまや市場で高く売れるコショウの代用品として、安く生産できるトウガラシはまさに絶好のタイミングで登場したのだ。

トウガラシが貧しい人々の香辛料、つまりかつてゴアで〝*pimiento dos pobres*〟と呼ばれていた通りの存在だったことを示す証拠はほかにもある。南部では、上位カーストであるバラモン僧が儀式用の食事を準備する場合、普段はトウガラシを使用する料理でも、黒コショウの使用しか許されない、とトーマスが説明した。しかしこうした宗教上の例外を除けば、ほとんどの人は何のためらいもなく、トウガラシを自分たちの食事に取り入れたはずだ。ヴァスコ・ダ・ガマの時代のヨーロッパと同じように、インド料理でも香辛料はさまざまな料理の味に変化をつけたり風味を添えたりするために使われる。したがってトウガラシも、黒コショウと同じように料理を辛くするために使われただけでなく、薬理学的にも同じカテゴリに入れられたのだ。

トウガラシはマラバールから、黒コショウが何百年間も運ばれたのと同じルートをたどったにちがいない。つまり海岸沿いをゴア、北インドへと北上し、ヒマラヤ山脈を横断して中国内陸部へ（特に四川地方の人々はこの新しい香辛料を熱狂的に受け入れた）。西に向かっては、トウガラシがインドからペルシャへ伝わったことは確実だ。あるいはさらにトルコまで運ばれたかもしれないが、オスマン・トルコへはスペインから伝わった可能性のほうが高い。[36] 東南アジアにトウガラシをもたらしたのも、おそらくポルトガル（およびグジャラート）商人だっただろう。とはいえ、マニラ・ガレオン航路を往復するスペイン人船乗りがアカプルコからフィリピンへ伝えた可能性もある［マニラ・ガレオン航路とは、スペインの二つの植民地であるフィリピンとアカプルコを結んで太平洋を横断する航路で、スペインの独占ルートだった］。しかしたとえ商人や船乗りの介入がなかった場合でさえ、鳥たちがあらゆる辺鄙な場所へトウガラシの種を含む糞を落として、その役割を果たした。

これに対して西アフリカでは事情が異なり、ただでさえはっきりしない全体像がさらにあいまいになっている。クリストファー・コロンブスがリスボン宮廷をうろうろしていたころ、ポルトガルのキャラベル船は、アフリカのギニア、あるいはメレグエタ海岸として知られていた場所から、三種類の「ペッパー」を積み出していた。一つはグレインズ・オブ・パラダイス、またはメレグエタ・ペッパー（*Aframomum melegueta*）として知られるギニアショウガで、もう一つはクベバ（ジャワ・ペッパー）の近縁種である西アフリカ産コショウ（*Piper clusii*）である。ポルトガル語で〝*pimenta melegueta*〟と呼ばれる香辛料［ギニアショウガ］を黒コショウ（*Piper nigrum*）と間違える人はほとんどいないだろう。粒はずっと小さく、表面は滑らかで、色が薄い。近縁種であるカルダモンの種に似ているが、粉々にすると、独特のジュニパーベリーのような香りと、確かにはっきりコショウに似た味がする。二つ目は一四八五年にニジェール川流域を探索していたポルトガル人が発見して、実に小さな軸がついていることから〝尻尾のあるコショウ（*pimenta de rabo*）〟と呼んだものだ。同行したイタリア人の水先案内人は、非常に辛いと述べている。「一見クベバによく似ているが、辛味でいえばこの（アフリカのコショウ）一オンス（一オンスは約二八グラム）分がふつうのコショウ半ポンド分に等しい。」現在ではアシャンティ・ペッパーとも呼ばれるこの小さな粒は、実はインドの香辛料の近縁種で、同種の刺激臭を持つ。しかし苦味があるため、偽ペッパーとも呼ばれるこの香辛料はヨーロッパであまり人気が出なかったのかもしれない。

もちろんキャラベル船が運んでいたのはコショウだけではない。主要「物資」の一つで、砂糖プランテーションの労働力としてギニア海岸からマデイラ島やスペイン南部へ運ばれていたのが、人間だった。その後、コロンブスの有名な航海後には、ポルトガルは新しいスペイン植民地に奴隷を供給するようになり、一五三〇年代には、ブラジルにも顧客を持つようになった。ここでも記録は不完全ながら、トウガラシは、両方向に向かう奴隷貿易船の主要中継地であるカーボヴェルデ諸島を経由して西アフリカに伝わったと思われる。一六世紀後半には、一部のヨーロッパ人はトウガラシを「ギニア・ペッパー」と呼び、ブラジル人は地元産のトウガラシを〝*malaguetas*〟または〝*pimenta de rabo*〟と呼んでいた。したがってアポルヴェラのエルナニ・シャビエルほどの博学な歴史家が、トウガラシは西アフリカに自生していて、コロンブスの航海よりずっと以前にポルトガルにもたらされたと確信しているのも、無理はない。

おそらくトウガラシは、ポルトガル本国へは数回にわたりさまざまなルートを通って比較的遅い時期に伝わり、レシピに加えられたのではないかと私は考えている。ポルトガルで総菜店をのぞいてみれば、どこでも天井から吊り下げられ、あるいはショーウィンドウに飾られた、さまざまな赤いソーセージを見かける。ショウリース、リングイーサ、モルセラ、サルピカンという名のこれらのソーセージは、どれも異なる量のトウガラシで色づけされている。トウガラシは家庭料理にも加えられるが、その頻度は国境の向こう側のスペインには遠く及ばない。これらのマイルドなトウガラシは新大陸から直接でなく、隣国からポルトガルに伝わったこと、そしてここでもトウガラシは黒コショウだけでなく、高価なサフランの代用品でもあったことを、あらゆる証拠が示している。

リスボンっ子が料理に辛味を足したい場合、〝マラゲータ（*malagueta*）〟かピリピリ（*piripiri*）が使われる。どちらの言葉も辛いペッパー全般に使われるが、後者はふつう、乾燥したものを指す。おそらくスペインからトウガラシが伝わったずっと後のある時点で、マラゲータと呼ばれるさまざまなトウガラシがブラジルとギニア海岸の両方からもたらされたのだろう。その人気が出たのは過去わずか数十年のことで、一九七〇年代に、独立したポルトガルの旧植民地から逃れてきたポルトガル人（および現地人）が、本国にアフリカの味覚を持ち帰ってからのことだった。東アフリカの「ピリピリ」の人気も同じく最近の現象だ。（アメリカのケチャップと同じぐらい普及しているので）レストランでこれを頼めば、オリーブオイルに漬けたトウガラシの粉の入った小さな容器を持って来てくれる。この調味料を好きな料理にたっぷりかければよい（とはいえ一部の伝統的な料理にかければ、周囲の人は眉をひそめるかもしれない）。

現在でさえ、辛いトウガラシは労働者階級（とジェンダー）に結びつけられている。私はピリピリがポルトガル全国でくまなく使われているわけではないことに気づいた。ルイ・リス、アフリカの酷暑を自ら体験しているあの型破りの弁護士は、それは私が高級レストランでばかり食事しているからだと主張した。しかし私がなおも言い募ると、彼はポルトガルの女性もふつうこの調味料を好まないと認めた。男、本物の男だけがピリピリを好んで食べるのだと。[37]

もちろん現代のほとんどのリスボンっ子は、ピリピリの起源についてなど、かつてこの都市の支配下にあった世界帝国についてと同じぐらい気に留めていない。それも無理はない。かつてこの小国が手にしていた富はマドリッドやロンドン、アムステルダムの羨望の的だったという、歴史の授業で習ったもののほとんど記憶に残っていない事実よりも、辛いトウガラシのほうがはるかに強烈に感覚に訴えるのだから。

難破船とカスタード・タルト

ジェロニモス修道院とテージョ川を現在隔てている線路と高速道路の向こう側に、リスボンで最もよく知られているモニュメントがある。まるで子供たちが南国の晴れやかな太陽の下で王様ごっこをして遊ぶために作られたおもちゃの砦のようにしか見えない、この〝ベレンの塔〟は、修道院と同じく輝くような純白の石灰岩で造られ、優雅なアーチや、十字架をつけた十字軍の誇り高い盾で飾られている。全体を囲むのが水夫結びのついた石のロープ装飾で、まるで国王に贈呈するため、建築家がプレゼントとして包んだかのように見える。しかしこの美しい外見は、厚さ一二フィートの壁と、リスボンの河口に不法侵入を試みるすべての者を狙う一六門の大砲の砲台をカムフラージュしている。塔の最上階からは、テージョ川が大西洋に合流するカスカイス付近まで、まったく遮られずに見渡すことができる。大西洋から入って来た敵船はすべて、これらの大砲の前を通らなければならなかった。しかしおそらくそれよりさらに重要なのは、このレース装飾の美しい砲台は、王に逆らって密輸をおこなおうという気持ちを失わせたにちがいないということだ。河口に入ってきたコショウ船を出迎えた税関役人は、国家の所有物である香辛料が密かに陸揚げされることのないよう、リスボン港まで船にピタリと付き添った。

ここと湾の入り口の間の海域は、危険に満ちている。嵐のたびに、水面下の見えない砂丘が移動するためだ。何百隻もの船が、ベレンの塔から目と鼻の先で難破した。フィリペ・カストロとフランシスコ・アルベス率いるアメリカとポルトガルの最近の合同考古学調査のおかげで、ある一隻の難破船について多くのことがわかっている。

一六〇六年九月一五日、ベレンの塔の見張りは、ノサ・セニョーラ・ドス・マルティレス号の高いマストが強風で傾き、倒れるのを目撃した。きっかけは船の巨大な船体が海中の障害物にぶつかって破損したことで、大砲、箱《カイシャ》、船員、そして一〇〇万ポンド近い黒コショウが、渦巻く海に投げ出された。次の朝、リスボンっ子たちは夜のあいだに打ち寄せられたコショウ粒で海岸が黒く染まっているのに気づいた。国王の役人が回収する前にこの高価な物資を集めるため、人々が殺到したと、ある目撃者は伝えている。

海洋考古学者が最近、この巨大なナウ船の残骸を調査した時も、船はコショウ粒の混じった泥の上に横たわった状態で発見されたという。多くの遺物はアマチュア・ダイバーに持ち去られたり、四世紀の間の嵐で流されたりしてとっくに失われてしまったが、それでもコショウ粒に混じった船体の残骸の中には、東方からもたらされた財宝が残っていた。それはスペイン銀貨、金の宝飾品、中国の陶磁器などで、そのほかにも、より一般に普及していたしろめの皿や、考古学者の商売道具というべき土器などもあった。発見された遺物の一部は、海洋博物館で見学できる。博物館には、発見された大量のコショウ粒も展示されている。ふつう、コショウは長期保存が可能だが、しかしここまで長期は無理だ。調査団のメンバーの一人が実際に四〇〇年前のコショウを味見してみたところ、当然ながら、あらゆる風味は失われていた。それでも、カストロ教授によると、彼が堆積した泥の最深部まで潜ったとき、コショウのかすかな香りを確かに感じたそうだ。しかしほとんどの粒は、薄い外皮だけで、中には何もなかったらしい。展示したときに粉々にならないように、コショウ粒はアルコールで水分が抜かれ、少量ずつヘアドライヤーで乾かされ、それから中に糊が詰められた。

この海難事故は、積み荷のコショウ粒と同じぐらい脆く、中身が空洞な帝国が露呈しはじめた症状――遭難率の上昇――のいま一つの実例にすぎない。リスボンが香辛料貿易を維持できなくなった理由はいくらでも数え上げられるが、要するにわずかな原資で建設され、遠く離れた砦や工場でかろうじてつなぎ合わせたハリボテの帝国は、内部の非効率と外部からの攻撃を生き延びるにはあまりに脆弱だったのだ。

問題の大半はスペインに非があるということで、知り合いの船乗り歴史家たちの意見は一致していた。一五七八年、ポルトガルの（最もイカれた王の一人である）セバスティアン一世は、またもやムーア人に対して企てられた十字軍で戦死した。その結果ポルトガルの王位は二年後、スペイン・ハプスブルク家の過労気味で狂信的なフェリペ二世（ポルトガルのフィリペ一世）のもとに転がり込んだ。「スペイン支配下の六〇年は、我々にとっての『バビロン捕囚』なのです」とネヴェス大尉は私に言い、ポルトガルとその高圧的な隣国のあいだに親愛感情が存在するなどというばかげた誤解を解こうとした。両国はフェリペ王の元で、別々の国のまま存続するはずだったが、それも長くは続かなかった。スペイン王には、香辛料貿易からあがる多額の利益に手を触れずにいることなどできなかったのだ。特に宗教戦争に莫大な戦費がかかる現状では。また、毎年送り出されたインド航路は、すでにあまりに多くの乗組員が奴隷や犯罪者に置き換わっていたが、スペインがアメリカに向けて送り出すガレオン船は比較的短期間の往復が可能で、より快適で利益が多かったため、さらに多くの熟練船乗りをこれに奪われた。一五八八年にフェリペがイングランドのプロテスタント女王を懲らしめようと、悲惨な結末に終わった無敵艦隊《アルマダ》を送り出したとき、その船を操っていた船乗りの多くはポルトガル人だった。「王が難破させたのは、我々の船なんだ！」とエルナニ・シャビエルは吐き出すように言った。しかし代々のスペイン王の優先事項は別なところにあったため、リスボンの艦隊は衰退し、ほったらかされたその帝国は力を失っていった。

オランダの香辛料貿易への参入――少なくともこのタイミングで――もまた、フェリペの責任だった。ポルトガルは低地諸国とは、王たちがブルゴーニュ貴族と結婚し、ポルトガル商人たちがブリュージュの中世桟橋で塩やオリーブオイルを荷揚げした時代から、長く友好的な関係を保ってきた。一六世紀のほとんどの期間、ポルトガルのコショウはアントワープ経由でヨーロッパ各地に広まり、オランダの仲買商人はギニアショウガ、黒コショウ、シナモンを求めて定期的にリスボンまで買い付けに来ていた。ポルトガル王もこの貿易活動を奨励し、ヴェネツィア商人がイスラム圏に設けていた商館（フォンダコ／*fondaco*）と同様の特権をオランダ商人に与えた。それだけでなく、これらの異端商人たちが商館内でプロテスタント式礼拝をおこなうことさえ黙認したのだ。しかし一五八〇年には、オランダはスペインに対する武装蜂起の真っ最中だった（低地諸国はその数年前にハプスブルクの領土となっていた）。そこでフェリペ二世は、支配下のすべての港からオランダ船を締め出し、異端派を屈服させるために突撃部隊を北方に派遣した。しかし彼の思惑通りには物事は進まなかった。スペインのコンキスタドーレスは屈辱的な敗北を重ね、一方オランダ海軍はジブラルタル海峡までやって来て、アンダルシア地方から目と鼻の先でスペイン艦隊を壊滅させたのだ。リスボンでコショウを入手できなくなったオランダ人は、直接アジアの原産地に向かうことを決め、道中、できるだけ多くの敵船を略奪したり沈めたりした。乗組員が不足気味のポルトガル船は恰好の餌食だった。特にヌエバ・エスパーニャの銀を満載した重武装のスペインのガレオン船と比べればなおさら。

ゴアは、オランダが力ずくで奪うにはあまりによく守備されていたが、インド航路沿いのポルトガルの他の砦は次々に陥落していった。香料諸島のティドレ島とアンボイナ島は一六〇五年に、マラッカは一六四一年に、セイロン島は一六五六年にそれぞれ陥落した。インド航路の船が長年コショウを大量に購入してきたコーチンでさえ、一六六三年にオランダ軍の攻撃に屈服した。六〇年間のスペイン支配が終わり、ポルトガル王が再び一六四〇年にリベイラ宮殿に戻ってきたとき、所有する船はたった一一隻しか残っていなかった。ポルトガルが建造したガレオン船八隻――そのうち一隻は航海できる状態になかった――と、フランスやオランダから奪ったその他の船三隻だ。これに対して、当時の推測によれば、オランダ側は戦時には一万四〇〇〇隻もかき集めることができた！　オランダ（そして後にはイギリス）の襲撃を避けるため、コショウ船団がインドを出港する時期は次第に遅くなり、その結果モンスーンの確実な風を利用できず帰途に難破するケースが相次いだ。一七世紀初頭には難破件数が急激に増えたため、ポルトガルが売ることのできるコショウがまったくない年もあったぐらいだった。

とはいえ、すべての遭難の責めをオランダ人に負わせられるわけではない。リスボン行きの船は、乗組員に許された商品割り当て――正式に携行を認められたか密輸かを問わず――のせいで、慢性的に過積載の状態にあった。彼らの惨めな給料を考えれば、危険な航海をおこなう意味はこれしかなかったのだ。すべてのレベルに見られる無能力も、非難に値する。ポルトガルでは、船長職は王の好意のしるしとして上級貴族に与えられた。船首と船尾を区別できるかどうかは、考慮されなかったのだ。その結果、実際に船を操る作業は水先案内人に任された。したがって船長と水先案内人の意見が分かれた場合に何が起きるか、想像がつくだろう。モザンビークからマデイラにかけての各地でも、打ち寄せられた難破船のコショウ粒で海岸が黒く染まる事態となった。さらに悪いことに、経験豊かな水先案内人の絶対数が足りなかった。一六四三年にゴアの副王宮殿で開かれた会議で、地元の当局者たちは、インドに航海する技能を持つ水先案内人がその時点でポルトガルに一人もいないことに気づいた。なぜなら熟練水先案内人が（一〇人とも！）全員、オランダによる海上封鎖でゴアに釘付けになっていたからだ。

なすべきことを理解している船員を見つけるのも、容易ではなかった。インド航路での高い死亡率や西インド諸島から戻ってこなかった船乗りのせいで、ポルトガルは長期的な船乗りの流出に苦しんだ。ネヴェス大尉が見せてくれた示唆に富むデータによれば、多年にわたり、インドからの帰路の死者数のほうが、アメリカに航海した全スペイン艦隊の船乗りの数よりも多かったという。香辛料貿易を専門とする多くの歴史家と同じように、ネヴェスもまた、一五〇五年にベレンから出港したコショウ船団について王室記録官カスタニェーダが書き残したエピソードを教えてくれた。それによると船員たちはあまりにも何も知らなかったため、あるキャラベル船の船長は船の片側に編んだニンニクを、反対側に玉ねぎを釘で打ちつけて、左右を区別できるようにした。そして船を右舷に向けたいときは「ニンニク」と叫び、左舷に向けたいときは「玉ねぎ」と叫んだという。とはいえ、混乱していたのは船員たちだけではなかったようで、カスタニェーダ自身も両者を取り違えている。彼らが初めて嵐に遭遇したときのことを想像してほしい！　そして世紀が進んでからも、船員たちの技術が向上したわけではなかった。

キリスト教布教へのポルトガル人の熱意は、かつては新航路の発見につながったものだが、今や帝国を衰退させる力となっていた。「黄金のゴア」の華麗な祭壇に金を貼るために国庫の金が費やされただけではない。武力を背景とした布教政策は、東洋では好意的に受け入れられなかったのである。一方、本国でも、異端審問所の強圧的な政策のせいで、多くの「新キリスト教徒」が荷物をまとめて、より寛容な地域へ逃げ出していた。これらの元ユダヤ教徒の職人や商人や知的職業人の流出は、ポルトガルの中産階級にとって致命的だったが、反対に彼らを受け入れたアムステルダム、アントワープ、ロンドンは大いに躍進した。さらに文化面でも、反宗教改革は豚肉を忌避する者に対する火あぶり宣告ほどあからさまではなかったものの、じわじわと効果を発揮した。かつてジョアン二世は、「国内に多くの本が存在するほうが公共の福利にとって善である」との信念のもと、二人のフランス人の本屋に対して、無税で好きなだけ本を輸入する許可を与えたものだが、その当時の社会の空気と、その一〇〇年後の無気力な社会を比べてほしい。外国の異端思想に対する恐怖から、国内の出版本も海外からの輸入本もひっくるめてすべて検閲する全体主義がすでに広まっていたのだ。ダ・オルタのようなポルトガル人の優れた著作でさえ、国内よりも海外で広く読まれていた。

かつてアジアでは、キリスト教の布教はすべてのポルトガル人が取り組むべき責務だと考えられていた。ネヴェス大尉は、初期のポルトガル人の船乗りはある種の多目的器具のようなもので、時と場所によって船乗り、兵隊、商人、そしてキリスト教の布教者として振舞ったと説明した。しかしポルトガルがスペインの支配下に入るよりも以前から、布教活動は専門家集団、つまりイエズス会に一手に担われるようになり、彼らの多くはポルトガル人でさえなかった。かつてポルトガル人は、彼らの小さな国が海外発展できたのは、ひとえに神の意志にしたがっているからだと、固く信じていた。しかし一六世紀中盤になると、十字軍精神はベレンの塔の前から出港していく船員たちからほぼ完全に失われ、代わりに富の獲得に重きが置かれるようになっていた。

リンスホーテンによると、ゴアに到着した新任の副王は、地元の低い期待値を反映するかのように、三年の任期のうちの最初の一年は宮殿の改装に、二年目はできるだけの財宝をかき集めることに、そして最後の一年は自身の不行跡を覆い隠すのにあてたという。王の下のすべての役人が同じように振舞った。「彼らのうちに、国家の利益を考慮する者も国王に誠実に仕えている者も一人としておらず、むしろ我が身の利益ばかりを図ろうとしている」と彼は書いている。このような態度は、インド航路の全域での香辛料取引に直接影響を及ぼした。アジア域内で売買をおこなったほうが、本国に香辛料を送るのが任務の国王代理人にコショウやクローブを送るよりも、はるかに大儲けできるのだから。その結果、貿易パターンはダ・ガマの到着以前とほとんど変わらない状態に戻った。一五一五年には、ポルトガルはマラバール海岸で生産されたコショウの約三〇パーセントを本国に送っていたと推測されている。それが一六世紀末にはわずか三、四パーセントまで減少していた（確かにそのあいだに総生産量は増大していたが）。グジャラート商人たちは再びコショウを紅海やペルシャ湾の港まで運び、そしてヴェネツィアは再び地中海最大の香辛料集散地になっていた。副王とアジア各地の砦の司令官はこの貿易からできるだけ多くの上前をはねようとし、彼らの利益を損ないかねないあらゆる行為を

てくるずっと前から、ポルトガルはヨーロッパの香辛料貿易のシェアを失いつつあったのだ。防ごうとした。こうしたことの結果、スペイン支配以前にも、そしてアムステルダムから快速船がやっ

オランダが最初に大砲を発射したとたんに、ポルトガル帝国全体がまるで生焼けのスフレのように一気に崩れ落ちなかったのは不思議だ。しかし、この視点は間違っているのかもしれない。ポルトガル領インド帝国の終焉を嘆き悲しむよりも、このあり得べからざる帝国が実際にこれほど長きにわたって繁栄したことに感嘆すべきなのかもしれない。特に、毎年インド航路から戻ってくる五、六隻の船に積載された貨物をほとんど唯一の元手としていた状況では。このにわかづくりの帝国は驚くべきことに、かなり規模を縮小したとはいえ、二〇世紀まで生き延びた。ゴアがインドの軍門に降ったのは、ようやく一九六一年のことだった。それまでにリスボンは、宮殿を建て、教会を飾り立てるための収入源をほかに見つけていた。オランダがポルトガルの東方の香辛料ルートを徐々に窒息させていくにつれ、リスボンの君主はそれまで無視していた西方のブラジル領土に目を向け、新たな収入源として注目しはじめたのだ。この新たなエルドラドの主役はもはやコショウではなく、砂糖だった。[38]

香辛料と楽園を求めて海洋を横断したダ・ガマとコロンブスの航海の結果について、どんな賞賛や非難の言葉をかけるとしても——そしてどちらも大量に寄せられた——、地球規模の人と物の流れを生み出す効果があったことは間違いない。メキシコ産の銀は中国の金融市場に影響を及ぼしはじめた。ヨーロッパでコショウの需要が高まると、インドで生産技術の改良がおこなわれた。ポルトガル領ブラジルの砂糖プランテーションにおける労働力の需要は、アフリカの奥地に深刻な影響を及ぼした。リスボンやマドリッドで下された決定は、世界の反対側の人々の生活に直接的な影響を与えたのだ。

変化の激しさについて何の幻想も抱いていなかったヴェネツィア大使は、マヌエル一世に対して次のように述べている。「なによりも重大で記憶にとどめておくべきことは、あなた方は自然によって隔てられた人々を支配下に置いて一つにまとめ、あなた方の商業活動により、二つの異なる世界を一つにしたことです。」ベレンの小さな白い塔の前を出航していった大きなナウ船の後ろから、グローバリゼーションの大きな輪は回りはじめたのだ。

リスボンっ子の女性に、ベレン歴史地区を訪ねるつもりだと言えば、一人残らず大きな笑みを浮かべるだろう。もちろんリスボンを訪問するなら、民族の聖地たるベレンの巡礼を欠かすわけにはいかない。しかし、そのとき彼女が思い浮かべているのは、ジェロニモス修道院とベレンの塔でないことは確かだ。「もちろんすばらしいわ」と、かの建築上の傑作について、彼女は鼻を鳴らして言うだろう。「だけど、パスティス・デ・ベレンは絶対に食べてみて！」リスボン市民は郷土菓子の熱烈なファンだ。朝食にはふつうマフィンに似た甘い焼き菓子ボーロを食べ、昼食は、一〇種類以上もあるプディングで必ず締めくくられる。その他の菓子はポルトガルに特有のものなので、英語でうまく言い表すことなど不可能だ。

リスボンでは地球上の他のどこよりも、人口当たりの菓子店の数は多いにちがいないと、私は確信している。事実、最近リスボンの電話帳を調べてみたところ、この町だけで八〇〇店以上の菓子店が存在することがわかった（リスボンよりずっと大きなパリで同じように調べてみたところ、わずか一八〇店ぐらいしかなかった！）。ほとんどのポルトガルの菓子は卵をたっぷり使い、多くはシナモンで香りづけされ、そしてどれもとても甘い。これらの特徴をすべて併せ持つのが、ポルトガルの国民的スイーツで、ベレンではパスティス・デ・ベレンと呼ばれているパスティス・デ・ナタだ。そしてこのカスタード・タルトの大神殿というべき〝パスティス・デ・ベレンというべき菓子店〟が、ピンク色の大統領宮殿と、この国の最も偉大な王や英雄や詩人が眠るパンテオンというべきジェロニモス修道院のちょうどあいだに位置しているのも、まったくの偶然とは言えないのかもしれない。週末の午後にもなると、菓子店のカウンター前は四列横隊に並んだ観光客や地元住民で混み合っている。彼らは皆、泡立つエスプレッソとともにまだ温かい菓子を食べる番が来るのをじっと待っているのだ。

現代のポルトガル人は、歴史についてあまり考えたりしない。その意味で、彼らは他の国の人々によく似ている。エルナニ・シャビエルなら、それはすべて教育省を牛耳っていると彼の主張する同性愛者や共産主義者の責任だと言うかもしれないが、その彼でさえ、同国人は一六世紀についてあまり気にしていないと認めざるを得ない。ヒロイズムはヨーロッパ連合で流行りの概念とは言いがたく、かつてキリスト教世界と呼ばれていた地域の住民は、「大航海時代」の開始を告げた聖戦主義者《ジハーディスト》の熱情を思い出させられるのを好まない。今ではカモンイスの名は、ほとんどの同国人にとって、単なる通りや広場や研究所の名前でしかない。彼らの先祖についてこの偉大な詩人がうたった叙事詩（「いまやかれらは、あのように、軽舟に乗ってあぶない海を、用いたことなき船路によって突き進みつつ、南風または南西風もものかは、なおも冒険。なぜというに、すでに日のながい処もみじかい処も見てきた以上は、陽の出生地をつきとめようとてそれに精魂をかたむけているからだ」［第一歌二七節］）を学校で読んでも、それは単なる文学作品でしかないのだ。彼らポルトガル人の子孫が、カモンイスの作品に登場する未知の海を航海した昔の不屈の船乗りたちと、パスティス・デ・ベレンに振りかけられたシナモンを結びつけることなど、到底期待できない。別のポルトガルの詩人が、「このシナモンの香りとともに、王国はその民を失う」と嘆いた通りだ。

それでも、この小さなカスタード・タルトが伝える物語ときたら！　その一口には、ポルトガルの来し方が込められている。ほろほろと崩れるペストリーは、フィロなどの焼き菓子の製造技術をイベリア半島にもたらしたムーア人の遺産だ。気前よく振りかけられたシナモンの香気は、遠い昔に消滅したアジアの帝国から唯一、今に伝わっているものだ。また、ポルトガル人がアメリカにもたらした砂糖は、香辛料を求める旅の途中に偶然見つかった大陸を記念し、またサトウキビを想起させる。この植物のせいで、多くの無力なアフリカ人が故郷から遠く離れた地で苦悩の果てに死に、その白い結晶はリスボンからウィーンにかけての各地の菓子店へ、大量に送られたのだった。こうした歴史のすべてが、シナモンの香りのするクリームたっぷりのこのカスタード菓子に凝縮されている。

第三部　アムステルダム

スイーツとスパイスと聖人

ちょうどいいタイミングで二人の〝ツヴァルテ・ピート〟が目に入った。お菓子を袋いっぱいに詰めて運河の向こうに運ぼうとしているところだ。黒い顔をしているが、一二月の暮れゆく日の光のなかで唯一カラフルな色を放っている存在でもある。二人が着ている赤、黄、緑のベルベットのチュニックが、降りやまないアムステルダムの霧雨に濡れて輝いている。通りの向かいからではその黒く塗った顔はほとんど見えないが、にんまり笑った真っ赤な唇とオランダ人のきれいな歯並びがきらめくのがわかる。つるつる滑る石畳の上を私が滑っていくのを見ていたのだ。左右も見ずにダッシュしていた私のほうがよほど愚か者に見えただろう。自転車がこちらに突進してきて、私はすんでのところで頭から運河に落ちるところだった。さいわい、自転車に乗っていたおばあさんは最後の瞬間にハンドルを切ってくれた。ただ、その熟練のハンドルさばきは、私の身の危険を避けるためではなく、かごに山積みになったお菓子の箱がひっくり返るのを避けるためだったと思われる。

その日は一二月五日で、聖ニコラウスの祭り〝シンタクラース〟の日だった。オランダのおばあさんたちはこの日を、ありとあらゆるお菓子で孫を甘やかす日にしている。親たちは木靴や掃除道具入れにプレゼントを隠す。そして、ブロンドで青い目の無数のオランダ人が顔を黒く塗り、ルネサンス期の屋内奴隷の服を着て、ツヴァルテ・ピート（〝黒いピート〟）の扮装をする。これは聖ニコラウスの〝アフリカ人〟従者たちにつけられていた名前だ。彼らは街角やショッピング・モールに出没し、通行人に〝ペパーノーテン〟を配る。このスパイス入りクッキーと古めかしい黒人の顔は、風車や木靴と同じぐらいオランダ的なものだ。しかしそれは、この国の植民地支配の歴史を物語るどこか不気味な記念品でもある。アムステルダムがかつては砂糖とスパイスの偉大な帝国だったことを思い出させるからだ。

ペパーノーテンは色の濃い小さなクッキーで、黒砂糖といろいろなスパイスが入っているが、スパイスの種類は地域やメーカーによってさまざまだ。その名前にもかかわらず、さらにはヴェネツィアの〝ペヴァリーニ〟ともちがって、これといったペッパーは入っていないが、その味がなんであれ（いまではチョコレートがけのものまであって、伝統を重んじる人々をぞっとさせている）、聖ニコラウスの日にとっては、聖ニコラウス自身とその浅黒い仲間たちと同じぐらい欠かせないものになっている。

白いひげで赤い服を着た聖人は、クリスマスの数週間前にショッピング・モールに行ったことのあるアメリカの子供にはおなじみの存在だろう。世界じゅうで知られているサンタクロースは、その起源であるオランダのシンタクラースをベースにしている部分が大きい。しかしオランダでは、彼は四世紀の半神話的な司祭とされている。うららかなミラ（現在のトルコにある）の街出身で、寒い北極に住む霜で顔を赤くした妖精ではない。中世には商人と船員の守護聖人として名高かったため、新興の港湾都市だったアムステルダムが市の公式聖人を聖ニコラウスにしたのも自然のなりゆきだった[39]。

一三六〇年には早くもシンタクラースのお祝いが子供たちのためにおこなわれたという記録が残っている。伝統にのっとって聖人は中世の修道院付属学校に現れ、できのよかった生徒たちには香辛料入りのお菓子を与え、できの悪い生徒にはカバの木のムチで罰を与えた。やがて、もじゃもじゃのあごひげを生やした訪問者はプレゼントも渡すようになった。中世のアムステルダムでは、街の中心にあるダム広場で毎年シンタクラースの市が開かれ、桂皮、ハチミツタルト、ペパーノーテンといったお菓子であふれた売店が並び、どのお菓子にも砂糖や香辛料の味がたっぷりついていたが、それはみな聖ニコラウスの故郷である東洋から輸入された調味料だった。このような享楽はすべて、宗教改革によって力を得たカルヴァン派にとっては過度なものだったので、カルヴァン派はこの太った聖人を禁止しようとし、シンタクラースは偶像崇拝のカトリック教徒の操り人形だと非難した。「聖ニコラウスの日に売店を出し、そこで売っている品物は聖ニコラウスからいただいたものだと言っているが、それでは子供たちを迷わせることになるし、そのような行為は秩序に反するだけではなく、人々を真の信仰から遠ざけ、無神論や迷信や偶像崇拝に向かわせるものだ」と、一六〇〇年に発令されたクラース禁止命令書には書かれている。町から町へと禁止令は広がっていき、スパイシーなシンタクラースのお菓子を焼くことや、プレゼントを入れる靴を用意することが禁じられた。しかしそんな禁止令はなんの役にも立たなかった。聖ニコラウスおじさんの人気が高すぎたのだ。

現在では、シンタクラースは一二月五日の祝日の数週間前にスペインから蒸気船で到着することになっていて、その様子はどのテレビ局でも中継される。聖人に付き添っているのは、白馬と一人か複数のツヴァルテ・ピートだ。ツヴァルテ・ピートはスペインのムーア人だという話を聞くかもしれないが、それは比較的最近の話だ。初期の黒い顔のピートは、通常は悪魔を表現していて、鎖で足かせをつけられていることが多かった。現在のピートは、そのフリルのついた服と古めかしいかつらで、一九世紀に白人が黒人に扮してやっていたショーから抜け出してきたように見える。この外見の一致は偶然のはずはない。このようなピートの姿がつくられたのは、人種差別的なキャバレーのショーがおこなわれていたのと同時代で、一八六三年にオランダが植民地での奴隷制度を廃止したころだった。ちなみにオランダはヨーロッパ諸国のなかでも最後まで奴隷廃止をしなかった国でもある。スリナム政府は一九七五年にオランダから独立したとき、ツヴァルテ・ピートが表現しているものに幻想を抱くことはなく、即座にその黒い顔の扮装を禁止した。スリナム（かつてのオランダ領ギアナ）の砂糖農園では、足かせをつけられた黒人の扮装に対する自分たちの意見があった。それでもピートの人気は高かったので、一九九二年には禁止が取り消された。

もちろんオランダでは、ツヴァルテ・ピートで奴隷貿易の恐怖を連想することもなければ、スパイスが香るペパーノーテンをかじりながら、インドネシアのナツメグ諸島で先祖がおこなった大虐殺を思い浮かべることもないだろう。これに関しては、オランダ人はポルトガル人とよく似ていて、アメリカ大陸の砂糖植民地とインドネシアの香料諸島を失ったことなどはほぼ忘れ去っているが、これもまたヴァスコ・ダ・ガマの子孫と同じように、甘党という点はずっとそのままなのだった。オランダ人の甘党はスパイスのきいた甘いものが好きで、その起源はポルトガル人よりも古く、ほとんど中世にまでさかのぼる。少なくともシンタクラースとクリスマスのころに伝統的に食べられているお菓子についてはそうだ。統計を信じるなら、一五〇〇万人のオランダ国民は、毎年約二・八トンものスパイス入りケーキを消費しているのだ。

冬の休暇は〝スペキュラース〟がなくては始まらない。私が好きなこの中世のケーキは、シナモンの甘い熱とショウガとナツメグのやさしい光で味つけされたジンジャーブレッドが、中心にあるしっとりした甘いマジパンを包んでいる。しかし、スペキュラースにはさまざまな種類がある。オランダ人を特にとりこにしているこのお菓子を私に最初に教えてくれたのは、食物史研究家のペーター・ロースだ。[40] ペーター（オランダでは女性の名前）は、信仰を新たにした聖職者が数えあげる罪よりも多い種類のスペキュラースをリストアップでき、少なくとも四七種類のジンジャーブレッドを記録している。彼女はスペキュラースのレシピを『グルメ』誌にも載せている。オランダのほとんどのメーカーよりも多くの種類を知っているのだ。オランダでは、ジンジャーブレッドに入れるスパイスは国家機密に近いものだ。オランダ人がスペキュラースに特別な感情を抱いているのはまちがいない。とはいえ、ふつうは市販のジンジャーブレッドを買っている。しかし、トップシークレットのスペキュラース用スパイスミックスも売っていて、それも数限りないほかのレシピに加えることができる。どんなスーパーマーケットでも袋入りのこの甘いマサラを買うことができ、そこにはシナモン、メース、アニシード、カルダモン、ナツメグ、クローブ、そしてもちろんショウガが入っているはずだ。

オランダ人が大好きなスパイス・ケーキ（こういう甘いケーキは、ペッパーが入っていてもいなくても、オランダ語で一般的に〝ペパークーク〟と呼ばれる）の記録は、中世にまでさかのぼる。オランダ東部のデーフェンテルの市議会で一四一七年に定められた法令では、ハチミツと香辛料の入ったこのずっしりしたケーキに何を入れるべきかを指定している。認められていないものを〝デーフェンテル・クーク〟に入れた者には六六六ギルダーというとんでもない罰金が科せられた。結局のところ、デーフェンテル市民は賢明な選択をしたことがわかった。というのも、一六〇〇年代末にはデーフェンテルは年に七一万五〇〇〇個ものケーキを輸出していたのだから（しかも市の人口はわずか七〇〇〇人だったのだ）。もっと最近では、ジンジャーブレッドが軍隊の士気を上げるために使われている。米兵がハーシーのチョコバーを支給されるように、オランダの兵士はスパイス・ケーキを支給されている。

アムステルダムにおけるスパイスの伝統をはっきり示しているのは、一二月のスペキュラースやペパーノーテンだけではない。かつての波止場地区にある荘厳なビルにもそれを見ることができる。ビルには〝オランダ東インド会社〟のロゴが描かれている。古い倉庫からはその香りが漂っている。建設作業員は、かつてのスパイス倉庫を流行りのロフトにリフォームしているときに梁から漂ってくるナツメグやクローブの甘い香りをかぐことがあるという。もちろん、スパイスはオランダの家庭のキッチンでも香っているが、それはヨーロッパのほかの国の人間が縮みあがるようなにおいであることが多い。だがそれは、ほかの地域で味の好みが変わってしまったせいだ。スパイス・ケーキはかつて、オランダ国境のはるか向こうでも愛されていた。例のデーフェンテルのケーキは地元の甘党のためだけでなく、それに匹敵するほど輸出もされていたのだから。ヨーロッパ最後の偉大なスパイス貿易国として、オランダ人のスパイス愛は消えることがなかったのだが。ほかのヨーロッパ諸国の多くでは、ルネサンスの流行がすたれていくにつれて、スパイスへの愛も消えていった。オランダ人のスパイス愛がはっきり表れているのが祝日に食べられる伝統的なお菓子で、アムステルダムのスパイス入りパイ〝アムステルダムセ・コーシェ〟、アニシードの香りがする色が薄くてぴりっとしたパン〝アウダヴィーヴェン〟。それに鉄板で焼いてつくられるオランダ南部の古風なスパイス入りビスケットで、いまではめったに見られなくなった〝クルークプラーティエ〟などだ。しかしスパイス、特に一六世紀のスカッピやメッシスブーゴといったイタリア人コックにとても愛された甘いスパイスは、ケーキだけでなくソーセージやシチューにまで使われている。オランダの一人あたりのスパイス消費量はモロッコと同じぐらいで、アメリカ人の平均の軽く二倍になる。もちろん、オランダ人は自分たちの食べ物についてさほど深く考えることはないので、そんなことは何も知らずに地元のスーパーマーケット〝アルバート・ハイン〟で夕食のチキン用に特注のスパイスミックスを買っている。オランダでは、アスパラガスにナツメグを振るし、赤キャベツにクローブで香りをつけるし、ソーセージ・ロールにはメースで味つけをし、ウナギにまでシナモンをかけるのだ。郊外のショッピングセンターに入っている食肉店に行けば、風変りなオランダ料理の宝庫を発掘できる。下ごしらえしたシュニッツェル、イタリア産サラミ、ねっとりしたマヨネーズ和えのサラダに隠れて、コショウとメースの香りがするブラッド・ソーセージや、舌を焼くほどのクローブが入っているスクラップル［コーンミール入り豚肉ソーセージ］に似た〝バルケンブリー〟が並んでいる。

　まっとうに評価されているオランダのチーズでさえ、驚くほどの量のスパイスで味つけされている。その証拠が見たければ、ダム広場から数百メートル西に歩いて〝ヴェステリケ・グラハテンゴルデル（西環状運河）〟に行くといい。ここはアムステルダムの黄金時代にスパイス商や材木商のための屋敷が建っていた区域だ。ここに並ぶ古風な店のなかに、ごくふつうの店頭に隠れた、アムステルダムにおけるチーズの殿堂が一軒入っている。とはいえ、この〝カースカマー（チーズの部屋）〟の入り口をあけても、すごい殿堂のようには見えない。控えめなスペースはどちらかというと巨大なクローゼットのようだ。それでも、オランダチーズの愛好家にとっては、ここは聖地である。見わたすかぎり、壁には無数の円形チーズがシンプルな松材の板に並べられている。下の段には丸々とした黄色い四年物の〝ボエレンカース（ファーム・チーズ）〟が並んでいる。このチーズは熟成されて崩れやすく、キャラメルのような甘さがある。天井に近い棚に並んでいるのは、熟成の浅いクリーミーなゴーダのずんぐりした赤い小型の球体だ。そして中間にあるのが、スパイスがたっぷり入ったチーズだ。ボエレンカースのなかには、コショウやマイルドなパプリカやホットチリで味つけしたものもある。クミンを加えると、チーズが熟成していてもいなくても、モロッコ風の味になる。そしておそらく、最も意外なのが〝ナーヘルカース〟だろう。挽いていないクローブが大量に入っていて、一口ごとに三、四個は口に入る。不思議なことに、主張の強いクローブの存在は、バター風のチーズとかすかに感じられる甘さによって抑えられている。これは、ほとんどのオランダチーズに見られる大きな特徴だ。木靴とともに育っていない人間にとっては、変わった味に感じられるのはたしかだが、私はけっこう好きだ。それに加えて、ナーヘルカースが一個あれば、現在でも四〇〇年前でも、ヨーロッパ人が消化できるスパイスの量について食物史の研究家が抱いているかもしれない疑念をすっかり払拭してくれるだろう。[41]

黄金時代の食事

ヴェステリケ・グラハテンゴルデルから脇に入った通りには屋根がシンプルな階段状破風になった質素な煉瓦造りの店が並んでいるが、この地名の元になった運河沿いにはバロック様式の渦巻き模様を浮き彫りにした堂々とした石灰岩の屋敷が列をなしている。この地域が一七世紀にアムステルダム黄金時代の最初の洗礼を受けたとき、ここは街でも最も裕福な商人たちの居住区としてデザインされた。商人たちはスパイスなどの外国産製品の輸入で得た金をたっぷり持っていた。最も壮麗な邸宅が建てられた運河の内側はヘーレングラハトと名づけられた。これはオランダ東インド会社で非常に大きな権力を持っていた重役会〝一七人会（ヘーレン17）〟にちなんだ名前で、この重役会がポルトガルからスパイス貿易をもぎとったのだった。

裕福な材木商のヤコブ・クロムハウトは一六六〇年ごろに新しい家を建てる場所を探していて、当然のことながらヘーレングラハトを選んだ。東インド会社は多くの人に富をもたらしたが、とりわけ造船業界に材木を売っていた者たちの稼ぎは大きかった。クロムハウトは自分の成功を世界に知らしめたいと思っていた。優秀な建築家を雇って、四階分の高さがある二重になった切妻屋根の優雅な邸宅を設計させた。この屋敷は双子の振り子時計が上品な石灰岩で縁どられているような印象を与える。近年、この屋敷は博物館になったので、誰でもなかに入ってアムステルダムの裕福な人々がどのように暮らし、どのように料理をしていたのかを見ることができる。驚くことに、厨房は一七世紀のままでまったく手をつけられずに残っている。そしてその厨房ときたら！　これが現代に建てられたものだったら、まちがいなく金にものをいわせたとんでもないキッチンだ。二つあるうちの大きいほうには、五メートル近くにもなる大理石のカウンターがあり、大理石の床、壁につくりつけのオーブンが二つ、レンジ台、暖炉もあり、いたるところに趣味のいい青と白のデルフトのタイルが使われている。流しには水道まで引かれていた。しかし、厨房の最先端の装備にもかかわらず、クロムハウトがまちがいなく古風なスタイルで食事をしていたことがわかるものがあちこちにある。

　隣の食堂で何が出されていたのか知るためには、ペーター・ロースが翻訳した『デ・フェスタンディヘ・コック（賢明な料理人）』を読んでみるといい。これは一六六八年から一七一一年のあいだに少なくとも一〇刷は発行された人気の料理本だ。彼女は一七世紀のオランダの人々がかなりいい食生活を送っていたと主張する最初の人間になるだろう。ペーターはすばやくこの料理本のページをめくって、子牛肉、鹿肉、子豚肉、七面鳥、ヤマウズラ、サギ、ニシン、カレイ、チョウザメ、エンダイブ、アスパラガス、アーティチョークを使ったレシピを示し、一六〇〇年代のアムステルダムで手に入ったものについての自分の指摘を証明してみせた。とはいえ、これは地元のビアホールで食べられたような食事ではない。当時の料理本はどれも裕福な人たちのためのものだった。それはスパイスをたっぷり使ったレシピを見れば明らかだ。レシピはおよそ一世紀前のイタリア料理を思わせるもので、甘酸っぱい味に偏っていて、ベル果汁で酸味をつけ、たっぷりの砂糖で甘くしていた。ナツメグ、コショウ、メース、クローブ、シナモンの組み合わせがほとんどすべての料理で使われているが、魚と野菜にはそれほど使われていない。ペーターの主張では、スパイスの量は中世の標準からするとふつうだという。だが私が正しくて、中世の食事が一般的に考えられているよりスパイシーでないとしたら、オランダの食事はそれ以前のものよりもかなりたっぷりと味がつけられていたことになる。さらに言うなら、〝ナーヘルカース〟を食べてみて、オランダ人のスパイス熱が実感できた。たしかに、当時の料理本の多くにはどれだけのクローブやナツメグを入れるかについてははっきり書かれていない。それでも、分量が書かれているわずかなレシピのなかでは、とんでもない量になっている。〝ハーゼ・

ソース（野ウサギのソース）〟のレシピでは、甘酸っぱさのベースとして、一カップのベル果汁に一ダースのシュガークッキー、はっきりしない量の「挽いていないクローブ、シナモン数本、メース数個」、そして大さじ数杯の粉末シナモンが入っている。さらに甘くするために、著者は一握りの砂糖も加えるように指示している。別のレシピでは、〝フェネスーン・パステイ（一種のミートパイ）〟の分量が示されていて、一・四キロの牛肉を、ほぼ大さじ二杯のコショウ、四杯のショウガ、一杯半のナツメグ、大さじ半分のクローブで味つけしてから、パイ生地に入れて焼いている。一四世紀の料理本『メナジエ・ドゥ・パリ』でもとうていこれにはかなわないだろう。

ヤコブと妻のマルガレータが毎日このような食事をしていたのか、あるいはこのような食事はおもに客をもてなすためだったのかははっきりしない。オランダ人はおしなべて平均的なヨーロッパ人よりもずっと大量のスパイスを消費していたが、その一方でエキゾチックな香辛料を手に入れることができたオランダ人はさらに多かった。一六〇〇年代後半には、コショウとショウガは贅沢品とはみなされなかったが、どちらかといえばクローブ、ナツメグ、メースは少し値段が高かった。[42] 一方、ほとんどの人はスパイスを少量ずつ、半オンスの袋か、それ以下の量で買っていた。当時の絵画ではときおり小さな紙袋（見たところ、新聞紙か暦を再利用したもの）が描かれているが、そこには数ペニー分の挽いたコショウが入っている。

ヤコブ・クロムハウトの時代の食べ物の味については何千枚もの静物画から知ることができる。急増するアムステルダム市民のために建てられた家々を飾るために描かれた絵画だ。オランダの資産家たちは絵が大好きで、風景画でも風俗画でも静物画でも、あらゆるジャンルの絵を好んだ。特に食物はとても人気のあるテーマだった。絵には、中国から輸入された磁器やきらめくライン地方のグラスが光を放ち、ときにはスパイスを挽くための磨きあげられた真鍮のすり鉢が描かれることもあった。この静物画の全盛期を専門としている美術史家たちは、絵に描かれたものがどれだけ真実であったのかという議論を果てしなくしている。そこに描かれた教訓はおいしそうな食べ物を見せびらかすための偽装なのか？　それらは画家の技術を見せつけるための手段で、そのためにごく繊細な描写の目利きによって集められたものなのか？　画家の意図がどうであれ、完成した絵画はまちがいなく五感に訴えるものになり、わいせつと言ってもいいほどだった。ハムは広げられ、透き通るようなバラ色のスライスに切られるのを待っている。熟れた果実からはおいしそうな果汁がにじみ出ている。牡蠣は塩分を含んだ自らの液体で光り、あまりにもリアルで、喉を通っていく感覚まで味わえそうだ。画家やパトロンがなによりも食の喜びを描こうとしていたとは考えにくい。カンヴァスに描かれていることが彼らが実際に食べていたものをそのまま表しているとも言えない。その関係はおそらく、現在の料理雑誌に載っている完璧な写真のついたレシピと実際にテーブルに載せられる料理とのちがいと似たようなものだろう。だが、もちろん無関係ではない。同様に、『賢明な料理人』に書かれた説明とクロムハウトの大理石のカウンターでつくられた料理にも関係があったはずだ。

絵画を見て、料理本を読むと、外国人によるオランダ料理に対する意見に少し疑いが生まれてきた。ピエール・サルトル神父は「彼らの肉スープは、塩かナツメグをたっぷり入れたお湯にすぎず、胸腺と挽き肉が入っているが、ほんのわずかな肉の味もしない」と書いているが、その説明がちゃんとものを見ようとしない彼のフランス風の態度のせいだという可能性はないだろうか（彼がこれを書いたのは一八世紀半ばで、たしかにオランダが衰退していた時期ではあったのだが)。それよりもウィリアム・テンプル卿の説明のほうが正しいかもしれない。彼は一六〇〇年代の初めに低地地方を訪れている。このイギリス人はオランダに対して明らかに好き嫌いのまじった気持ちを抱いているが、食卓でのオランダ人の熱意にはしぶしぶながら称賛を表している。「祝宴にはすばやく集まるが、いったん席に着いたら忍耐が必要だ」と彼はサルトル神父とは違って警告している。「彼らは我々が肉を料理する時間よりも長く肉を食べている。それが夕食であれば、終わるのは朝日が昇るころだ」彼はまた、オランダ人の魚の料理のしかたに感心している。イギリス人なので、この点では寛大になっているのかもしれない。しかし彼はオランダ人のひどいテーブルマナーについては、同時代のイベリア人に全面的に賛同している。ハーグを訪れたとき、このスペイン人大使は、オランダ議会の代議士グループが議会が始まるのを待つあいだに黒パンの塊をちぎり、チーズをかじっているのを目撃した。これは、フェリペ二世の宮廷における格式高い食事作法とはほど遠いものだが、彼は敵の形式ばらない食べ方にある意味感銘を受け、「こういう国民は無敵だ!」と宣言している。

オランダ人は実際大量にチーズを食べた。ドイツ人はこの隣人を「チーズ頭」と呼んだが、そのあだ名には羨望も潜んでいた。オランダは国民が食するチーズだけでなく、海外への輸出でかなりの外貨を稼いでいたからだ。

オランダにはヨーロッパ随一と言っていいほど食物が豊富にあったし、国民全体がその恩恵を受けていた。この点でも、その時代の絵画によって、当時の一般家庭の台所や居酒屋の様子をうかがい知ることができる。食卓につく庶民や、食事をし、酒を飲む(そしてひっくり返る)農民たちをいちばんよく描いていたのがヤン・ステーンだ。彼の描くビールパーティーは特に真に迫っていて、その光景を間近に見ていたのはまちがいない。ステーンの家は醸造業を営んでいた。彼の絵に登場するビール好きの男たちは、ヘーレングラハトの人々のように繊細なガラスのタンブラーでライン・ワインを飲んだり、イタリアのマジョリカ陶器に載せられたスパイスの効いたウサギを食べたりはしない。彼らはビールをがぶ飲みし、分厚いチーズとハムを黒パンといっしょにむしゃむしゃ食べる。一七世紀のオランダはヨーロッパのどの国よりも給与水準が高く、バルト諸国から持ちこまれる穀物は比較的安かった。そのため、主食である黒パンは数ペニーで三ポンド分買えるぐらい安かったので、熟練工なら残った金で野菜やチーズやニシンを買うことができた。[43] こういう理由もあって、輸入品の香辛料も買えたのだ。家族がさらに高い香辛料を使ったジンジャーブレッドを味わえるのは年に一度の祝日だけだったが。飢饉に苦しんでいた南ヨーロッパの農民たちがアムステルダムの孤児院の太った子供たちの絵を見たら口をあんぐりあけて立ち尽くしただろう。なにしろ、毎日与えられるパンと豆とビールに加えて、週に一度、肉か魚も食べさせてもらっていたのだ。こういった比較的豊かな生活の結果、ヨーロッパの他の国とはちがって、一六〇〇年代に新しくつくられたこの共和国では食料暴動があったという報告はほとんどない。

オランダの都市を取り囲んでいる市場向け菜園が市民にたっぷり野菜を供給し、たえず降る雨のおかげで青々と茂った草を食んだ牛たちは丸々と育っていた。しかし、オランダの生活の質は地元でとれるものだけに支えられていたわけではない。「この国は土地が低く水が多いせいで、小麦ばかりかライ麦さえほとんど育たない」と一五六七年にイタリアから訪れた人物が書いている。「それなのに、ほかの国に輸出するほどの量がある。(中略)ワインはつくっていないのに、たっぷりのワインがあり、ワインをつくっているほかの国よりも多くのワインが飲まれている」と感心している。これはつまり、オランダ料理のあらゆる部分が輸入に頼っていたということだ。ニシンは近くの北海から、ワインはラインラントから、ライ麦はポーランドの平地から、砂糖は南アフリカから、ナツメグは地球の裏側のモルッカ諸島から。オランダにはこんな言い回しがある。「*War men van veerst haelt, dat smaecket soest*」——これはつまり「いちばん遠くから持ってきたものがいちばん甘い(もっとはっきり言えば〝おいしい〟)」という意味だ。国土のほとんどで乳牛に食べさせる草しか育たなかったために、野心のある者は皆、堤防や干拓地の向こうに目をやらなければならなかった。ヴェネツィアやリスボンと同じように、金を得る道は海外につながっていたのだ。

不動産業者の文句ではないが、立地がすべてだ。低地にあるオランダが占めていたのは丸々と肥えた場所だった。ここは、ライン川をのぼって運ばれたワインと石炭が川船から海に向かう船に積み直され、ポルトガル人がドイツの市場に向けて油と塩を運び、ジェノヴァとヴェネツィアのガレー船が故郷に戻るまえに寄る最後の場所だった。かつてこういった通りすがりの客から利益を得ていたのは、南部ネーデルラント(現在のベルギー)だ。中世には、フランドル州の州都であった大都会のブリュージュが、英国の毛織物やペルシャの絹やスウェーデンの毛皮をマラバールのコショウと交換する場所だった。その後、スパイス貿易の光がヴェネツィアからもぎとられると、リスボンがその波に乗り、やがてアントワープに移り、一五〇〇年代後半にスペインとの戦争の結果として、ようやくアムステルダムにやってきた。しかし本物の富、ヘーレングラハトに屋敷を建て、職人が紳士並みの食事をできるほどの富は、もっとあとの一七世紀にやってきた。このときは、戦争と幸運と、知識がたっぷりあったおかげで、アムステルダムは世界のスパイス貿易の中心地になった。

アムステルのダム

たいていの人はアムステルダムの中央駅に着くと、一五番ホームから北を眺め、狭い水路のすぐ向こうに広がる光景を見る。さほど遠くない過去、ここに見える光景、建ち並ぶ高層ビルと樹木、住宅団地と子供の遊び場、公園と工場といったものは、すべて沼と海だった。都市の存続のため、アムステルダム市民はたえまなく溝と運河を掘り、沼地の泥から水を抜いていた。ヴィクトリア朝の鉄道駅でさえ、かつては市最大の港だった場所の真ん中に杭を打って建てたものだ。一七世紀の版画には、いま駅が建っているところにたくさんの船が錨をおろしている姿が描かれている。そこからは大きな水路がダムの市の中心に向かって流れていた。オランダ人がタフで気難しいと言われているのも無理はない。これまで何世紀にもわたって海と闘ってきた彼らを誰が責められよう？　とはいえ、この水のゆりかごにも利点があった。あるイギリス人訪問者は「（彼らは）みな生まれながらの船員で、蛙のように水陸両方で生きられる」と記している。この特質は、リスボンのインド洋帝国をオランダの池に変えてしまうときにも役に立っただろう。

リスボンとくらべると、それどころかヴェネツィアとくらべても、アムステルダムがヨーロッパの表舞台に出てきたのはかなり遅かった。イスラム教の祈りの時間を告げる声がアルファマに響き渡り、市場ではコンスタンティノープルから来たフォークを振りかざす王女の噂でもちきりだったころ、ローマ人がバタヴィアと呼んでいた場所には人はまばらで、ここは曲がりくねった川が交差する湿気の多い土地だった。その後、一二世紀のどこかの時点で、連続して洪水に襲われ、オランダの中心は莫大な水をたたえた広大な湾、ゾイデル海になった。この内海の南端で小さな集落がアムステル川をせきとめた。この川は広いライン川につながる小さな川だった。これによって人々はこの土地を〝アムステルレダム（アムステルのダム）〟と呼び、それが縮まってアムステルダムになった。現在では王宮とマダム・タッソー蠟人形館が建っているダムのそばの開けた土地は、最初は市場としてはじまり、やがて市の中心的な広場に変わっていった。そこはいまでもダムと呼ばれている。アムステル川はとうの昔に新しい運河になり、舗装された道路になっているのだが。

それからまもなくして、この土地の人たちは商売のために外へ出ていくようになった。私たちがこのことを知っているのは、その過程でトラブルに巻きこまれた例もいくらかあったからだ。〝アムステルラント〟からの船は、早くも一二四八年にはリューベックというバルト海の町で没収されたようだ。当時の最初の貿易商たちはあらゆるもの――皮革や毛皮から穀物やハチミツまで――を持ち帰っていたが、やがてすぐに特に重要な商品を専門に扱うようになる。ビールだ。特にドイツのビールが専門になった。一三六五年ごろは、二五〇〇トン、つまりハンブルクの全ビール輸出量の約三分の一という莫大な量が、毎月アムステルダムに輸送されていた。しかも、いくらオランダ人が酒好きだとはいえ、これはアムステルダムの三〇〇〇人の住人が消費する量よりもかなり多かった。彼らは飲めなかった分を売っていたのだ。

一五世紀と一六世紀には、アムステルダムの商人たちはビールからニシンや穀物へと手を広げていった。このような品をすべて運ぶために船が必要になり、スカンジナビアの木材も輸入され、急成長していた船会社のために板に加工された(中央駅から東に目をやると、いまでも旧市街に最後に残った風力製材工場の風車を見ることができる)。この小さな都市は、まわりをとりかこむ沼地に一連の半円の運河をつくることで成長していき、その中心がダムだった。それと同時に、一四八二年の地図を見るとわかるように、ヴェネツィアの小型版という雰囲気の町になっていた。

一五六〇年代になってもまだ、世界はアムステルダムにはさほど注意を向けていなかった。というより、オランダのどこにも注意を向けていなかった。世界のほとんどはそうだったのだが、ある強迫神経症的な人物が、オランダ、正確には宗教改革の分離派に参加したすべてのオランダ人に注意を向けることになった。一六世紀初頭、現在のベルギーとルクセンブルクとオランダはスペインの支配下におかれ、超正統派のフェリペ二世は自分の裏庭で異端が生まれるのを許すつもりなどなかった。そしてそれを証明するために五大陸から集めた人材も確保していた。オランダ人にしてみれば、この〝至高のキリスト教王〟に従うつもりはさらさらなかった。国にいない国王は、新しくできたルター派、礼典形式主義者、再洗礼派、そして何にもましてカルヴァン派の人々にカトリックの正統主義を押しつけようとしただけでなく、彼らに税金という罰を与え、再改宗させようとしていた。当然のことながら、頑固なオランダ人、特に繁栄した（ほとんどがプロテスタントの）ホラント地方の町では、それをまったく受け入れなかった。一五六八年、フェリペはこの問題を解決するために自らが所有する巨大な軍のなかからわずかな軍隊を送った。最初は治安維持活動だったものがやがて激しい戦闘になり、それが正式に終結したのは八〇年もたってからだった。スペイン人兵士たちは正気を失った十字軍戦士のように現れ、住民を虐殺し、何千人も処刑した。だが、最初は成功していたものの、彼らの焼き討ち作戦はフランダースで文字どおり泥沼にはまった。最終的に、最後のスペインの襲撃は一五七四年に粉砕され、ライデンの住民は堤防を壊してカトリック軍を溺れさせたのだ。

戦火が消え、堤防が修復された一五八七年のあとに事実上二つの国が現れた。南がいわゆるスペイン領ネーデルラント（基本的には現在のベルギー）で、圧倒的なカトリック人口を保持していたが、北のネーデルラント連邦共和国（一般的には〝オランダ共和国〟）にはカトリックとプロテスタントが入り交じっていた。しかし、経済的に支配していたホラントとユトレヒトではカルヴァン派の勢力が強かった。

この戦争では、アムステルダムは最高の幸運に恵まれた。一五七五年以降フェリペの突撃隊にほとんど襲われなかったのだ。この最大のカトリック王国の聖戦がなければ、アムステルダムがこれほど早く東インド会社のスパイス貿易にかかわることはなかったはずだ。そもそも、一五八〇年のスペインの近隣諸国併合以前は、バタヴィア人は自由にリスボンまで船で行き、運べるだけのスパイスをすべて持ち帰っていた。当時、スパイスはほとんど南部ネーデルラントの都市アントワープ経由で流通していた。リスボンとアントワープ間の取引の利益がさほど大きなものでなかったとしても、わざわざインドまで行く危険を冒す必要などなかった。しかし、スペインの異端審問が始まってからはすっかり変わってしまった。オランダ人はリスボンの市場から締め出され、フェリペの大隊が到着すると、アントワープの経済は破綻し、街は焼き払われた。その結果、アムステルダムに意外な利益がもたらされた。アントワープに集まっていた銀行家、商人、画家、医師たちが大挙して北に逃げてきたのだ。新興都市のアムステルダムで、彼らはフランスやドイツから来たばかりのプロテスタントの難民たちや、リスボンやセビーリャでの宗教裁判で死刑判決を受けて逃げてきたユダヤ人たちと合流した。

継続中の戦争はどちらの側にも大量の血を流すという結果になった。オランダの大尉たちは、スペイン船をことごとく攻撃する行為は正当なものだと信じて疑わず、残虐行為を重ねていった。ある代表的な例では、一六〇五年にイギリス海峡を移動していたスペイン艦隊をオランダの船隊が阻止したとき、オランダの提督は捕虜をとらず、全員を背中合わせに縛りつけて、海に投げ入れた。フェリペの船の乗組員は全員が合法的な標的だと考えられてはいたが、オランダの私掠船はアメリカの金塊を載せたガレオン船を乗っ取ることを愛国的な義務として特に熱心におこなっていた。とはいえ、それより値打ちのないものには見向きもしなかったわけではない。コショウとシナモンを載せたポルトガルのナウ船は、ポルトガルがスペインの支配下に入った一五八〇年以降はガレオン船と肩を並べるぐらい魅力的な標的になった。そうなるとポルトガル領インドのスパイス帝国全体が標的になった。私掠船国家が邪悪なカトリックの暴君から奪うものとして、ポルトガル領インドが一つの大きな目的となったのだ。アムステルダムが繁栄したのは、フェリペの軍隊に使われるはずのスペインの金が、ダムの酒場やくすねられたコショウの積み荷に使われたためだ。そのコショウは、かつてはニシンのにおいをさせていた倉庫に収められていた。

しかし、最初にオランダの船がインド洋に乗り入れる前にも、この野心あふれる都市は繁栄を誇っていた。早くも一五九六年には、オランダの連合州によって管理されていた貿易と積み荷の量はイングランドとフランスを合わせた量よりもずっと多かったと、アムステルダムは宣言している。通関書類によると、それまでの一〇〇年間にゾイデル海に入ったオランダ船の数は四〇〇パーセントにまで上昇し、現在では中央駅が建っている場所にそれだけの数の船が停泊していた。したがって、スパイス貿易を始めようとする動機は、ヴェネツィアやリスボンとはちがうものだった。一六〇〇年、あえて木材やニシンといったぱっとしない商品を扱って金を稼いでいたアムステルダムの裕福な商人たちは、スパイス貿易がかつてのヴェネツィアのように繁栄の母乳になるというような幻想は抱いていなかった。コショウ船に頼って財産を築いたリスボンのやりかたは、実務的なオランダ人には不合理なものに見えたにちがいない。利幅はたしかに魅力的だった。一七世紀の前半には、穀物の売上総利益は三〇～四〇パーセントあたりだったが、スパイスは三〇〇パーセントを越えていた（もちろん、経費も高かったのだが）。少なくとも初期の段階では、この土地の現実的な投資家たちも魅力的な香りに多少は惹きつけられていたのもたしかだ。その香りは、東洋のにおいのきつい小さな果実や芽や樹皮から長期にわたって漂っていたものだ。そこに戦争があったために、ポルトガルがそれまで得ていたはずの莫大な利益を奪う機会ができたのだ。問題は、オランダの資本家がスパイス貿易をよく知らなかったことだ。

しかし一五九二年、若きリンスホーテンが、熱帯で日に焼けた顔を紅潮させて故郷のエンクハウゼンに帰ってきた。ヤン・ホイエン・ファン・リンスホーテンはまだ二〇代後半だったものの、ゴアでの長期滞在から戻ったときには、当時のオランダ人の誰よりもポルトガルのスパイス帝国についての知識を得ていた。ベストセラーを書けるだけの題材があったので、自ら売りこんだ地元の外科医ベレント・テン・ブルーケはすぐにそれを認識し、共著者になった。その結果生まれた『東方案内記』は、まさに投資家が必要としていた本だった。別世界とのスパイス貿易を始めるためのハウツー本だったのだ。リンスホーテンはポルトガルがはるか彼方に築いた帝国の古びた蓋を吹き飛ばした。この本には、遠方の海図、地図、スケッチ、説明が満載されていた。カンベイ湾の商品価格やマラッカでのスパイスの価格も掲載されていた。インドだけでなく、スマトラやジャワや東方のナツメグ諸島に関する興味をそそる説明もあった。一五九六年に刊行された『東方案内記』はアムステルダムだけでなくヨーロッパじゅうで、起業家を目指す人たちに飛ぶように売れた。

だが、まだ金の問題があった。これほどリスクのあるビジネスにどうやって投資を集めればいいのか。マヌエル一世がヴァスコ・ダ・ガマをカリカットへ送り出したときには、投資家の質問に答える必要はなかったが、ダムの商人たちには彼らの生活がかかっていた。当時、彼らの決断は革命的なものだったが、現在のニューヨーク株式市場で新しい会社に投資しようとする者にとってはおなじみの方法だ。いくつかの企業をつくろうとして失敗したあと、彼らは合資会社をつくった。ほとんどの歴史家によれば、これは史上初の合資会社で、連合オランダ東インド会社と名づけられた。

ポルトガルがスパイス貿易を始めた動機は王家と宗教と商業的な野望が入り交じったものであり、ヴェネツィア人はどんな局面でも神に祈りを捧げるが、それに対してオランダの動機はもっと現代的なものだった。できるだけ金を稼ぐことだ。しかしここでも、資本主義のベビーシッターにぶつけられた力強い宗教の熱情が東方への遠征を助けた。結局のところ、オランダ東インド会社は、ポルトガル領インドとの闘争がますます貿易戦争の様相を呈していたとはいえ、宗教戦争から生まれたのだ。

しかし動機が何であれ、オランダ人は聖戦のために喜望峰を越えて船を出すことはせず、改宗担当の副社長もおらず、教会や宣教師に金をかけることもなかった。彼らのスパイスはエデンに関するどんなものにも汚されていなかった。言いかえれば、彼らはビジネスをしていたのだ。木材やビールとたいして変わりのない商品を扱っていたのだ。彼らは現在の私たちが考えるビジネスマンと同じタイプで、自分たちが扱っている商品に対する昔からのロマンスに邪魔されることはほとんどなかった。

ランチとスパイス貿易商

「いい価格をつけてもらえるなら、それで何をしようが気にしない」輸入するスパイスがどのように使われているのかという質問をしたら、ラヴォーイからはこんな答えが返ってきた。まちがいなく、四〇〇年前の同業者の意見と同じだ。フランク・ラヴォーイはロッテルダムを本拠地としている〝ネッドスパイス〟の社長で、ヨーロッパでも指折りのスパイス業者だ。「燃やそうが、食べようが、捨ててしまおうがかまわない」と彼は、コンピューターの画面を流れていく商品価格を見ながら話を続けた。例として出したのは、クローブタバコになって燃やされる何トンものクローブだ。オランダ語では〝クライドナヘル（オランダ語の直訳では〝スパイスの爪〟）〟と呼ばれるこのスパイスの別の大切な使用法についてラヴォーイはおもしろがってさえいる。南アジアでは、この小さな〝爪〟を〝パン〟を包む葉をとめるのに使っている。パンというのはおだやかな麻酔作用のあるスパイスとビンロウジュの実を混ぜたもので、毎日何億人ものインド人がこれを噛んでいる。ここでは、パンを口に入れる直前に、クローブはそのまま捨てられる。インド人はこの目的のためだけに何百年もクローブを輸入している（パンは一四九八年にヴァスコ・ダ・ガマが会ったカリカットのザモリンが長いインタビューのあいだ噛んでいたのと同じタイプの麻酔作用のある混合物だ）。

現在のスパイス貿易について知りたければ、アムステルダムではあまり役に立たない。ナツメグやメースの甘い香りよりはマリファナのにおいをかぐ可能性のほうが高い。本当のビジネスがおこなわれているのはロッテルダムだ。ここの港はずいぶん前にアムステルダムにとって代わって、オランダの海運業の原動力になった。そして話を聞く相手はフランク・ラヴォーイだ。

アムステルダムの中央駅を出た列車は、典型的なオランダの景色を曲がりくねって抜けていく。埋め立てられた土地に、輝く緑の四角形が空を反射した帯できれいに区切られている。ロッテルダムに着いたとわかるのは、風車ととんがり屋根が高層ビルと真新しいイスラム寺院のミナレットにとって代わられたときだ。ここの中央駅を出ると、ミネアポリスにいるような気になる。右を向いても左を向いても、見えるのは個性のないオフィスビルばかりだ。第二次大戦でほぼ壊滅状態になったあと、ロッテルダムはすばやく再建され、ビジネスで成功しようと急いだ雰囲気がまだ漂っている。ラヴォーイのオフィスがあるのは、駅から徒歩数分の、ありふれた新しいビルが建ち並ぶ場所だ。

しかし少なくとも、ここには私が来た理由がある。ネッドスパイスの社長室に新しく敷かれたカーペットのポリエステル臭の上には、かすかではあるがはっきりとコショウの香りが漂っている。この香りの出どころは、ラヴォーイのデスクの上にあるミルだ。気がきいている。というのは、この会社が取引しているのは大部分がコショウだからだ。残りはクローブ、ナツメグ、メース、シナモン、オールスパイスだ。「スパイスで成功するのなら、コショウで成功しなければならない」と、大きなデスクの向こうからラヴォーイが言う。

フランク・ラヴォーイは混み合った部屋のなかでもたいていの人に気づかれるようなタイプではない。中肉中背で、履歴書に書かれるであろう年齢よりは若く見える。しかし五八歳のこのスパイス商人は、黄金時代にアムステルダムを動かしていたオランダ東インド会社の経営者たちに現在いちばん近い人物だ。ネッドスパイスの共同所有者であるとともに、ロッテルダムの商業会議所の会長でもある。その後、彼の運転手にロッテルダムの大物が経営するレストランで降ろしてもらったとき、そこで食事をしていた客たちはみなボスの到着を迎える狼の群れのように立ちあがった。ラヴォーイが特別肉食系だというわけではない。それどころか、彼は物静かで、痛々しいぐらい礼儀正しいやりかたで自信を表している。この群れのトップでいるということは、彼はビジネスマンであると同時に政治家の役割も果たしているということになる。クールで、計画的で、国際人で、多少ユーモアを理解できない部分もある。それでも、オランダ南部の小さな町で育った彼が食べて育ったであろう生のニシンの話をすると、かすかな笑みを浮かべた。

ラヴォーイが連れていってくれたランチの店のメニューに生のニシンがないことを知って、私はがっかりした。そのレストランはロッテルダムのほかの店と同じようにありふれた店で、高級品を扱うショッピング・モールのなかにあり、(たしかにおいしい)フランス料理を出している。どこに出しても星をもらえるような店だ。私がワイルドマッシュルームの泡をのせた鹿肉のローストを食べていると、ラヴォーイがふたたびリンスホーテンの時代からスパイス・ビジネスがほとんど変わっていないという話をした。もちろん、細かい部分は多少変わっている。近年では、マラバール海岸は何千隻ものガレー船やカラベル船やナウ船を送りだした、あの縮んだ黒い実を独占してはおらず、ジャワ島でさえもうかかわっていない。現在世界最大のコショウの輸出国はベトナムで、それに大きく差をつけられて続くのがインド、インドネシア、ブラジルだ。その結果、ラヴォーイのパートナーはしょっちゅうオランダと東南アジアを行き来し、会社の代理人と連絡を取っている。代理人はベトナムの農民にこのみすぼらしいつる性植物の育てかたを教えている。

ほとんどのスパイスはいまでも、高地にある小さな農家で副業として育てられている。トーマス・タムパースリーがクイロンの丘でやっているのと同じだ。中間業者が生産物を集めて、コーチンのような町のブローカーに送る。しかし現在では、グジャラート人の商人やポルトガル領インドやオランダ東インド会社に売る代わりに、彼らはネッドスパイスのような国際的なスパイス貿易会社に持っていく。そこからスパイスはオランダに送られ、再包装され、ヨーロッパやアメリカへと再分配される。おそらく最大の変化は、一七世紀には六～七カ月かかっていた輸送時間が現在では二週間ほどに短縮されたことだろう。たいしたことではないとラヴォーイは言う。多くのスパイスの品質保持期間は何年もあるのだから。そしてもちろん現在では、船はアムステルダムやリスボンではなくロッテルダムに着く。

オランダ東インド会社の黄金時代とまったく同じで、オランダに陸揚げされたスパイスはほとんど、ラヴォーイの試算によれば五パーセントに満たない量しかオランダ国内に残らない。[44] 残りはドイツ、イギリス、アメリカに送られ、ほとんどは加工食品に使われる。否定しつつも、このネッドスパイスの社長は、ビジネスの需要側のことがまったく頭にないわけではない。スパイス市場が年々拡大しているのは、彼の意見では、加工食品が以前より多く食べられるようになったのが直接の原因だ。家庭の料理人がスパイス棚にメースやカルダモンを大量に蓄えているわけではないのはたしかだ。「キッチンにあるスパイスは」とネッドスパイスの社長はオランダの料理について語る。「黒コショウと白コショウ、ナツメグ、シナモンだ。だが『そうだ、ちょっとメースを加えなきゃ』と言うような人は多くない」それにもかかわらず、みなメースやターメリックやクローブを口にしている。そのようなスパイスは大西洋のどちら側でもウォルマートやカルフールといった大型スーパーマーケットで売られている調理済み食品やインスタント食品に入っている。「消費はとても堅調に伸びているし、価格の影響は見られない」と、ラヴォーイは常識をくつがえすこの新しいスパイス黄金時代について語る。世界じゅうの消費者がますますインスタント食品に頼るようになっていることを考えると、コショウの需要が消滅することはおろか、衰えていくことも想像しにくい。この話を駅に戻る途中でしてくれたラヴォーイの無表情な顔に自信に満ちた笑みが一瞬浮かんだ。

一七世紀前夜、オランダの商人たちはコーチンのコショウの商品取引所での現物価格を現在のスパイス商人のようにマウスをクリックするだけで知ることはできなかったし、株主総会でヨーロッパの高級スパイスの消費の伸びを表にして示すこともできなかった。しかし彼らにはリンスホーテンがいて、七ポンド以上のナツメグをマラッカで一ギルダーで買うことができるのを教えてくれた。それがアムステルダムでは一ポンド一ギルダー以上の値段で売ることができたのだ。この競争、人材不足で、管理が行き届いていなかったポルトガル領インドを相手にした競争の先は見えていた。オランダじゅうの都市で、投資家たちが相手を乗っ取ろうと集まっていたのだ。

リンスホーテンにしたがって

アムステルダム中心にあるニーウマルクト広場の近くに行けば、東インド会社本館はすぐに見つかる。自転車に乗ったブロンドの大学生を追いかけていけばいい。何百人もの大学生が完全に歩道を占拠していて、みなこの壮大な建物の前に自転車を停めているから。アムステルダムに多数ある古いビルと同じように、この建物にもどこかジンジャーブレッドを思わせる雰囲気がある。だがここは四階建てで、一ブロック丸ごとのファサードがあるので、オランダ国民全員にあてがわれるだけのジンジャーブレッドを想像しなくてはいけない。自転車が示しているように、ここは現在大学の一部になっているが、一六六〇年前後に最初にこの建物が建てられたときは、アムステルダムが企業城下町であったときの東インド会社の中枢だった。

一六〇三年、ここに最初の事務所がつくられたとき、それはごくつつましいものだった。会社は市から兵器集積所の一部を借り受けた。しかし事業が成功したため、拡張が必要になった。本部はやがてホーフ通りに面した一区画分すべてを使うことになった。その後、さほど儲けがなかった時期に、莫大な赤字をごまかすために巨大なファサードをつくらなければならなくなった。

一六〇〇年代に話を戻すと、より高価なスパイスの市場はとどまるところを知らない勢いだった。特に、クローブとナツメグとメースの需要は飛躍的に伸びた。広く知られているある推定によると、このいわゆる高級スパイスの消費量は一六世紀のあいだに四〇〇パーセントも上昇した可能性がある。スタート地点がかなり低かったのはたしかだ。その一方でコショウの売り上げは、少なくとも一人あたりの消費量は低いままだった。当時の経済状況を考えると納得がいく。ほぼヨーロッパ全体（イタリアはここでは多少例外にあたる）で、給与があがらず、貧しい者の生活水準は下がっていたが、パンのような必需食料品の値段はうなぎのぼりだった。恵まれない人たちが生活のちょっとした贅沢を諦めて、かつては買うことのできたコショウの購買をやめたのも無理はない。その一方で金持ちは、この悪性インフレの影響をほとんど受けなかった。必需食料品にあてる金額は収入のごくわずかでしかなかったからだ。彼らは自分たちの金を贅沢品（思いつくのは本や使用人だ）に使い、そういったものは必需品とは対照的に日々安くなっていた。彼らが高価なモルッカ諸島のスパイスを以前より買えるようになったのはまちがいない。

しかし、経済的な面だけでは、たっぷり味つけされた食べ物の流行がよみがえったことは説明できない。ヴェネツィアやロンドンやアントワープで相次いで出版された（ますます手に入りやすくなっていた）料理本の影響も考えるべきだ。イタリアの料理本が基準となったのはたしかだが、ほとんど同じような傾向の本が各地方で多数出版された。オランダ語で最初に出版された料理本は『*Een notabel boecxken van cokeryen*（料理に関する重要な小型本）』で、ここにはすでに安価になっていたコショウやショウガだけでなく、シナモンやクローブやナツメグやメースといったもっと値の張るスパイスを使ったレシピも満載されていた。戦前や独立戦争中にオランダで出版されたほかの料理本と同じように、この本も、スパイスをきかせた甘酸っぱい料理の人気が続いていたことの証明だ。

需要はまちがいなくあったのだが、オランダの投資家がそれに見合う供給源を見つけるまでに数年かかった。オランダの南アジアへの進出は、当初は極端な失敗とそこそこの成功が入り交じったものだった。失敗のなかには、おそらく最も道を誤ったものとして、インドへ行くのに北極海を経由しようとした数回の航海まであった。リンスホーテンの報告を受けて、これからスパイス貿易を始めようとする者たちはオランダじゅうでにわか仕立ての会社をいくつかつくった。アムステルダムだけでなく、ホールンとエンクハウゼンとデルフトとロッテルダムが自分たちの船団に出資して東洋へ送り出した。この自由競争の結果、スペイン皇帝のガレオン船と闘うのと同じぐらいのエネルギーを費やしておたがいに競争することになった。ハーグの行政はビジネスマンが握っていたのかもしれないが、だからといって自由な事業にイデオロギーを持ちこんでいたことにはならない。東インドでの貿易業者間の激しい競争は利益の面だけでなく、戦時中の国民協力という点でもよくないものだった。そこで共和国の指導者たちは別々の会社に協力するように圧力をかけた。その結果できたのが、〝*De Vereenigde Oost-Indische Compagnie*（連合東インド会社）〟、略してＶＯＣだった。激しく競争していた会社を一つの組織にするのは容易ではなかった。数カ月におよぶ複雑な交渉の末、一六〇二年に多少ぎこちない役員会が設立された。そこではアムステルダムより小さな八つの町から八人のメンバーが選出され、アムステルダムからは八人が選出された。さらに一人、交替制の役員が加えられ、全部で一七人が、現在〝一七人会〟として知られている重役になった。[45] 巨大な政府の印章がついた飾り文字で書かれた会社の憲章は、別の点でも珍しいものだった。おもしろいことに、それが規模の小さな投資家にありがたい地位を与えたのだ（この点ではヴェネツィアの条例に少し似ている。ヴェネツィアではガレー船の船長は小規模なスパイス商の積み荷も積まなければならなかった）。こうして、弱い者たちがこの魅力的な新規事業になけなしの金をつぎこんだのだった。

経済歴史学者なら誰でもすぐにこう答えるはずだが、不合理な活力というのは現代に限った現象ではない。オランダ人は二一世紀のデイトレーダーと同じぐらい、いやそれ以上に派手に宣伝された投資のチャンスに引っかかりやすかった。その当時のことを考えれば、理解するのは難しくない。自分が一六〇〇年ごろのアムステルダムで居酒屋の常連客だと考えてみるといい。毎日新しい本が出版されて、そこにはコロンブスやカボットやヴァスコ・ダ・ガマやマゼランによって明らかにされた世界の不思議が満載されている。新しくできたばかりの自分の国は世界最強（少なくとも最大）と言われている帝国の軍隊を打ち負かした。オランダの水兵たちはジブラルタルまで行って、〝至高のキリスト教王〟の艦隊を大量に沈めた。どう考えても神がどちらの味方なのかははっきりしているではないか。町の噂では、金持ちと立派な商人たちのグループが大きな事業を起こそうとしていて、ポルトガルのスパイス帝国をスペインの暴君からもぎ取ろうとしていて、小規模な投資家は特に歓迎されるらしい。食料品店の店主や石工や助産師がこの新しい会社にわずかな金を注いだとしてもなんの不思議もない。

しかし、はっきりさせておきたいのは、オランダ共和国がＶＯＣの憲章を認めたときは、一般人にすぐに金を儲けさせる以上の計画があった。国は戦時下にあり、そのため、東インド会社は戦略的資産と考えられていた。憲章がこれをはっきり示している。ほとんどは財政面について書かれているが、ある一つの節でここが特別な種類の会社であることをはっきり示している。そこにはこの新しくつくられた会社が政府の名のもとに王子や君主と契約を結ぶことを認めている。さらには、ＶＯＣの重役が必要だと考える場所に要塞や駐屯地をつくることができ、知事や判事を任命して、この領地を管理させることも許している。実質上、オランダ政府は国のなかに国をつくり、それはスペインの利益を攻撃するようにつくられた準軍事的な会社で、その上で株主に利益をもたらす必要があった。このように、会社にはポルトガル領インドと同様の複合的な使命があった。しかし、ポルトガルの組織がキリスト教とスパイスという、相反する目的を持っていたのに対して、ＶＯＣは利益の最優先をおろそかにすることはなかった。この点では、オランダ人はポルトガル人よりはヴェネツィア人にずっとよく似ていた。組織構造というものは十字軍の総督エンリコ・ダンドロにはなじみのないものだったが、必要ならどんな方法を使ってでも貿易帝国を守る必要があったことは十分理解していたはずだ。東アジアに帝国を築くという目標はオランダの憲章に署名した者がじっくり考えたものではなかったかもしれないが、但し書きによってこれは避けられないものだった。これがはるか彼方の香料諸島に住む人たちにとってよい前兆でなかったのはたしかだ。

香料諸島

現在の地図では、かつてナツメグやクローブが育っていた小さなしみのような場所は、インドネシアの無数の島のなかに紛れてしまっている。かつては有名だったモルッカ諸島はオランダどころか世界のどこよりも遠く、マニラから何千マイルも南、オーストラリアから一〇〇〇マイル北、インドネシアの首都ジャカルタから一五〇〇マイル以上東にある。クローブを育てていたテルナーテ島のように、隆起して火山ができた島もあり、ごつごつした丘の斜面は、みすぼらしいモップのようなヤシの木が密集して、伸び放題になっている。バンダ海の島々は、かつては背の高い優雅なナツメグの木でおおわれていたが、現在は透き通った青い海に囲まれたサンゴ色の浜辺があり、周囲に自然のままのサンゴ礁が残っている。これは孤立しているためだ。スパイスは楽園で育つと考えているヨーロッパ人はさほどまちがってはいない。しかし、この特別なエデンの園は、ポルトガル人とオランダ人が到着してから多数の争いを見てきた。現在では、もし香料諸島のことを聞いたことがあるのなら、それははたまたま市民の暴動についての国務省の警告を読んだからだろう。テルナーテとそのまわりの島々は、一九九九年と二〇〇〇年に起こった民族・宗教紛争の舞台になり、激しい戦闘によって一〇〇〇人以上が殺害され、一万人以上の難民が生まれた場所だ。

現在バンダに足を踏み入れる西洋人のほとんどは透き通った海でのダイビングが目的だ。テルナーテにはときおり恐れを知らぬ火山学者が現れる。しかし、スパイスのためにここに来る者はいない。世界のクローブの大半は現在アフリカの東海岸にあるマダガスカルやザンジバルといった島で生産されている。バンダでは一〇〇年前の約一〇分の一のナツメグがつくられている。現在、ナツメグの超大国はカリブ海の島国のグレナダで、このスパイスが経済の中心になっているために、国旗にナツメグが描かれているほどだ。一方、インドネシアの島々は歴史の流れのなかに消えてしまった。彼らの運命は約七〇〇〇マイル彼方のホーフ通りにあるＶＯＣの本部で決められたのだ。

オランダの船が最初にスパイスを求めて出発したとき、地元の人々はここで少なくとも一〇〇〇年はスパイスの商売をしていた。ポルトガル人が到着したときでも、東南アジアでは西インド洋のように大騒ぎにはならなかった。現在のインドネシアでつくられていたスパイスの大部分はアジアの顧客に売られ続けていた。ジャワとグジャラートの貿易商はコショウを中国人とペルシャ人に売った。中国のカッシアとセイロンのシナモンはジャンク船とダウ船に乗せられ、孤立したモルッカだけでつくられていたクローブとナツメグとメースは、ムスリムと中国の商人によって、京都からカイロにまで売られていた。わずかな残り物がヨーロッパのキッチンや薬局に到着した。

コショウはすべてのスパイスのなかでとびぬけて広く売買されていたが、同じ重量で比較すると、モルッカのスパイスは非常に値段が高かった。場所と時間によっては三〜六倍の値段になっていた。[46]これは単純に需要と供給の問題だ。コショウとショウガは南インドとジャワ島で何千エーカーもの土地で栽培されていたが、クローブ（学名：シジギウム・アロマティクム）はモルッカ海の赤道をまたぐ小さな火山性隆起の線上に限られていた。テルナーテとその近隣の島（ティドレ、マキアン、モティール、バカン）を足しても、マーサズ・ヴィニヤード島とナンタケット島を合わせた面積よりもわずかに大きいだけだ。ナツメグとメース（学名：ミリスティカ・フラングランス）はもっと限られた場所でつくられており、テルナーテの四〇〇マイルほど南にある火山の破片が集まったもっと小さなバンダ群島で育っていた。

何世紀ものあいだ、バンダの人々は生計をますますナツメグに頼るようになっていた。アイオワの大豆農家のように、彼らは現金を得られる唯一の作物を売ってパンとバター、いや、この場合は米とサゴ（サゴヤシから取るでんぷんで地元の特産物）を買った。ときおり、彼らはジャンク船でジャワ島まで行き、香り高い作物を配達して食料品を買っていた。

ナツメグはレモンやプラムのように木になり、スペースがあれば、見事に左右対称になった光沢のある円錐状の緑の葉が茂る。熟すと、アプリコット大の球体が薄い肌色になり、割れて下に落ちる。落ちた果実は言うまでもなく甘い。ナツメグが熟すとその黄褐色の果肉に深い切れ込みができ、鮮やかな深紅のメースの花糸が現れ、さらにその奥深くに真っ黒なナツメグの殻がある。メースにつけられたいくつかのヨーロッパの言葉（フランス語では〝フルール・ドゥ・ムスカド〟、ドイツ語では〝ムスカートブルーテ〟）からも明らかなように、中世のヨーロッパ人は誤ってメースをナツメグの木の花だと思っていた（正式には、ナツメグの殻をおおっている膜は種衣と呼ばれる）。マルコ・ポーロたちがまちがったのも無理はない。花だと思ってしまうのは、乾燥するとメースはナツメグよりも香りが強くなり、きれいなピンク色になっていくからだ。

一六〇〇年代になるころには、この伝説的な常緑樹についてヨーロッパ人は多かれ少なかれ事実が書かれたものを多数読むことができるようになった。スペイン植民地の歴史研究家アルヘンソーラは一六〇九年にこのスパイスについて書いたとき、特に印象的なイメージを残した（翻訳は一七〇八年のもの）。

それはヨーロッパの梨の木に似ていて、その果実も梨、あるいはその丸さはメロコトーン（桃）に似ている。ナツメグの花が咲くと、強い香りが広がる。次第にもともとの緑、それはすべての野菜に備わったものだが、その緑が消えていき、青に灰色、赤、薄い金色が混じったものに変わっていき、虹のようだが、虹のように分かれてはおらず、碧玉のようにまだらになっている。無数のオウムや、目にも鮮やかな羽を持ったほかの鳥たちが、その甘い香りに誘われて枝に集まってくる。木の実が乾燥すると、おおっていた殻を捨てる。メースはそのなかにある白い核の部分で、木の実ほど強い味ではない。（中略）このメースは、第二段階では熱をもって乾燥しているが、第三段階でバンダの人々は最高級の油をつくる。この油は神経、痛み、風邪などによる不調すべてに効く。（中略）（木の実によって）治療し、臭い息を治し、目をはっきりさせ、胃と肝臓と脾臓を楽にし、肉の消化を助ける。それ以外の多くの不調の薬になり、体の外から顔のつやを出すためにも使われる。

メースを花と混同していた人もいたが、クローブは実際に花で、より正確には葉の多い熱帯の木の芽だ。新芽は房になって育ち、三〇個ほどの黄色い花を咲かせる。一つ一つのつぼみがずんぐりしたレモン色のクローブだ。肉厚の葉に囲まれたクローブはシャクナゲの花を思わせる。ただ、その木は一五メートルの高さにまでなる。木全体が強いにおいを発し、花だけでなく葉も、かすかに吐き気をもよおす、まちがいなくクローブのにおいがする。熱帯のスコールのあとでは、クローブ農園のにおいはほとんど耐えがたいものになる。一六世紀のポルトガル人植物学者ダ・オルタはクローブを積んだ船のにおいが数マイル離れたところからでもわかったと報告している。

クローブのにおいは世界でいちばんいい香りだと言われている。私はそれをコーチンからゴアに行く途中で経験した。岸からの風が吹いていた夜で、陸から一リーグ離れた海上は穏やかだった。その香りはとても強く、とてもかぐわしかったので、花が咲き誇る森のにおいにちがいないと思った。調べてみると、マルコ（モルッカ）からクローブを載せた船が近くにいることがわかった。

乾燥した木の芽は最高の値をつけるが、クローブの茎も売り物になった。香りは明らかに少ないが、値段がずっと安く、ときには地中海の市場でコショウと同じぐらいの値段になることもあった。

ほとんどすべてのスパイスが医療目的（実用的なものの想像だけのものも）で使われているが、ナツメグとクローブははっきりした薬学的効果を持っている。クローブの芽と葉にはどちらもオイゲノールが含まれ、これが地元では効果的な麻酔剤として使われていて、長いあいだ、歯科医（とその患者）に重宝されている。乾燥した小さな芽は酢か砂糖で防腐処理されてインドに輸出されていた。南アジアでは、息に香りをつけるためや、キンマといっしょに噛むために使われ、麻酔としても使われていた。

ナツメグにはもっとサイケデリックな効果がある。少量を服用すると、鎮静剤の役目を果たす。フランク・ラヴォーイとランチを食べていたとき、彼はナツメグを温めたミルクに入れて飲むとよく眠れるとすすめてくれた。ただ、ラヴォーイは薬剤師ではなく貿易業者なので、彼がすすめてくれた量だと私はトリップしていたはずだ。[47] ナツメグに含まれる化学物質はミリスチシンと呼ばれるもので、これがナツメグの幻覚作用の原因だと考えられている。個人的な経験から証明することはできないが、このスパイスの向精神性効果は広く知られた秘密のようだ。アメリカの刑務所の収監者もゴアの海岸で楽しんでいたヒッピーもナツメグでハイになっていた。ザンジバルでは地元の女性が地元のマリファナを吸う代わりにナツメグを噛む。スペイン人宣教師フレイ・セバスチャン・マンリケの報告では、一六〇〇年代初頭のベンガルでは、麻薬中毒者はアヘンにナツメグやメースや他の芳香植物を混ぜて、刺激を高めていた。どうやらナツメグによる陶酔への反応は大きく個人差が出るようだ。時間と空間の感覚が大きくゆがむ経験をする人もいれば、幻覚を見る人もいる。最初に幻覚効果が記録されたのは、一五七六年にフランドルの医師ロベリウスによるもので、妊娠したイギリス人女性が「ナツメグを一〇～一二個食べたら一時的に錯乱して酔ったような状態になった」と記されている。明らかに中絶を試みたのだろう。手軽にハイになれる方法を探している読者に断わっておくが、ナツメグによるトリップにはひどい副作用がある。吐き気や頭痛や長引く方向感覚の喪失などだ。

ヨーロッパでは、人々はスパイス諸島のことを少なくともマルコ・ポーロの時代から麻薬農場として知っていた。各地をまわっていたヴェネツィア人のマルコ・ポーロによる次のような記述は多かれ少なかれ正しかった。「(海は) 東に向かって広がっていて、経験も知識も豊富な舵手と船員たちの話によると、そこには七四四八の島があり、ほとんどが無人島だということだった。そしてはっきり言えることは、その島々の木々はすべて強くかぐわしい香りを放っていて、役に立つものだということだ」彼の書いた数字は少しまちがっている。実際の数は二万五〇〇〇以上だ。だが、彼はそこまで遠くへは行っていない。最初に到着したヨーロッパ人はポルトガル人だった。

彼らが見つけたのはインドとは大きくちがう世界だった。ここには偉大な王国や帝国はなく、千とは言わずとも何百もの小さな公国と一握りの大きな港湾都市があり、都市はスパイス貿易で潤っていた。マラッカとマカッサルとアチェは、大きさと重要さではジェノヴァやアントワープに匹敵する都市だったが、そこを通過するスパイスの量はヴェネツィアやアレクサンドリアのような偉大な貿易中心地でなければ並べることはできなかった。

一五〇〇年代初頭には近隣諸国を脅していたポルトガルも、ここではほとんど影響力がなかった。たしかに、彼らはいくつかの戦略的地点、おもにはマラッカの都市を手中に入れていた。ここは現在のシンガポールに似て、東アジアと南アジアを結ぶ主要ルートを締めつける役割を持っていた。そしてスペイン人はテルナーテに要塞を建て、そこでクローブ貿易を支配しようとした（が、失敗した）。しかし一〇〇年後、最初のオランダ船が喜望峰をまわったとき、東南アジアのスパイス貿易は、すべての意図と目的において、それまでとまったく変わっていなかった。多数のスルタンや王子や地元の首長がスパイスの販売と生産を管理している一方、どこにでもいる悪者が地域全体でそれを再分配していた。ポルトガル船の乗組員もほとんどが地元のマレー人船員だった。ポルトガル領インドは多数の参加国のなかの一つにしかすぎなくなっていた。だが、大きな変化が起ころうとしていた。ポルトガル人も最も裕福なスルタンもオランダ人の激しい商売には勝てなかったのだ。

会社が錨をおろす

現在、テルナーテの四八代目のスルタンはいまでも、クローブ栽培の中心だった島に二〇〇年前に建てられた宮殿に住み、伝統の名のもとにスルタンより頭が下になるように首を縮めた廷臣たちに従われている。支持者たちからは神聖な呼称である〝ジョー〟つまり〝陛下〟と呼ばれている。くすぶっているガマラマ山が噴火しそうになると、このスルタンは丸木舟に乗って、儀式的に島のまわりをまわって火山を鎮めようとする半神的な存在だ。とはいえ、彼がインドネシア憲法のもとで政治的力を持っているわけではない。これは少なくとも現在のスルタンであるムダファル・スジャー［二〇一五年に死亡］（インドネシア大学で博士号を取得している）にとっては残念なことだ。宮殿の裏口で〝サウスチャイナ・モーニング・ポスト〟のインタビューに答えて、現在の宗教的対立は、人々が古いやりかた、つまり過去の伝統に戻れば解決できると彼は述べている。ライチ・ジュースを飲みながら、このムスリムのVIPは、自分の先祖が本物の権力を持っていた黄金時代、彼らが香料諸島の支配者だった時代について語る。しかし、君主になりたがっているスジャーを中傷する者もいる。腐敗したスハルト政権でスルタンが長期間在職していたことを覚えている人たちだ。地元の村民たちはあの狂信的な殺戮を助長したと言って彼を責めている。そして彼らはすぐに、テルナーテのスルタンがオランダの植民地体制と何世紀ものあいだ協力していた話をする。それはたしかだが、ポルトガル人との経験のあとで、ムダファルの祖先たちはオランダ人がそれ以上にひどくなるなどと想像できただろうか。

ヨーロッパ人と最初に顔を合わせた地元民はスルタンの首都から数百マイル南に住んでいた。

一五一一年、アフォンソ・デ・アルブケルケ総督がマラッカ征服のあと、艦隊にふたたび荷を積むと、すぐに三隻の船を伝説の島の捜索に出発させた。この小艦隊を指揮していたのはアントニオ・デ・アブルー船長で、どうやらマレー人舵手を雇った（あるいは無理やり連れこんだ）らしく、ジャワ島、バリ島、ティモール島を越え、二〇〇〇マイルの航海の末、小さなバンダ諸島を難なく見つけた。島民たちには歓迎されたようだ。彼らは外国人訪問者には慣れていた。ただ、ひげもじゃのヨーロッパ人は多少いつもとはちがっていたようだった。彼らはポルトガル人にナツメグやメースや、輸入したクローブまで、ヨーロッパ人にとってはバーゲン価格のような値段で喜んで売ってくれた。リスボンに戻ると、一〇〇〇パーセントの利益になることがわかった。興味深いことに、その航海に参加した船員の一人がフェルナン・デ・マガリャンイス（世界的にはマゼランとして知られている）だった。その後、世界一周の旅の資金をスペイン王に出してもらうための説得に役立ったのは、バンダでのこの個人的な経験だった。

その後一〇〇年ほどはさほど友好的なものではなかった。少なくともクローブの島から北に対してはそうだ。一五二二年、ポルトガル人はテルナーテに要塞を建てたが、それはスルタンの宮殿からすぐそばの場所だった。そこから彼らは支配者を一人ずつ退位させるか殺すかしていき、後継者に毒を盛り、遠いマラッカにあるポルトガル領インドの本拠地に王族を追いやった。最終的には、一五七四年に支配者であったスルタンを暗殺したことで、地元民の我慢が限界に達した。翌年彼らは立ちあがり、外国人を島から追放した。当然のことながら、一五九九年にオランダ人が到着し、ポルトガル人に対抗する手助けをすると言うと、モルッカの人々はオランダと同盟を組むチャンスに飛びついた。

オランダ人には人々から協力を得るという特技があった。それはロワー・マンハッタンでゴミ収集をしているマフィアのメンバーにはおなじみのやりかただ。銃を山積みにした船の錨を首長のいる村（あるいは宮殿）のすぐそばに降ろし、〝保護〟を約束する代わりに、会社が設定した価格で地元で採れるスパイスをすべて買い取る権利を得るのだ。典型的な例が、一六〇二年五月二三日に数人のバンダの〝オラン・カヤ（地元の首長）〟を、武器を搭載した商船〝ヘルダーラント〟に招待したときだ。まちがいなく首長たちは船のなかを特別に案内され、狭い階段の下の砲列甲板まで連れていかれ、磨き抜かれた鋳鉄製の大砲が自分たちの頼りない村に向けられている姿をじっくり見物させられたはずだ。その殺傷能力を示す実演も見せられたかもしれない。ピンクの顔をした侵入者が突き出してくる、わけのわからない法律用語が書かれた羊皮紙よりもこちらのほうがずっと効き目があっただろう。彼らがオランダ語で書かれた契約書を理解できたはずもなく、そこには、ポルトガルとイギリスから保護する代わりに、バンダ人はナツメグをオランダ人に取消不能で独占させることを認めると書かれていた。このような状況でこれを拒否できた首長はほとんどいなかった。しかし、当然のことながら、島民たちもこの契約から逃れようとした。なんといっても、島民たちがこの契約に正直に従えば、自分たちを飢えさせることになったのだから。このころには、ナツメグ諸島は輸入食品にすっかり頼っていたが、オランダ人はサゴや米といった、かさばって腐りやすい産物を輸送する気などさらさらなかった。その代わりにインド綿布を持ちこみ、島民に固定価格で買い取らせようとした。もちろん、ＶＯＣの弁護士に言わせれば、このような契約は公明正大で完全に合法的なものということになる。地元民に食べるものがなくなっても、それは彼らの問題である。したがって、彼らが契約内容を果たさなければ、オランダ人が執行人を送りこむことはまったくもって正当であると。

このやりかたは東南アジアではうまくいった。ポルトガル領インドの力が弱まっていたからだ。そのため、オランダは一六〇〇年にポルトガルのバンダへの侵入を簡単に阻止し、その一年後には会社の船隊がポルトガルの艦隊をバンタム湾での海戦で完全に沈め、これによってジャワ島のコショウを手中に収めた。一六〇五年、VOCはアンボイナにあったポルトガルの要塞を奪った。ここはクローブ諸島とナツメグ諸島のあいだに位置する戦略上の拠点だった。インドはまた別問題だった。もともとの計画では、この亜大陸全体からポルトガル人を立ち退かせるつもりだったが、この老いぼれ帝国はオランダが考えていたよりも強かった。黄金のゴアへの数回の攻撃に失敗した結果、VOCはカリカットの支配者たちと一時的な同盟契約を結ぶことで満足した。支配者たちはまだヴァスコ・ダ・ガマとその仲間に対して腹を立てていたのだ。

一方アムステルダムでは、VOCの成功と失敗の知らせが会社の株価を乱高下させていた。当初、株価は急速に上昇したが、クローブの島であるティドールがスペインにふたたび奪われ、モルッカを手に入れられないかもしれないという知らせが入ってくると、あっという間に下落してしまった。オランダの状況は、到着したVOCの船があらゆる港で次々とコショウの積み荷を降ろしているという事実によって、さらに悪化した。オランダだけでなくヨーロッパじゅうが、オランダ、ポルトガル、そしてイギリスまでもが持ちこむコショウであふれていた（イギリス東インド会社の設立は一六〇〇年）。アムステルダムだけでも、ブザンヴァル（フランス大使でVOCの株主でもあった）によると、一〇〇万ギルダー分を超えるコショウが倉庫の天井まで詰めこまれ、顧客に頼みこんで買ってもらっている状態だった。まもなく、天井知らずと思われた株価は額面価格の六〇パーセントにまで落ちこんだ。オランダ東インド会社本館の重役室では、株主を満足させるには、会社はコショウだけに頼っているわけにはいかないということがはっきりしていた。一七人会は経営プランを練り直し、スルタンが支配するテルナーテの島々に注意を集中させることにした。

上品なフランク・ラヴォーイとの長く礼儀正しいランチのあと、ビジネスの世界はどのように変わったのだろうということしか考えられなくなった。マウスを駆使する現在の投資家のうちどれだけの人に、VOCの従業員に期待されたようなことができる度胸や図太さがあるだろう。ラヴォーイが自社のよく練られたポリシーについて語り、農民に有機栽培をさせ、第三世界で収穫物を加工させる方針を構築した（すべてそのほうが利益があがるためだと、かれは進んで認めた）話をしたとき、私は高く評価された一六〇〇年の仕事のことを思い浮かべ、もし彼が一七人会といっしょに重役室にいたらどんな決定をしただろうと考えた。東インド会社の役員の多くの肖像画の目をよく見ると、彼らが株主のためだと言って奴隷貿易や虐殺を許していたことが信じられない。

いや、必ずしもそうではない。それがはっきりわかる顔も一つあるからだ。

会社人間

連合会社の〝事務所〟があったもともとの町のうち、ホールンほどすてきな町はない。アムステルダムとはちがって、この小さな町は一度も生まれ変わっておらず、一八世紀に町の港が沈泥でふさがったときにも、一七世紀のしゃれた住宅が建ち並ぶ道路を次々と壊して最新式のものにしなければならないと考える人は誰もいなかった。

めったになくよく晴れた午後、私はアムステルダムの中央駅から四〇分かけてホールンへ行き、この町の最も悪名高い男の目をじっくり見ることができた。弱々しい冬の陽射しが干拓地をとりわけ明るい緑に見せていた。もじゃもじゃした毛の羊の群れが空の色を映した運河のあいだを満足げにゆっくり歩いていく。ホールンの駅を出るとすぐに、この町ではかつて東インド会社がいかに重要な存在であったかがはっきりした。ひさしの下からのぞいているVOCの記章や、町の主要な運河を見おろす五階建ての立派な古い倉庫や、〝ペパー通り〟という名の通りにもそれを見ることができるが、いちばん強烈なのが、地元の歴史博物館の壁に掛けられた、かつての会社の重役たちの顔だろう。

一風変わった西フリース博物館はローデ・ステーン広場を見おろす場所に建っている。ここは絵のように美しい、斜めになった長方形の広場で、古い港から数歩の位置にある。博物館の正面は階段状になったファサードで、記章が所狭しと飾られ、飾りすぎたスポーツ大会のトロフィーのようだ。だがそれはかわいらしいルネサンス風の雰囲気を出している。なかに入ると、曲がりくねった通路と傾いた階段には、ぽっちゃりして陽気そうな民兵を描いたほこりをかぶった肖像画があふれ（一七世紀には、このような週末だけの戦士たちによって開かれるパーティーの期間を町は三日以内に限るという条例を制定しなければならなかった、とツアーガイドに教えてもらった）、オランダの黄金時代の遺物でいっぱいだ。

きしむ階段をあがると、高い場所にある板張りの最高の部屋は東インド会社のために使われている。

ここにある古い展示品のかび臭さは、かすかに吐き気をもよおすクローブのにおいとナツメグとメースが混じり合い、さらに濃厚になっている。学芸員たちのうまい思いつきで、甘い香りのスパイスが入った粗い麻布の袋をおき、この町が地図に載るようになった理由を思い出させてくれる。いいアイディアなのは、特に袋一つが一七世紀のホールンの家、それもかなりいい家一軒分の価値があったという説明を読めばなおさらだ。廊下の壁には、階下の民兵たちのパーティーには出なかったように見える男たちの絵が並んでいる。東インド会社を経営していたビジネスマンたちの肖像画だ。左上にはVOCの役員コルネリス・デ・フロートの肉づきのよい肖像があり、極細の口髭を生やし二重あごで柔和な微笑みを浮かべた彼のイメージは、典型的な資本家の有力者だ。その近くにはホールン事務所所長で市長をしたこともあったフランソワ・ファン・ブレデルホフが、会議に遅刻したような顔をしている。ほかの人たちはゆったりと座り、部屋を観察している。そのなかに一人、肖像画を描かれたくないように見える人物がいる。だがそれは、この人物がオランダのスパイス貿易におけるいちばんの悪役（そしてある意味では、ずば抜けた英雄）であることを考えれば当然のことだ。

ヤン・ピーテルスゾーン・クーンは、会社の極東での最高責任者になったあとに肖像画のモデルになった。短髪の頭に彫りの深いかさついた顔がファッショナブルなフリルの襟から突き出している姿は、短気なカメがパーティー衣装を着せられているかのようだ。彼の視線の先にあるのは、高価なかつらをかぶって丸々と太ったVOCの役員たちが豪華なトルコのもうせんをかけた長テーブルを囲んでいる肖像画だ。クーンの厳しい目からは画家の仕事の遅さにいら立っているような様子も見えるが、その視線を追うと、皮肉なものをつい想像してしまう。

そこに描かれている若くて気楽そうな成金たちは、はるか彼方のクーンの世界の何を知っていたのだろう。そこでは、武装して手に負えない地元民がクーンのビジネスプランに逆らっていた。栄養たっぷりのこの紳士たちにとって、うんざりするようなジャングルと海賊がひしめく入り江は、地球儀や地図上のしるしやひっかき傷にすぎなかった。クーンが極東での資産や債務をどう扱おうが、投資家たちが満足しているかぎりは何の問題もない。結局のところ、彼らには株主に対する受託者責任はなかったのだから。ヤン・クーンは現代のオランダの歴史研究家からははっきりと非難されているが、彼に関する限りでは、重役会議で男爵たちがもっともらしく否定したとしても、会社の方針から大量虐殺という論理的な結論を出して実行しただけだった。彼が向かい側の若い特権階級者たちを見ている姿からは、こんなふうに言っているのが聞こえてきそうだ（本部にあてたいらついた何通もの手紙にも書いてあった）――あなたたちは私のやりかたを好きではないかもしれないが、私がいなければあなたたちはいまごろどこにいたというんだ？

クーンは会社員として仕事を始める前に、ローマで七年間会計士の見習いをしていて、そこで最新のイタリアの金融を学んだ。一六〇五年に帰郷したが、それはちょうどスパイスを積んだ最初のVOCの船がホールンに戻ってきて、その積み荷が一〇〇万ギルダーの値（現在の約二〇億ドルにあたる）をつけていたころだ。その輸送だけで、株主の投資利益率は実に七五パーセントになった。同じ年、VOCの株価はアムステルダム株式取引所で額面価格の二〇〇パーセントで取引された。オランダじゅうの港が興奮の渦に巻きこまれていたのはまちがいない。西フリース博物館のクーンの肖像画を見ると、彼が狂乱などというものに巻きこまれたとは想像できないが、ホールンのような大きくなりすぎた村には決してできなかったスパイス貿易にチャンスを見出していたのはたしかだ。そう考えた二〇歳のクーンはＶＯＣの組織のいちばん下に位置する副商人として、月給三五ギルダーに部屋代と食事代つきで仕事を始めたのだった。彼の上司はその才能を認め、すぐに昇進させた。三一歳でクーンは極東での最高の地位についた。オランダはそこに彼らの帝国を築くために会計士を選んだのだ。

船員の生活

アムステルダムの海洋博物館には、少なくともリスボンのミニチュア・ガレオン船とナウ船のすばらしいコレクションと同じぐらいの数の船の模型がある。喜望峰をまわってスパイス航路を航行した船だ。しかし少なくともある一点では、アムステルダムがリスボンの上を行っている。東インド貿易船の原寸大の模型があるのだ。この船の名はそのものずばりの〝アムステルダム〟で、中央駅から数運河分東に行った、ちょうど一七世紀に造船所があったあたりの波止場につながれている。海運の歴史研究家たちは、それは模型だし、一八世紀の船だとばかにするだろうが、それ以前の船を少し贅沢にしただけだ。これがクルーズ船でないことははっきりしている。クーンのような商人に割り当てられた部屋にはウォークイン・クローゼットはないし、船の調理室はニューヨークのワンルーム・マンションにしかないようなものだ。階下のデッキはバスケットボール・コートの半分ぐらいの大きさで、十分な広さがあるように見えるが、そこには三〇〇人以上のがさつで退屈した船員が詰めこまれていたのだ。

このような船に乗った男たちが一六〇七年にヤン・クーンを東インドに運んだのだが、彼らは寄せ集めで手に負えない連中だった。だが少なくとも彼らは自由な身分で、ポルトガルのインド航路の後期の乗組員のように奴隷や罪人ではなかった。オランダの船員たちはプロの勧誘人によって集められていた。彼らは〝ジールフェルコーパー〟つまり〝人員商人〟として知られ、オランダのスラム街で居酒屋や裏通りを歩きまわって人材を探していた。金がない相手によく使った手が前払い金で、受け取った人間はたいていいちばん近くの酒場で使い果たしてしまう。そうなると、金がないだけでなく借金も抱えることになる。東洋へ行かざるをえなくなるというわけだ。会社への借金から逃れることができず、自由人とは名ばかりの者もいた。その後、酒場では間に合わなくなってくると、VOCは定期的に孤児院や感化院の院長に依頼して、会社の船に人員を補給した。ポルトガル人同様、何百人というオランダ人船員が事故や喧嘩や病気で死んだので、人員商人の仕事がなくなることはなかった。

オランダ船での規律はおそらく当時のほかのヨーロッパの商船よりも厳しいものだった。スペインとの戦争における残虐行為によって人々がさらに非情になっていたのかもしれないし、騒々しく、酒好きで、栄養不良で、しょっちゅう病気になる乗組員たちが殺し合わないように船長たちが必死になっていたためかもしれない。公式の就業規則には、ほかの船員にけがをさせた船員をマストに縛りつけて、ナイフで手を切り落とすことを船長に許していた。ほかの船員を殺した者は、死んだ犠牲者に縛りつけて海に投げ捨てられた。しかし、そんな懲罰を続けていたら、船を動かす船員がもっと減ってしまうことになるだろう。

それでも、混雑した状況にもかかわらず、〝アムステルダム〟のような船の乗組員数はリスボンから出航した海上の仮の都市よりはずっと少なかった。一つには、初期のオランダ船には開拓移民も、宣教師も、奴隷や召使いを引き連れた植民地の役人も乗っていなかったからだ。量の点では、平均的な船員はポルトガルの船員よりは食事にも恵まれた。少なくとも赤道直下の暑さに耐えられる食材をオランダ人が発見してからは（インド諸国への最初の航海では、半数の船員が死亡した）。高級船員にはときおりごちそうが出たが、ポルトガル領インドのエリートたちのような贅沢はできなかった。〝アムステルダム〟の厨房が模型どおりのものであれば、およそ三三三人分の食事を、ささやかなグリルと大きな七面鳥一羽でいっぱいになるつくりつけの流しで用意しなければならなかった。オーブンなどは問題外だったので、〝シェープスベシュイト〟つまり堅パン（堅くてクラッカーのようなパンで、世界じゅうの海洋国で食べられている）が、出航後の数日が過ぎると高級船員にとっても一般船員にとっても唯一のパンになった（口当たりをよくするために、ビールにつけ、糖蜜で甘くして食べられることが多かった）。

食事をつくる方法はヴァスコ・ダ・ガマの時代と同じぐらい限られていた。さらに、オランダ人船員にとって驚きだったのは、ビールは熱帯の暑さでは一、二カ月しかもたなかったことだ。男たちは悪臭を放つ水をわずかなワインで流しこんだ。ワインのほうがビールよりは日持ちがした。しかも、水さえも十分にはなかった。航海日誌によると、船員たちは一日一リットルほどの水で生活しなければならず、汗をかく仕事や塩辛い食事や蒸し暑い気候を考えればごくわずかな量だった。最初の数週間は、ときおり新鮮な肉をわずかに食べることができ、単調さをやわらげることができた。公式のVOC食料リストによると、数頭の生きた豚と、病人のための卵を産ませる数十羽のめんどりが載せられていた。しかし、船上の家畜の命はビールと変わらないぐらい短かった。新鮮な肉が食べられてしまうと、ゆでた塩漬けの牛肉、ゆでた塩漬けのベーコン、ゆでた粥、ゆでた豆ばかりの食事になった。高級船員は少なくともある興味深い点では少しましだった。船員向けの公式のVOC食料リストにある調味料はマスタードとホースラディッシュだけだったが、高級船員たちは国内とアジアのスパイスで粥を味つけすることがかなり許されていた。その量は週に八五グラムほどだった。[48] この数字を見ても、一七〇〇年代の中産階級のオランダ人がいかに多くのスパイスを使っていたかがわかる。

コショウを載せたポルトガルのナウ船の船員たちにはなかったオランダ人のたんぱく源の一つは、もちろんチーズだ。週に三四〇グラムのチーズがインド行きの船に乗った船員一人ずつに与えられ、これだけでも、オランダ人がポルトガル人よりかなり背が高く、栄養が行き届いていたことの理由がわかる。それでも、喜望峰をまわるころには、船の燃料（おそらくは乾燥した泥炭か、往航ならドイツの石炭）が底をつくことが多く、そのために調理ができなくなって、脱水状態の船員たちは虫がたかったようなビスケットをゴーダ・チーズといっしょに食べるしかなかった。

空腹にさいなまれ、アルコールも奪われた船員たちが、コーチンに上陸したとたんにまっすぐパブに向かい、意識がなくなるまで飲んだとしてもなんの不思議もない。ホールンのパーティー条例がはっきり示しているように、カルヴァン派の社会では気ままな行動、少なくとも気ままますぎる行動は許されなかった。たしかに、故郷でもオランダ人船員たちは飲酒や喧嘩や売春で悪名高かったが、インドでは、詮索好きな隣人や怒った顔の牧師たちは地球の反対側にいるので、船員たちは心おきなくあらゆる悪徳にふけることができた（とはいえ、極東で生まれたオランダ人との混血児の少なさを考えると、酒を飲むことばかりに費やされ、ほかの悪徳にはあまり手を出さなかったようだ。少なくとも、ポルトガル人よりは）。オランダ人のエネルギー源をよくわかっていたリンスホーテンは、アラックと呼ばれる蒸留酒がインド諸国にはたっぷりあると読者を安心させている。彼は特にマレーシアのアラックを推薦している。インドとインドネシアでは、アラックはオウギヤシの発酵果汁を蒸留させてつくられ（発酵したサトウキビや米も使われているが）、比較的中性的な味の白い火酒だ。[49]一五八七年にインドを訪れたポルトガル人は、〝アラカ〟はとても強いが、熟成すると味がよくなり、そのなかにレーズンを入れるとなめらかになって甘みが増すと書いている。同じ酒は現在ゴアじゅうの小さな売店で売られていて、そこでは〝フェイニ〟と呼ばれている。ゴアの人はふつうストレートで飲むが、観光客用にはライムソーダで割っている。手づくりのものもあるが、それによって命を落とす人が絶えない。

　アラックは思いつくかぎりの無分別な行動を引き起こす。それは一般の船員だけの話ではない。ジャカルタにあるオランダの〝工場〟では、会社の重役が地位の高いジャワ人の妻に性的ないやがらせを繰り返していたせいで、友人がひとりもできなかった。これは明らかに特別な例ではない。その数年後に書かれた匿名の日誌はまるでポルノ小説のようだ。取材に協力してくれた記者によると、同じ要塞で働いていた者全員が最もカルヴァン派にふさわしくないふるまいをしていて、しかも〝ドミニー（牧師）〟が率先してやっていたのだ。すべての始まりはインドネシアとポルトガルの混血の四人のムラートが重役の食堂での夕食に招かれたときのスペイン・ワインだった。しかし、問題はそこからだった。

副商人と助手が去ったあと、船長のラエイと副官のヘルマンス牧師と（別の重役の）コルネットが女性たちと残った。彼らは上機嫌でスペイン・ワインを飲み、その女性たちといちゃつき、こう歌っていた。こんにちは、お嬢さん――ふとんと枕を持っておいで！（Tabe, tabe, Signora moeda ― bawa bantal tikar ― betta may rassa!）牧師が昼間説教したことはすべて忘れ去られていた。みな、そこにいた官能的な女性に夢中になっていた。（中略）宴会は夜中の一時か二時まで続き、それからみな自分の寝台に行き、三人の女性は二階で眠った。（中略）コルネットは（女性の一人を）送っていき、彼女の家で楽しんだ。

その後クーンが〝一七人会〟に「これまであなたたちが送ってきた愚かで粗野な間抜けではなく、ちゃんとしたプロテスタントの聖職者を」複数名送るようにしつこく要求したのも不思議ではない。それでも、VOCの初期のころにはずっと、この下品で粗暴な雰囲気がオランダの交易所を占めていた。「ここにいるのは人間で、天使ではないのです！」とクーンは何度も上司に指摘している。

昇進していくにつれ、まじめなカルヴァン派であったクーンは、たがのはずれたあらゆるふるまいを気に入らないだけでなく、最低な行為とみなした。信心深い家族に来てもらって、核となる慎みを確立してほしいと思っていた。「彼らがカケスのように裸で来たとしても、雇います」と、アムステルダムに向けて書いている。特に若い女性をインド諸国に送ってほしいと願っていた。そうすれば故郷の孤児院を空にできるし、国を離れたオランダ人に妻をあてがうことができるという二重の利点があったからだ。ポルトガル人とは違って、オランダ人は人々をキリスト教に改宗しようという努力はほとんどしなかった。その結果、オランダ人と地元民との結婚はまれだった。別の手紙でクーンは、地元のムスリムは女性とキリスト教徒との結婚を許さず、そのうえ彼らは「生まれた子供を殺すか、中絶させて、母親が異教徒を生まないようにしています」と書いている。

「商売を完全に把握」

「このクーンという人物は商売と政治的手腕を完全に把握しています」と、一六一三年にオランダ東インド会社の外交的な社長が、会社のインドネシア事務所の〝簿記責任者〟に新しく任命されたクーンのことを書いている。「彼は正直で、バランスが取れていて、いっときの時間も無駄にしません。これまでも、これからも、彼の能力を超えるような人物が現れないことははっきりしています。それは彼の手紙からも判断できることでしょう」

ホールンでいちばん有名なこの人物については、彼のおびただしい量の手紙からかなりの情報を得ることができる（彼があまりにも多く手紙を書いたので、毎年最初にオランダに戻る船は〝帳簿船〟と呼ばれていた）。短気と自負心が彼の手紙のおもなテーマだった。「私はもう疲れ果て、声は小さくなり、ペンは震えています。ある点では大きな勇気を見せてくださいましたが、常に何か達成できないことがあると報告しなければなりません」そして何度も何度もこう書いている。「神に誓って申しあげますが、会社にとって最大の敵は無知と先見の明のなさです。生意気な言葉づかいをお許しいただだきたいのですが、そういったものがみなさまにも蔓延していて、知性に勝っているとお見受けいたします」

尊大ではあったかもしれないが、クーンは職務を遂行し、上司たちはすぐに彼を昇進させていった。一六〇七年から一六一三年のあいだに、一介の事務員から二隻の船を任される上級商人になり、簿記責任者（基本的には財務責任者）にまでなった。この最後の昇進によって、彼の任務は、コーチンから長崎までのVOCのすべての活動における広範囲の財務報告をまとめることになり、その職務を迅速に果たしたため、本部はすぐに彼をその分野のナンバー・ツーの地位である長官に任命した。彼はその後五年間トップの地位である総督にはなれなかったが、その優秀さによって二七歳のクーンは、東インド会社のアジア全体の責任者になった。彼に欠けていたのは地位と給料だった。それについては、何度も繰り返してホーフ通りへの公文書に書き連ねていた。

クーンの考えでは、会社の効率の妨げになっているのは従業員の堕落やアムステルダムの指導者の愚かさだけではなく、企業の核心であるスパイスの生産者が非協力的であることにも原因があった。ほぼすべての可能性のなかで、クーンは地元民がいかに反抗的になれるかを個人的に目撃していた。ほぼ確実なことだが、彼は一六〇九年にフェローフ総督が指揮する艦隊に参加し、バンダ海のネイラ島に要塞を建て、地元民にオランダが契約をどれだけ真剣に考えているかを思い知らせた。言うまでもなく、バンダの人々に要塞の建設が相談されることはなく、それを不満に思った人々は総督とその部下約三〇人を殺害した。クーンが最後に見た司令官の頭は、バンダ人の戦闘用のやりの先に刺さっていた。もちろんオランダ側はこれに復讐し、結局要塞は建てられた。その結果、地元の首長である〝オラン・カヤ〟のなかには、（ふたたび）オランダが香料諸島全体のメースとナツメグを独占するという要求に同意した者もいた。ネイラ島自体は即座に、会社とオランダ共和国が「永遠に自分たちのものとする」として強奪された。これがオランダの東インドにおける最初の植民地になった。クーンはこの経験で二つのことを学んだようだ。〝裏切り者のムーア人（クーンは地元民をよくこう呼んでいた）〟は信用できないことと、多少の流血で結果が得られるということだ。当時、彼はこれに対して何かできる立場ではなかったが、数年後に総督になると、この教訓を踏まえて、冷酷な論理的結論を下した。

クーンがトップにのぼりつめたのは一六一八年だ。そして会社の使命を自分がふさわしいと思う方法で遂行できる権力を手に入れた。まず実行したのは、支配者のスルタンがオランダのルールに従わないバンタムから、仕事の拠点をジャカルタに移したことだ。地元民が反対すると、クーンは町を焼き払った。灰になったジャカルタのモスクや市場の跡地にクーンはバタヴィアという名の新しい町をつくった（クーンはもともと自分の故郷にちなんでニーウ・ホールンと名づけたかったのだが、本部が許さなかった）。バタヴィアのインスピレーションになったのは、ポルトガル領インドの首都であったゴアだと考えられているが、ここのVOCの拠点は金ぴかの〝東洋のローマ〟とはくらべものにならなかった。バダヴィアはオランダの干拓地から生まれた町のように見えた。階段状破風がついた間口の狭い家がまっすぐな運河の端に建ち並び、町の外壁を見おろすように風車が並んでいた。地元民はこの熱帯のホールンを〝コタ・ジャンコン（ヤン・クーンの町）〟と呼んだ。アムステルダムやハーグの人々はここを〝名誉監獄〟と呼んでいた。とはいえ、ここはかなり活気のある監獄で、通りには地元のジャワ人、VOCの従業員、中国からの移民、インドの商人、ヨーロッパから自発的に移住した人たちとマダガスカルから強制的に連れてこられた奴隷たちが入り乱れていた。みな、甘いスパイスを満載した船から発せられる金のにおいに惹きつけられてきた人たちだ。

強情なジャワ人に身の程をわきまえさせると、クーンは次にモルッカに注目した。何十年にもわたって、頑固なポルトガル人は立ち去ることを拒み続けたため、クーンは残念ながらコショウの独占は諦めざるをえないという決断をした。だが、ナツメグとクローブは別問題だった。こちらの問題はイギリス人で、スパイス貿易に入りこんできただけでなく、バンダ諸島に交易所まで設立していた。言うまでもなく、クーンはそんな事情に邪魔させるつもりはなかった。兵力を使わないようにというはっきりした指示にもかかわらず、この短気な総督は軍隊を送りこんだ。彼らはイギリス人を追い払っただけでなく、その過程でバンダのアイ島の全住民を虐殺、あるいは強制退去させた。幸せな結末（少なくともVOCにとって）は、これによってオランダが生産者に払うナツメグの代金が二〇パーセント下げられたことだ。しかしそれは、クーンの目から見れば、化膿した傷に絆創膏を貼っただけのようなものだった。

クーンが供給問題の最終的な解決策にわずかな光を見出したのは、早くも一六一八年のことだった。その年に書いた手紙のなかで、バンダでの会社の代表であるラウレンス・レアエルがナツメグに高い値をつければ、地元民がよそに売ろうという気にならないという提案をしたことを書いている。「しかし私はだめだと言いました！」とクーンは怒っている。「妥協しては、商売全体が悪魔の手に渡ってしまう。バンダ人がすべて島から出ていくほうがましだ。そうなればそこをオランダの植民地にできる」皆が皆、クーンのように会社の目的のために一心につくしていたわけではない。ナツメグにより高い値をつけることをすすめたこのレアエルは、独占を厳しく押しつければ、地元民の卸売りが欠乏することになると進言する大胆さを持っていた。レアエルは「私たちは利益のことばかり心配していて、ほかの人間に一ペニーも稼がせないようにしています」と書いている。同じことを考えていた現地のオランダ人提督は、地元の商人を排除すれば、会社はモルッカ人を飢えさせかねないと不満を述べている。「そうすることもできますが、どんな権利があるというのです？」と彼は書いている。東インドでのより公平な解決策を進言した者もいた。しかし、クーンの戦術がＶＯＣの株価を非常に効率的に上昇させていたときに、ホーフ通りの会計係がそれに異論を唱えることなどできなかった。

　クーンは一六二一年まで待って攻撃した。三月初めに香料諸島最大の島であるロントール（バンダ・ベサル）沖の透き通った海に錨をおろした。船に乗っていた二千人近くのなかには、奴隷や百人ほどの日本人の傭兵もいた。三月二一日の夜明けがナツメグの樹冠をピンクに染めるころ、クーンの軍勢はサンゴ礁の浜に上陸し、島の暗い火山の崖をよじ登った。武装した兵士たちが汗をかきながら内陸の香り高い森を抜け、狭い小道を進んで蒸し暑いジャングルに入っていくと、住民たちはちりぢりになって侵入者から逃げた。剣と銃弾では失敗したが、オランダの銀がなんとか成果をあげた。あるケースでは、わいろを受けて寝返ったバンダ人が二五〇レアルというかなりの金額で攻撃者たちを戦略的勝利に導いた[50]。それ以外では、それほど従順ではない地元民が、降伏よりも崖から荒れた海に向かって飛びこむことを選んだ。その日の終り、赤く染まった太陽がアピ火山のくすぶる頂上の向こうに沈むころ、ヤン・クーンは最初の戦略プランを達成した。島を自分のものにすることに成功したのだ。

次のプランも、〝オラン・カヤ〟の代表団が和平を求めてクーンの船にやってきたので、すぐに達成できた。クーンは地元民に、彼らのとりでをすべて壊し、武器を捨て、息子たちを人質として差し出し、さらには今後ナツメグの収穫量の一〇パーセントを税金として納めるように命じた。残りはVOCの決めた価格でVOCだけに売らなければならない。反論できる状態ではなかったので、首長たちは受け入れたが、当然ながら、双方ともこの条件が達成できるとは思っていなかった。クーン自身も認めているが、バンダ人がこの約束を守ることを期待してもいなかったし、望んでもいなかった。自分が始めたことを終わらせる理由が欲しかっただけだ。

そのころにはバンダ人たちは高台に逃げていて、大量の熟れたナツメグが地面に落ちて腐っていった。住民たちを高台から降りてこさせることに失敗すると、クーンは最終段階に進むことを正当化できるようになった。住民が捨てた村に兵士を送りこんで焼き払い、バンダ諸島のすべての住民を追跡した。捕えられた者は全員、軍の輸送船に乗せられ、バタヴィアに送られて、奴隷として売られた。つまり、バタヴィアをつくったのがこの奴隷たちだ。少なくとも一回の移送で運ばれた、二八七人の男性、三五六人の女性、二四〇人の子供のうち一七六人が移送途中に亡くなっている。その他の人々は、丘の頂上の裂け目から出られず、食料もなかったため、何千人もが低体温症と飢えと病気で亡くなった。そして最後に、自分のプランを邪魔する者が誰もいないことを確かめるためだけに、クーンは島々を封鎖して、誰も逃げ出さないようにした。クーンの大量虐殺作戦は大成功だった。もともとはおよそ一万五〇〇〇人だったバンダ人のうち、生き残ったのはおよそ一〇〇〇人だった。

さらに抜かりがないことに、クーンは最後の襲撃の前に四〇人ほどの強奪犯の裁判をおこなって自分の行為への法的支えを得ていた。この強奪犯たちは、拷問（一七世紀の法制では日常的におこなわれていたことだ）にかけられたあと、和平協定を破り、クーンの暗殺を共謀したことを自白した。しかし、オランダ人のなかにもそれに続いた不当行為にはぎょっとした者がいた。「死刑を宣告された犠牲者が囲いのなかに連れてこられると、そこに六人の日本人傭兵も入れられ、彼らの鋭い刀で首を落とされた。八人の〝オラン・カヤ〟の首長が四つ裂きにされ、その後も三六人が首をはねられ、四つ裂きにされた」と、その光景を目撃した海軍大尉が書いている。「すべてがあまりにも恐ろしく、われわれは呆然としていた。処刑された者たちの首と四つ裂きにされた体は竹に突き刺され、さらしものにされた。このような状況だったのだ。誰が正しいかは神のみぞ知る。われわれはみな、キリスト教信者として、このような結末になったことに狼狽し、このようなやりかたには決して満足していなかった」

ここまでは、計画は思惑通りに進んだので、クーンはバタヴィアに戻ることを本部に報告した。しかし、東インド会社の涼しくて湿っぽい本部では、一七人会がクーンの血なまぐさいやりかたに少し驚いていた。それでも、彼らは待ち望んでいた称賛の手紙を返してきた。とはいえ、彼の戦術については宗教的な留保によって多少熱意のこもらないものにはなっていて、「もう少し節度のあるやりかたで成しとげられることを望んでいました」と書かれていた。しかし二年後、悪気がなかったことを示すためだけに、彼らはクーンに四万五〇〇〇ギルダー近くの待遇を与えた。このうちの三〇〇〇ギルダーは香料諸島の征服に対する報奨金だった。

バンダ諸島での虐殺によって会社の問題がすべて解決したわけではない。オランダは、スペインがカリブ海征服にあたって現地の住民を一掃した際に経験したのと同じ状況に立たされていた。オランダもまた同じ結論に達し、アフリカの奴隷とアジアの苦力《クーリー》を使って仕事をさせた。さらに密輸という長年の問題もあった。会社が情け容赦なく独占しようとしているにもかかわらず、ナツメグは世界の市場に流れ続けていた。バンダ人が一掃されたためにかなり限られた量にはなっていたのだが。

クローブに関しては、東インド会社はもっと手に負えない問題を抱えていた。規模の小さなバンダ諸島に限られていたナツメグやメースとはちがって、クローブの木はモルッカじゅうどこにでも生息していて、クローブの貿易は会社の限られた力では管理しきれなかった。密輸業者が用心棒の銃撃をすり抜けられれば、会社の固定価格の二倍の金を簡単に得ることができた。しかし、ここでもオランダ人はビジネスの才覚を見せた。クローブ農園を管理できなければ、そのまま焼き払ったのだ。一六二五年、セラム海のホアモアル半島だけで約六万五〇〇〇本の木と、人命や村や何千頭もの家畜が破壊された。その仕事をした人間は斧とたいまつを持って、セラム海のほかの場所や、ティドレ島やテルナーテ島のクローブ農園も一掃した（スルタンは口封じのために〝一掃金〟というわいろをもらっていた）。

密輸が横行していた理由の一部は、それを喜んで受け入れていた港があったからだ。そのため、会社はポルトガル人を追跡したが、そのときにはもうポルトガルとは戦争状態ではなく、マラッカは一六四一年に、セイロンは一六五八年に、最後にコーチンまでも一六六三年に陥落した。インドネシアでは、ＶＯＣはアチェ、マカッサル、バンタムの独立港を手に入れた。それには一七世紀の大部分を要したが、一六六〇年代の後半には、オランダは事実上ナツメグとメースとクローブとシナモンを独占していた。そして一七世紀末の価格がそれを物語っていた。アムステルダムでは、これらのスパイス（ナツメグを除く）が一六〇〇年のゆうに二倍の価格で売れていた。

ヤン・ピーテルスゾーン・クーンが彼の血まみれの基礎の上に築いた帝国を見るまで生きたわけではない。階級にかかわらず、東インドでの貿易事業にかかわった者の命は短かった。クーンは一六二九年九月二一日、四二歳のときにバタヴィアで亡くなった。突然の〝赤痢〟に襲われたと報告されている（おそらくコレラだろう）。翌日、壮大な式が会社の経費でとりおこなわれ、彼は埋葬された。請求書がホーフ通りに到着したときには、一七人会はその金額に激怒しただろう。だが、まちがいなくその怒りは長く続かなかった。儲けが転がりこんでくるのがわかったからだ。

オランダがスパイス貿易に参入したために起こったのは、オランダが独占していなかったコショウやショウガといったスパイスの価格が急落し、モルッカの〝高級スパイス〟やセイロンのシナモンの価格の上昇だ。そのため、もともと特に高価ではなかったコショウとショウガはごくありふれた調味料になり、それ以外のスパイスは、VOCが高価格を保証するために生産地で供給をおさえていたため、手に入りにくくなった。一七世紀には、シナモンは食通のあいだではまだとても人気があったが、〝究極の〟スパイスは、特にフランスとイギリスでは、ナツメグということになっていった。

一六世紀と一七世紀初頭に入手困難なスパイスの需要が激増したのは、機能性食品として用いられたためでもある。アジアの芳香植物、特に〝高級スパイス〟は、少なくともローマ人が商人をコーチンに送りこんでいた時期から、あらゆる種類の病気を治療するために使われていた。しかし、一六世紀の印刷革命によって食事療法《ダイエット》の本という新しい市場が生まれ、ほかの食物とのバランスを取り、〝正しくする〟食事のサプリメントとしてのスパイスの用法が大々的に知られるようになった。有能な医師なら誰でも、コショウと、もっと大事なクローブ、シナモン、ナツメグのさまざまな利用法を治療に取り入れなければならなかった。オランダ東インド会社の重役たちは、本社の玄関を出て、クローフェンニールスブルフヴァル運河の先にあるニーウマルクト広場のアムステルダムのスパイス市場に目をやるだけで、香り高い貨物がヨーロッパじゅうの薬局に送られていくのが見えたはずだ。彼らの目に入らなかった、あるいは理解が及ばなかったのは、当時の食事療法のアドバイスが向かう先がグレープフルーツ・ダイエットだったことだ。

スパイスの処方

ニーウマルクト広場についていろいろと読んだあとだったので、絵に描いたようなオランダ風のファサードが並び、ナツメグの香りが漂う場所を想像していたのだが、霧が立ちこめた火曜日の朝、そこに行ってみると、この大きな広場にはありふれた店と現代的なオフィスビルが乱立していた。広場の中央にとんがり屋根でシナモン色の城壁の塔がなければ、ここはほとんど平凡といってもいい場所だ。この要塞の門は一四八八年に新興の集落であったアムステルダムを守るために建てられた。下部は運河のなかにあり、運河は堀のようにこの街を取り囲んでいる。その後、一六〇〇年代初期に町が城壁を取り壊したとき、当局がこの〝ニーウマルクト（新市場）〟をつくって、運河の一部を埋め立てた。この新しい市場は東洋からの香辛料専門で、塔は港から運河航行船で運びこまれるスパイスのための計量所になった。

当時の香りは何世紀ものあいだに消えてしまったが、すべて消えたわけではない。ニーウマルクト広場の端にはまだ、かすかなスパイスの香りをかぐことのできる古い家がクローフェンニールスブルフヴァル運河のほうに傾くようにして建っている。あまりにも長いあいだ建っていたので疲れてしまったかのようだ。その建物の看板には〝アポテーク・ヤコブ・ホーイ〟と書いてあり、一七四三年創業のアムステルダム最古の薬局と記されている。内部はまさにそのままだ。古びて黄ばんだ引き出しには流れるようなラテン語の手書き文字で〝ピペル・ニグルム〟、〝ピペル・アルム〟と書かれていて、それぞれ黒コショウと白コショウが入っていることを示している。チョコレート色の樽が棚に並んでいる様子は〝カースカーメル〟のチーズのようだが、これはスパイス入りのチーズではなく、見せかけのものだ。それでもやはり、自分が二一世紀にいることをすぐに思い出すのは、ストレス軽減をうたったハーブ・キャンディーがカウンターに並んでいるせいだ。

しかし、オーガニックの防虫剤やワールドミュージックのCDの棚があったとしても、この店は基本的にはまだ薬局で、薬剤師の仕事は、お腹が張っている人やふつうの風邪の人にどの薬草の組み合わせがいいかという相談に乗ることだ。ショウガとメースはまだここで実際に売られているが、店員の話では、スパイスは現在ではおもにアーユルヴェーダの薬として使われていて、ヤコブ・ホーイの商売道具であった伝統的なヨーロッパの薬としては使われていないということだった。癒しを得ることに関しては、オランダ人はアメリカ人よりずっと選択の幅が広い。いわゆる〝自然〟療法は、〝従来の〟逆症療法と共存しているが、ホメオパシーも一般的になっている。しかし、アーユルヴェーダは医学の専門家からは主流なものとは見なされていない。これは、ある意味では驚くべきことだ。これに似た方法は一〇〇〇年以上もヨーロッパの医学療法の世界を支配していたのだから。それは、いわゆるガレノス派医術と呼ばれるもので、そこではスパイスが最高の位置におかれていた。オープン当初は、ヤコブ・ホーイで売られていたカモミールとミントはメイドや魚売り女には効果があるが、もっと教養のある階級には、高価なナツメグやクローブが効くと考えられていた。

一六〇〇年には、ガレノス派医術が当時の一般的な医術で、一〇〇〇年以上もの苦心の末に、幅広く深遠な知識が蓄えられていた。その起源は、二世紀のギリシャの医師ガレノスで、彼が最初に雇われたのは小アジアのグラディエーター学校のERで、そこから皇帝に仕えるまでになった。中世の初期には、彼の本の多くはアラビア語で編集され、そこからラテン語に翻訳されていた。ルネサンス期には、古典派の学者がオリジナルのギリシャ語でガレノスの書物を発掘したために、ガレノス派が医学界の新しいカンフル剤になった。その先頭を走っていたのがヴェネツィアの大学町であるパドヴァで、ギリシャとのつながり（コンスタンティノープル陥落後にギリシャからの追放者がヴェネツィアに殺到したことを思い出してほしい）があったからだが、南部ネーデルラントのルーヴェン大学など、他の学問の中心地もその流行を担っていた。

皮肉なことに、そのとき医学的手引きを編纂したのは大学で教育を受けた学者たちで、ガレノスのような臨床医師たちではなかった。ガレノス派医術、特にのちに具体化されたものに魅力があったのは、当然のことながら、臨床よりは形而上学的な部分だった（これによって、ある部分では、神秘的な土地から持ちこまれた深遠なスパイスの魅力も説明できるかもしれない）。その考えかたは経験に基づいたデータに頼っていなかった。そういうデータは明晰さを曇らせる可能性がある。そのため、医学的理論家はくっきりと調和のとれた論理的なモデルを構築できた。

　ガレノス派の理論の下敷きになっているシステムは、コンパスの働きと比較することができる。つまり、すべての事柄を四つのポイントによって地図上に示すことができるのだ。北、南、東、西にあたるのが四つの要素（水、火、空気、土）で、それぞれが四つの体液（粘液《フレグム》、胆汁《バイル》、血液、黒胆汁）に対応し、それが四季と関連し、人間の四つの年齢期、一日の四つの時間帯、四つの色、四つの味、福音書の四人の著者までも反映している……。ともかく、考えかたはわかったはずだ。当然ながら、あらゆる現象がこの枠組みにあてはめられる。つまり、魚が冷たくて濡れているのは水のなかに住んでいるからだし、スパイスが熱くて乾燥しているのは、その鋭い味と生育環境による。人間に関しては、どんな人の気性もその人の体液の混じり具合で決まる。人のことを説明するのにいまだに無気力《フレグマティック》、気難しい《ビリアス》、楽天的《サングウィン》［「血色がよい」という意味もある］といった言葉を使うが、現在の精神科医は、うつの患者の治療のために黒胆汁を清めるメースを処方したりはしない。

　かつては、医者が呼ばれると、最初にするのは患者の気質を診断することで、それによって食事療法を施していた。ほとんどの医師の信念では、誰の体液もわずかに調和が乱れているので、治してやる必要があった。極端なケースを除けば、食事管理をしてやればよかった。粘液（つまり、冷たくて湿っている）性の〝不調〟であれば、熱く乾燥した食生活を処方することで治すことができた。その場合は、シナモンやマスタードといった体を温める栄養素が豊富に含まれていた可能性がある。このようなスパイスは患者の〝胆汁質の〟体液を高めるので、気性のバランスが戻り、すべてがうまくいくというものだった。ちなみに、〝食事療法〟という考え方もかなり幅広いものだった。医者によっては、食べ物や飲み物だけでなく、空気の質や運動や性生活や感情の状態や、それ以外にも多数の要素が栄養状態に影響を与えると信じられていた。先ほどの無気力な患者を例にとれば、怒りっぽい粘液性の体液を高めるために暑くて乾燥した風のなかに立ったり、激しい運動をしたり、実際に怒ったりすることさえすすめられたかもしれない。このシステムの魅力は、誰に対しても、どんな説明でもできたことだ。すべての情報を考慮に入れると、博識の医者は雨降りの春の日に散歩に行く前に食べるべきものや、蒸し暑い夏の朝にあまりにも早くセックスにふけることの悪影響について教えてくれるのだった。

この診断の難しいところは最初に患者の気性を判断する部分だ。誰の体にもすべての体液が混ざっており、たとえば、完璧に快活な性格だとはっきり言えるような人はめったにいないからだ。性別、年齢、生活様式、天候もすべて分析される要素で、そこには職業も入る（詩人と預言者は、いまでもみなが知っているようにひどい憂うつを抱えている）。医師はさらにもっと漠然とした、性格や体型や人相などの基準にも頼ることが多かった。人の表情を見れば多くのことがわかる。快活な人は血液が多いので血色がいいが、無気力な人は血色が悪く、湿っぽく見えると考えられていた。

こういうものは食事療法（いちばん広い意味で）を施すにはとてもうまくいったが、患者の表情や顔色に基づいて実際の病気を診断するのはずっと難しかった。血液検査やレントゲン検査ができなかった中世の医師は、病気のしるしとして高熱や脈の異常といった体の外からわかる指針に頼っていた。尿の分析もよく使われていた診断法だ。患者の尿を観察し、においをかぎ、味を確かめることまですると、多くのことがわかり、適切な治療法が施された。瀉血もずっと人気があった（中世の医師たちがよく〝ヒル〟と呼ばれていたのはこのためだ）。これは、過剰な血液によって起こる多くの病気を治す、迅速で効果的な方法だった。想像に難くないことだが、このような医療行為の成功率はばらつきが多く、その結果、より賢明な医師たちはヒポクラテスの「まず、なによりも害を与えてはならない」という教えにこだわり、食生活に関するアドバイスを限定されたものにするか、少なくとも害のない量にとどめていた。

もちろん、ルネサンス期の医師の権威は、現在と同様に、わかりにくい専門用語だらけのシステムをできるだけ維持することで保たれていた。そのため、医師たちにはユダヤの律法集のように複雑な四体液説分析が満載された分厚いラテン語の書物が必要だった。出版社は喜んでこれに応えた。しかし、ガレノス理論にはもっと人気のある解釈があり、それも大きくもてはやされていた。たとえば、プラーティナ著のベストセラー『真摯な喜びと健康について』は、料理本でもある食生活のガイドブックで、体液のバランスを整えるためのあらゆるアドバイスが掲載されていた。リンスホーテンの『東方案内記』にも東洋の産物を使った食生活のアドバイスが満載されている。シナモンの価格に関するデータとポルトガル人貴族の性習慣とともに、リンスホーテンの共著者（彼もパドヴァの名門医学校の卒業生）は「シナモンは内臓を温め、開き、調子を高める」と書いている。さらに、「カタルに効き、頭部から下へ移動させる。腎臓の水腫、不調、障害も治す。シナモンの油は心臓、胃、肝臓などのすべての臓器を強化する」とも書かれている。ナツメグも同じように、この名医によれば魔法の薬だった。「（ナツメグは）脳に活力を与え、記憶力を高める。胃を温め、空気を出す。息をきれいにし、尿の力を増し、下痢をとめ、胃のむかつきを抑える」と書かれている。

印刷技術が発明されるまでは、食事療法に関する手書きの書物が広く回覧されていた。しかし苦労して複写した羊皮紙を製本したこのような書物はごく一部のエリートにしか手に入れることができなかった。聖書や料理本と同じく、グーテンベルクの発明による革命的な影響によって、この高度に専門的な分野もかなり広い注目を浴びるようになった。現在もそうだが、食事療法《ダイエット》のセルフヘルプ本は飽くことのない市場だった。一四七〇年代から一六五〇年のあいだに、食事療法の本はヨーロッパじゅうで山のように印刷された。それ以外のジャンルもそうだったが、先頭を走っていたのがヴェネツィアの出版社だった。一五二〇年代半ばまでに、ガレノスのオリジナルのギリシャ語版までヴェネツィアのアルド印刷所で印刷された。ヴェネツィアの衰退にともなって、アムステルダムや他の北部の都市の出版社がその後釜として躍り出てきた。

アムステルダムでは、裕福な材木商の妻であったマルガレータ・クロムハウトが、料理人に粘液と胆汁のバランスを取るための細かい点を支持できるようになった。それはダイエットにとりつかれたアメリカ人が脂肪と炭水化物の重量を計算するようなものだった。そこまで地位の高くない者もそれに続いた。プロテスタント圏のヨーロッパでは、本を読むのは富裕層だけではなかった。もちろん、富裕層がお針子や靴職人より食生活の心配をする時間があったのはたしかだろう。意図したわけではなかったが、宗教改革の余波として大きな意味があったのが、識字率の大きな上昇だった。誰もが聖書を読むことになっていたからだ。中流の人々も、現代のスーパーマーケットで売っている薄い小型のダイエット本によく似た安い小冊子や暦を買えるようになった。長年人気を誇った一六世紀のオランダ人外科医（そして料理本の著者）カロルス・バトゥスによる『秘密の本』が〝一般人〟に向けて書かれたことがはっきりしている事実は、オランダにいかに本を読む民衆が広がっていたかを明白に物語っている。

プラーティナのケースのように、料理本と健康指南書の境は現在と同じようにあいまいで、そこに書かれているアドバイスも同じようにわかりにくく、矛盾していた。この深遠な食事療法の複雑な体系をすべて処理できる専門家のアドバイスなら使わないわけがない。そして、みな自分の体液の構成を微調整する必要があった。しかし、素人では栄養素の微妙なバランスをはかることすら難しい。鶏肉は空気の気質なので、春に食べると血が多くなりすぎるし、コショウは血が多い人には激しすぎ、カブは若い妻のいる老人には乾燥していて冷たすぎる。食事療法の指南書にはすべての解決策が書いてあった。ただ著者によってばらつきはあった。非常に細かい点まで説明していて、たとえば、魚の水の（粘液の）性質は焼くか適切なソースとともに食卓に出せば変えることができる。消化できるようにするためによく使われていたのが、料理やソースを適切な調味料で〝調節《テンペル》する〟という言葉だった（ポルトガル人はいまでも〝味つけする〟という意味の〝テンペラール〟という動詞を使っている）。このためには、スパイスが特に効果があると考えられていて、次のようなアドバイスがよく書かれていた。

> ソースは季節に合ったものをつくるべきだ。夏のソースは比較的冷たい材料でつくるが、寒い時期には温かい材料でつくる。したがって、夏に使う正しい材料は、酸味果汁、酢、柑橘類と

ザクロの果汁、それに砂糖とバラ水を入れる。（中略）寒い時期の正しい材料は、マスタード、ショウガ、コショウ、シナモン、クローブ、ニンニク、セージ、ミント、パセリ、ワイン、肉のスープ、そしてとても薄くてワインのようなビネガーだ。あいだの時期、暑さも寒さもほどほどのときには、温かさと冷たさを調節したソースをつくる。

このような要素すべてを考えて、たえずレシピを調整しなければならないことを考えると、中世とルネサンス期の料理指南書が分量の点ではかなり不正確だったことは驚くにあたらない。ありふれたカルマリナ・ソースにどれだけショウガを入れたらいいのかは、買った人にまかされていることが多かった。だからといって、コックが味をととのえるために食べ物にスパイスを使わなかったわけではないし、人々が食事療法の専門家の意見にしたがって食べたいものを食べていなかったわけでもない。それは現在でも同じだ。たとえば、最初は誰が食べるのだろうと思ってしまうマルティーノのレシピについて、プラーティナは何度もコメントをつけている。典型的なのが、〝トルタ・エクス・リーゾ〟というライスプディングのレシピにつけたコメントだ。まず、ヴァティカンの学者であったプラーティナはこの料理を栄養があるといってすすめている。次に、同じ文章でこう加えている。「それは胃に長くとどまり、目を疲れさせ、結石をつくり、閉塞を引き起こす」おそらく、それを食べた人々は、私たちがハーゲンダッツやトリプルクリームチーズのような禁断の食べ物を食べたときと同じような罪悪感を覚えたのだろう。そうでなければ、あらゆる専門家から厳しく非難されていたのに中世にはメロンが人気だったことをどう説明すればいいのだ。

一般的には、食事を調整することはまっとうな生活をするためには効果的だが、病気やその他の生理的機能障害の場合には、治療にあたる人は広い意味での薬に頼った。一般の人々は現在ヤコブ・ホーイで売られているような薬草に頼ったが、富裕層はもっとエキゾチックな薬を好んだ。通常は、そのなかにはあらゆる種類の貴重な材料が含まれ、スパイスはそのなかでいちばん消化されやすいものだった。〝心臓を落ちつかせる〟という初期のイタリアのインチキ薬のなかには、金、銀、真珠、エメラルド、サファイアなどの宝石とともに、シナモン、クローブ、伽羅《きゃら》、サフラン、クベバ、カルダモン、琥珀、コリアンダー、樟脳、麝香《じゃこう》が入っていた。材料は細かく挽いて砂糖と混ぜてあり、ワインに入れて飲んだ。[51] ここでもまた、印刷革命の影響で万能薬の需要が高まった。『秘密の本』の一つである『*Secreti del reverendo donno Alessio Piemontes*』は一五五五年にまずヴェネツィアで出版された。その後すぐにラテン語、フランス語、英語、オランダ語、ドイツ語の翻訳が出た。一五七五年までに五〇版を重ね、青春の泉のためのレシピを載せているとうたっている。英語版の冒頭には「若さを保ち、老化を食いとめるための」処方が書かれている。その秘密は〝奇跡的に〟抽出されたアジアのスパイス、サフラン、砂糖、柑橘類、ミネラル、アルコールの組み合わせで、それを子牛か鶏肉か鳩のスープに混ぜ入れるか、白ワインで薄めるのだ。

医者も料理人も体液のバランスを調整するためにスパイスに頼ることが多かったのは、治癒力が特に高いと考えられていたからだ。そのため、比較的少ない量の熱くて乾燥したコショウで、危険なほど冷たくて濡れている魚を安全に食べられるようにすることができた。宗教改革前のヨーロッパで食べられていた魚の量を考えると、十分な量のコショウを供給することが人々の健康を維持するために必要だったことは驚くに値しない。少なくとも、それを買うことができた人々の健康維持のためには。よりていねいに調整するために、スパイスはちょうどいいバランスで組み合わされた。このような理由で黒コショウは、驚くことではないが、シナモンより熱いものと考えられていた。このふたつのスパイスを組み合わせると、より正確な効果が得られた。

もちろん、もっと安く手に入る調整剤もあった。ニンニクもそうだし、塩でさえそうだった。しかし、〝より上等な〟身分の人々はより高級な香料が必要であるということが一般的に受け入れられていた。これによって、農民の体液構成と商人や学者のそれはちがうものでなければならないという事実が自明のこととされた。さまざまな本に、自分の社会的地位にふさわしくないものを食べたことで痛みや病気が起こることが警告されている。支配階級が農民の飲む濃いスープを飲めば、一般人が高級料理を食べたときと同じように苦しむことになる。オートブランが上流階級の食事療法の本には決して登場しなかったという事実が、この説を十分説明している。

ただ、階級と値段の問題がなかったとしても、スパイスのきいた食べ物が誰にも適切だと思われていたわけではない。たとえば、女性は繊細であるためにスパイスは避けたほうがいいとよく言われていた。一六世紀の外科医ウィリアム・ブリンは、明らかな嫌悪感をこめて、一部の女性が顔を〝乾かす〟ためにコショウを使って、流行の青白い顔色にしようとしていると書いている。「コショウは上手に使えば女性にもいいものであるが、美しいというより醜悪である不自然な女性たちは自分の自然な顔色に満足できず、色白であればいいと思っている。彼女たちはコショウや、乾燥コーン（穀物）を食べ、酢を飲み（中略）血液を乾かそうとしている」女性が熱いスパイスを避けるべきであることについての別の意見は、まったく反対の理由になっている。スパイスが血流を刺激して、性的興奮を高めるというのだ。性的能力の問題を解決すると主張するレシピの数が示しているように、逆に男性は、この問題に関してはあらゆる助けを必要としているようだった。現代的な論理では、スパイスには温める力があるので、この仕事には適した成分だ。クローブは「性愛の力を奇跡的に高める」とある本には書かれている。それがどういう仕組みかというと、温める食べ物がペニスを興奮させ、充血させる一方で、血流がよくなって、精子の製造と放出を助けるということだ。同じ理屈によって、冷たい食べ物には冷水シャワーと同じ効果があるので、独身者や聖職者はレタスをたくさん食べるべきだとされていた。現代のタフガイと同じように、ｓ中世でも本物の男はサラダを食べなかった。興味深いことに、現代の男性用の香水やアフターシェーブローションなどにはスパイスが広く使われているが、女性用の香りはフローラルなものが多くなっている。

乾燥していて温める食物は寝室での行為を高めるだけのものではなく、頭脳の明晰さを高めるとも考えられていた。多血質と粘液質の人は飲みこみが悪く、忘れっぽいというのが一般的な考えかただった。したがって、乾燥した体質は知性があると考えられていた。ここでも、上流階級の男性は、大きな決断をし、深く考える唯一の存在であると考えられていたので、その恩恵を受けていた。

つまり、裕福な人々は自分たちにいいものだからスパイスを摂取していたのだろうか。この考えかたは中世後期に輸入スパイスが好まれたことを説明する一つの方法だというのが食物史研究家のあいだで最近支持されている理論だ。そして何か意味があるのだろうが、スパイスのバランスを取るという説明が重視されすぎていたという可能性もある。栄養学的な意見に対する現代人の反応を考えてみれば、四体液説を単純に支持していたわけでないのはまちがいない。さらには、シェイクスピアからラブレーに至るまで、一六世紀には文学のパロディが多数生まれたが、このなかでは医師や栄養士や食事療法そのものがよくあざけりの対象になっていた。

巷ではやっていたのは体液治療だけではなかったことも注目に値する。従来の薬が効かないときに薬草やヨガに頼るのとよく似ていて、中世ヨーロッパの人々は、体液のバランスがいい結果を生まないときは祈りや奇跡や魔術に頼った。当然ながら、そういうケースはたくさんあった。どんな場合でも、治療者と魔術師の境界はあいまいなことが多かった。一四〇三年、五人の〝魔術師〟がフランスのシャルル六世の治療を許された。彼らにとって不運だったのは、国王が考えた医療過誤に対する罰が火あぶりの刑だったことだ。魔術や占星術やその他の異端の医療技術を使ったことで非難されたほかの治療者もいたが、それによってこのうまくいく治療がなくなることはなかった。

ルネサンス期には、スパイスはごくふつうの医療にも使われるようになったが、さらに秘儀の使われ方もするようになった。一六世紀には、錬金術が大流行した。錬金術師はふつうの医者や栄養士よりも抽象的なレベルで仕事をしたが、彼らの深遠な見識が一般的な食事の論理にも浸透してくることが増えた。この原始的な化学者は卑金属を金に変えることにとりつかれているとよく茶化されていたが、多くの錬金術師は永遠の命の処方箋を見つけることのほうに夢中になっていたし、そうでない者は、それよりもはっきりした目標を持っていた。フィレンツェの医師兼人文学者のフィチーノとその弟子のパラケルススが指導していた影響力のある学派は、超覚醒という考えを得、それを〝スピリトゥス〟と呼び、それは特別な体液の整合によって得られるということだった。この〝スピリトゥス〟によって、憂うつな人（洗練された憂うつさは当然天才には不可欠なものだ）は、ふつうの感覚に頼ることなく、世界を知覚できるようになる。言いかえれば、微量栄養素をきちんと測定して摂取すれば、超越的な才能を得ることができるというのだ。もちろん、スパイスの高度に濃縮された性質はこれに最適なものだった。たとえば、パラケルススはある種の形而上学的なアロマテラピーが好きで、そこではスパイスの香りのする彼の調合薬は摂取するというより吸いこむものだった。この〝スピリトゥス〟を促進するあるレシピでは、飲用できる一回分の金はカルダモンとシナモンとメースとクローブの香りがし、花の香りと動物の腺からの抽出物のにおいもした。

パラケルススのわかりにくい考えは一般人の興味を引くようなものではなかったが、その考えの多くは徐々に一般的な書物にも書かれるようになった。健康的な長寿の秘密を知りたくない人などいないだろうし、しかも当時は伝染病と病気が蔓延し、五〇歳の人がよぼよぼの老人だと思われていたのだから。

しかし立派な四体液説の詳細が幅広い大衆に手に入るようになっても、ガレノスの論理はライバルたちからますます攻撃されるようになった。

スパイス人気の凋落

レンブラントのある有名な絵画のなかでは、レース襟をつけた男たちが小さな腰布をかけただけの裸の死体のまわりに集まっている。彼らは中心にある白い死体から出ているようにに見えるぼんやりとした光に包まれている。そのなかで一人だけふつうの襟で帽子をかぶっている男が、死人の左腕を鉗子で広げ、皮膚の下の肉や筋肉や腱を見せている。一六三二年に描かれたこの絵は『テュルプ博士の解剖学講義』というタイトルで、ニーウマルクト広場の古いスパイス計量所でおこなわれた解剖の様子を描いたものだ。ここからもわかるように、この建物はシナモンやナツメグのような機能性食品の輸送を管理していただけでなく、アムステルダム外科医師会が年に一度公開解剖をするときにも使われていた。解剖が法的に認められるようになったのはこの数年前で、招待された人々は、このめったにない機会にうずうずするような好奇心を刺激されていた。規則では、処刑された犯罪者の死体だけが解剖を許されていた。この絵に描かれた男は武装強盗で絞首刑になったばかりだった。強盗の腕から出されたもつれた内部組織が医者の器具の端からたれさがっている。この有名な外科医ニコラス・テュルプは、集まった公開手術室の観客を見渡しているようだ。明らかに彼は、観客を集めることにも、メスの手さばきにもたけていたようだ。彼はのちに八回も市の財務部長になり、四回も市長になった。

かつて外科医はこれほど地位の高い立場ではなかった。中世のヨーロッパでは、外科医のような手の汚れる仕事は、床屋や歯科医が片手間にすることが多く、内科医のように学のある地位とくらべるといやしい職業とされていた。内科医は服も汚れないし、ていねいな字で書いた処方箋を渡してくれる。人々は外科医を最後の手段としてしか見ていなかった。カトリック教会は長いあいだ死体を解剖することを問題にしていたので、ほとんどの外科医はまだ生きている患者、それも明らかに金銭的に成功をおさめた人で学ばなければならなかった。しかし、オランダがプロテスタントの側につくと宣言してからは、死体の公開解剖に対するタブーは徐々になくなっていき、医者たちはようやく皮膚の下の世界を学ぶことができるようになった。

中世には、人体の内部は、はるか彼方のインドと同じぐらい未知の領域で、心臓や脾臓をはじめて診察した人々にとっては、そこにはヴァスコ・ダ・ガマやコロンブスの発見と同じぐらい驚くべきものがあった。そこで発見したものは、学問的なガレノス派の教本とはまったくちがうことが多々あった。しかし、おそらくもっと重要なのは、テュルプとその仲間たちの経験に基づくアプローチで、それは推論によって優美につくりあげられた机上の空論だったガレノス派のモデルを根本から揺り動かすものだった。一七世紀の教本には繰り返し革命的な文章が書かれている。それは古代の人々は別の時間と場所に生きていたので、すべての知識の源と見なすことはとてもできないという言葉だ。四体液説は窓から捨てられてしまったわけではなかったが、不安定に窓枠の上でバランスを取っているような状態で、それに対して、ライバルの体系はためらいがちに医学の常識の座につこうとしていた。そのあとに起こったことは、現在でも医学界の意見が変わったときに起こる現象と同じだ。民衆は混乱した。スパイスに関する限りで言えば、これからは人々の食生活でどういう位置におかれることになるのか誰にもわからなかった。

スパイスが海外で採れるものだということがかつてはセールスポイントになっていたが、いまではそれが、少なくともある部分においては問題になってきた。ポルトガル人とカスティーリャ人がキリスト教徒とスパイスを求めて出た旅は、何千とは言わないまでも何百という植物の報告をもたらし、そこにはヨーロッパ人が聞いたこともなかった植物のことが書かれており、多数の標本もあった。栄養学者と植物学者はそれをすべて分類し四体液説にあてはめるという、すばらしい仕事をした。新しい植物の多くは疑いの目で見られた（有名な話だが、トマトとジャガイモは長いあいだ毒があると考えられていた）。輸入された植物と薬がヨーロッパ人に合うかどうかという議論がわきあがった。外国嫌いの人たちは、神が世界を創造したとき、それぞれのグループに必要なものはすべて近くにおいたのだから、カモミールやヒヨスのような地元の薬草のほうがクローブやナツメグのような外来のものよりも地元民の治療に適していると考えた。運よく、これはカルヴァン派の聖職者の意見とも一致していた。彼らに言わせれば、シナモンやクローブのようなものは楽園からの贈り物ではなく、異教徒の快楽主義者が収穫したものだ。つまり、そういうスパイスは、神を恐れる正しい生活から人を誘惑するものだ。正しい生活は、地元で採れたカブや、スパイスの入っていないチーズを食べていなければ送れないのだ。

オランダの宗教的傾向は死体の解剖に対して寛容になってきてはいたが、プロテスタントとカトリックはどちらも、生きている人間の快楽に関してはかつてより清教徒的になっていた。（はっきり定められているものを）よく食べることは、かつてのように解決策というよりは問題として見られるようになってきた。食事療法の本にはこの医学的意見の変化がはっきり示されていた。アメリカ人の食物史研究家ケン・アルバラは初期の栄養手引書を研究していて、一五世紀の本は一般的に寛容で、ときには食卓の快楽を高めることをすすめてもいた（プラーティナのベストセラーのタイトルは『真摯な喜びと健康について』sだ）が、それがもっと説教じみて保守的なアプローチになり、高級料理が出る幕はなくなっていったという。一五三〇年、スペインの栄養士のルイス・ロベラ・デ・アビラはまだ読者に「おいしいものを何でも食べなさい。それがいちばん栄養があるのだから」とすすめていた。しかし一七世紀になると、人気があった生活様式の案内本の著者であるレオナルド・レシウスのような意見を読むようになった。レシウスは「美食料理」や「肉に変わった味つけをすること」に大反対だった。

医学的風潮におけるこの変化はまちがいなく印刷技術によって加速された。機械による印刷は手書きに代わる安上がりで時間のかからない方法というだけではなかった。印刷技術と古い技術の関係は、グーグルとカード目録の関係のようなものだった。印刷は人々が世界について学ぶ方法を根本的に変えてしまった。（比較的）安く手に入る聖書がなければ、宗教改革はなしえなかった。何十万部という部数が印刷された料理本がなければ、その後のヨーロッパ全体に広がった高級料理の革命は、局地的な流行にしかならなかっただろう。[52] 出版業界は常に新しい商品、新しいアイディアを必要としている。性質上、同じ情報を何度も使いまわすことはできない。それは貴重な手書きの時代から同じだった。結局のところ、ガレノス派の再版をどれだけ顧客が買ってくれるのかという話だ。

現代のダイエット本の商売はルネサンス期にもう始まっていたということだ。その後、いまと同じように、出版社は常に大衆に受けるすばらしいアイディアを持った人間を探していた。本が売れると、ほかの著者がそれを真似する。顧客が同じ話に飽きてくると、新しい（あるいはかたちを変えた）アイディアが生まれ、みながその新しい考えに飛びつく。これによって、少なくとも部分的には、アトキンス・ダイエット［炭水化物を減らしてたんぱく質を多く摂取するダイエット法］のことなど誰も想像できなかったはるか昔に、栄養に関する風潮が単なる流行の変化だけで入れ替わっていた理由が説明できるかもしれない。当然のことながら、出版社が出版部数を増やし、本を買って読むことのできる人が増えるにつれ、その変化はますます速くなっていった。

一七世紀の半ばになると、人々は食事療法の本に飽きてしまったようで、そのタイプのセルフヘルプ本の市場は枯渇してしまった。当時は、食事療法に対抗するような医療体系がいろいろ出ていて、大衆はもう諦めて専門家にまかせるようになったからかもしれない。何を食べるべきかをうるさく言われることにうんざりして、もうそんな話を聞くのをやめたのかもしれない。あるいは、出版界に別のサイクルがやってきただけだったのかもしれない。

このような宗教的、科学的、学問的な騒ぎが進行するなか、ヨーロッパはふたたび血なまぐさい戦争に巻きこまれていった。オランダに対するフェリペの十字軍派遣はそのなかの一つにすぎなかった。一六一八年にヨーロッパの中心でチェコのプロテスタントに反対する運動として始まったものが大きく変化し、ヨーロッパじゅうのおもな列強が加わることになった。三〇年戦争と呼ばれることになるこの戦争は、飽くことを知らない竜巻のように大陸の中心を駆け抜けていった。残された都市は壊滅状態で、肥沃だった土地は灰燼に化し、経済は崩壊した。中央ヨーロッパでフランスの顧客が消滅したとき、ヴェネツィアの衰退するスパイス貿易に最後の一撃を与えたのは、ポルトガルでもオランダでもなく、この戦争だった。しかし、ヨーロッパ全域で政治体制が変わった。キリスト教国が好戦的なカトリックの超大国スペイン一国に支配される一七世紀に入っていた。大規模な殺戮が終わるころには、そこから生まれた国、特にフランスとオーストリアは、プロテスタントやムーア人への反対運動より、自分たちの国境を守ることに必死になった。ヨーロッパの境界線は、国家主義者の線に沿って強化されていった。国々はますます言語や食べ物や宗教によって定義されるようになっていった。

宗教戦争は政治家や聖職者だけでなく、科学者や料理人や出版社にも影響を与えた。カトリック国のイタリアでは、独立した医学機関として誇りを持っていたパドヴァ大学がローマ法王のイエズス会の監視機関に服従させられることになった。その結果、パドヴァはすぐに首位の座をより進歩的なプロテスタントのヨーロッパの大学、たとえばオランダのライデン大学などに譲ることになった。有名な話だが、ガリレオは宗教裁判で繰り返し追及され、パドヴァ大学から追放された。多くの錬金術師や占星術師は地下にもぐった。そうしなければ、魔術を使ったかどで告発され、火あぶりの刑に処されたからだ。その後の宗教的熱狂にともなって、宗教革命の後半には魔女裁判がヨーロッパ大陸を席巻した。この迫害の波は、一部の歴史家が〝魔女狩りの狂気〟と呼ぶ一五五〇年から一六五〇年の一〇〇年間にピークを迎えた（セーレムの魔女裁判［一七世紀にアメリカのマサチューセッツ州でおこなわれた魔女裁判］はこのヨーロッパ全体で起こった現象の余波だ）。当然のことながら、医師たちは、かつては自分たちの医療行為の一部であったオカルト術からできるだけ距離をおくように努めた。

そしてこの騒動全体はヨーロッパでのスパイス消費にどのような影響を与えたのだろう。簡単に言えば、たいした影響はなかった。フランス以外では、一七世紀後半のレシピ集に載せられたスパイスを使った料理は一〇〇年前と変わらず熱狂的に受け入れられていた。『賢明な料理人』に書かれたスパイスの好みを見てみるといい。ナツメグとクローブもまだ日常的に医者の医療用具のなかに入っていた。しかし徐々に、各国の料理に多様性が出てきた。ヨーロッパの流行発信地の地位をイタリアから奪っていたフランスでは、スパイスの流行が変わろうとしていた。ヴェルサイユ宮殿では、スパイスをきかせた料理が名声を失っていた。ヨーロッパの他の地域でも、流行に敏感な人たちがこれに気づいていた。こういうことは突発的に、あるいはすべての地域で起こったわけではないが、現代のヨーロッパ料理（それは結果的にアメリカ料理でもある）と呼んでもいい、地元の調味料に重点をおいたものの種はまかれていた。それはまさに、オランダ東インド会社が血にまみれたクローブの森から最大の利益をもぎとっていた時代だった。

輝きを失った黄金時代

現在ではヤン・クーンの評判はたいていひどいものだが、オランダじゅうに彼にちなんだ名前の通りや名所がある。アムステルダムでは、大きなトンネルとそのそばの港の名前になっている。クーンハーフェン（港）は中央駅から自転車で少し行ったところにある。そこに行くまでに古い木製の波止場があり、そこにはかつて東インド会社の貿易船に使う木材が到着した。最近では、この古い波止場にはハウスボートに改造されたみすぼらしい舟が並んでいて、プランターや鉛色の空に深紅の光を放つ子供用のブランコが並べられている。前方を見ると、貨物船の上にそびえる巨大なクレーンは戦前に祈りを捧げる特大のカマキリのようだ。クーンハーフェンには現代のほかの港と変わりなく、灰色に灰色を重ねたような背の低い倉庫が広がっている。だが、空気のにおいをかいでほしい。潮とディーゼルが混じったよくある港のにおいに混じって、もっと深く肥沃なココアの香りがする。アムステルダムは、はるかに現代的なロッテルダムの港に長いあいだ勝利を奪われているが、それでも世界のココア輸入地のトップであり続けている。とはいえ、クーンの港に停泊する数少ない貨物船は、かつては数百隻の船がひしめきあっていた昔の港の影のようなものだ。光り輝いていた時代、アムステルダムのスパイス輸入は世界じゅうの羨望の的だった。

当初、VOCのビジネスモデルは非常にうまくいき、一七世紀のアムステルダム人の多くは豪邸を建て、そこに美しい絵画を飾りたてるほど裕福になったが、そこには本質的な欠陥があった。スパイスがニシンやビールのような貿易品ではないことを考慮に入れていなかったのだ。コショウやナツメグのような贅沢品の需要は、価格が基準ではなく、言葉では言い表せない、抽象的と言ってもいいような特質が基準になっていた。流行は変わりやすい。方程式の供給側を奪取したオランダは、需要も伸びていくだろうと考えた。困ったことに、スパイスがありふれた品物になって象徴的な響きが失われてしまうと、中世以降の現代社会では隅に追いやられてしまったのだ。

一七世紀には、クーンハーフェンの潮風に香るココアや、紅茶やコーヒーが流行に敏感な人々の新しいお気に入りになった。熱帯からの新たなこの輸入品は、かつてのアジアの調味料と同じように誇大に宣伝されることさえあった。ある種のスパイスがかつて脳の働きをよくすると処方されたのと同じように、紅茶とコーヒーは特に、新しい理性的な時代に影響力を持った人々にすすめられた。紅茶やコーヒーには、東洋の香料のような古くさい官能的なものや、スパイスを入れたワインやビールのような睡眠効果もなかった。特にたっぷりスパイスを入れた飲み物は、この現代の刺激物に市場シェアを奪われた。ココアがコーヒーや紅茶にくらべてはっきりした評判がなかったのはたしかだ。それはおそらく、衰退していたマドリードの宮廷経由でヨーロッパに入ってきたからだろうが、アムステルダムがココアのビジネスを独占すると、ココアもまた現代風の応接間には欠かせないものになった。

VOCはコーヒーと紅茶のビジネスにも参入したが、高級スパイスのときのように市場をコントロールすることはできなかった。東アジアの香辛料の需要が下落すると、アムステルダムの黄金時代の輝きが失われはじめた。

アムステルダムが世界トップの地位からゆっくりと滑り落ちていったのにはさまざまな要因がある。最初の成長が（リスボンなどにくらべると）東インド会社だけに頼っていたわけではなかったのと同じように、衰退にも多くの原因があった。だが、スパイス産業の下落がすべての問題の徴候となった。みずからをアミューズメント・パークとしてつくりなおし、街の繁栄を長引かせたヴェネツィアや、一八世紀にブラジルの砂金でふたたび上昇したリスボンとはちがって、アムステルダムは暗く落ちこんでいき、一七〇〇年代半ばには貧しいと言ってもいい状態だった。急成長した一七世紀の都市のためにヘーレン運河をつくり、それを環状に広げていこうとする野心的な計画は未完成のまま放置され、部分的に人が住むようになったのは、産業化時代になってからだった。

アムステルダムがスペインとの紛争時代に富を築いたという事実を考えると、その問題は平和協定に調印するという短命の流行とともに始まった。最初の悪い知らせは一六四八年に届いた。スペインとの戦争終結が宣言されたという噂が街に広まったのだ。さらに悪いことに、中央ヨーロッパでの三〇年戦争もようやくその年に疲れ果てた決着をつけることになった。三年後、イギリスは自国民同士で殺し合っていた内戦を終わらせた。そして突然、ヨーロッパの列強は立ちどまり、その強欲な頭を小さな共和国に向けてきたのだ。

スペインはもう蚊帳の外だったが、イギリスはやる気に満ちていた。一六五二年から一六七八年にかけての連続した戦争で、この新しい海洋列強はマレーシアからマンハッタンに至るオランダ帝国の大部分を奪っていった。ヨーロッパの本国では、フランスがオランダに侵攻していた。ルイ一四世の軍隊との戦争もひどい結果だったが、オランダ経済をいちばん傷つけたのは、フランスの保護主義という名のもとに太陽王の統治下からオランダの産業が次々と駆逐されていったことだ。

ヨーロッパ全土で、絶対専制君主とその大臣たちが商業主義の経済に有頂天になり、輸出を援助し、輸入を削減した。フランスは自国の東インド会社を設立したので、他国が輸入したスパイスを買わなくてもよくなった。彼らはインドの南東海岸にあるポンディシェリに小さな植民地をつくり、コショウ船を送りこみ、セイロンの統治者を誘惑してオランダから奪おうとまでした。しかし、あるフランス人が指摘しているように、「スパイス貿易に関してはオランダほど自分の愛人に対して嫉妬深い国はなく」、その作戦は失敗に終わった。実質的にヨーロッパのすべてのコショウはまだアムステルダムとロンドン経由で入っていて、オランダだけがヨーロッパに入るシナモン、ナツメグ、メース、クローブをすべて管理していた。それでも、オランダのスパイスだけが特別ヴェルサイユ政府の許可を得ていたわけではないのだが、フランスのエリートたちのあいだでスパイスをたっぷりきかせた料理が人気を失ったのは、まさにこの時期だった。そしてこの時期には、それはフランスだけの現象だった。国王や商業主義者の大臣には外国のスパイスでたっぷり味つけした料理が出されていたはずだと思うだろう。だが、一六〇〇年代のフランスの料理革命においては、商業主義によって説明される部分はほんのわずかしかない。

ヨーロッパ人が封建制度や対位法やエッグ・テンペラ［卵黄を材料にしたテンペラの色づけ用の乳剤］や天動説を捨てたのと

同じように、中世の料理をやめてしまったのは驚くことではない。しかし、なぜフランスがこの改革の温床になったのだろう。ルイ一四世の治世は革命的精神とは無縁だった。ルネサンス期のフランスにはガリレオもモンテヴェルディもスピノザもレンブラントもいなかった。だが、ラ・ヴァレンヌがいた。

一六五一年に発行されたフランソワ・ピエール・ラ・ヴァレンヌの独創的な料理本『フランス料理人』のなかには、フランスでどれだけ多くのことが変化したかが書かれている。[53] 去っていったのは、砂糖やイタリア・ルネサンスの主役であるエキゾチックなスパイスをたっぷり使ったもので、それに代わったのが国産のハーブとマッシュルームだった。このヌーヴェル・キュイジーヌはまちがいなく繊細（考えかたによっては刺激が少ない）だが、このフランス人シェフはまだレシピの多くでナツメグやクローブを使っていた。とはいえそれはごくわずかな量だった。典型的なレシピでは「二、三個のクローブと一つまみのナツメグを使っている。コショウとショウガはほとんど使われず、シナモンはデザートの章にしか出てこない。

一七世紀の料理革命がフランスで生まれたことにはさまざまな理由がある（それはヨーロッパ全体に広がっていく流行になるのだが）。なによりも大きな理由は、かつては強力だったフランスの貴族が国王の気まぐれに振りまわされるようになったことだ。一五八六年には早くも、あるスペイン人（公平な意見とは言いがたいが）が、フランスでは廷臣と高官は王室の流行の奴隷になっていて、みな国王の真似をしていると言っている。たとえ国王の食べ物の好みが「下劣で品のない、最下層の人間でさえ食べたくないような（トリュフとマッシュルームのことだろうか）」ものだったとしてもだ。

新しい専制君主国での祝宴にはいままでにない目的が多少加わった。かつては、贅沢な祝宴は下っ端の貴族を感心させるためのものだったが、いまは貴族がゴマすりの才能を見せる場になった。誇示のかたちが少し変化したというわけだ。ただ、一つ確かなことがある。フランスの貴族がスパイスを使わなくなったのは、安くなったせいではなかったということだ。高級スパイスは一七世紀のラ・ヴァレンヌの革命が終わるころには、始まったときの少なくとも二倍の値段になっていた。しかし、世界的な植民地システムの確立によって、香り高い楽園からの贈り物ではなく、大量の産物として入ってくるようになると、スパイスがその名声の多くを失ってしまったのはたしかだ。

とはいえ、新しいスタイルがフランスびいきのグルメのキッチンにどれだけのスピードで浸透したかは、はっきりと示すことができない。料理本を見ると、一八世紀のイギリスとイタリアとスペインの上流階級はフランスからの合図を待っていて、おそらくポルトガルと中央ヨーロッパ同様に一九世紀までには浸透したようだ。しかし輸入量を見ると、スパイス使用量の低下にはかなり時間がかかったことがわかる。ルイ一四世の時代にスパイスの輸入量が急落しなかったのはまちがいない。ラ・ヴァレンヌが過激な書籍を改訂しても、スパイスをきかせた昔ながらの料理を載せた料理本の出版は続いていた。だが、実際に起こっていたのは、一六世紀と一七世紀に起こった驚くほどのスパイス使用量の増加が、人口の急増にもかかわらず、ゆっくりと減っていき、やがてとまったことだ。現在でも、フランスの食肉店では〝カトル・エピス〟と呼ばれる、コショウとクローブとショウガとナツメグをミックスした調味料でパテの味つけをしているし、イギリスのハムにはまだクローブが刺さっている。ただ、それはもう例外的なものだ。オランダ以外では、かつては肥育鶏のシチューに使っていたスパイスや、焼いたチョウザメに振りかけていたスパイスは、いまではもうスイーツにしか使われない。一七世紀以降にヨーロッパ全体のスパイス熱が冷めたのは事実だが、それは劇的に起こったわけではなかったようだ。大きな変化というのは、ヨーロッパが発明した砂糖をベースにしたデザートだった。

中世には、砂糖はスパイスの一種にすぎず、ミートパイやロースト肉にもますます使われるようになっていた。デザートと呼んでもいいような〝砂糖菓子《スイートミート》〟があったが、それはたいてい肉、魚、野菜の料理とともに出された。〝辛い〟料理と〝甘い〟料理のあいだには区別がなかったのだ。ルネサンス期のイタリアでつくられたピジョンパイには、現在のアメリカでつくられるアップルパイと同じぐらいの砂糖が使われていた。一四〇〇年代にポルトガルが海外に砂糖植民地をつくり、ほかのヨーロッパ諸国も約一〇〇年後に同じことをしたため、砂糖は誰でも買えるものになった。それと同時に、甘いものと塩辛いもののあいだに徐々に壁ができていった。ラ・ヴァレンヌの本ではっきり示されているように、肉をベースにしたルネサンス期のレシピで砂糖といっしょによく使われていたシナモンは、壁の甘いほうに分けられ、ショウガも同じ分類になった。少なくともしばらくのあいだ、クローブとナツメグとコショウはスープとラグーに自由に使われるのが許されていたが、その量ははっきりと制限された。このようにスパイスを制限していく流行はヨーロッパ全体で一様におこなわれたわけではなく（オランダの特徴的な料理という例もある）、料理のレパートリーによっても違っていたが、同じような傾向がキリスト教国全体で起こった。輸入香辛料は使われ続けていたが、多くはデザートに使うだけに制限され、そうでないものは使用量そのものを制限され、需要はますます減っていった。これによって、少なくとも部分的には、ヨーロッパの人口が急増していたのにＶＯＣのスパイス市場が沈滞した理由がわかる。数字からなんとかわかるのは、コショウの需要は一五世紀と一六世紀にはおだやかに上昇していたことだ。その後、オランダとイギリスとポルトガルのあいだで起こった価格競争によって、価格が不安定になり、数十年で需要が倍増した。しかし、ここまでだった。ヨーロッパの人口が一八〇〇年代に急増しても、コショウへの渇望は堅固な天井にぶち当たった。[54]それが起こった理由は、コショウの大半を長いあいだ消費してきた一般市民の生活水準がずっと下がり続けていたせいもあるかもしれない。それは産業革命まで続いた。ほかのスパイスも同じような景気と不景気の軌跡をたどったが、その理由はまた別だった。オランダ人は金の卵を産むガチョウの首を自ら絞めてしまったのかもしれない。高値を維持するために、彼らはヨーロッパの顧客に渡るシナモン、クローブ、ナツメグ、メースの量をコントロールしていた。利幅は大きかったかもしれないが、ヨーロッパの料理人が使うことのできる高級スパイスの量は人為的に制限されていた。一七〇〇年に市場に出まわったスパイスは実際に半世紀前よりも少なかった。アジアのスパイス農場を焼き払っても成果があがらなかったときには、一七人会はアムステルダムの在庫を燃やした。倉庫にあった（そして腐りかけた）ナツメグとメースが一七三〇年代だけで二〇〇万ポンド近くも燃やされたが、当時は年間の売り上げが二五万ポンドの範囲内だったのだ。その結果、昔ながらのやりかたで料理をしたかった人たちもモルッカ産スパイスの使用量を減らすしかなかった。

　コショウに関しては、ＶＯＣが供給量を管理することはできなかった。そのため、アムステルダムの黄金時代が衰退していく数十年のあいだ、ヨーロッパ市場にはオランダ（とイギリスとフランスとデンマークまでも）が輸入したコショウが売り切れないほどあふれていた。そのあいだずっと、イギリス東インド会社はVOCのすぐあとを追っていて、年々コショウの輸入量を増やしていた。だが、VOCの利益が減っていったのは、やっかいなイギリスのせいばかりではなかった。オランダ東インド会社が、スパイス熱冷めやらぬ初期のころから、はたして利益をあげたことがあったのかという疑問がある。貸借対照表にどんな記述があったにせよ、設立から九〇年のあいだの経営状態は良好だったようだ。おそらく、利益を上まわる配当が支払われたのだろうが、そのような出費がアムステルダムの経済を活性化していた。ただ、VOCは存続のためにさらに金を借り続ける必要があった。

初期のころは、重役は配当金をスパイスの現物で支給して現金を節約しようとした。一六一〇年、株主は現金の代わりにコショウの実とメースの入った袋を渡された(現金で支払われたのはわずか七・五パーセントだった)。合計すると、最初の五〇年間にVOCの配当金として発表された金額の約四〇パーセントがクローブとメースとコショウの現物で支払われた。そもそもスパイス貿易にかかわっている一部の大口投資家がこれで困ることはなかったが、一株か二株だけの靴屋や酒屋にしてみれば、ハインツの株主がピクルスの現物で配当金をもらうようなものだった。投資した金をすべてシチュー鍋に入れてしまいたくない人たちは、香り高い配当金を格安で売りさばくしかなかった。やがて、このような投資家からの反発があり、一六四四年以降は、VOCは現金で払い続けた。その結果、一六九二年には会社の債務は四〇〇万ギルダーにふくれあがった。問題は、スパイスの独占を支えるために民営の帝国を維持する経費が、わずかな売上高を吸収してしまったことだ。

そして、労働力の問題があった。VOCは常に役立たずで強欲な従業員に苦労していたが、上に信頼できる人員が十分にいたので、残りの従業員たちの管理はある程度成功していた。だが組織内の腐敗が増え、ホーフ通りから利益を吸い取っていた。ポルトガル領インドでも多数の不正行為がおこなわれていたが、ポルトガル王に雇われた人すべてが金のためだけにインドにいたわけではなかった。もちろん、名声や救済のために来た少数民族も多かった。一方、オランダがインドに行ったのは金のためだけだったし、VOCの低賃金では給料だけですぐに金持ちになれる者はいなかった。ヤン・クーンがどんな罪で告発されようとも、収賄で告発した者はいない。だが、次の世紀には、腐敗は最高レベルにまで達した。総督のファン・ホールンが一七〇九年に東インドのポストを辞職したとき、彼の財産は一億ギルダーと見積もられた。スパイスの違法取引で得られたリベートと利益は公然の秘密になっていた。インドの各地に会社の役員は利益をプールし、各自が受け取る給与に比例した額を再分配して、横領した金を従業員に適切に分け与えていた。一八世紀初頭には、年間損失額は二〇〇～四〇〇万ギルダー、ときには六〇〇万ギルダーにのぼることもあった。やがて会社は実質的に破産する。

VOCが単にふつうの株式会社であれば、まちがいなく倒産していただろう。しかし、オランダ東インド会社はずっと大きな組織だった。実質的には国家のなかの国家だったのだ。そして現代の多くの政府がするように、さらに多くの現金を借り入れることで機能し続けることができた。一八世紀にそうやって倒産を免れたのは、衰退していたにもかかわらず、アムステルダムがまだ世界有数の資本市場だったからだ。ヨーロッパじゅうの投資家が会社を支え続け、VOCの立派な造船所や香り高い倉庫のなかには崩れやすいジンジャーブレッドしか残っていなかったのに、会社は配当金を支払い続けた。会社の頼みの綱であるクローブとナツメグの独占が破たんしていなければ、さらに長くこの状態が続いたであろう。しかし結局、一七五〇年ごろ、フランス東インド会社が高級スパイスにかけたオランダの鍵をこじあけることに成功した。社員のピエール・ポワヴル（その名がフランス語のコショウ〝ポワヴリエ〟の語源になった）は、ナツメグとクローブの苗木を盗み、インド洋のフランス植民地であったモーリシャスとレユニオンでその繁殖に成功させた。何年にもわたる下落する利益と政府の救済措置の末、VOCは一七九九年に解散し、オランダ政府が東インドの管理を引き継いだ。バンダ諸島では、オランダ人入植者が一九五〇年までナツメグ農場を管理していたが、その年、武装したオランダ側の妨害にもかかわらず、インドネシアは独立を勝ち取った。民族的にオランダ人であったほとんどすべての人々が国を出るか、強制退去になった。バタヴィアはふたたびジャカルタという名に戻った。

一六世紀の宗教戦争中と同じように、オランダの都市は流入する移民と難民に対処し、融和策を取らなければならなかった。そしてそれは始まりにすぎなかった。過去五〇年以上にわたって、オランダは多文化社会へと変わり、そのような変化を持ちこんだ、あらゆる文化、緊張、そして新しい味にあふれている。

ナシゴレン

ネッドスパイスの社長にオランダ人は家で何を食べているのか尋ねると、フランク・ラヴォーイは伝統的な食品をあげた。〝エルテンスープ（エンドウ豆のスープ）〟、〝スタンポット（ソーセージとマッシュポテトにケールを混ぜたもの)〟、〝ナシゴレン(インドネシアのチャーハン)〟。「うちの妻はナシゴレンを〝パンネクーケン(オランダ風パンケーキ)〟のように簡単につくるよ」と言っていた。ナシゴレンはベアトリス前女王のようにオランダに長くあるものなのだ。

オランダの植民地体験がどれだけ日常の食生活に浸透しているかを知りたければ、アムステルダムのスーパーマーケットならどこに入ってもすぐにわかる。たとえば、ダムのすぐ近くにあるスーパー、アルバート・ハインに行ってみよう。アルバート・ハインでは、アメリカのスーパーが朝食用のシリアルに使うぐらいのスペースを、インドネシアとそれ以外のアジア製品の陳列に使っている。とはいえ、オランダ人の多くが、いまではこんなに人気になったインドネシア料理をゼロからつくっているわけではない。彼らは地元のスーパーに行って、正しいスパイスと混合調味料を買い、パッケージに指示されている肉などに使っている。一番通路には、少なくとも七種類のナシゴレン用ミックスがある。ほとんど手間をかけずにできるものもあれば、実際に料理をしなければならないものもある。常温保存可能な〝サテ・ストキエス(ピーナッツソース味の鶏肉の串焼き)〟は電子レンジで少し温めればいいだけだが、生の鶏肉を買って、パッケージされた調味料を加える前に野菜も切らなければならない商品もある。料理を完成させるために、棚には〝クルプック〟の袋があふれている。これはキャッサバと小エビでつくったインドネシアのせんべいだ(必ずしもまずくはなく、ふくらました脂の味に、対照的な魚とトウガラシの味もときおり混じる)。全体では、このような食品が何百種類もある。なかにはニッチなアジア料理の専門家がもたらしたものもあるが、大半はハインツやマコーミックやクノールといった多国籍企業が製造したものだ。

インドネシア料理をつくっていないときでも、オランダ人は出来合いのスパイスミックスをよく使う。二番通路には、このようなオランダ版マサラが並んでいる。牛肉用の〝フリースクルイデン（コリアンダー、黒コショウ、チリ、ショウガ、マージョラム、タイム）〟、鶏肉用の〝キプクルイデン（パプリカ、白コショウと黒コショウ、ナツメグ、コリアンダー、メース、カレー粉、カルダモン、オレガノ）〟とともに、牡蠣、イガイ、チリコンカルネ、スパゲティ、ギロピタ、そしてもちろんナシゴレン用の調味料ミックスもある。棚には全部で二七種類ものスパイスミックスが売られている！

現在オランダには毎日移民が到着しており、世界各地の調味料を持ちこんでいる。人種と宗教の新しい混在は必ずしも調和したものではなく、寛容で名高いオランダ人も、かつてにくらべると肌の色の濃い移民たちを歓迎しなくなってきている。しかし、国民の日常的な食べ物の選択は、街角で売られているドネルケバブや串焼きのサテからの影響をますます受けている。

ちょうど昔の十字軍のように、オランダ人はしょっちゅう海外に行っては、これまでよりも刺激の強い味が好きになって帰国する。「一九六一年にはじめてスペインに行ったときには自分たちの食べるものを持っていったのを覚えているよ」と、ラヴォーイは皮肉な半笑いを浮かべて言い、オランダ人観光客がオリーブオイルとニンニクで調理された食べ物を食べられるかどうか心配していた様子を語ってくれる。そして、「いまではまったく逆だと言っていいね」とつけくわえた。現在のアムステルダム市民は、裕福なロンドン市民やロサンゼルス市民と同じように、あたりまえにタイ料理のディナーを食べた翌日にイタリア料理を食べる。アメリカ国内でも同じだが、一方でなんとなくイタリアらしいニンニクとオリーブオイルとハーブの組み合わせ、もう一方ではアジアらしい甘酸っぱい組み合わせというのは特に美食家の想像力をかきたてるものだ。こういう味は、ルネサンス期のシナモンと砂糖の組み合わせがそうであったように、先進国の富裕層のあいだではあらゆるところで食べられている。

オランダは、一九五〇年代に独立したばかりのインドネシアから追放されたときに、ほかのほとんどの国よりも早く融合料理に出会った。ただ、東インドの料理が母国でまったく新しいものだったわけではない。一七九〇年のオランダの写本では、〝アチャール（スパイシーな漬け物）〟やその他のインドネシア料理が紹介されている。植民地時代にもずっと、香料諸島で知った味の知識を持って帰ってくる人が常にいたが、一九五〇年代の大量流入とはくらべものにならなかった。そのときは三〇万人もの難民がほとんど着のみ着のままでオランダに到着した。彼らが恨みと郷愁とともに持って帰ったのは、〝ライスターフェル〟と呼ばれる、手のこんだ料理のメニューだった。

ライスターフェルは独特のアイディアでつくられた植民地料理で、バリ、ジャワ、スマトラなどのインドネシアの島々の料理が大量にビュッフェ形式で出される。これはインドネシアの結婚式で出されるような手のこんだ祝宴の料理をもとにしてできたものだが、裕福な植民地の家庭では日常的に食べられるようになっていた。料理人は中国系であることが多く、それが味だけでなく材料にも影響を与えている。特に、もともとはムスリムの食事であったものに中国人が大量の豚肉を加えた。サテのような串焼きであれ、〝バビリチャ〟のようなスパイシーな煮込みであれ、あらゆる種類の肉が料理の中心になった。

現在、アムステルダムでライスターフェルが食べられる場所は数十カ所あり、スチーム・テーブルに並べられた二〇種類以上の料理から選べる気軽なテイクアウトの店から、ウェイターがにっこり笑ってビュッフェ・テーブルをぬって案内してくれる、白いテーブルクロスの上品なレストランまである。私はある晩、贅沢をしようと思って〝プリ・マス〟という名のレストランに行った。この店は、一六〇〇年代にアムステルダムのまわりを切り開いてつくった最後の運河であるシンゲル運河のすぐ内側にあり、店があるにぎやかな通りでは、パッタイからスパゲティ・ボロネーゼまで、あらゆる料理を売りこもうとするレストランの呼びこみを避けて通らなければならない。国立美術館から橋を二つ越えたところにあるので、レンブラントを見過ぎた観光客であふれている。しかし、店のなかは優雅な雰囲気が漂っていて、魚のソースとスパイスの香りが混じり合っている。次々に出される一三種類の少量の料理から成る控えめなライスターフェルを選ぶこともできるが、〝ライスターフェル・ロヤール〟にしたほうがいい。こちらは一六種類という大量の料理が供される。食べても食べても次の料理が来るのだ。テーブルにはキャッサバとエビのチップス〝クルプック〟とともに、チリ味とショウガ味のサンバル・ソースがおかれているが、これはマヨネーズと同じぐらい一般的なもので、アムステルダムのどの家の冷蔵庫にも入っている。エッグロールと小エビの衣揚げには、コリアンダー、黒コショウ、クミン、ターメリックの甘酸っぱい香りを漂わせた小さなパイがついている。串焼きのサテと鶏肉と豚肉とラム肉は、チリで辛く、砂糖で甘く、タマリンドで酸っぱく味つけされている。次は小さな皿に入った煮込み料理だ。チリとショウガの香りがする豚肉に、チリとコリアンダーの鶏肉、カルダモン、クミン、ターメリック、フェンネル、シナモン、クローブ、コショウというたっぷりのマサラで味つけされたラム。少量の野菜と、なくてはならない締めのナシゴレン。このナシゴレンは、ごくわずかのスパイスを使った焼き飯のなかにごくわずかの鶏肉が入っている。

少し食べるのをやめてこの圧倒的な味を分析すると、主流となっている味は甘酸っぱさで、そこにエキゾチックなスパイスが適度に使われていることがわかる。中世のヴェネツィアや一六世紀のアムステルダムで味わえたはずのものと（チリをのぞけば）同じ味の組み合わせだ。インドネシアに到着した一七世紀のオランダ人がこの料理法を好きになったのも不思議ではない。故郷で食べていた料理と共通点がたくさんあったのだ。

もとの場所に落ち着いたようだ。現在ではルネサンス期のスパイスをきかせた料理は〝プリ・マス〟のライスターフェルと同じようにエキゾチックなものではなくなっている。たしかに、古い料理法のほうがずっとわかりやすい。五〇年前、フランスの歴史研究家が昔の「スパイスへの耽溺」に恐れをなしていた時代よりも、いまのほうがわかりやすい。現在では、もうミステリアスな東洋も、プレスター・ジョンも、黄金のように貴重な奇跡のスパイスもない。地球上のどんな場所の料理もジェット機での旅行のようになじみのあるものだ。あるいは、ショッピング・モールのフードコートに行くぐらいに。アメリカ人は一人あたりで、中世の支配階級たちよりも多くのスパイスを輸入していて、多くのヨーロッパ人もたいして変わらない。かつてはエキゾチックな輸入品の味、つまりは楽園の香りだったものが、いまではごくふつうの、日常的な、どこにでもあるものになってしまった。これには、ほかの誰よりもオランダ人に責任があるかもしれない。彼らの監視のもとで、スパイスは安価ではないものの、ニシンや材木やビールのような一般的な産物になったのだ。

終章――ボルチモアとカリカット

スパイス部屋

現代にポルトガル領インドとオランダ東インド会社の後継者がいるとしたら、マコーミック社であることはまちがいない。というわけで、現在の独占的多国籍スパイス企業の様子を知りたいと思って、ボルチモアにある本社に電話をかけた。思ったよりずっと大変だった。工場見学を申しこんだら、広報担当の女性にあっさり断られた。「見学はやっていません」と、取りつく島もない。インタビューをお願いすると、何が知りたいのかとしつこく訊かれ、おりかえし連絡すると言われた。連絡は来なかった。ポルトガル太守の事務所に忍びこもうとしているオランダのスパイになったような気分だ。どんな暗い秘密が世界最大のスパイス会社に隠されているというのだろう?

だが、私はねばった。半年におよぶお役所仕事との格闘を何度か経て、ようやくマコーミックの駐車場に車を入れることができた。本社があるのは巨大な要塞のようなビルで、ボルチモアのすぐ北にある緑あふれる企業団地にぽつんと建っている。マコーミックは一九八〇年代初頭に、市内にあった社屋から加工工場に近い場所に本社を移し、当時は見捨てられていたウォーターフロントから離れた。さいわい、かつての本社にあったものの一部は残されている。受付の壁には、旧社屋から救い出された大恐慌時代の壁画の一つがかかっている。そこには、東インドと西インドの人々が黒コショウとバニラを採集している姿が描かれている。黒コショウとバニラはいまでも会社のベストセラー商品だ（マコーミックはバニラの世界最大のバイヤー）。驚いたことに、受付では指紋も網膜もスキャンされなかった。受付嬢はにこやかにジム・リンを呼び出してくれた。ジムはこの会社での私の情報源だ。握手を交わしたあと、ジムが社内に案内してくれると、秘密など何もないように思えたが、ちょっと変わった会社なのはたしかだ。何しろここはボルチモアだ。マコーミックは古い絵を持ってきただけではなく、かつてのビルからエリザベス朝の村を模したものを丸ごと持ってきて、この現代的な郊外のビルに押しこんだのだ。特徴のない会社のロビーからエレベーターホールを抜けたとたん、木造で鉛枠のガラス窓がついた家が並ぶ通りが現れる（この村は一九三〇年代にマコーミックの主力商品であった紅茶を宣伝するためにつくられたもの）。左側は〝昔のマコーミックのティーハウス〟で、かつて港のそばにあった本社ビルでは、訪問者が当時の服装をした女給から紅茶のサービスを受けていた。会社に来た客は本社の隣にあった〝紅茶博物館〟に行くこともでき、紅茶に関する事柄を調べ、『紅茶物語』という一八〇センチの高さがある本で紅茶について読むことができた。残念ながら女給はとうの昔に会社のリストラにあっていたが、素朴なオーク材のテーブルでジムが紅茶を出してくれた。

ジム・リンは会社の広報部で働いているが、この会社の歴史に関するアマチュアの専門家でもある。

ハインツ、ケロッグ、ハーシーなど、大半のアメリカの大企業同様、マコーミックも一九世紀の衰退の時期に設立された。ジムの説明によると、タフで短気なウィロビー・M・マコーミックはボルチモアの地下で味つきシロップを売ることから始めた。ボルチモア大火、第一次大戦、大恐慌を生きのび、そのあいだにスパイス、紅茶、マヨネーズ、殺虫剤にまで手を広げていった。さらには工場見学も実施した（現在見学を渋っているのは、会社が用心しているだけだとジムは言う）。スパイスに関しては、マコーミックはニューヨーク商品取引所で購入し、その輸入スパイスの加工と包装をすることで必要量を満たしていた。第二次世界大戦までは、スパイスの輸出業はほとんどオランダとイギリスが握ったままだった。

W・M・マコーミックの後継者たちのもと、このアメリカの会社は株式を公開し、上海からサンサルバドルに至るまで、世界じゅうの国際的なスパイス会社と合併を重ねていった。投資家たちはすべてを年次報告書で読むことができ、そこにはマコーミックの利益がうなぎのぼりであることも書かれている。おもな理由はスパイスの消費量があがり続けているためだ。

マコーミックの本社に秘密があるとすれば、それは四階だ。ここは下の階のようなじゅうたん敷きの廊下ではなく、殺風景で画一的な廊下に特徴のないドアが並んでいる。ジムが一つのドアの鍵をあけて、ライトのスイッチを入れた。蛍光灯がつくと、小さな部屋のなかに言葉と色がほとばしり出た。何百、何千というパッケージがきれいに並んでいて、ショッキングピンクの小さな箱に入った一食分のモロッコ風チキン調味料から、トロピカルなターコイズブルーで〝キーウェストスタイル調味料〟と印刷された特大のサービスパックまでが、何列にも並んでおさめられている。中米のチリ味マヨネーズの棚の隣には、日本スタンゲ株式会社の展示ケースがある（〝マジシャンの味〟という部分しかパッケージに読める文字はなかった）。マコーミックのこの秘密のスパイス部屋では、現在の世界におけるスパイス市場の片鱗が見られ、世界じゅうのスパイスがどこに届いているのかがわかる。現在会社の部署は、オーストラリア、ベルギー、カナダ、中米、中国、フィンランド、フランス、イギリス、インド、日本、メキシコ、オランダ、スイス、トルコ、そしてもちろんアメリカにあり、それらの国内ブランドの多くが別の国に輸出されている。ボルチモアのソーダ水売り場にバニラ・シロップを売ることから始めた会社が、いまやグローバリゼーションの縮図となり、ウガンダやベトナムで採れたバニラをスイスやアルゼンチンに売り、チョコバーの味つけをさせている。とはいえ、スパイス・ビジネスはこれまでもずっと世界的なものだった。それはカスティーリャ人やポルトガル人がグローバル貿易のネットワークに最初の大きな一歩を踏み出す前からそうだったのだ。

だが、食事の世界は変化している。それは、新世界のコショウとピーナッツを旧世界の黒コショウとサトウキビとともに大陸全体に再分配した〝カブラル〟交換によって起こったものよりも大きな変化かもしれない。マコーミックのスパイス部屋ではっきりわかるのは、人々がもう料理をしなくなったということだ。やっているのは料理ではなくて組み立てだ。「はい、ここにはグルメ向きのスパイスの瓶が何でもあります」とジムが言う。「しかし、うちが力を注いでいるのはブレンド、つまり調味料のブレンドと、グリル用のソースです。家に帰ったらチャ、チャ、チャ（瓶からソースを出す音だ）ですみますからね」。ナツメグやパプリカのパッケージの何十倍もの量のミックスされたスパイスが棚にある。テリヤキビーフ（アメリカ）用、チリコンカルネ（オランダ）用、モロッコ風タジン鍋（フランス）用、バルティチキン（イギリス）用。インドでさえ、スパイスの流行は消えることなく、現在の女性たちはすり鉢とすりこぎを出す代わりに、商業的に加工されたマサラのビニール袋をあける。よかれあしかれ、自分の食べるものの味は会社の本部で決められるのだ。

しかもそれは全体の一部の話でしかない。ジム・リンの説明では、マコーミックはますますフードサービス業への参入を増やしている。現在では、製品の半分は消費者のキッチンに行くことがない。少なくとも直接は行かない。南部の某チキン・チェーンが自慢している秘密の調味料（ジムは「名前は出してほしくないそうなので」とにやりと笑った）は、マコーミックのスパイスミックスだ。アーチのついたハンバーガー・チェーンのスペシャル・ソースもボルチモアでつくられている。マコーミックはポテトチップスからビールに至るまで、あらゆるものに味をつけている。未来は加工食品にある。食べ物の味の多くはマコーミックの〝テクニカル・イノベーション・センター〟でつくられている。食品加工業者でさえ、独自の味をつくりだそうとはしない。「食品製造業者はトラックに積まれたショウガなんて使いたくないんです。コンテナに入ったできあいの調味料ミックスを使いたいんですよ」と、ジムが教えてくれる。だからこそ彼は何度も強調するのだが、マコーミックをスパイス会社ではなく〝フレーバー会社〟だと考えてほしいと言う。マコーミックが味を決めたからといって、会社のスパイス・ビジネスに何の悪影響もないことはたしかだ。

オランダのスパイス貿易商フランク・ラヴォーイがうれしそうに教えてくれたように、人々のスパイス消費量は増えていて、しかもそれに気がついてもいない。犬のエサに含まれるチリの量が増えているというあやしげな研究報告もある。とうとう犬までチリ抜きのエサに刺激がないと思って食べるのを拒否しているのか。犬の調査はどうもマユツバだが、人間には同じ実験をされている。ますます多くの人が加工食品を食べていて、そこに含まれるスパイスの量は増え続けているのだ。

オランダ人が供給をコントロールするのと同時に需要をコントロールする方法も見つけていれば、ヨーロッパ人と新世界の植民地の人々は、そもそもスパイスの習慣をやめることがなかったのかもしれない。しかし、マコーミックが成しとげたような一貫した統一は一七世紀のアムステルダムでは想像もつかないことだった。一七〇〇年代にエキゾチックな香料の流行が衰え、一人あたりのスパイス使用量が激減するのを、一七人会は手をこまぬいて見ているしかなかった。一六八八年にVOCはコショウの需要量を七〇〇万ポンドと計算していたが、フランス革命直前までは、ヨーロッパの人口が急増しているなかでその量をなんとか維持している状態だった。やがて、一九世紀後半になって生活水準があがると全体的なスパイスの需要もあがった。現在ではほぼすべての人がクローブやシナモンを使えるようになった。だがそれは、ほんの一つまみ使うだけだ。ヴィクトリア時代の人々は初期のスパイスの狂乱状態に怖れをなしたのだ。

西洋でこの控えめな使いかたが変化したのは、ほんのこの五〇年のことだ。一九六一年から一九九四年のあいだに、アメリカに輸入されるスパイスの量は四〇〇パーセント上昇し、その一〇年後にはそこからさらに倍増した。現在の平均的アメリカ人は中世のどんな貴族よりも多くのコショウを口にしている。かつてリアルトやニーウマルクトで取引されたすべてのスパイスのなかでコショウがいちばん多い。しかし現在では、〝ピペル・ニグラム〟はもはや王ではない。乾燥したトウガラシが、ずいぶん前からマラバールで採れる実の座を奪って、アメリカ人の大好きなスパイスになっている。

スパイスの味に対するアメリカ人の好みが変わった理由は、オランダ人と同じだ。というより、その点では先進国のどこでも同じだ。ラテンアメリカとアジアからの移民がチリとショウガの味を持ちこみ、それと同時に海外に旅行した人（そのなかにはプロのシェフもいる）が現地で味わった複雑な味が好きになって帰ってくる。しかし、マコーミックのような会社はこのトレンドだけを利用しているわけではない。彼ら自身がトレンドをつくり、目的にかなえばそれを変えているのだ。このようにして、刺激が強すぎるかもしれない外国の味が国内市場に向けてマイルドにされる（マコーミックの〝バルティカレー・スパイス〟を使ってもバルティスターンの人が誰も喜ばないことはたしかだ）。だからといって、ボルチモアを非難することはできない。調味料がもともとの〝正統的な〟濃度のままだったら、幅広い顧客は得られなかったはずだ。ともかく、例のマユツバの犬と同じで、人々は知らず知らずのうちに、よりスパイシーな味を経験しているのだ。

マコーミックのようなグローバル企業は、ある市場ではやったものを別の市場に導入することでも利益を得ている。一回分のパッケージ（かつてのアムステルダムでコショウを入れていた紙の包みと同じような、スパイスが数グラム入った袋）がイギリスで人気になると、それに続いてアメリカとフランスでも同じようなパッケージが売られるようになった。

グローバリゼーションは世界じゅうの食事の方法に影響を与えただけではない。農家が育てる作物や育てる場所も変えてしまった。中世初期にはマラバールのコショウがインドからインドネシアに移植されたし、ショウガはポルトガル人によってカリブ海に持ちこまれたので、ある程度のことはこれまでにも起こっていた。しかし現在、スパイスは予想もしない場所で採集されている。グアテマラは世界最大のカルダモンの輸出国だが、地元の人はそれをどう使うのかほとんど知らない。ほぼすべてが中東に輸出されるのだ。メキシコ原産のラン科植物であるバニラの大半は、マダガスカルとインドネシアでつくられているが、比較的新しい産地もある。現在、マコーミックは多くのバニラをウガンダから入手している。需要が伸び続けているため、インド・スパイス委員会までもがマラバールのコショウ農家にこの細長いバニラのさやを栽培するように推奨している。新しく登場してきたのがベトナムで、昔はマラバールから黒コショウを輸入していたのだが、現在では世界有数のコショウ生産国になっており、他国よりも安い価格で売り出している（それに続くのがインドネシアとブラジルで、インドは差をつけられた四位だ）。近年では、アメリカの繊維業者が南アジアからの輸入品に不満を抱いているのと同じように、インドの農家はインドシナ半島が輸出している安いコショウを不安に思っている。しかしインドでも、スパイス貿易が変わってきていることに人々は気づいていて、おそらくあらゆる場所で、人々はカルマによる再生に備えようとしているのだ。

武器と機能性食品

インドでスパイスがいかに大切なものと考えられているかが最初にわかったのは、カリカットへの国内便に乗ったときだった。セキュリティを通るときに、手荷物に入れられないライター、鋭利なもの、爪切りなどの通常のものとともに「ピクルス、チリパウダー、マサラパウダーは持ちこめません」というサインがあったのだ。インドでは、スパイスが武器、食品の防腐剤、着色剤、薬、機能性食品としてどのように使われてきたかを科学者が研究している。もちろん、さらにおいしく耐寒性のあるスパイスを育てるための努力も続けられている。

この継続中の調査の結果、インド政府は〝海賊的生物探査《バイオパイラシー》〟を特に心配している。これは、スパイス生産地のケララ州にある中心的な調査施設の訪問許可を得ようとしているときにわかったことだ。さいわい、私はマコーミックでの経験で強くなっていた。そのため、半年間のやりとりを経てカリカット空港に着いたときには、手に持った手紙の束には適切なスタンプが押され、日付が記入され、番号が振られ、インド政府、農務省、農業研究教育庁の次官のサインが入っていた。そして、インド・スパイス研究所（ＩＩＳＲ）の大きな白いタクシーが私の到着を待っていた。

研究所はカリカットの郊外、ヴァスコ・ダ・ガマの部下たちが最初に上陸した場所からほんの少し内陸にある。そこに行くには勇気を振り絞って、殺人的なインドの車移動を決行しなければならない。バイク、オート三輪、ぼんやりした通行人、野良犬、そして中央分離帯は単に中心を決めるものとしか考えていないような猛スピードのバスを避けていかなければならないのだ。研究所は遠くからでも見え、丘の上の城のようだ。なかに入るためには、守衛の検問に合格しなければならないが、守衛は外国人がこの聖地中の聖地に入る許可を得たことに戸惑っているようだ。そこから道路は丘をのぼっていくが、両側は有刺鉄線のついた壁に囲まれている。いちばん上まで来ると、入念に手入れされた庭に囲まれた、しみひとつない建物の前で降ろされる。あいさつや紹介の時間もなく、すぐさまぴかぴかの新しいビジターセンターに連れていかれた。許可されていないことをしたり見たりする誘惑を避けるためかもしれない。

ビジターセンターはスパイスの殿堂だ。ここに来ることを許された地元の農民は、写真を見て、指導用のパンフレットを受取り、アドバイスを受ける。この殿堂の守護神である裸足の科学者たちは、いまは私のまわりに集まり、手や、チャイのカップや、ビスケットの皿や、カシューナッツの器を差し出してくる。彼らは私の存在にも、私が興味を持っていることにも戸惑っている。守衛と同じように、私がどうやって彼らの象牙の塔の門をあける秘密の言葉を見つけたのか、よく理解できないでいるのだ。どうやらインド人以外でこの栄誉に浴したのは私がはじめてのようだ。

集まった人々はこの研究所のプログラムすべての代表者たちだ。エメラルド色のサリーを着た用心深い生化学者は、まだ私の存在に落ちつかない様子だ。怒りに燃えた目をした優秀な植物学者は、檻に入れられたヒョウのように部屋のなかをうろついている。威厳を漂わせた植物経済学者、熱心な野外植物学者、物静かな若い化学者に紹介される。ひとりずつ、私が彼らの生物学的宝の箱を荒らしにきたわけではないことを理解して、徐々にリラックスしていく。そして彼らがガードを下ろすと、その情熱が少しずつ明らかになってくる。生化学者は有機農業がいかにすばらしいかを次々と説明する。優秀な植物学者は地球上の資源が酷使されているという話を繰り返す。野外植物学者は、水と日光だけで生きているヨガ行者の真似をするだけで、われわれの文明は無駄を減らすことができるという話で私を説得しようとする。その後、青いココナッツがふるまわれ、みなでタッチスクリーンのコンピューター・モジュールに集まると、洗練されたインタラクティブな宣伝用ビデオが研究所の成功例を見せてくれる。

彼らがここでおこなっている仕事はどんな農業研究所でもやっていることだ。根腐れの研究をし、収穫量の問題を探求し、栽培品種の質を向上させようとしている。生化学者が、コショウにその独特の味を与える混合物についての非常に専門的な話を始める（生化学者にとっては、口のなかではじける味は分数や公式になる）。ピペリンというオイルがコショウに辛さを与え、それ以外の微量のオイルが香りを与える。通常は、一つのオイルの量が多ければ、ほかはやや少なくなるので、辛いコショウには味があまりないことが多い。ＩＩＳＲはコショウ、ターメリック、カルダモンなどの遺伝要素を備蓄していて、野外植物学者はそのコレクションに野生の植物を加え続けている。導師のようなもじゃもじゃの白髪頭の植物学者は、ここには二〇〇種類以上のコショウの栽培品種があると言いつつ、その奇妙な頭を振って半笑いを浮かべる。「しかし、ブラジル人は一八〇種類近くを持っていると言っています」秘密を国内に隠し続けることは無理だ。だが考えてみれば、オランダが組織的な殺人政策をおこなっても、スパイス独占を維持することはできなかったのだ。

ふたをあけてみると、科学者たちも私と同じように政府の被害妄想にいらついていることがわかった。どこの研究者もそうだが、彼らも自分たちが発見したものをほかの人にも知ってほしいと思っているのに、論文や海外の会議で発表することは許されていないのだ。彼らが最近夢中になっているのは持続可能な農業だ。

「自然のままのシステムである森の状態では」と熱意にあふれた野外植物学者が言う。「コショウの木は一〇〇年も生きます。しかし、耕したり肥料を与えたりして自然に手を加えると、寿命は短くなります。栽培をすると、木が実をつける期間は（たったの）七〜一五年しかないのです」

「病気の問題は一世代前よりもひどくなっています」と優秀な植物学者がほかの人を黙らせて説明する。「誰もそのことを特別に研究してきませんでした。原因は気候変動かもしれないし、外来の病原菌かもしれないし、別の要因かもしれません。一つだけたしかなのは、化学肥料を使いはじめると、その土地の微生物の量（こういうものがかつての農業を支えていたのです）が、減ってしまうということです。つまり、有機肥料を使えばとてもいい影響が出ます。それは黒コショウだけでなく、すべての作物に言えることです」

もちろん、有機栽培は科学者だけに人気があるわけではない。先進国の消費者もそれを望んでいる。現在ではマコーミックでさえオーガニック製品をつくっている。しかし、そのあいだにいる農業従事者や輸出業者に話をすると、彼らはその考えに抵抗した。それでも、スパイスを有機栽培することに未来を見出している者はいる。何百年もそうしてきたのだから。

過去が未来の処方箋になることはほかの面でもある。インドでもほかの場所でも医学研究者は、アーユルヴェーダ医術で大きな効力を持っているスパイスの特質を突きとめようとしている。かつてのガレノス派の体系のように、伝統的なインドのアーユルヴェーダは体液のバランスをもとにしていて、体液は当然食べたものに影響される。アーユルヴェーダの療法士にとってスパイスは調味料であると同時に薬でもある。ＩＩＳＲの科学者たちは、スペクトル分析や遺伝子工学の議論から、喜んで伝統的医療に関する意見交換に移ってくれた。優秀な植物学者は医療目的で使われている地元のスパイスの情報を山のように持っていることがわかった。

「ナツメグは、ここでは天然の不眠治療薬です」。彼は断続的に強い口調で話す。「でも必要なのはほんの少しです。私たちは赤ん坊を眠らせるために唇に少し塗りますが、それもほんのわずかです」ナツメグの活性要素であるミリスチシンはがんと肺の病気に対抗する武器としての可能性を少なくとも動物実験では示している。しかしその幻覚剤としての効果には厄介な問題もある。「かつてヒッピーは、酒の入ったグラスにナツメグを溶かして飲んでいました」。植物学者はそう言って、声をたてて笑った。そして、「そんなことをしたらだめですよ。毒だから！」とつけ加える。

「コショウもアーユルヴェーダ医術で使われています」と、このスパイス導師は続ける。「コショウのなかには抗生物質の性質を持った酵素が含まれています」。しかし、科学者たちはおもに、〝万能薬の可能性〟があるピペリンの効果に興味を持っている。コショウはアーユルヴェーダの効果を高めるために処方に加えられることが多い。従来の医療でも同じことがおこなわれているようだ。ある調査では、結核治療薬の量を半分以上減らしても効果が減らなかったと報告されている。別の調査では、肺がんの化学療法にピペリンを加えたら効果が高まったと報告されている。あるアメリカ人はピペリンから抽出した〝バイオペリン〟を〝生体利用効率促進剤〟として特許まで取っている。

「どのスパイスにも医療的特質があります」とほかの科学者たちも口をそろえてつけ加える。ショウガとカルダモンは吐き気をおさえる。トウガラシのカプサイシンは関節炎の塗り薬に広く使われている。ガランガルはがん細胞を殺すが健康な細胞は殺さないらしいことが、少なくとも研究段階ではわかっている。米国農業研究事業団の研究では、パキスタンで参加してくれた2型糖尿病患者六〇人のボランティアが、一日小さじ半分以下のシナモンで血糖値が下がったという。LDL（悪玉）コレステロールの値まで下がったのだ。

しかし近年のスパイス世界における医療的神童はターメリック（ウコン）だ。ターメリックの活性薬剤であるクルクミンは強力な抗酸化物質で、世界じゅうの主要大学の医学研究所で研究されている。

ターメリックは白血病予防の可能性がある。乳がんのマウスの肺にできたがん細胞の成長を阻止することもわかっている。糖尿病性白内障も予防できるようだ。メラノーマ細胞を自滅に追いやり、抗マラリア、嚢胞性線維症の治療、抗アルツハイマー、化学療法による疲労の軽減に有効だという可能性もある。「自然から贈られた抗酸化物質です」と植物経済学者が笑いながら同意する。それにすばらしい〝天然〟染料でもある。

するとスパイスのどこが武器なのだろう。カプサイシンは〝メース（モルッカのスパイスとは無関係）〟のような催涙スプレーに広く使われていて、それは自衛用でもあるし、警察が民衆をコントロールする際にも使われる。アメリカでは強力なスプレーがクマの撃退用に売られているし、アフリカではフェンスにカプサイシンを混ぜた油を塗ってゾウが近づかないようにしている。インドの防衛研究所はテズプールが亜大陸でいちばん辛いトウガラシだと公式に認定しているが、それで何をしようとしているのかはトップシークレットにちがいない（その辛さはハラペーニョの二〇〇倍近い）。あえて言うなら、あらゆる空港で手荷物に入れるのを禁止するべきかもしれない。

インド・スパイス研究所の科学者たちはもっと日常的な心配を抱えている。情報にあふれた楽しいインタビューの最後には、根腐れとの闘いと、おいしいコショウやターメリックやショウガの研究がうまくいくようにと励ました。このスパイスの殿堂への入館料として農業省から要求された一〇ドルを払い、待っていたタクシーに乗りこんだ。正面ゲートで守衛に手を振ると、車はカリカットの幹線道路へ向かった。

セント・オールバンズからマラバールのコショウ海岸まで、香料の世界と刺激的な香りを求める長い旅だった。ルーカが言った言葉を思い出す（二人でプロセッコの瓶を何本あけたのだろう？）。世界は変わるが人は変わらない。スパイスは一五〇〇年代と同じ理由でいまも流行している。スパイスはふたたび不老不死の薬や楽園への切符だと思われている。スパイスの研究者や、スパイスの新しい使いかたを思いつく人にとっては未来は明るい。少なくとも二〇〇〇年間そうだったように、これからも中間業者は自分の取り分を手にし、農民にはできるだけ少なく払い、消費者にはできるだけ多く払わせるだろう。スピードをあげるタクシーの窓から、携帯電話の広告が描かれた塀の向こうに垣間見えるコショウの森をながめていてわかったのは、大昔のヴェネツィアやリスボンやアムステルダムの人々と同じように、我々もスパイスの黄金時代に生きているということだった。

謝辞

本書の執筆はすばらしい冒険に私をいざなってくれた。インドのコショウ生産者やヴェネツィア貴族の邸宅で食事をし、オランダの事業家やポルトガルの船乗りにも会った。今では三角帆と四角帆の違いがわかるし、ショウガの収穫と洗浄方法も、作業の様子をこの目で見たので説明できる。実際、食の研究ほど楽しいことがほかにあるだろうか？

もしかしたらこれこそ、多くのまじめな歴史研究者が長年、食の歴史など研究するのは体面にかかわると考え、中世の上流階級は大量の香辛料を使った食事をしていたと主張しながらも、その裏付けを取ろうとしなかった理由なのかもしれない。現在、学界は渋々ながら食の歴史を学問として認めはじめている。しかしこの学問分野はまだ誕生から日が浅く、なすべきことは多い。それでも過去の人々が実際に何を食べていたのか、より詳しく知るためのデータは少しずつ集まってきている。やがて、たとえば香辛料はなぜ、ルネサンス期のヨーロッパでは現在のモロッコやインド料理と同じように必要不可欠な存在だったのか、本当に理解できるようになるかもしれない。そのとき、ヨーロッパがなぜあれほど世界を征服したかったのかも、本当に理解できるのかもしれないのだ。

私が専門家でないという事実は、本書の性格からすれば有利に働いたかもしれない。しかしそれはまた、テーマを深く掘り下げる代わりに、広く浅く扱うしかなかったことも意味している。場合によっては、物証があまりにも乏しいため、推論を述べるか、または他人の研究に頼るよりほかなかった。そしてそれらの研究の正しさに明らかに疑問符がつく場合は、その依って立つ土台の下を掘り下げなければならなかった。あまりにもしばしば、土台に欠陥が見つかったため、これまで鵜呑みにしてきた著者のうちいったい何人が間違っているのか、と考えずにはいられない。とはいえ、私自身の間違いについて他人を責めるつもりはない。もちろん自分も多くの間違いを犯していることはわかっており、他の人々がそれらを訂正してくれることを願っている。

このような大プロジェクトの例にたがわず、多くの人が私を助け、すばらしい提案をしてくれた。ほとんど善意だけに基づいて厚遇してくれ、あるいは血気にはやって失敗をしでかそうとする私を押しとどめてくれた人もいる。

まず編集者のスザンナ・ポーターとダナ・イサクソンには、貴重な提案の数々に感謝したい。また本書をランダムハウス社に推薦してくれたエリザベス・ダイセガールの助力がなければ、このプロジェクトが実現することはなかったかもしれない。エージェントのジェイン・ディステルとミリアム・ゴデリッチはプロジェクトの各ステージで、仕事の範囲を大きく超えるすばらしい協力をしてくれた。

それからプロジェクトの進行中に助けてくれた何十人もの人がいる。ヴェネツィアでは、ルーカ・コルフェライが限りない気前良さで私を驚かせ続けてくれた。しかしそれは彼に限らない。ジュルベバ・ザンコペ、セルジョ・フランジャコモ、マルセロ・ブルセガン博士、アントニオ・バルザギにも感謝する。

しかしポルトガル勢も負けてはいない。モニカ・ベッロがいなかったらどうなっていたかわからない。彼女のジャーナリストとしての腕前と友情は、私にとって天の恵みだった。またアレシャンドラ・バルタザル、ブルーノ・ゴンサルベス・ネヴェス、エルナニ・アマラル・シャビエル、イザベル・クルス・アルメイダ、ジョゼ・エドゥアルド・メンデス・フェラオ、ジョゼ・マルケス・ダ・クルス、ルイ・リスにも感謝したい。フィリペ・カストロはリスボンにいないものの、彼なしではこの町への私の訪問は惨めな結果に終わっていただろう。この海洋考古学者が名刺ホルダーを利用させてくれたおかげで、ポルトガルの首都の多くの扉が私の前に開かれたのだ。

ホラント州では、ペータ・ロースが、あらゆる細かい調査をおこない、また私が正しい道から逸れないように、学問上の親切な妖精の役割を果たしてくれた。オランダ全体では、セース・バッケル、クリスティアンヌ・ミュザス、アンネッケ・ファン・オッテルローが時間と経験を惜しみなく分かち合ってくれた。忙しいスケジュールの合間を縫ってフランク・ラヴォーエが時間を割いてくれたこと――ランチはもちろん――に大いに感謝する。

インドでの人々の気前の良さもまた、限りなかった。コーチンではインド商工省香辛料局のC・J・ジョセとその職員が大きな助けとなってくれ、またヘマン・K・クルワ、ジェイコブ・マシュー、K・J・サムソン、ニミーとポール・ヴァリアンパランビル、ランクマール・メノンも非常に親切だった。トーマス・タムパースリーは親切にも自宅に私を招いて、コショウ生産者の生活を見せてくれた。また、インドスパイス研究所のV・A・パルタサラシーと彼の優れたスタッフにも、その神聖な内陣を垣間見させてくれたことに感謝する。ボルチモアのスパイス会社マコーミックでも、ジェイムズ・リンが同様の厚意を見せてくれた。

言葉で、あるいはおこないによって助けてくれた人々のリストには、アマンダ・J・ヒルシュホルン、アンミニ・ラマチャンドラン、デイビッド・ライト、ゴパラン・バラゴパル、ケネス・アルバラ、ポール・W・ボスランドの名も付け加えなければならない。

最後に、長期間家を不在にし、何週間も寝食を忘れてプロジェクトに没頭していた私に我慢してくれた妻と娘に感謝したい。

訳者あとがき

コショウ、ナツメグ、シナモン、クミン。どれも現在の日本でも多くの一般家庭に置いてある、ありふれたスパイスだ。しかし中世から近代にかけてのヨーロッパでは、コショウ粒は貴族の娘の持参金にもなるほど高価で、王侯貴族はその富を誇示するために、大量のスパイスを料理に振りかけていた。領土の広さで国力を測っていた時代にありながら、スパイス交易に命運を賭け、諸外国も羨むような繁栄を次々に謳歌した三つの都市があった。それは海の中につくられた、あるいは大陸の端の岩塊の上に位置する、あるいは絶えず洪水に襲われ続けた地に建設された、絶対的とも言える悪条件を克服したたくましい都市だった。本書で取り上げるヴェネツィア、リスボン、アムステルダムである。

昔、地図を見ながら不思議に思ったものだ。なぜアジア大陸の一角に、マカオというポルトガル領があるのだろう、またなぜ南アメリカ大陸のほとんどの国がスペイン語圏に属す中で、ブラジルだけがポルトガル語圏なのだろうと。それも、三都市が交易を通じて、それまで孤立していた世界の各地域を結びつけ、「グローバリゼーション」のさきがけになったことと無関係ではない。彼らが切り開いた大航海時代に、新大陸から、今も私たちの食卓にひんぱんにのぼるトマトやナス、トウモロコシ、そしてトウガラシが、旧大陸の各地へ伝えられた。日本に関わる中でも、伝統調味料とされる七味唐辛子に、あるいは鎖国体制下の江戸時代に西側諸国の中で唯一オランダが交易を続けていた事実に、三都市が全世界を舞台に繰り広げたスパイス貿易の名残が感じられる。

スパイス貿易の独占を実現したヴェネツィアは、かつての宗主国の首都コンスタンティノープルを略奪して繁栄の絶頂に達した。その栄華は、海に面して立つ壮麗な聖マルコ寺院に見てとることができる。しかしポルトガルがアフリカを周航するインドへの直接航路の開拓に成功すると、スパイスの都としてのヴェネツィアは、リスボンにその地位を奪われた。宗教的熱情と貪欲さの両方に駆り立てられてヨーロッパから世界に飛び出したリスボンの繁栄は、首都を襲った一七五五年の大地震によって今やほとんど見る影もないが、「黄金のゴア」と呼ばれた遠いインドの都市にその痕跡を残している。三都の最後の一つであるアムステルダムは、世界最初の株式会社制度を編み出し、香料諸島ではナツメグ貿易を独占するために、島民の大虐殺さえ辞さなかった。それほど利潤の多い貿易だったが、しかし最終的にはヨーロッパにおける嗜好の変化によって需要が先細りし、スパイスをめぐる各国の熾烈な競争は終わりを告げる。現在、彼らの後継者として繁栄しているのは、スパイス大企業の本部が置かれている、新大陸アメリカのボルチモアである。

著者のマイケル・クロンドルは一九六〇年に現チェコのプラハで生まれ、現在ではアメリカのニューヨークでフードライター、クッキング・インストラクター、食文化研究家として活躍している。また大型インスタレーション・アーティストとしても活発に活動しているようだ。本書以外に、これまでにカボチャ、ドーナツ、デザートの歴史などをテーマにした本を出版し（未邦訳）、また『マリ・クレール』はじめ数々の雑誌にも寄稿している。食の歴史への関心だけでなく、自らも料理するシェフとして、本書で彼はスパイス貿易に関わる土地を訪れ、その歴史を掘り起こして現地の料理を味わっている。そして中世から近代にかけてヨーロッパ人の富裕層がどのようにスパイスを利用していたのか紹介し、今どこのレストランに行けば、スパイスを使った中世風料理を味わえるのかを教えてくれるのだ。当時のレシピに分量の正確な記載がないことを愚痴りつつも、その表現は生き生きして、時空を超えた旅に同行した気にさせられる。本書を読んで、世界の在り方でさえ一変させた中世・近代ヨーロッパ人のスパイス愛に思いを馳せれば、あなたのお気に入りのスパイシーな料理の味わいも、また変わるかもしれない。

最後に、本書の翻訳にあたっては原書房の大西奈己さんと株式会社リベルの皆さんにお世話になりました。心から感謝いたします。

二〇一八年二月

木村高子

原注

1 北ヨーロッパで大量にビールが消費されているのは、塩辛い食事の結果だという人もいる。たとえばある研究によると、一三六八年および一五五九年にドイツの港リューベックからストックホルムに運ばれた積み荷の四分の一は塩だったという。一九パーセントはホップだったが、これはビールに欠かせない原材料の一つ。

2 一三五〇年には、アドリア海では塩を運搬できるのは、ヴェネツィアの街に出入りする船のみになっていた。一五七八年になって、共和国の海軍はトリエステの製塩所を破壊した。この時点で、ヴェネツィアはイタリア本国で売られている塩の八〇パーセントの利益を得ていた。

3 ヴェネツィアでは、ヨーロッパではほかにほとんど例がなかったが、女性が持参金の法的権限を持っていた。その金額は、相当額にのぼることが多かったという。さらには、女性がまとまった資金をスパイスやシルクなどの海外貿易に投資することも珍しくなかった。

4 ドージェの言葉を信じれば、これは現在の通貨に置き換えるとそれぞれ約一〇〇億ドルと、四〇億ドルという金額になる。さらに現代の歴史家によって、四〇パーセントの投資利益率を上げていたことは裏付けられている。たとえ金額が多少誇張されていたとしても、どのくらいの規模のお金が動いていたかの参考にはなる。

5 考古学者はレバノンで、この時代のガラス製の瓶を大量に発見している。特にヴェネツィアが支配していた、テュロスの近くに多かった。当時、ガラス製品を製造していたのはユダヤ人だったようだ。ここでヴェネツィア人が学んだ技術がのちに、有名なムラーノのガラス工業へと発展していく。一五世紀には、ヴェネツィア人は逆に近東にガラスを輸出するまでになった。儲けるのに手段を選ばないという評判通り、彼らはイスラム教寺院のランプを製造し、西洋の花模様と敬虔なコーランの文言をあしらい、異教徒に売った。

6 ムーア人統治のパレルモの人口は一〇五〇年時点で一五万三〇〇〇人、コルドバは実に四五万人だったと、いくつかの研究で推定されている。一方、その三分の一くらいだったとの見方もある。それでも、当時コンスタンティノープルより西において、最大のキリスト教徒の都市だったヴェネツィアの人口は、四万五〇〇〇人だったことを考えると大変な数字だ。

7 これは感覚的に、どのくらいの金額だったのだろうか。当時、ガレー船の船長の月収が約三三リラ（一リラは一マルクより少し多いくらいだ）だったことを考えると、取引の現金部分だけでも、現在の通貨で少なくとも八五〇〇万ドルということになる。

8 二〇〇四年、ヨハネ・パウロ二世がイスタンブールに、一二〇四年の略奪品の一部、聖ヨハネ・クリゾストモとナジアンゾスのグレゴリオスの不朽体を持ってきた。遺骨はローマカトリック教徒のキリスト教正教徒に対する、神学者がいう〝行動と怠惰の罪〟に対する謝罪とともに返還されたが、これにはコンスタンティノープルの略奪も含まれていた。今のところ、ヴェネツィア人たちはこの先例に倣うことはしていない。

9 コロンビーノに加えてマラバール、あるいは奥地で採れるベレディ、あるいは〝白い〟ジンジャーもあった。デリとミッキーノが低い等級で、前者は他の品種よりも小さく、あまり白くなかった。後者はクレーを加えて保存していたため、赤みを帯びていることが多かった。シロップで保存されていたジンジャーにも、需要があった。

10 その後、オランダ東インド会社では、二〇年経ったスパイスの在庫は販売できないと判断し、定期的に燃やして処分するようになった。ということは、一五年もののナツメグやクローブを販売していたこともあった、ということだろうか？

11 先を続けて読むと、このスパイスは六羽の肥育鶏の味つけ用だということがわかる。つまり約三〇ポンドの肉だ！　換算すると肉一ポンドにつき、スパイスは六オンス以下（約ティースプーン一杯半）となる。他のレシピに関しても、肉とスパイスの比率は似たようなものが多い。

12 もう一つ、よく用いられる例は、バッキンガム公爵が一年間で二分の一トン近くのスパイスを消費したというもの（一四二三～五三年）だが、実際の帳簿を見てみると、四〇〇ポンドのスパイス（コショウとジンジャーが全体の四分の三を占めている）というのが正確なところだ。そして同じ年に、羊一五〇〇匹、牛二五〇〇頭、豚八〇頭、魚五〇〇〇匹を消費している。また当時、スパイスは〝軽いポンド〟で売られていて、約一二オンス［一ポンドは一般に一六オンス、〇・四五三六キログラム］だった。つまり、おそらく消費していたスパイスの量は、一日に一〇〇人～二〇〇人当たり、一ポンド未満で、そのほとんどがコショウとジンジャーだったと推測できる。

13 一四〇〇年以前はデータが断片的で、全体像が描きにくい。少なくともいくつかのスパイスの値は、年月とともに値が下がっているので、供給が増加したことが窺える。つまり、十字軍の時代には、その二〇〇年後より、スパイスはより高級なものだったということだ。断片的な統計から判断すると、少なくてもイングランドではそうだったようだが、その数字が大陸の他の国々にそのまま当てはまるかどうかは定かではない。

14 明らかにこの種の分析には、限界がある。コショウの値段と家禽類と卵の値段の関係は現在とほぼ同じだったが、肉の赤みはもっと安かった。ベルナルド・モロジーニは一・五ポンドの牛肉を一オンスのコショウで買うことができた。一方北ヨーロッパでは、時期と場所によって一〜五ポンドくらいだった。さらに地域の特産品は、一般的に地元では安く、たとえばヴェネツィアではオリーブオイルは手に入りやすかった（一オンスのコショウで約〇・五リットル）が、北ヨーロッパでは高価だった。オイル一リットルは、アジアのスパイス四〜一二オンスもしたのだ！

15 あるフランドルの者が、ジェノヴァにペストがやってきたときのことを書いている。〝一三四八年の一月、ジェノヴァに三隻のガレー船が到着した。東からの強い風に乗り、スパイスや他の貴重品が積まれ、ひどく感染していた。ジェノヴァの人たちがこれを知り、人にすぐ感染し、取り返しがつかないとわかると、火のついた矢が放たれ、船は港から追われた。すぐさま死ぬとわかっていたので、誰も触ったり、取引をしたりしようという者はなかった〟

16 読書をする人は多かった。一五世紀と一六世紀のフランスの私立図書館のあるサーベイによると、本の持ち主の大半は弁護士や聖職者だったようだ。だが、三七七冊のうち六六冊は、雑貨小間物商、織屋、生地屋、皮なめし工、靴職人、鷹使い、錠前屋、馬車製造者、毛皮商人、染物屋、食糧雑貨商、チーズ屋やペーストリー職人のものだった！

17 〇・五ダガットは、現代の数百ドルに相当する。

18 一六世紀のヴェネツィアでは、興味のある人は〝ヴェネツィアの高級娼婦の値段と質がわかる関税表〟が載っている安価なパンフレットを買うことができた。二つの資料によると、当時は約一万二〇〇〇人の公式な娼婦がいたらしく、街の成人女性の三人に一人に相当する。数字は明らかに大げさであるとしても、性産業の規模を窺い知ることができる。

19 一六二〇年代にはポルトガル商人はギニアショウガを約一四万ポンド［一ポンドは約四五〇グラム］輸入していたが、これは黒コショウとショウガを除く他のどの香辛料よりも多い。一九世紀後半にもガーナ一国で約二〇万ポンドを輸出していたが、第一次世界大戦のころには西アフリカからの輸出はほとんど途絶えていた。しかし現在もその栽培が続けられているガーナとナイジェリアでは、種子は今も使用されており、食物の風味づけだけでなく、人々は寒い日に身体を温めるためにこれを咬む。

20 代表的なモロッコ料理のいくつかは、今でもシナモンと砂糖を振りかけて仕上げられる。そのうち最も有名なのが〝バスティラ（*bisteyaa*）〟というハト肉のパイだ。中世ヨーロッパの料理はすべてアラブ世界の強い影響を受けていたが、とりわけイベリア半島でその影響は強く感じられた。ポルトガル語にも、アラビア語起源の料理用語は数多い。ナスは〝ベリンジェーラ（*beringela*）〟、サフランは〝アサフラオン（*açafrão*）〟、オレンジは〝ラランジャ（*laranja*）〟、レモンは〝リモオン（*limão*）〟、米は〝アロシュ（*arroz*）〟、アーモンドは〝アメンドア（*amêndoa*）〟、ホウレンソウは〝エスピナフレ（*espinafre*）〟、砂糖は〝アスーカル（*açúcar*）〟という具合だ。ポルトガル南部のアルガルベ地方で栽培される砂糖と米も、アラブ人によってもたらされた。

21 ジョアン二世の事績は、香辛料貿易ルートの確保に向けた努力にとどまらない。一四八四年に王は、「室内用便器の中身の道路への投棄」対策を命じた。以後、汚物は「決められた場所」、たとえば海岸などに捨てることが義務付けられたのだ。またバルトロメウ・ディアスが喜望峰に向けて出発した年には下水道建設も命じているものの、その成果は乏しかった。今から一〇〇年前でさえ、リスボンの貧困地区の多くには室内の配管がなく、「気をつけな、水！」という叫びがいまだに路地に響いていたのだ。

22 「フィダルゴ（*fidalgo*）の語源は*filho d'algo*で、「何者かの息子」という意味だが、その後貴族一般を指すようになった。

23 『*The Portuguese Columbus: Secret Agent of King John II*（ポルトガル人コロンブス：ジョアン二世の秘密諜報員）』という本で、ある高名なポルトガル人研究者は、クリストファー・コロンブスは実はイタリア人ではなくポルトガル人だったという仮説を提示している。しかしこれは極めて少数派の意見である。

24 ポルトガル人がこれより七五年前に到着していたら、状況はどう変わっていたか考えるのも興味深い。そのころ、明の海軍提督である鄭和が一〇〇～二〇〇隻の艦隊を率いて東南アジアとセイロン島に航行し、また明はマリンディから日本に至る地域で正式な貿易ネットワークを維持していた。しかし一四三〇年代になると、理由は不明ながら北京政府は艦隊の派遣中止を決定しただけでなく、中国人による海外貿易全体を停止した。外洋船の建造さえ禁止されたのだ。

25 オスマン・トルコによる一五一六～一七年のエジプト征服とマムルーク朝の滅亡は、エジプトが香辛料貿易にかけていた関税収入の激減がきっかけ、あるいは引き金となった面もあるが、これは一六世紀初頭にポルトガルが香辛料貿易の独占体制を確立した結果、引き起こされたものだ。

26 一五一八年の積み荷の記録が残っている。それによれば、五〇〇万ポンド近い総量のうち、四七〇万ポンドがコショウ、一万二〇〇〇ポンドがクローブ、三〇〇〇ポンドがシナモン、二〇〇〇ポンドがメースだった。厳しく管理されていたコショウについては、その量はおそらく正しいだろう。しかし他の香辛料の場合は、記録されているよりはるかに多くが船員の私有品として到着したにちがいない。

27 これは熟練職人の八年分の給金に相当する。

28 もちろんこの点については、異論もあった。イタリア人商人フィリッポ・サセッティは一五八〇年代にインド航路でコーチンに到着したときに、リスボンからインドに行くほうが、バルセロナからジェノアまで行くよりも安全だ、と故郷に書き送っている。その念頭にあったのが、当時地中海を我が物顔に動き回っていた海賊だったことは間違いない。

29 この分野でも、リンスホーテンは直接的な体験をしているようだ。しかしポルトガル人の性的習俗に気づいたのは彼だけではなかった。一五五〇年に、あるイタリア人のイエズス会宣教師がインドから次のように憤慨して書き送っている。「ポルトガル人はこの地の習慣や悪習を、男女の奴隷を買うという邪悪な風習も含めて、手当たり次第取り入れています。……奴隷の少女を何人も買って全員と寝、それから彼女たちを再び売りとばす男は数知れません。定住した既婚者で四人、八人、あるいは一〇人の女奴隷を所有し、その全員と寝ている男が数えきれないのも、よく知られた話です。こうした悪習には際限がなく、マラッカのある男は、さまざまな人種の女を二四人、奴隷として所有し、その全員と関係を持っているという体たらく。この町をことさら取り上げたのは、誰もが知っている話だからです。私の貧しい理解力によれば、女奴隷を買えるようになった男はほぼ例外なく、彼女を愛人《アミーガ》とし、そのほかにも数多くの不誠実を行っているのです」。

30 マヌエル一世は、数頭のゾウと一頭のサイを引き連れてリスボンの街中をしばしば歩き回ったと伝えられている。サイはその後、ローマ教皇レオ一〇世へ贈られたが、哀れな動物の乗った船は途中で難破してしまった。とはいえ教皇はその後、約束のペットを手に入れた――防腐処理され、詰め物を入れられた姿で。

31 こうした商業活動の蔑視を、イスラム教徒の商業観と比べると興味深い。もともとラクダ商人だった預言者ムハンマドは、「商人は現世と来世の両方で幸せを得る」と言い、特に「金を稼ぐ者は、神の御心にかなう」と強調したと伝えられている。一方キリスト教徒は貿易で利益を得ることを正当化するためにあらゆるこじつけを駆使しなければならなかった。

32 隠れユダヤ人の迫害から生まれた料理の一つがカルド・ヴェルデ・コム・トーラだ。これはごく普通のポルトガル風ジャガイモ入り野菜スープだが、ブタ肉ソーセージが入っている。よきキリスト教徒なら、その証として「律法《トーラ》」、つまりソーセージを食べなければならなかった。そこで隣人の目を欺くため、ブタ肉でできているように見えるが実際はパン、鶏肉、アヒル肉などを材料とするソーセージがつくられた。今でもパンや肉を混ぜて似たようなソーセージがつくられているが、現在ではそれにブタ肉も含まれている。

33 ダ・オルタは生きている間は異端審問所から逃れることに成功した。しかし審問官の追及の手は、彼が死んで埋葬された十数年後にとうとう追いついた。彼はユダヤ教信仰のかどで死後に有罪判決を下され、遺体は掘り返されて燃やされた。

34 二〇〇三年度にはインド一国で、黒コショウの五倍以上のトウガラシを輸出している。トウガラシの輸出量は八万六五七五メートルトンだったのに対して、黒コショウはわずか一万六六三五メートルトンしか輸出されなかった。

35 一六世紀の中国でも、まるで当時のヨーロッパの合わせ鏡のように消費活動が急激に活発になっていた。その理由としては、国内の生産活動が盛んになったことに加えて、ヨーロッパと同じく中国にも流れ込んでいたアメリカ産の銀の存在が挙げられる。また中国でも印刷術の発達によって料理書が人気を博し、ルネサンス期イタリアのような享楽主義が社会に蔓延していた。

36 一六世紀には多くのユダヤ人がスペインから東地中海に移住したが、彼らの大半はそれまで大西洋貿易に従事していた。さらにトウガラシを指すトルコ語 *biber acı* が、カリブ海の *aji* に由来することは明らかだ。

37 食べ物の分野にいまだにジェンダーに基づく偏見が存在するのは驚くべきことだ。しかしこれはポルトガルに限らない。たとえばテキサス州でも、辛い唐辛子はマッチョな男性と結びつけられている。

38 オランダ人によって香辛料貿易からほとんど完全に締め出されたポルトガルは、代わりにブラジルで香辛料の生産を試みた。一六七八年に王はゴア副王に対して、コショウやクローブやその他の苗を他のポルトガル植民地、特にブラジルに送るように指示した。当初この努力は失敗したものの、最終的には王の判断は正しかったことが証明される。現在、ブラジルは世界の五大コショウ輸出国の一つである。

39 ヴェネツィア市民は、自分たちが出会った外国の聖人に干渉せずにはいられなかったようで、一一〇〇年にトルコから聖ニコラウスの遺体の一部を盗み、リドの教会に移した。この遺体が特に奇跡的なのは、その数十年前にもミラから盗まれ、南イタリアのバリに移されていたからだ。その結果、聖ニコラウスは泥棒の守護聖人になった。この古代の司祭は質屋の守護聖人でもあり、〝経済的困難〟から助け出してくれると考えられている。

40 ペーターの説明では、すべてのスペキュラースにマジパンが入っているわけではない。分厚いジンジャークッキーだけの場合もあり、すべてのジンジャーブレッドがスペキュラースではなく、スペキュラースは祝日だけに食べられる傾向がある。大きなかたまりでつくられたジンジャーブレッドは〈ジョーテ・コーク〉と呼ばれ、一年じゅう食べられる。

41 最も一般的で、より繊細なナーヘルカースは、クミンとクローブを混ぜてつくられる。その場合でも、一口ごとに丸ごとのクローブが少なくとも一個は入っている可能性が高い。

42 一六五〇年以降、東インド会社はクローブの卸売価格を一ポンド（四九四グラム、現在の約一・一ポンド）あたり三・七五ギルダー、ナツメグはおよそ三ギルダーに設定していて、一七世紀初頭から約五〇パーセント高くなっていた。セイロンを手中におさめると、シナモンの値段も倍の三ギルダーにした。それに対して、一七世紀後半には一ギルダーでコショウは三ポンド、ショウガは八ポンド買うことができた。当時、ある程度の技術がある職人は一日に一ギルダーあまり稼いでいて、二流の静物画に約二〇ギルダーの値がついていた。

43 一日に約三〇スタイヴァー（一・五ギルダー）稼いでいたアムステルダムの船大工は、約四・五スタイヴァーで三ポンドのパン、二・五スタイヴァーで一ポンドのゴーダチーズ、〇・五スタイヴァーで野菜か新鮮なニシン、同じくらいの値段で半オンスのコショウの包みが買えた。

44 これはネッドスパイスの輸入に関しては本当のことかもしれないが、オランダ全体ではスパイスの輸入量の三分の一を消費し、残りを輸出している。ただ、どの数字もかなり疑わしい。輸出入される加工食品に使われているスパイスが入っていないからだ。

45 金融史の研究家はVOCがおそらく初の現代的企業であると指摘している。当然ながら、その結果起こった企業構造の改革は本書が扱う領域をはるかに超えているし、言うまでもなく私の理解もはるかに超えている。

46 ランダムな数字の例を挙げておく。一二〇〇年代初頭には、ジェノヴァ人はクローブとナツメグをコショウの約四倍の値段で売っていた。一三四七年のアレクサンドリアでは、一〇キロのコショウは七・五ダカットで買えたが、クローブは二二ダカット以上した。リンスホーテンによれば、比較的近いマラッカでも、コショウはクローブの半値で、メースの三分の一の値段だった。しかしここでは、ナツメグはそれよりも安かったのだ！

47 『*Illegal Drugs*（違法薬物）』の著者ポール・ガーリンガーによると、「粉末のナツメグを二〇グラム食べると、個人差はあるが非常に深刻な肉体的・精神的影響が出る」。長引く吐き気のあとはぼんやりした感覚とくすくす笑いが起こり、その後、幻覚を伴う多幸感に包まれる。運動機能が混乱し、言葉が意味不明になることもある。さらに「その後遺症はかなり不快なものになることが多い。骨や筋肉や目が痛み、鼻水がたれ、疲労、憂うつ、頭痛に襲われる」と続けている。

48 たしかに、消費されるスパイスの半分以上は国内でつくられたアニシードとクミン（高級船員の食事にはクミン・チーズまで出された）だったが、それ以外に旅のあいだに高級船員に支給された約一ポンドのコショウ、ショウガ、クローブ、ナツメグ、シナモン、メースは海外から輸入されたものだった。

49 パルミラ・ヤシの花蜜は花のなかで自然に発酵し、アルコール度数の低いヤシ酒になり、花をたたけば誰でも手に入る。このヤシ酒を煮詰めるとヤシ糖になる。

50 これは当時のクーンの月給とほぼ同額だ。

51 少なくともポルトガルでは、粉末状のアナグマが疫病の治療に使われていた時期があった。一四三〇年のドゥアルテ一世あての手紙では、彼の担当医師がこのような妙薬のつくりかたを細かく指示している。まず、樟脳で濾過し、金、小粒の真珠、珊瑚を混ぜたワインをアナグマに飲ませる。それからこのアナグマの首をはね、血を抜き、心臓と肝臓を取り除く。血を二オンスの非常に細かく挽いたシナモン、一オンスのゲウアーナ（ギニアショウガのことか?）、二分の一オンスのバーベナ、四分の一オンスのショウガかサフラン、八分の一オンスの細かく挽いたクローブ、三二分の一オンスのミルラ、一六分の一オンスのアロエ、六四分の一オンスの細かく挽いた〝一角獣の角〟と混ぜ、混ぜたものを〝弱い日光〟か〝火の熱〟で乾かす。このなかに、気の毒なアナグマの粉々にした心臓、肝臓、それに歯までを二オンス混ぜ入れる。「ペストに最もよく効くはず」のこの薬を飲んだら、患者は横になり、体を温かくくるみ、六時間ほど汗を出し、眠らず、飲食をしてはいけない。そのあとで飲食はできるが、水と冷水につけたパンだけだ。腫れによる痛みが続くようなら、痛みのある脚や腕の血を抜いてもいい。

52 一五五〇年から一七〇〇年のあいだに出版された料理本や食事療法の本の数を確認するのは不可能だが、歴史家は全体で四億部ほどの本が印刷されたと推測している。出版された本に占める食べ物の本の割合をわずか〇・一パーセント（現在では一〇パーセントほど）だったと控えめに推測したとしても、その数は四〇万部になり、実際の数はそれよりも多かったはずだ。

53 この本のはかりしれない影響は、七五年間に三〇刷ほどを重ねたフランスのみならず、翻訳書が出たオランダ（一六五三年）、イギリス（一六五三年）イタリア（一六九〇年）でも重版となった。

54 大まかなところでは、コショウの輸入量はヨーロッパの人口が約八〇〇〇万人だった一五〇〇年でわずか一二〇万キロ、人口が一億人になった一六〇〇年で一五〇万キロ、人口がほぼ同じだった一六七〇年代でおそらく七〇〇万キロだった。しかし、どれだけ価格が安くなっても、この量のコショウが売られたわけではなかった。一六八八年、一七人会はヨーロッパでの需要は三五〇万キロしかないと試算した。五〇年後、ヨーロッパの輸入量はまさにその数字まで落ちこみ、一九世紀初頭までその状態が続いた。クローブの輸入量は最高だった一六二〇年代が約三五万キロで、その数字は二〇世紀半ばまで回復することはなかった。

◆著者

マイケル・クロンドル　Michael Krondl

1960年、プラハ生まれ。料理史家、料理教師、フードライター。ニューヨーク在住。世界の食文化を研究し、料理雑誌や書籍、辞典に多数寄稿している。著書に『オックスフォード　砂糖とスウィーツの百科事典　*The Oxford Companion to Sugar and Sweets*』『ドーナツの歴史――ボストンからベルリンへ　*The Donut: History, Recipes and Lore from Boston to Berlin*』『甘い発明――デザートの歴史　*Sweet Invention: A History of Dessert*』『アメリカの食卓の周りで――ニューヨーク公共図書館の秘蔵のレシピと食の伝統コレクション　*Around the American Table: Treasured Recipes and Food Traditions from the American Cookery Collections of the New York Public Library*』などがある。

◆訳者

木村高子（きむらたかこ）

英語・フランス語翻訳家。フランス・ストラスブール大学歴史学部卒、早稲田大学大学院文学研究科考古学専攻修士課程修了。スロヴェニア在住。訳書に『図説 イスラーム庭園』『香水瓶の図鑑』『「接続性」の地政学』（いずれも原書房）など。

田畑あや子（たばたあやこ）

翻訳家、英語講師。訳書に『ヴァージン』（辰巳出版）、『ブレイン・バイブル』（アルファポリス）、『カジノ産業の本質』（共訳、日経*BP*社）、著書に『中学英単語でいきなり英会話』（永岡書店）など。

稲垣みどり（いながきみどり）

翻訳者。上智大学文学部英文学科卒。訳書に『ビッグデータ時代襲来』（アルファポリス）、『大統領の疑惑』（キノブックス）、『世界最高の学級経営』（東洋館出版社）、『アイコン的組織論』（フィルムアート社）など。

カバー画像　レアンドロ・バッサーノ《ヴェネツィアのスキアヴォーニ河岸》（写真提供　Dea Picture Library / PPS 通信社）

THE TASTE OF CONQUEST: THE RISE AND FALL OF THE
THREE GREAT CITIES OF SPICE
by Michael Krondl

スパイス三都物語《さんとものがたり》

ヴェネツィア・リスボン・アムステルダムの興亡《こうぼう》の歴史《れきし》

2018 年 3 月 20 日　第 1 刷

著者……………マイケル・クロンドル
訳者……………木村高子《きむらたかこ》
田畑《たばた》あや子《こ》
稲垣《いながき》みどり
装幀……………川島進（川島デザイン室）
発行者……………成瀬雅人
発行所……………株式会社原書房
〒 160-0022 東京都新宿区新宿 1-25-13
電話・代表　03(3354)0685
http://www.harashobo.co.jp/
振替・00150-6-151594
印刷……………新灯印刷株式会社
製本……………東京美術紙工協業組合

ISBN 978-4-562-05487-9, printed in Japan